AMOR TOWLES

Les Règles du jeu

ROMAN TRADUIT DE L'ANGLAIS (ÉTATS-UNIS)
PAR NATHALIE CUNNINGTON

LE LIVRE DE POCHE

Titre original :

RULES OF CIVILITY
Chez Viking Penguin, USA

Couverture : Studio LGF. © Bettmann / Getty Images.

Crédits photos :
Images copyright © The Metropolitan Museum of Art / Art Resource, NY
Page 23 : The Metropolitan Museum of Art, Walker Evans Archive, 1994, (1994.253.622.5), © Walker Evans Archive, The Metropolitan Museum of Art.
Page 93 : The Metropolitan Museum of Art, Walker Evans Archive, 1994, (1994.253.612.3), © Walker Evans Archive, The Metropolitan Museum of Art.
Page 227 : The Metropolitan Museum of Art, Walker Evans Archive, 1994, (1994.253.514.1) © Walker Evans Archive, The Metropolitan Museum of Art.
Page 379 : The Metropolitan Museum of Art, Walker Evans Archive, 1994, (1994.253.606.3), © Walker Evans Archive, The Metropolitan Museum of Art.
Page 477 : The Metropolitan Museum of Art, Walker Evans Archive, 1971, (1971.646.18), © Walker Evans Archive, The Metropolitan Museum of Art.

ISBN : 978-2-253-93684-8 – 1re publication LGF

Pour Maggie,
Ma comète

Alors il dit à ses serviteurs : « La noce est prête, mais les invités n'en étaient pas dignes. Allez donc aux départs des chemins, et conviez aux noces tous ceux que vous pourrez trouver. » Ces serviteurs s'en allèrent par les chemins et ramassèrent tous ceux qu'ils rencontrèrent, les mauvais comme les bons, et la salle de noce fut remplie de convives.

Le roi entra alors pour examiner les convives, et il aperçut là un homme qui ne portait pas la tenue de noces. « Mon ami, lui dit-il, comment es-tu entré ici sans avoir la tenue de noces ? » L'autre resta muet. Alors le roi dit aux valets : « Jetez-le pieds et poings liés, dehors, dans les ténèbres : là seront les pleurs et les grincements de dents. Car beaucoup sont appelés, mais peu sont élus. »

Matthieu XXII, 8-14
(La Bible de Jérusalem,
Éditions du Cerf, 2e édition, 1973)

Préface

Le soir du 4 octobre 1966, Val et moi, tous deux dans la cinquantaine, assistâmes au vernissage de l'exposition *Many Are Called*[1] au Museum of Modern Art, où l'on présentait pour la première fois les portraits pris par Walker Evans à la fin des années 1930 dans le métro new-yorkais avec un appareil photo dissimulé.

Il s'agissait de ce que les chroniqueurs mondains appellent « un événement ». Les hommes portaient des smokings empruntant à la palette des photos et les femmes des robes aux couleurs vives de toutes les longueurs possibles, de la cheville à mi-cuisse. Le champagne arrivait sur des petits plateaux ronds présentés par de jeunes acteurs au chômage beaux comme des dieux et gracieux comme des acrobates. Mais peu d'invités regardaient les photos. Ils étaient trop occupés à s'amuser.

1. « Beaucoup sont appelés. » *(Toutes les notes sont de la traductrice.)*

Une jeune mondaine qui poursuivait un serveur trébucha, manquant de me faire tomber par terre. Elle n'était pas la seule dans cet état. Il était, je ne sais trop pourquoi, devenu acceptable et même chic dans les réceptions d'être saoul avant vingt heures.

Mais cela n'était peut-être pas si difficile à comprendre. À la fin des années 1950, l'Amérique avait saisi la planète par la peau du cou et lui avait fait les poches. L'Europe était devenue une cousine pauvre, avec de belles armoiries mais plus d'argenterie. Et tous ces pays africains, asiatiques ou sud-américains que l'on ne connaissait que très vaguement commençaient à pointer leur nez dans nos salles de classe, comme des salamandres au soleil. Certes, les communistes n'étaient pas bien loin, mais comme Joe McCarthy reposait dans sa tombe et que personne n'avait encore posé le pied sur la Lune, les Russes se contentaient pour l'instant de hanter les pages des romans d'espionnage.

Bref, tous plus ou moins saouls, nous traversions ces soirées comme des satellites survolant la ville à dix kilomètres d'altitude et carburant au dollar fort et à l'alcool fin. Nous vociférions d'un bout à l'autre de la table, nous éclipsions dans une pièce vide en compagnie des maris ou des épouses des autres, faisions la fête avec l'enthousiasme et l'exubérance de dieux grecs. Et au matin, levés à six heures trente pile, clairs d'esprit et optimistes, nous reprenions nos postes derrière les bureaux en acier immaculé des maîtres du monde.

Non, ce soir-là, ce n'était pas le photographe qui attirait les regards. La soixantaine ratatinée par indifférence à la nourriture, noyé dans son smoking, Evans paraissait aussi triste et quelconque qu'un cadre de General Motors à la retraite. De temps en temps, quelqu'un lui adressait quelques mots, le tirant ainsi de sa solitude, mais sinon il passait de longs quarts d'heure réfugié gauchement dans un coin de la pièce, comme une jeune fille trop laide pour qu'on l'invite à danser.

Non, si les regards convergeaient, ce n'était pas sur Evans. C'était sur un jeune auteur aux cheveux clairsemés qui venait de faire sensation avec un livre racontant les infidélités de sa mère. Flanqué de son éditeur et d'un attaché de presse, il accueillait les compliments d'une petite coterie de fans avec l'allure d'un nouveau-né malicieux.

Val observait le cercle de courtisans d'un air curieux. Lui qui était capable de gagner dix mille dollars en une journée rien qu'en provoquant la fusion d'une chaîne de grands magasins suisses et d'un fabricant de missiles américain, n'arrivait pas à se faire à l'idée que de tels boniments puissent créer tant de remous.

Aux aguets comme toujours, l'attaché de presse surprit mon regard et me fit signe de les rejoindre. Je lui répondis d'un geste rapide et pris le bras de mon mari.

— Viens, chéri, dis-je. Allons regarder les photos.

Nous entrâmes dans la deuxième salle d'exposition, moins bondée, et commençâmes à en faire tranquillement le tour. Presque tous les clichés étaient des portraits en format paysage d'un ou deux passagers assis dans le métro en face du photographe.

Ici, un jeune habitant de Harlem à l'air grave arborait une petite moustache à la française et un chapeau melon crânement incliné.

Là, un quadragénaire portant lunettes, manteau à col en fourrure et chapeau à large bord offrait l'image parfaite du comptable maffieux.

Là encore, sur la ligne du Bronx, deux demoiselles du rayon parfumerie de Macy's affichaient leurs sourcils épilés, un peu aigries à l'idée qu'à trente ans bien sonnés leurs meilleures années étaient derrière elles.

Ici, c'était un homme ; là, une femme.

Ici, la jeunesse ; là, la vieillesse.

Ici, l'élégance ; là, la souffrance.

Bien que prises plus de vingt-cinq ans auparavant, les photos n'avaient jamais été montrées au public. Apparemment, Evans craignait d'exposer la vie privée de ses sujets. Cela peut paraître étrange (voire un peu présomptueux), étant donné qu'il les avait photographiés dans un endroit on ne peut plus public. Mais devant leurs visages alignés sur le mur, on comprenait les réticences d'Evans. En réalité, ces images saisissaient une certaine humanité nue. Perdus dans leurs pensées, masqués par l'anonymat du métro, inconscients de l'objectif braqué sur eux, beaucoup de ces sujets avaient sans s'en rendre compte laissé voir leur moi intérieur.

Quiconque a pris le métro deux fois par jour pour aller gagner sa croûte sait comment les choses se passent : quand vous montez, vous affichez le même masque que celui que vous utilisez auprès de vos collègues et de vos connaissances. Vous l'arborez en passant le tourniquet et les portes coulissantes, si bien que les autres passagers savent ce que vous êtes – effronté ou timide, amoureux ou indifférent, friqué ou fauché. Mais voilà que vous trouvez une place assise et le métro repart ; il s'arrête à une station, puis une autre ; les gens descendent, montent. Et sous l'effet de bercement du wagon, le masque que vous avez soigneusement appliqué sur votre visage se décolle. Le surmoi se dissout à mesure que vos pensées, flottant sans but précis, s'attardent sur un souci, sur un rêve ; plus exactement, il se laisse emporter par cette ambiance hypnotique dans laquelle même les soucis et les rêves reculent pour laisser le champ libre au silence paisible du cosmos.

Cela nous arrive à tous. La seule différence, c'est le temps que ça prend. Deux arrêts pour certains. Trois pour d'autres. 68th Street. 59th. 51st. Grand Central. Quel soulagement, ces quelques minutes où l'on baisse la garde, où le regard divague, où l'on vit la seule véritable consolation qu'offre l'isolement.

Ce panorama photographique satisfaisait sans doute les attentes des non-initiés. Quel tour de force, devaient se dire les jeunes avocats, les conseillers financiers et les jolies mondaines effrontées qui parcouraient les salles. *Quel exploit artistique. Voici enfin les visages de l'humanité !*

Mais pour ceux d'entre nous qui étaient jeunes à cette époque, les sujets ressemblaient à des fantômes.

Les années 1930…

Quelle décennie éprouvante.

Âgée de seize ans au début de la Grande Dépression, j'étais suffisamment grande pour que le glamour nonchalant des années 1920 ait encouragé tous mes rêves et mes espoirs. Sans doute l'Amérique avait-elle déclenché la Dépression juste pour donner une bonne leçon à Manhattan.

Après le krach de Wall Street, si l'on n'entendit pas les corps s'écraser sur le bitume, la ville fut néanmoins prise d'une sorte d'arrêt respiratoire collectif suivi d'un silence qui la recouvrit comme de la neige. Les lumières faiblirent, les musiciens posèrent leurs instruments et le public se dirigea sagement vers la porte.

Puis, changeant de direction, les vents dominants soufflèrent la poussière de l'Oklahoma vers l'est, jusqu'à 42nd Street. Des nuages énormes se déposèrent sur les kiosques à journaux et sur les bancs des parcs, enveloppant bienheureux et damnés telle la cendre à Pompéi. Tout d'un coup, nous eûmes nos propres Tom Joad[1] – de pauvres hères aux abois et vêtus de frusques qui hantaient les ruelles, se chauffaient autour d'un feu allumé dans un tonneau, dormaient dans des taudis, des asiles de nuit, sous les ponts, s'enfonçant lentement mais sûrement dans des Californie intérieures tout aussi abjectes et impitoyables que l'était la vraie. Pauvreté, impuissance. Faim, désespoir. Du moins jusqu'à ce que les signes avant-coureurs de la guerre nous redonnent de la gaieté.

---

1. Personnage du roman de Steinbeck, *Les Raisins de la colère*.

Oui, les portraits volés par Walker Evans entre 1938 et 1941 représentaient l'humanité, mais pas n'importe laquelle – une humanité humiliée.

Juste devant nous, une jeune femme admirait l'exposition. Elle avait tout au plus vingt-deux ans. Chaque photo semblait la surprendre agréablement – comme si elle se trouvait devant les visages invariablement majestueux et lointains d'une galerie de nobles ancêtres. Sa peau éclatait d'une beauté ignorante et enviable.

Mais pour moi, ces visages n'étaient pas lointains. Les expressions penaudes, les regards auxquels personne ne répondait, tout cela ne m'était que trop familier. Comme lorsque vous entrez dans un hôtel d'une ville inconnue et que les vêtements et les allures des clients ressemblent tellement aux vôtres que vous êtes certain de tomber sur quelqu'un que vous n'avez pas envie de voir.

D'ailleurs, d'une certaine manière, c'est ce qui se produisit.

— C'est Tinker Grey, dis-je au moment où Val se dirigeait vers la photo suivante.

Il me rejoignit pour regarder à nouveau le portrait – celui d'un homme de vingt-huit ans, mal rasé et vêtu d'un veston élimé.

Amaigri, le visage indéniablement sale, il avait presque totalement perdu le rouge de ses joues. Pourtant, ses yeux brillants et vifs regardaient droit devant et ses lèvres esquissaient un sourire, comme si c'était lui qui observait le photographe. Comme si c'était lui qui nous observait. Par-delà trois décennies, un océan de rencontres, pareil à un fantôme. Mais pareil à ce qu'il avait toujours été.

— Tinker Grey, répéta Val comme si le nom lui disait vaguement quelque chose. Je crois que mon frère connaissait un Grey qui était banquier…

— En effet, c'est bien lui.

Val étudia la photo avec l'intérêt poli que l'on réserve à une relation lointaine qui traverse des moments difficiles. Pourtant, il devait se demander jusqu'à quel point je connaissais cet homme.

— Extraordinaire, se contenta-t-il de dire avec un froncement de sourcils à peine perceptible.

L'été où Val et moi commençâmes à nous fréquenter, nous n'avions pas encore quarante ans et avions manqué tout au plus dix ans de la vie adulte de l'autre, mais c'était un temps suffisant pour avoir vécu et raté toute une vie. Ou, comme dit le poète[1], un temps pour le meurtre et un temps pour créer – un temps pour voir notre grandeur vaciller.

Mais aux yeux de Val, certaines habitudes démodées demeuraient des vertus ; et en ce qui concernait les mystères de mon passé, et bien d'autres choses encore, il était avant tout un gentleman.

Je fis néanmoins une concession :

— Moi aussi je le connaissais. Nous nous sommes fréquentés quelque temps. Mais j'ai cessé d'avoir de ses nouvelles au début de la guerre.

Les sourcils de Val se détendirent.

---

1. T.S. Eliot, dans *The Love Song of J. Alfred Prufrock*.

Peut-être fut-il réconforté par la simplicité trompeuse de ces quelques précisions. Il observa la photo d'un air plus détaché, en secouant la tête, ce qui revenait à s'incliner devant cette coïncidence tout en affirmant le caractère injuste de la Dépression.

— Extraordinaire, répéta-t-il sur un ton adouci.

Puis il glissa son bras sous le mien et m'invita à avancer.

Nous passâmes la minute réglementaire devant la photo suivante. Puis celle d'après, et celle d'après encore. Mais à présent les visages défilaient comme ceux d'inconnus montant l'escalator d'à côté. C'était à peine si j'y prêtais attention.

Voir le sourire de Tinker…

Après tant d'années, je n'y étais pas préparée. J'eus l'impression d'être assaillie.

Peut-être n'était-ce rien d'autre que de la suffisance – cette agréable suffisance de la cinquantaine new-yorkaise nantie – mais en passant les portes de ce musée, j'aurais été prête à jurer sous serment que ma vie avait atteint un équilibre parfait. Notre couple était le mariage de deux âmes, de deux esprits métropolitains légèrement mais irrévocablement inclinés vers l'avenir comme les tournesols vers le soleil.

Or voilà que mes pensées plongeaient vers le passé. Tournant le dos à toutes les perfections du moment si durement gagnées, elles partaient à la recherche des incertitudes chéries d'une année lointaine, à la recherche de rencontres fortuites – de rencontres qui avaient paru aléatoires et volatiles sur le coup, mais auxquelles le temps avait conféré un caractère inéluctable.

Oui, mes pensées se tournèrent vers Tinker et Eve – mais aussi vers Wallace Wolcott, vers Dicky Vanderwhile, vers Anne Grandyn. Vers ces mouvements du kaléidoscope qui avaient coloré et modelé ma traversée de l'année 1938.

Déambulant au bras de mon mari, je résolus de garder pour moi les souvenirs de cette année.

Non pas qu'ils auraient été choquants au point de scandaliser Val ou de menacer l'harmonie de notre couple. Au contraire, si je les avais partagés avec lui, Val se serait encore plus attaché à moi. Mais je ne voulais tout simplement pas les partager. Parce que je ne voulais pas les diluer.

Surtout, j'avais besoin d'être seule. De m'extirper de la lumière aveuglante du présent. D'aller prendre un verre dans un bar d'hôtel. Mieux encore, de me rendre en taxi jusqu'à Greenwich Village, ce que je n'avais pas fait depuis tant d'années…

Oui, Tinker paraissait pauvre sur cette photo. Pauvre, affamé, sans perspectives. Mais jeune et dynamique ; et étrangement vivant.

Tout d'un coup, ce fut comme si tous les visages sur le mur me regardaient. Les fantômes las, seuls, assis dans le métro, étudiaient mes traits, relevaient ces traces de compromis qui donnent à un visage vieillissant une tristesse particulière.

C'est alors que Val me prit au dépourvu.

— Allons-y, dit-il.

Je levai les yeux vers lui. Il me sourit.

— Viens. Nous pourrons revenir un matin quand il y aura moins de monde.

— D'accord.

Le centre de la pièce était bondé, si bien que nous passâmes juste devant les photos. Les visages s'éclipsaient un à un comme ceux de ces prisonniers derrière les petites ouvertures carrées des quartiers de haute sécurité. Ils me suivaient du regard comme pour dire : *Dis donc, toi, tu vas où comme ça ?* Au moment précis où nous atteignions la sortie, l'un d'eux me fit piler.

Un sourire amer se forma sur mon visage.

— Qu'est-ce qu'il y a ? demanda Val.

— C'est encore lui.

Sur le mur, entre deux photos de dames d'un certain âge, se trouvait un autre portrait de Tinker. Un Tinker rasé de près, vêtu d'un manteau en cachemire et d'une chemise sur mesure dont le col laissait voir un impeccable nœud de cravate.

Val me fit avancer d'un demi-mètre en me tirant par la main.

— Tu veux dire que c'est le même ?

— Oui.

— Impossible.

Val retourna voir le premier portrait à l'autre bout de la pièce. Je le vis scruter le visage crasseux et y chercher des marques distinctives. Puis il revint se placer à trente centimètres de l'homme au manteau de cachemire.

— Incroyable, dit-il. C'est le même, effectivement !

— Veuillez vous éloigner des œuvres, s'il vous plaît, dit un gardien.

Nous reculâmes.

— Il faut vraiment le savoir, sinon on serait persuadé d'avoir affaire à deux hommes différents.

— En effet, dis-je.

— Eh bien, on peut dire qu'il a remonté la pente !

Val fut brusquement gagné par la bonne humeur. Ce passage du veston élimé au manteau en cachemire confortait son optimisme naturel.

— Non, dis-je. La première photo, c'est celle-ci.

— Pardon ?

— L'autre portrait a été pris après celui-ci. En 1939.

Je désignai l'étiquette.

— Celui-ci date de 1938.

Personne ne pouvait reprocher à Val de s'être trompé. Il était tout naturel de penser que cette photo-ci était la plus récente – et pas simplement parce qu'elle était présentée plus loin dans l'exposition. Sur le portrait pris en 1938, Tinker paraissait non seulement plus riche, mais aussi plus âgé. Son visage plein exprimait une lassitude quelque peu pragmatique, comme si la réussite avait entraîné dans son sillage deux ou trois tristes vérités. Alors que le cliché pris l'année suivante ressemblait davantage au portrait d'un jeune homme de vingt ans en temps de paix : énergique, intrépide et naïf.

— Oh, dit Val, gêné pour Tinker, je m'excuse.

Il me prit de nouveau le bras et secoua la tête, autant pour Tinker que pour nous tous.

— Grandeur et décadence, dit-il, attendri.

— Non, répondis-je. Pas tout à fait.

New York City, 1969

HIVER

1

Ce n'est qu'un au revoir

C'était la dernière nuit de 1937.

Faute de projets plus intéressants, Eve, qui partageait ma chambre à la pension, m'avait traînée au Hotspot, un night-club au nom prometteur situé à Greenwich Village à quatre pieds sous terre.

À parcourir du regard l'intérieur du club, vous n'auriez pas su que c'était le réveillon du Nouvel An. Pas de chapeaux, pas de banderoles, pas de langues de belle-mère. Au fond de la salle, surplombant une piste de danse minuscule, un quatuor de jazz jouait des versions instrumentales de standards romantiques. Le saxophoniste, un géant mélancolique à la peau aussi noire que l'huile de moteur, s'était visiblement perdu dans le labyrinthe de l'un de ses interminables et mélancoliques solos. Pendant ce temps, le contrebassiste, un mulâtre café au lait avec une humble petite moustache, prenait soin de ne pas le presser. *Boum, boum, boum,* jouait-il, deux fois plus lentement que ne battait un cœur.

Les rares clients étaient aussi déprimés que l'orchestre. Personne ne s'était mis sur son trente et un. Il y avait deux ou trois couples, mais pas de romantisme. Ceux qui étaient amoureux ou riches dansaient au rythme du swing au Café Society, à l'autre bout de la rue. D'ici vingt ans, le monde entier s'installerait dans des clubs en sous-sol comme celui où nous étions pour applaudir des solistes antisociaux explorant leur malaise intime ; mais en cette dernière nuit de 1937, si vous écoutiez un quatuor, c'était parce que vous n'aviez pas assez d'argent pour aller voir un orchestre entier, ou parce que vous n'aviez aucune bonne raison de fêter la nouvelle année.

Pour nous, tout cela était très réconfortant.

Nous ne comprenions pas vraiment cette musique, mais nous sentions bien qu'elle présentait certains avantages. Elle n'allait pas éveiller nos espoirs ou les gâcher. Elle était pourvue d'un semblant de rythme et d'un excès de sincérité. Elle nous donnait une bonne excuse pour sortir de notre chambre. Nous comportant en conséquence, nous avions enfilé toutes les deux des chaussures plates confortables et une petite robe noire toute simple. Même si j'avais remarqué que sous la sienne, Eve portait le plus beau des soutiens-gorge qu'elle avait volés.

Eve Ross…

Eve était l'une de ces surprenantes beautés venues du Middle West américain.

Il est tellement facile à New York de croire que les plus belles femmes de la ville sont des Parisiennes ou des Milanaises tout justes débarquées de l'avion.

Or ces femmes-là ne représentent qu'une minorité. En revanche, elles sont toute une flopée à venir de ces États robustes qui commencent par la lettre I – comme l'Iowa, l'Indiana ou l'Illinois. Élevées avec juste ce qu'il faut d'air pur, de rusticité et d'ignorance, ces blondes primitives quittent leurs champs de blé avec l'allure d'étoiles pourvues de jambes. Chaque matin au début du printemps, l'une d'elles, sautant d'un bond les marches du perron familial munie d'un sandwich enveloppé de cellophane, hèle le premier bus Greyhound à destination de Manhattan – cette ville qui accueille tout ce qu'il y a de beau, l'évalue et, si elle ne l'adopte pas immédiatement, du moins l'essaie pour voir si la taille est bonne.

L'un des grands avantages des filles du Middle West, c'était qu'on ne pouvait pas les distinguer les unes des autres. On arrive toujours à reconnaître une New-Yorkaise riche d'une pauvre. Et une Bostonienne riche d'une pauvre. Après tout, c'est à cela que servent les accents et les manières. Mais pour le New-Yorkais de souche, les filles du Middle West se ressemblaient toutes. Certes, selon leur classe sociale, elles étaient élevées dans des maisons différentes et ne fréquentaient pas les mêmes écoles, mais elles avaient en commun suffisamment de cette humilité du Middle West pour que les nuances de leur situation financière et sociale nous échappent. Ou peut-être leurs différences (parfaitement claires à Des Moines) étaient-elles écrasées par la démesure de notre stratification socioéconomique – cette formation glaciaire composée de mille couches qui s'étageaient des poubelles du quartier de Bowery aux penthouses paradisiaques. Quoi qu'il en soit, à nos yeux, ces filles ressemblaient toutes à des péquenaudes : immaculées, naïves, pieuses, même si elles n'étaient pas tout à fait sans péchés.

Eve venait de quelque part tout en haut de l'échelle sociale de l'Indiana. Son père se faisait conduire au bureau en voiture de fonction et, au petit déjeuner, elle mangeait des biscuits faits maison par une domestique noire du nom de Sadie. Elle avait passé deux ans dans une institution pour jeunes filles de bonne famille et un été en Suisse soi-disant pour étudier le français. Mais à imaginer que vous fassiez sa connaissance dans un bar, vous auriez été incapable de dire si elle chassait le millionnaire pour venger une enfance passée à bouffer du maïs, ou si elle-même était une riche héritière en goguette. Tout ce dont vous pouviez être sûr, c'était de sa beauté authentique. Et cela permettait de faire sa connaissance beaucoup plus simplement.

Eve était une blonde, une vraie. Ses longs cheveux, qui prenaient des reflets roux l'été, devenaient tout dorés l'automne, comme par solidarité avec les champs de blé de sa région. Elle avait des traits délicats, des yeux bleus et de minuscules fossettes si parfaitement dessinées qu'on aurait dit qu'un câble en acier accroché à l'intérieur de ses joues se tendait chaque fois qu'elle souriait. Certes, elle ne faisait qu'un mètre soixante-cinq, mais elle pouvait danser avec des talons de dix centimètres – et s'en débarrasser dès qu'elle se retrouvait sur vos genoux.

Il faut reconnaître qu'Eve essayait de réussir honnêtement à New York. Quand elle était arrivée en 1936, son père lui avait donné suffisamment d'argent pour prendre une chambre pour elle toute seule dans la pension de Mrs Martingale et avait usé de son influence pour lui obtenir un boulot d'assistante marketing chez Pembroke Press – boulot consistant à promouvoir les livres qu'elle avait évités avec tant de constance à l'école.

Le lendemain de son arrivée chez Mrs Martingale, alors qu'elle s'installait à table à l'heure du dîner, elle renversa son assiette, et ses spaghettis atterrirent sur mes genoux. Mrs Martingale déclara que le mieux pour retirer la tache était de verser du vin blanc dessus. Elle nous envoya dans la salle de bains munies d'une bouteille de chablis qu'elle était allée chercher dans la cuisine. Nous versâmes quelques gouttes de vin sur ma jupe, puis bûmes le reste de la bouteille, assises par terre le dos contre la porte.

Dès qu'elle reçut son premier salaire, Eve abandonna sa chambre et cessa de retirer de l'argent sur le compte de son père. Au bout de quelques mois de cette indépendance, Papa Ross lui envoya une enveloppe contenant cinquante billets de dix dollars et un message tendre dans lequel il lui disait à quel point il était fier. Elle renvoya les billets comme s'ils étaient infectés par la tuberculose.

— Je veux bien supporter beaucoup de choses, déclara-t-elle, mais être dominée, ça non !

Ainsi nous nous serrâmes toutes les deux la ceinture. Ce qui voulait dire dévorer le petit déjeuner fourni par la pension et ne rien manger à midi.

Partager nos vêtements avec les autres filles de l'étage. Nous couper les cheveux nous-mêmes. Laisser des jeunes hommes que nous n'avions aucune intention d'embrasser nous offrir un verre le vendredi, et en embrasser quelques-uns en échange du dîner – avec l'intention d'en rester là. Certains mercredis, quand il pleuvait et que les rayons du grand magasin Bendel étaient envahis par les épouses de messieurs riches, Eve enfilait sa veste et sa jupe la plus élégante, montait en ascenseur jusqu'au premier étage et remplissait son slip de bas de soie. Et lorsque nous étions en retard pour le loyer, elle jouait parfaitement son rôle : plantée devant la porte de Mrs Martingale, elle pleurait toute l'eau douce des Grands Lacs.

Ce 31 décembre, nous commençâmes la soirée avec l'intention de faire durer nos trois dollars le plus longtemps possible. Nous n'allions pas nous embêter avec les hommes. Ils étaient relativement nombreux à avoir eu leur chance avec nous en 1937, et il était hors de question pour nous de gaspiller les dernières heures de l'année avec des retardataires. Nous nous installerions dans ce modeste bar où la musique était suffisamment prise au sérieux pour que deux jolies filles ne se fassent pas embêter et le gin suffisamment bon marché pour que nous puissions nous offrir un martini par heure. Nous avions l'intention de fumer un peu plus que ne le permettait la bienséance. Et quand minuit aurait passé sans cérémonie, nous irions dans un *diner* ukrainien de 2nd Avenue qui proposait un menu spécial avec du café, des œufs et des toasts, le tout pour quinze cents.

Hélas, 21 h 30 étaient à peine passées que nous avions déjà bu le verre de 23 heures. Et à 22 heures, nous bûmes l'argent des œufs et des toasts. Nous nous retrouvâmes donc avec l'estomac vide et vingt cents à nous deux. Il était temps d'improviser.

Eve faisait les yeux doux au contrebassiste. C'était l'un de ses hobbies. Elle aimait battre des cils à l'adresse des musiciens pendant qu'ils jouaient et leur demander une cigarette entre deux morceaux. Le bassiste était certes d'une beauté particulière, comme la plupart des créoles, mais il était tellement envoûté par sa propre musique que s'il faisait les yeux doux, c'était au plafond. Il allait falloir une intervention divine pour qu'Eve attire son attention. Je tentai de la convaincre de se rabattre sur le barman, mais elle n'était pas d'humeur à entendre raison. Elle se contenta de gratter une cigarette et de jeter l'allumette par-dessus son épaule pour attirer la chance. Dans pas longtemps, me dis-je, il faudra qu'on trouve un Bon Samaritain, sinon, nous aussi, on n'aura plus qu'à regarder le plafond.

C'est alors qu'il entra dans le club.

Eve le repéra la première. Elle s'était tournée pour me dire quelque chose et l'aperçut par-dessus mon épaule. Elle me fila un coup de pied dans le mollet et me le désigna d'un signe de tête. Je décalai légèrement ma chaise.

Il était d'une beauté extraordinaire. Droit comme un I, il faisait un mètre quatre-vingts, était vêtu d'un smoking noir et portait un manteau sur le bras.

Il avait les cheveux châtains, les yeux bleu roi, et le rouge de ses joues formait une petite tache en forme d'étoile. On imaginait sans peine ses ancêtres à la barre du *Mayflower* – le regard brillant rivé sur l'horizon et les cheveux rebiquant sous l'effet de l'air marin.

— Preumz', déclara Eve.

Debout en haut des marches, il prit le temps de s'habituer à la pénombre, puis examina la foule. De toute évidence, il avait rendez-vous, et son visage exprima une légère déception quand il se rendit compte que la personne n'était pas là. Il s'installa à la table voisine de la nôtre, parcourut de nouveau la pièce du regard puis fit signe à la serveuse tout en déposant son manteau sur le dos d'une chaise.

C'était un manteau magnifique. Le cachemire avait la couleur des poils de chameau, en plus pâle, la couleur de la peau du contrebassiste, et le tissu était impeccable, comme si le vêtement sortait tout droit de chez le tailleur. Il avait dû coûter cinq cents dollars. Peut-être davantage. Eve ne pouvait en détacher les yeux.

La serveuse s'approcha du nouveau venu comme une chatte d'un coin de canapé. L'espace d'une seconde, je crus qu'elle allait s'étirer et se faire les griffes sur sa chemise. Elle prit sa commande en reculant légèrement et en inclinant le buste pour qu'il puisse voir à l'intérieur de son chemisier. Il parut ne pas remarquer.

D'un ton tout à la fois poli et amical, manifestant à l'égard de la serveuse plus de respect que ce qui lui était dû, il commanda un verre de whisky. Puis il s'enfonça dans sa chaise et commença à observer les alentours. Au moment où son regard passait du bar aux musiciens, il aperçut Eve du coin de l'œil. Elle fixait toujours son manteau. Il rougit. Dans son empressement à examiner la salle et à faire signe à la serveuse, il ne s'était pas aperçu qu'il l'avait posé sur une chaise qui était à notre table.

— Oh ! Vraiment désolé, dit-il. Veuillez excuser mes mauvaises manières.

Il se leva et tendit le bras pour prendre le manteau.

— Non, non, ça ne fait rien. Cette chaise est libre. Ce n'est pas grave.

Il se tut un instant.

— Vous êtes sûres ?

— Aussi sûres que deux et deux font quatre, répondit Eve.

La serveuse revint avec le whisky. Alors qu'elle s'apprêtait à repartir, il lui demanda d'attendre un instant et proposa de nous offrir un verre – une faveur afin de clore l'année vieillissante, pour reprendre ses termes.

Nous avions déjà compris que cet homme-ci était aussi cher, raffiné et propre que son manteau. Il avait ce maintien assuré, cet intérêt démocratique pour ce qui l'entourait et cette façon modeste de présumer de la sympathie des autres qui ne se rencontrent que chez les jeunes gens élevés dans l'opulence et les bonnes manières. Des jeunes gens qui n'auraient jamais imaginé n'être pas bien accueillis dans un environnement nouveau – si bien qu'ils l'étaient presque toujours.

Lorsqu'un homme seul offre à boire à deux jolies jeunes femmes, il paraîtrait logique qu'il leur fasse la conversation, même s'il attend quelqu'un d'autre. Or notre Samaritain élégant ne nous adressa pas la parole. Après avoir levé son verre une fois dans notre direction avec un signe amical de la tête, il se mit à savourer lentement son whisky et se tourna vers les musiciens.

Au bout de deux morceaux, Eve commença à trépigner et à regarder dans sa direction, impatiente de l'entendre dire quelque chose. N'importe quoi. Une fois, leurs yeux se croisèrent. Il eut un sourire poli. Je compris que, le morceau terminé, elle entamerait la conversation, même si pour cela elle devait lui renverser son gin sur les genoux. Elle n'en eut pas l'occasion.

À la fin de la musique, le saxophoniste prit la parole pour la première fois depuis une heure. Avec ce genre de voix profonde qui en aurait fait un excellent prédicateur, il se lança dans de longues explications sur le morceau suivant. C'était une nouvelle composition dédiée à un pianiste de Tin Pan Alley[1], un certain Silver Tooth Hawkins qui était mort à l'âge de trente-deux ans. Il y était question d'Afrique. Le morceau s'intitulait « Tincannibal ».

1. Tin Pan Alley, surnom de West 28th Street où se trouvaient la plupart des éditeurs musicaux à la fin du XIXe siècle et jusqu'au développement du phonographe, désigne également la musique populaire américaine du début du XXe siècle, ancêtre du rock'n'roll.

Avec ses pieds gainés de guêtres, il donna le rythme, que le batteur reprit aux balais. Le contrebassiste et le pianiste enchaînèrent. Le saxophoniste écouta ses partenaires en hochant la tête en mesure. Il s'introduisit alors dans le morceau par le biais d'une petite mélodie guillerette qui suivait le tracé du tempo au petit trot. Brusquement, il se mit à braire comme si quelque chose l'avait effrayé, et en un éclair, il avait sauté la barrière.

Notre voisin avait tout du touriste égaré qui aurait demandé son chemin à un *gendarme*. Croisant par hasard mon regard, il exagéra son air éberlué. J'éclatai de rire. Il en fit autant.

— Il y a une mélodie là-dedans ? demanda-t-il.

Je rapprochai ma chaise, comme si je ne l'avais pas bien entendu, et me penchai en avant à peine moins que la serveuse.

— Pardon ?

— Je me demandais où était la mélodie là-dedans.

— La mélodie ? Elle vient de sortir fumer. Elle reviendra dans une minute. Si je comprends bien, vous ne venez pas ici pour la musique.

— Ça se voit tant que ça ? demanda-t-il avec un sourire penaud. En fait, je cherche mon frère. C'est lui, le fan de jazz.

De l'autre côté de la table, les cils d'Eve papillotèrent. Un manteau en cachemire, un rendez-vous avec son frère pour le réveillon – nul besoin d'en savoir davantage.

— Ça vous dit de vous joindre à nous en attendant ? proposa-t-elle.

— Oh, je ne voudrais surtout pas m'imposer.

(À coup sûr, ce n'était pas le genre de mot qu'on entendait tous les jours.)

— Vous ne vous imposez pas du tout, rétorqua Eve.

Nous lui fîmes un peu de place à notre table et il rapprocha sa chaise.

— Je me présente : Theodore Grey.

— Theodore ! s'exclama Eve. Même Roosevelt se faisait appeler Teddy.

Theodore éclata de rire.

— Mes amis m'appellent Tinker.

Je l'aurais parié. Les wasps avaient cette façon de donner comme surnoms à leurs enfants des mots désignant des petits métiers : *Tinker* (rétameur). *Cooper* (tonnelier). *Smithy* (forgeron). Peut-être pour rappeler leurs débuts difficiles dans la Nouvelle-Angleterre du XVIIe siècle – rappeler ces métiers manuels qui les avaient rendus solides et humbles et vertueux aux yeux de leur Seigneur. Ou peut-être était-ce simplement une manière polie de compenser le fait qu'ils étaient prédestinés à gagner sur tous les plans.

— Moi, c'est Evelyne Ross, déclara Eve, donnant pour l'occasion un petit coup de neuf à son nom de baptême. Et voici Katey Kontent.

— Katey Kontent ! Waouh ! Et alors, vous l'êtes, contente ?

— Pas tant que nous n'aurons pas vidé nos verres.

Tinker leva le sien avec un sourire chaleureux.

— Alors trinquons à la nouvelle année.

Le frère de Tinker ne montra pas le bout de son nez. Ce qui ne nous dérangea pas le moins du monde, puisqu'à 23 heures environ, Tinker voulut commander une bouteille de champ.

— Y a pas de ça ici, monsieur, répondit la serveuse, qui se montrait nettement plus froide depuis qu'il nous avait rejointes.

Alors il commanda du gin pour nous trois.

Eve, dans une forme éblouissante, raconta l'histoire de deux filles de son lycée qui s'étaient disputé le titre de reine de beauté aussi férocement que Vanderbilt et Rockefeller s'étaient disputé le titre d'homme le plus riche du monde. L'une des filles avait lâché un putois dans la maison de sa rivale le soir du bal de fin d'année. L'autre avait répliqué en déversant du fumier sur sa pelouse le jour de son anniversaire. Le pompon, ça avait été un crêpage de chignon entre les deux mères un dimanche matin sur les marches de l'église Sainte-Mary. Le père O'Connor, qui avait innocemment voulu intervenir, s'était fait remettre à sa place de façon fort peu catholique.

Tinker riait si fort qu'on sentait que cela ne lui était pas arrivé depuis longtemps. La gaieté illuminait les attributs dont le Seigneur l'avait doté – son sourire, ses yeux et le rouge de ses joues.

— Et vous, Katey, demanda-t-il une fois qu'il eut repris son souffle. Vous venez d'où ?

— Katey a passé son enfance à Brooklyn, s'empressa de répondre Eve, comme s'il y avait là de quoi se vanter.

— Ah oui ? Et alors, c'était comment ?

— Oh, je ne crois pas que nous avions des bals au lycée.

— Tu n'y serais pas allée de toute façon, dit Eve.

Puis, se penchant vers Tinker d'un air de conspiratrice :

— Katey est un vrai rat de bibliothèque. Si on empilait tous les livres qu'elle a lus, on pourrait atteindre la Voie lactée.

— La Voie lactée ! Rien que ça !

— Ou peut-être juste la lune, dis-je.

Eve proposa une cigarette à Tinker. Il déclina l'offre. Mais à peine eut-elle porté sa cigarette à ses lèvres qu'il lui tendit un briquet. L'objet était en or massif avec ses initiales gravées dessus.

Eve pencha la tête en arrière et souffla un jet de fumée vers le plafond.

— Et vous alors, Theodore ?

— Ma foi, si vous empiliez les livres que j'ai lus, ça vous ferait un marchepied pour grimper dans un taxi.

— Non, je voudrais que vous nous parliez de vous.

Tinker répondit en recourant aux ellipses propres à l'élite : il venait du Massachusetts, était allé à l'université à Providence, et travaillait pour une petite boîte à Wall Street – c'est-à-dire qu'il était né dans les beaux quartiers de Boston, avait fréquenté la prestigieuse université de Brown et travaillait maintenant dans la banque que son grand-père avait fondée. En général, ce genre de modestie était si clairement fausse qu'elle en devenait irritante, mais dans le cas de Tinker, on aurait dit qu'il craignait sincèrement que l'ombre d'un diplôme de l'Ivy League[1] vienne gâcher notre plaisir. Il termina en ajoutant qu'il habitait près de Central Park.

— Où ça exactement ? demanda Eve « innocemment ».

— 211, Central Park West, répondit-il, légèrement gêné.

211, Central Park West ! Le Beresford. Vingt-deux étages d'appartements luxueux avec terrasse.

Eve me donna de nouveau un coup de pied sous la table, tout en ayant le bon goût de changer de sujet. Elle lui posa des questions sur son frère. Il était comment ? Plus vieux ? Plus jeune ? Plus petit ? Plus grand ?

Plus vieux et plus petit, Henry Grey était un peintre qui habitait dans le West Village. Comme Eve lui demandait quel terme serait le plus apte à le décrire, Tinker réfléchit un moment. *Inébranlable*, finit-il par dire – parce que son frère avait toujours su qui il était et ce qu'il voulait faire.

— Épuisant, non ? demandai-je.

Tinker se mit à rire.

— Je suppose qu'on pourrait dire ça.

— Et peut-être un peu barbant ? suggéra Eve.

— Non. Je peux vous assurer qu'il n'est pas barbant.

— Bon, alors nous en resterons à inébranlable.

Plus tard dans la soirée, Tinker s'excusa un instant. Cinq minutes s'écoulèrent, puis dix. Eve et

---

1. *The Ivy League* (la Ligue du Lierre) : groupe de huit universités parmi les plus anciennes et les plus prestigieuses des États-Unis. Princeton, Harvard et Yale en font partie.

moi commençâmes toutes les deux à trépigner. Il ne donnait pas l'impression d'être du genre à nous laisser payer l'addition, mais tout de même, un quart d'heure dans les toilettes publiques, c'était déjà beaucoup pour une fille. Pile au moment où nous sentions monter la panique, il réapparut. Son visage était rouge. L'air glacial de New York flottait autour de son smoking. Il tenait une bouteille de champagne par le col et souriait comme un gamin des rues brandissant un poisson par la queue.

— Mission accomplie !

Il fit sauter le bouchon jusqu'au plafond, s'attirant les regards désapprobateurs de toutes les personnes présentes, mis à part le contrebassiste, lequel, dévoilant ses dents sous sa moustache, hocha la tête et nous salua de trois *boum* rythmés.

Tinker versa le champagne dans nos verres vides.

— Il faut qu'on prenne de bonnes résolutions !

— Désolée, Mister Tinker, des bonnes résolutions, on n'en a pas.

— J'ai une meilleure idée, dit Eve. Et si on prenait de bonnes résolutions pour les autres ?

— Excellent ! s'écria Tinker. C'est moi qui commence. En 1938, vous promettez toutes les deux…

Il nous examina de pied en cap.

— … d'être moins timides.

Nous éclatâmes de rire.

— OK, dit Tinker. Maintenant, à vous.

Eve se lança sans aucune hésitation :

— Toi, tu promets de sortir de ta routine.

Elle haussa un sourcil et lui adressa un clin d'œil, comme si elle lui proposait un défi. L'espace d'un instant, il resta stupéfait. Elle avait de toute évidence visé juste. Il hocha la tête lentement puis sourit.

— Quelle chose merveilleuse à souhaiter pour autrui, dit-il.

À l'approche de minuit, les acclamations et les klaxons nous parvinrent de la rue, et nous décidâmes de nous joindre aux réjouissances. Tinker déposa sur la table une généreuse liasse de billets tout frais. Eve lui chipa son écharpe et se la noua autour de la tête comme un turban. Puis, nous cognant aux tables, nous sortîmes dans la nuit.

Il neigeait toujours.

Prenant chacune un bras de Tinker, Eve et moi nous blottîmes contre ses épaules comme pour nous protéger du froid et l'entraînâmes vers Washington Square où se déroulait la bringue. Au moment où nous passions devant un restaurant chic, deux couples âgés d'une quarantaine d'années en sortirent et s'engouffrèrent dans une voiture qui les emporta. Le portier aperçut alors Tinker.

— Encore merci, Mr Grey, dit-il.

C'était à n'en pas douter notre fournisseur de champ, grassement récompensé.

— Non, c'est moi qui vous remercie, Paul, répondit Tinker.

— Bonne année, Paul, dit Eve.

— Bonne année, madame.

Poudré de blanc, Washington Square n'avait jamais été d'une telle beauté. Une fine couche de neige recouvrait tous les arbres et les grilles. Les brownstones autrefois chics qui, l'été, baissaient tristement les yeux étaient à présent plongés dans des souvenirs sentimentaux. Au deuxième étage du numéro 25, un rideau était tiré et le fantôme d'Edith Wharton posait sur la scène un regard timide et envieux. Bienveillante, perspicace, asexuée, elle nous regarda tous les trois passer en se demandant si l'amour qu'elle avait imaginé avec tant de talent trouverait le courage de venir frapper à sa porte. Se présenterait-il à une heure inconvenante, insisterait-il pour qu'on le laisse entrer, bousculerait-il le majordome pour se précipiter dans les escaliers en criant éperdument son nom ?

Jamais, je le crains.

À mesure que nous approchions de la place, les festivités se déroulant près de la fontaine commençaient à prendre forme. Un groupe d'étudiants s'étaient rassemblés pour fêter le Nouvel An autour d'un orchestre de ragtime au rabais. Les jeunes gens étaient tous en queue-de-pie, sauf quatre bizuths en pulls marron décorés des écussons de leur université, qui parcouraient la foule en remplissant les verres. Une jeune femme habillée trop légèrement faisait semblant de diriger les musiciens, lesquels, par indifférence ou manque d'expérience, jouaient sans cesse le même air.

D'un geste, ils furent réduits au silence par un jeune homme qui bondit sur un banc, équipé d'un mégaphone de barreur, avec l'assurance du Monsieur Loyal d'un cirque pour aristocrates.

— Mesdames et messieurs, proclama-t-il, la fin de l'année approche !

Avec moult cérémonie, il fit signe à l'un de ses acolytes. Un vieil homme se retrouva hissé sur le banc à côté de lui. Il portait une barbe en coton digne d'un

Moïse de fête de patronage et tenait une faux en carton. Il semblait avoir du mal à garder son équilibre.

Déroulant une liste dont l'extrémité traînait par terre, Monsieur Loyal commença à gronder le vieil homme pour tout ce que 1937 avait produit d'indigne : *La récession... Le* Hindenburg... *Le Lincoln Tunnel !* Puis il leva son mégaphone et invita 1938 à se présenter. Émergeant d'un buisson, un jeune étudiant grassouillet apparut, vêtu d'une simple couche. Il grimpa sur le banc et, à la grande joie de la foule, prit des poses d'athlète. Au même moment, la barbe du vieil homme se décrocha et tout le monde vit qu'il était maigre et mal rasé. Il s'agissait certainement d'un clochard que les étudiants avaient appâté en lui promettant de l'argent ou du vin. Quoi qu'il en soit, les vapeurs de l'alcool avaient dû se dissiper. En effet, il jetait autour de lui des regards affolés, comme un marginal tombé entre les pattes d'un groupe d'autodéfense zélé.

Avec l'entrain d'un vendeur de voitures, Monsieur Loyal détailla les atouts physiques du Nouvel An, sa suspension souple, son châssis aérodynamique, son moteur plein de peps.

— Allez, on s'approche, dit Eve en s'avançant gaiement.

Tinker ne semblait pas aussi pressé qu'elle de se joindre aux fêtards.

Je sortis un paquet de cigarettes de la poche de mon manteau. Tinker me tendit son briquet.

Il s'approcha de moi pour faire barrage au vent. Pendant que je laissais échapper un filet de fumée, Tinker leva les yeux vers les flocons dont le halo des lampadaires soulignait la chute lente. Puis il se détourna et parcourut la foule bruyante d'un regard presque triste.

— Je me demande ce qui te désole le plus, dis-je. L'année qui se termine ou celle qui commence.

Il m'adressa l'ombre un sourire.

— Je n'ai pas d'autre option ?

À ce moment-là, une boule de neige atterrit sur le dos de l'un des fêtards qui se trouvaient à la périphérie de la foule. Il fit volte-face, imité par deux de ses copains, dont l'un reçut une autre boule de neige dans la poitrine.

Nous retournant, nous vîmes qu'un gamin âgé de dix ans tout au plus avait lancé l'offensive, planqué derrière un banc. Avec ses quatre couches de vêtements, il ressemblait à un bibendum. À sa gauche et à sa droite, deux pyramides de boules de neige s'élevaient jusqu'à sa taille. Il avait dû passer la journée à empiler ses munitions – comme s'il avait appris de la bouche même de Paul Revere[1] que l'armée du roi d'Angleterre allait attaquer.

Muets de stupeur, les trois étudiants le regardèrent, bouche bée. Il profita de leur lenteur à la détente pour leur lancer coup sur coup trois autres missiles à la trajectoire parfaite.

— On va l'avoir, ce sale gosse, dit l'un d'eux d'un ton dépourvu de tout humour.

1. Paul Revere (1735-1818), patriote américain célèbre pour avoir averti les milices indépendantistes de l'approche de l'armée britannique, entré dans la légende par le biais du poème de John Longfellow, *Paul Revere's Ride*.

Tous trois se mirent alors à gratter les pavés pour se fabriquer des boules de neige et répondirent à l'attaque.

Je sortais une deuxième cigarette, prête à profiter du spectacle, quand quelque chose d'assez surprenant attira mon attention vers la direction opposée. Sur le banc à côté de l'ivrogne, le Nouvel An attifé d'une couche avait commencé à chanter « Ce n'est qu'un au revoir ». Son impeccable voix de fausset pure et sincère, aussi désincarnée que la plainte d'un hautbois survolant la surface d'un lac, parait la nuit d'une beauté qui donnait le frisson. Reprendre en chœur « Ce n'est qu'un au revoir » est quasiment une obligation légale, mais ce soir-là, l'étrangeté de cette voix était telle que personne n'osa ouvrir la bouche.

Quand il eut terminé le refrain final dans un diminuendo soigné, un silence se fit, suivi d'acclamations. Monsieur Loyal posa la main sur l'épaule du ténor – façon de reconnaître un travail bien fait. Puis il tira sa montre de sa poche et leva la main pour obtenir le silence.

— Bon, maintenant, tout le monde se tait ! Vous êtes prêts ? Dix ! Neuf ! Huit !

Eve, qui se trouvait au cœur de la foule, nous fit signe.

Je me retournai pour prendre Tinker par le bras. Il avait disparu.

À ma gauche, les allées du parc étaient vides tandis qu'à droite une petite silhouette solitaire et massive passait sous un lampadaire. Je me tournai à nouveau vers Waverly Place – il était là. Accroupi derrière le banc à côté du petit garçon, il repoussait l'attaque des étudiants. Le gamin, conforté par ce renfort inattendu, semblait plus déterminé que jamais. Quant à Tinker, il arborait un sourire à illuminer le pôle Nord.

Il était presque deux heures quand Eve et moi rentrâmes chez nous. Normalement, la pension fermait ses portes à minuit, mais le couvre-feu avait été prolongé pour les fêtes. Peu de filles avaient profité de cette liberté. Nous entrâmes dans un salon vide et déprimé. Quelques confettis virginaux jonchaient le sol et des verres de cidre à moitié pleins étaient posés sur les guéridons. Eve et moi échangeâmes un regard entendu puis montâmes dans notre chambre.

Nous nous taisions toutes les deux, prolongeant ainsi l'aura de notre bonne fortune. Eve fit passer sa robe par-dessus sa tête et alla dans la salle de bains. Nous partagions le même lit, dont Eve avait l'habitude d'ouvrir les draps chaque soir comme cela se fait dans les hôtels – petit rituel qui m'avait toujours paru fou. Mais cette fois-ci, je l'accomplis pour elle. Puis je pris la boîte à cigares qui se trouvait dans mon tiroir à sous-vêtements pour y ranger les sous que je n'avais pas dépensés – juste avant de me coucher ainsi qu'on me l'avait appris.

En cherchant mon porte-monnaie dans la poche de mon manteau, je tombai sur quelque chose de dur et de doux au toucher. Intriguée, je sortis l'objet – il s'agissait du briquet de Tinker. Je me souvins le lui avoir pris des mains – un peu à la manière d'Eve – pour allumer ma deuxième cigarette. C'était pile au moment où le Nouvel An entamait sa chanson.

Je m'assis sur le fauteuil marron de mon père, l'unique meuble que je possédais. J'ouvris le briquet, l'allumai. La flamme se dressa, ondulante, dispersant son odeur de kérosène. Je fermai le briquet d'un coup sec.

Il pesait agréablement dans ma main et présentait une surface lisse, usée et polie par des milliers de gestes raffinés. Le tracé des initiales de Tinker, gravées dans des caractères Tiffany, était si précis qu'on pouvait suivre les hampes des lettres du bout de l'ongle. Mais le briquet ne se contentait pas d'arborer son monogramme. Sous les initiales, une main avait ajouté une sorte de coda dans un style qui n'était pas celui d'un bijoutier professionnel, ce qui donnait :

TGR
1910- ?

2

Le Soleil, la Lune et les Étoiles

Le lendemain matin, nous confiâmes au portier du Beresford un message anonyme adressé à Tinker :

Si tu veux revoir ton briquet vivant, rends-toi à l'angle de 34th Street et de 3rd Avenue à 18 h 42. Et surtout, viens seul.

J'estimais la probabilité qu'il vienne à cinquante pour cent. Pour Eve, elle était de cent dix pour cent. Quand il sortit du taxi, nous l'attendions, vêtues d'imperméables et planquées sous le métro aérien. Il portait une chemise en jean et un manteau en peau retournée.

— Haut les mains ! dis-je.

Il obtempéra.

— Alors, cette routine ? demanda Eve.

— Oh, je me suis réveillé à la même heure que d'habitude. Et après mon match de squash habituel, j'ai déjeuné, comme d'habitude…

— Généralement, au bout d'une semaine, les gens y arrivent.

— Je suis peut-être un peu lent.
— Ou peut-être que tu as besoin d'aide.
— Ah ça c'est sûr. J'ai besoin d'aide.

Nous lui bandâmes les yeux avec un mouchoir bleu et l'entraînâmes en direction de l'ouest. Comme il était bon joueur, il se laissa guider à travers la foule sans tendre les bras devant lui.

La neige reprit – de ces gros flocons qui dérivent lentement vers le sol ou se perchent dans vos cheveux.

— Il neige ? demanda Tinker.
— On ne pose pas de questions !

Nous traversâmes Park Avenue, Madison Avenue, 5th Avenue. Nos compatriotes new-yorkais passaient près de nous avec l'indifférence de ceux qui en ont vu d'autres. De l'autre côté de 6th Avenue, la marquise du Capital Theatre se déployait à six mètres du sol en illuminant 34th Street. On aurait dit la proue d'un paquebot qui se serait enfoncée dans la façade d'un immeuble. Les gens qui avaient assisté à la première séance émergeaient peu à peu dans le froid. Leur air gai et détendu avait quelque chose de cette satisfaction lasse si typique de la première soirée de l'année. Tinker entendit leurs voix.

— Vous m'emmenez où, les filles ?
— Silence !

Nous nous engouffrâmes dans une ruelle.

De gros rats gris apeurés par la neige détalaient entre les boîtes de conserve vides. Au-dessus de nos têtes, les escaliers de secours grimpaient le long des immeubles comme des araignées. La seule lumière provenait d'une petite lampe rouge au-dessus de la sortie de secours du cinéma. Nous la dépassâmes et prîmes position derrière une poubelle.

Je défis le bandeau de Tinker en lui faisant signe de se taire.

Plongeant la main dans son chemisier, Eve en tira un vieux soutien-gorge noir. Après nous avoir adressé un clin d'œil et un sourire radieux, elle se posta juste en dessous des escaliers de secours, se mit sur la pointe des pieds et accrocha le soutien-gorge à la dernière marche.

Puis elle nous rejoignit et l'attente commença.

18 h 50.

19 heures.

19 h 10.

La porte de secours s'ouvrit dans un grincement.

En sortit un ouvreur âgé d'une cinquantaine d'années qui fuyait le film déjà vu une centaine de fois. Avec son uniforme rouge, il ressemblait sous cette neige à un soldat de bois de *Casse-Noisette* qui aurait perdu son chapeau. Il tira la porte derrière lui tout en plaçant un programme dans l'entrebâillement pour ne pas qu'elle se ferme complètement. La neige qui tombait entre les marches de l'escalier se déposait sur ses fausses épaulettes. Adossé à la porte, il prit la cigarette coincée derrière son oreille, l'alluma et souffla la fumée avec un sourire de philosophe au ventre plein.

Au bout de la troisième bouffée, il remarqua enfin le soutien-gorge. Il l'observa un instant de loin, puis jeta sa cigarette contre le mur, s'approcha et pencha la tête comme pour lire l'étiquette. Il jeta un coup d'œil à droite, à gauche. Puis, délicatement, il décrocha le soutien-gorge et se figea, le sous-vêtement à la main, avant d'enfouir son nez dedans.

Ce fut le moment que nous choisîmes pour nous faufiler à l'intérieur – en nous assurant que le programme restait bien à sa place.

Nous baissâmes la tête pour passer sous l'écran – comme d'habitude. Nous nous glissâmes vers la sortie de l'autre côté de la salle tandis que derrière nous défilaient les actualités et que, tour à tour, Roosevelt et Hitler saluaient la foule dans leur longue décapotable. Une fois dans le vestibule, nous grimpâmes les escaliers et poussâmes la porte qui menait vers les fauteuils du deuxième balcon. Dans la pénombre, nous nous dirigeâmes vers le rang tout en haut.

Tinker et moi fûmes pris de gloussements.

— Chut ! dit Eve.

Quand nous étions arrivés au niveau du balcon, Tinker nous avait laissées passer en tenant la porte et Eve avait foncé la première. Nous nous retrouvâmes donc avec Eve à un bout, moi au milieu et Tinker côté couloir. Je croisai le regard d'Eve. Elle m'adressa un rictus, comme si j'avais tout planifié.

— Vous faites ça souvent ? chuchota Tinker.

— Chaque fois qu'on en a l'occasion, répondit Eve.

— Chut ! fit quelqu'un d'un ton agacé au moment où l'écran devenait noir.

Dans la salle, les briquets s'allumaient et s'éteignaient comme des lucioles. L'écran s'illumina – le film commençait.

C'était *Un jour aux courses*. Comme souvent avec les films des Marx Brothers, celui-ci commença avec l'apparition de personnes respectables et sophistiquées qui instauraient une solennité poliment supportée par le public. Mais dès que Groucho apparut, les spectateurs se levèrent en applaudissant – comme s'il s'agissait d'un grand acteur shakespearien retrouvant les planches après une retraite prématurée.

Pendant la première bobine, je tirai de mon sac une boîte de bonbons tandis qu'Eve nous tendait une bouteille de whisky. Quand ce fut à Tinker de prendre un bonbon, il fallut secouer la boîte pour attirer son attention.

La bouteille fit un premier, puis un deuxième aller-retour. Lorsqu'elle fut vide, Tinker brandit sa contribution : une flasque en argent dans un étui en cuir. En la prenant, je sentis sous mes doigts le TGR gravé sur le cuir.

De plus en plus ivres, nous nous nous esclaffions comme si nous n'avions jamais vu un film aussi drôle. Pendant la scène où Groucho fait subir un examen médical à la vieille dame, Tinker riait tellement qu'il dut essuyer ses larmes.

À un moment, je fus prise d'une envie pressante. Impossible d'attendre. Me frayant un chemin jusqu'à l'allée centrale, je descendis les escaliers quatre à quatre jusqu'aux toilettes. Je me soulageai sans m'asseoir sur le siège et sortis en ignorant la dame-pipi. À mon retour dans la salle, j'avais tout au plus loupé une scène, mais Tinker était à présent assis au milieu. Il n'était pas sorcier de deviner pourquoi.

Je m'affaissai sur son siège en songeant que si je ne faisais pas gaffe, c'était moi qui me retrouverais avec du fumier sur ma pelouse.

S'il est vrai que les jeunes femmes maîtrisent parfaitement l'art des représailles, l'univers a sa propre conception de la vengeance. En effet, Eve pouvait bien glousser dans l'oreille de Tinker, moi j'étais lovée dans son manteau en peau retournée. La doublure, aussi épaisse que la toison sur le dos d'un mouton, avait conservé la chaleur du corps de Tinker. La neige avait fondu sur le col et l'odeur musquée de la laine humide se mêlait à celle du savon à raser.

Que Tinker porte ce genre de manteau – que ce pur produit de la Nouvelle-Angleterre s'attife comme le héros d'un film de John Ford – m'avait tout d'abord fait l'effet d'une pose. Mais l'odeur de la laine mouillée par la neige conférait à cette image une certaine authenticité. J'imaginai brusquement Tinker chevauchant en lisière de forêt, sur fond de ciel majestueux, dans le ranch d'un copain de fac peut-être – le genre d'endroit où l'on chasse le cerf en compagnie de vieilles pétoires et de chiens au pedigree autrement plus prestigieux que le mien.

Le film terminé, nous nous mêlâmes à la foule des citoyens respectables pour sortir. Eve se mit à danser le Lindy[1] comme les Noirs dans le grand numéro dansé du film. Je lui pris la main et nous sautillâmes ensemble en parfaite synchronisation. Tinker était visiblement impressionné, même s'il n'y avait pas de quoi. Le samedi soir, apprendre des pas de danse

1. Le Lindy est une danse de rue du début du XXe siècle, dont le nom s'inspire de celui de Charles Lindberg, le premier aviateur à traverser l'Atlantique.

était, à défaut de mieux, le passe-temps des jeunes femmes dans les pensions de famille américaines.

Nous prîmes la main de Tinker, qui esquissa quelques pas. Puis Eve se détacha de nous et héla un taxi, dans lequel nous nous entassâmes.

— On va où ? demanda Tinker.

Eve répondit sans une hésitation – Essex et Delancey Street.

Mais bien sûr ! Elle nous emmenait au Chernoff's.

Bien que le chauffeur ait entendu Eve, Tinker répéta l'adresse.

— À l'angle d'Essex et de Delancey Street, s'il vous plaît.

Le chauffeur enclencha la première. Très vite, Broadway disparut sous nos yeux comme une guirlande de Noël qu'on décroche du sapin.

Le Chernoff's était un ancien bar clandestin tenu par un juif ukrainien qui avait émigré juste avant l'exécution des Romanov sous la neige. L'endroit, situé sous la cuisine d'un restaurant casher, était apprécié des gangsters russes, tout en servant de lieu de rassemblement aux émigrés politiques russes des deux camps. Chaque soir, les deux factions se retranchaient systématiquement de part et d'autre de la scène minuscule. À gauche, les trotskistes à barbichette préparaient la chute du capitalisme tandis qu'à droite, les tsaristes à rouflaquettes ressassaient les souvenirs du palais de l'Ermitage. À l'instar de toutes les tribus rivales du monde, ces deux-là avaient débarqué à New York City et s'étaient installées l'une à côté de l'autre. Elles vivaient dans les mêmes quartiers, fréquentaient les mêmes cafés étroits, et pouvaient ainsi se surveiller mutuellement. Dans de telles conditions de proximité, le temps renforçait lentement leurs ressentiments tout en diluant leur détermination.

Nous descendîmes du taxi et remontâmes Essex Street à pied. Une fois passée la devanture bien éclairée du restaurant, nous prîmes la ruelle sur laquelle donnait la cuisine.

— Encore une ruelle ! dit Tinker avec une pointe d'audace.

Nous passâmes à côté d'une poubelle.

— Encore une poubelle !

Au bout de la ruelle, deux juifs barbus vêtus de noir maugréaient sur les temps modernes. Ils firent semblant de ne pas nous voir. Eve ouvrit la porte menant à la cuisine. Les deux Chinois affairés au-dessus des immenses éviers emplis de vapeur nous ignorèrent eux aussi. Après les marmites bouillantes de choux, un escalier étroit menait à un sous-sol où se trouvait une chambre froide. La poignée en laiton de l'épaisse porte en chêne avait été maniée tant de fois qu'elle était devenue dorée et brillante, comme le pied d'un saint de cathédrale. Eve la tira. Nous nous retrouvâmes au milieu de la sciure et des blocs de glace. Au fond, une porte dérobée s'ouvrait sur le bar en cuivre et les banquettes en cuir rouge du night-club.

La chance voulut qu'un groupe de clients s'en aille. Nous fûmes donc tout de suite installés dans un box du côté tsariste de la salle. Au Chernoff's, les serveurs ne vous demandaient jamais ce que vous vouliez. Ils se contentaient de poser brutalement devant vous des assiettes de pirojkis, de harengs et de langue et, au milieu de la table, des petits verres et une vieille bouteille de vin remplie d'une vodka qui, en dépit de l'abrogation de la Prohibition, était encore distillée dans une baignoire. Tinker emplit trois verres.

— Un de ces jours, je le jure, je trouverai Dieu, déclara Eve en avalant le sien d'un trait avant de s'excuser et d'aller aux toilettes.

Sur la scène, un cosaque solitaire s'accompagnait sur sa balalaïka en chantant l'histoire d'un cheval qui revenait de la guerre sans son cavalier. À mesure qu'il approchait du village natal du soldat, le cheval reconnaissait l'odeur des tilleuls, le bruissement des marguerites, les coups du marteau du forgeron. Les paroles étaient mal traduites, mais le cosaque chantait avec cette émotion que l'on ne trouve que chez les expatriés. Même Tinker devint brusquement mélancolique – comme si la chanson évoquait un pays qu'il avait été contraint de quitter lui aussi.

À la fin de la chanson, les clients se mirent à applaudir de manière spontanée mais sobre, comme après un discours simple et raisonnable. Le cosaque s'inclina une fois et sortit de scène.

Tinker parcourut longuement la salle du regard, puis déclara que son frère apprécierait beaucoup cet endroit et que nous devrions revenir tous ensemble.

— Tu penses qu'on l'aimerait bien, ton frère ?

— Oui, surtout toi. Je parie que vous vous entendriez à merveille.

Puis, brusquement silencieux, il fit tourner son verre vide entre ses mains. Était-il perdu dans ses pensées ou encore envoûté par la chanson du cosaque ?

— Tu es fille unique, c'est ça ? dit-il en posant son verre.

Sa remarque me prit au dépourvu.

— Pourquoi tu dis ça ? J'ai l'air d'une enfant gâtée ?

— Pas du tout ! Bien au contraire. Simplement, on dirait que ça ne te gênerait pas d'être seule.

— Pas toi ?

— Autrefois, oui. Mais j'ai perdu l'habitude. Maintenant, quand je suis seul chez moi sans rien à faire, je me demande qui je vais bien pouvoir retrouver en ville.

— Moi, comme j'habite dans une volière, j'ai plutôt le problème inverse. Il faut que je sorte pour être seule.

Tinker emplit mon verre en souriant. Nous restâmes silencieux quelques instants.

— Tu vas où, alors ? demanda-t-il.

— Comment ça ?

— Tu vas où quand tu veux être seule ?

Quelques musiciens commençaient à se regrouper dans un coin de la scène et à accorder leurs instruments. C'est alors qu'Eve réapparut au fond de la salle et s'avança vers nous en contournant les tables.

— La voilà, dis-je en me levant pour qu'elle puisse se glisser sur la banquette entre nous deux.

Au Chernoff's, la nourriture était froide, la vodka médicinale et le service sec. Mais les gens ne venaient pas plus pour la nourriture que pour la vodka ou le service. Non, ils venaient au Chernoff's pour le spectacle.

Un peu avant dix heures, l'orchestre joua une introduction ostensiblement russe. Puis, perçant la couche de fumée, un projecteur révéla un couple de quinquagénaires installés à droite de la scène, la femme en costume de jeune paysanne et l'homme en uniforme de jeune recrue. Le soldat se tourna vers la paysanne et se mit à chanter a capella. Il lui disait de se souvenir de lui, de ses tendres baisers, du bruit de ses pas dans la nuit, des pommes d'automne qu'il avait volées dans le verger de son grand-père. Il avait plus de rouge aux joues que sa partenaire et sa veste, à laquelle il manquait un bouton, était une taille trop petite.

Non, répondit la paysanne, ce ne sont pas ces souvenirs-là que je garderai de toi.

Désespéré, le soldat tomba à genoux. La paysanne attira sa tête contre son giron, étalant des traînées de rouge à joues sur son corsage. Non, chanta-t-elle, ce ne sont pas ces souvenirs que je garderai de toi. Ce que je garderai de toi, c'est le cœur que tu entends battre dans mon ventre.

Vu l'âge des interprètes et leur maquillage ridicule, la scène aurait pu faire rire – n'eussent été les pleurs des messieurs installés au premier rang.

À la fin du duo, les chanteurs s'inclinèrent trois fois sous des applaudissements enthousiastes, puis laissèrent la scène à un groupe de jeunes danseuses court vêtues et en chapeaux noirs. Commença alors un hommage à Cole Porter, tout d'abord avec

« Anything Goes », puis deux ou trois grands succès remis au goût du jour, dont « It's Delightful, It's Delicious, It's Delancey ».

Brusquement, la musique s'interrompit et les danseuses s'immobilisèrent. Les projecteurs s'éteignirent. Le public retint son souffle.

Lorsque les lumières revinrent, les danseuses formaient une ligne parfaite, avec au milieu de la scène les deux chanteurs quinquagénaires, lui en chapeau haut de forme et elle en robe à paillettes. La vedette masculine tendit le bout de sa canne vers l'orchestre :

« C'est parrrrti, mon kiki ! »

Et l'ensemble d'enchaîner sur le final, « I Get a Kick Out of You » chanté avec un accent russe à couper au couteau.

La première fois que je traînai Eve au Chernoff's, elle détesta. Elle détesta Delancey Street, l'entrée dans la ruelle, les Chinois dans la cuisine. Elle détesta la clientèle – tous ces gens hirsutes qui ne parlaient que de politique. Même le spectacle lui déplut. Pourtant, elle finit par bigrement s'y habituer, par aimer ce mélange de paillettes et d'histoires larmoyantes, ces émouvantes vedettes en fin de carrière, ces danseuses aux grandes dents qui rêvaient de gloire, ces révolutionnaires et contre-révolutionnaires qui versaient des torrents de larmes à un mètre les uns des autres. Elle alla même jusqu'à savoir certaines des paroles au point de pouvoir les chanter quand elle avait un peu trop bu. Pour Eve, une soirée au Chernoff's était un peu, je crois, comme renvoyer dans l'Indiana l'argent de son papa.

Si son intention avait été d'impressionner Tinker en lui faisant voir un New York inconnu, c'était réussi. La chanson nostalgique du cosaque sans patrie avait laissé place aux airs pétillants et insouciants de Cole Porter et aux jambes longues, aux jupettes et aux rêves tout neufs des danseuses, et Tinker ressemblait à un gosse qu'on a laissé entrer sans ticket à la première du spectacle.

Ayant décrété la soirée finie, Eve et moi demandâmes l'addition. Bien sûr, Tinker protesta. Nous insistâmes.

— D'accord, dit-il en rangeant son portefeuille. Mais vendredi, c'est moi qui paie.

— Entendu, répondit Eve. On s'habille comment ?

— Comme vous voulez.

— Chic, très chic ou super chic ?

Tinker sourit.

— Eh bien, on va dire… super chic.

Pendant que Tinker et Eve attendaient qu'on nous apporte nos manteaux, je m'excusai et allai faire la queue aux toilettes. Les petites amies des gangsters, qui s'étaient mises sur leur trente et un, se pressaient autour des lavabos. Avec leurs couches de fausses fourrures et de maquillage aussi épaisses que celles des danseuses, elles avaient autant de chances que ces dernières de percer à Hollywood.

En sortant, je tombai nez à nez avec le vieux Chernoff lui-même. Debout dans le couloir, il observait la foule de ses clients.

— *Bonjour, Cendrillon*, dit-il en russe. *Tu es resplendissante.*

— *L'éclairage est mauvais.*

— *Ma vue est bonne.*

Il fit un signe de tête en direction de notre table. Visiblement, Eve était sur le point de convaincre Tinker de partager son verre de vodka.

— *Ce jeune homme, il est avec qui ? Avec toi ou avec ta copine ?*

— Un peu avec les deux, je crois.

Le sourire de Chernoff dévoila ses deux dents en or.

— *Ce genre de choses, ça ne dure jamais longtemps, ma belle.*

— C'est ce que vous dites.

— C'est ce que disent le Soleil, la Lune et les Étoiles.

3

Soixante-quinze mots à la minute

Il y avait vingt-six ampoules rouges sur le panneau en acajou au-dessus de la porte de Miss Markham, chacune identifiée par une lettre de l'alphabet. Cela faisait une lettre par fille du pool de dactylos de Quiggin & Hale. Moi, j'étais le Q.

Nous étions installées en cinq rangées de cinq, avec la dactylo en chef, Pamela Petus (alias G) placée seule devant nous comme une majorette précédant une fanfare tristounette. Sous la houlette de Miss Markham, nous tapions le courrier, préparions les contrats, faisions des duplicatas et écrivions sous la dictée. Lorsque Miss Markham recevait une requête de la part de l'un des avocats du cabinet, elle consultait son planning (mot qu'elle prononçait en détachant bien tous les *n*) repérait la fille la plus apte à s'acquitter de la tâche, et appuyait sur le bouton correspondant.

Une personne extérieure au cabinet aurait trouvé logique qu'un avocat satisfait de l'une des filles fasse appel à elle, que ce soit pour copier une promesse de vente en trois exemplaires ou dresser la liste des fautes d'une épouse dont on veut divorcer. Mais Miss Markham ne l'entendait pas ainsi. Elle considérait comme essentiel que chaque tâche soit exécutée le plus parfaitement possible. Les filles étaient toutes d'excellentes dactylos, mais certaines maîtrisaient à merveille la sténographie tandis que d'autres repéraient la moindre virgule mal placée. Il y en avait une qui était capable avec sa voix de calmer un client hostile, et une autre qui faisait mettre les jeunes avocats au garde-à-vous rien que par sa manière posée d'interrompre une réunion pour remettre un message à un chef. Quand on vise l'excellence, on ne fait pas faire du lancer de javelot à un lutteur, répétait Miss Markham.

Un exemple ? Charlotte Sykes, la nouvelle qui était assise à ma gauche. Dix-neuf ans, des yeux noirs pleins d'espoir et de petites oreilles alertes. Charlotte avait commis une erreur tactique le jour de son arrivée : elle avait tapé cent mots à la minute. Impossible de se faire embaucher chez Quiggin & Hale si vous tapiez moins de soixante-quinze mots à la minute. Charlotte, elle, dépassait d'une bonne quinzaine de mots la moyenne du pool. Cent mots à la minute, c'est 48 000 mots par jour, 240 000 par semaine et 12 millions par an. En tant que nouvelle recrue, Charlotte devait gagner dans les quinze dollars par semaine, en d'autres termes moins d'un dix-millième de cent par mot tapé. C'était cela, la chose bizarre chez Quiggin & Hale – au-delà de soixante-quinze mots à la minute, plus vous tapiez vite, moins vous étiez payée au mot.

Mais ce n'était pas ainsi que Charlotte voyait les choses. Telle une aventurière qui tenterait la première traversée en solitaire de l'Hudson, elle s'était fixé pour ambition de taper aussi vite qu'il était humainement possible. Si bien que chaque fois qu'un dossier nécessitait quelques milliers de pages de duplication, il y avait fort à parier que l'ampoule qui s'allumerait au-dessus de la porte de Miss Markham serait celle placée sous la lettre F.

Tout cela pour dire qu'il faut faire attention quand vous choisissez votre point fort – parce que le monde sautera sur la première occasion pour s'en servir contre vous.

Pourtant, le mercredi 5 janvier à 16 h 05, alors que je transcrivais une déposition, ce fut mon ampoule qui s'alluma.

Après avoir recouvert ma machine à écrire (ainsi qu'on nous avait appris à le faire, même pour une brève interruption), je me levai, lissai ma jupe, pris un bloc sténo et traversai les rangées de dactylos jusqu'au bureau de Miss Markham. C'était une pièce lambrissée fermée par une demi-porte comme celles qu'on voit dans les vestiaires des cabarets. Elle contenait un bureau petit mais très orné, avec un dessus en cuir repoussé, le genre de meuble sur lequel on imaginait que Napoléon écrivait à la plume ses instructions à l'adresse de ses généraux.

À mon arrivée, Miss Markham leva brièvement les yeux.

— Il y a un appel pour vous, Katherine. De la part d'un assistant juridique de chez Camden & Clay.

— Merci.

— N'oubliez pas que vous travaillez pour Quiggin & Hale, pas pour Camden & Clay. Ne les laissez pas se délester sur vous de leur travail.

— Bien, Miss Markham.

— Parfait. Pendant que j'y pense, Katherine, une dernière chose. J'ai cru comprendre que la fusion Dixon-Ticonderoga avait requis beaucoup de travail de dernière minute.

— Oui. Mr Barnett tenait à ce que la transaction soit terminée avant la fin de l'année. Pour des raisons fiscales, je suppose. Et il y a eu en effet quelques corrections au tout dernier moment.

— Je vois. Je n'aime pas que mes filles travaillent si tard la semaine de Noël. Quoi qu'il en soit, Mr Barnett a apprécié votre travail sur ce dossier. Moi aussi.

— Merci, Miss Markham.

Elle me congédia en agitant son stylo.

De retour dans la salle des dactylos, je me dirigeai vers la petite table où se trouvait le téléphone. Il était mis à la disposition des filles quand on devait leur faire part de modifications. Le cabinet d'avocats Camden & Clay était l'un des plus gros de New York. Même s'ils n'étaient pas directement impliqués dans les dossiers que je traitais, ils avaient plus ou moins un pied partout.

Je décrochai le combiné.

— Katherine Kontent à l'appareil.

— Salut, ma vieille !

Je jetai un coup d'œil autour de moi : sur les vingt-six machines à écrire du pool de dactylos, vingt-cinq fonctionnaient à plein régime, dans un raffut tel qu'on s'entendait à peine penser. Ce qui, je suppose, était le but recherché. Je baissai néanmoins la voix.

— J'espère que tu m'appelles pour une bonne raison, cocotte. J'ai une déposition à rendre dans une heure.

— Alors, ça se présente comment ?

— Je suis en retard de trois demi-vérités et d'un gros bobard.

— C'est quoi, le nom de la banque où Tinker travaille ?

— Je ne sais pas. Pourquoi ?

— On n'a rien prévu pour demain soir.

— Il nous emmène dans un endroit chic, quelque part près de Central Park. Il vient nous chercher vers huit heures.

— Bigre ! Lieu, date, heure. Comment tu as appris tout ça ?

Je restai un instant silencieuse.

En effet, comment avais-je appris tout ça ?

Bonne question.

À l'angle de Broadway et d'Exchange Place, en face de Trinity Church, se trouvait un petit *diner* avec l'horloge publicitaire ornée d'une marque de soda accrochée au mur et un taulier du nom de Max qui ne se gênait pas pour faire cuire son porridge sur le gril. L'endroit, glacial en hiver, étouffant en juillet, me faisait faire un détour de quatre cents mètres, mais c'était l'un de mes antres préférés à New York – parce que je me débrouillais toujours pour occuper le petit box tout biscornu près de la fenêtre.

De là, on pouvait, le temps d'un sandwich, assister au pèlerinage des adorateurs de New York. Venus des quatre coins d'Europe, vêtus de toutes les nuances de gris, ils tournaient le dos à la statue de la Liberté et, d'instinct, remontaient Broadway, penchés en avant pour lutter contre un vent contraire, plaquant leurs chapeaux identiques sur leurs cheveux de couleur identique, heureux de se fondre parmi la foule anonyme. Héritiers de plus de mille ans d'histoire, porteurs de leur propre vécu impérial et d'expressions inégalées de la condition humaine (que ce soit la chapelle Sixtine ou *Le Crépuscule des dieux*), ils se contentaient à présent d'exprimer leur individualité à travers le choix de leur Rogers préféré pour la séance ciné du samedi : Ginger, Roy ou Buck. L'Amérique est peut-être une terre d'opportunités, mais à New York, c'est l'espoir de la conformité qui fait affluer les gens.

Du moins en étais-je là de mes réflexions lorsqu'un homme tête nue émergea de la foule et cogna au carreau.

Mon cœur fit un bond. C'était Tinker Grey.

Les pointes de ses oreilles étaient aussi rouges que celles d'un elfe. Il arborait un grand sourire, comme s'il m'avait prise la main dans le sac. Il se mit à parler avec enthousiasme derrière la vitre – sans que je puisse l'entendre. Je lui fis signe d'entrer.

— Alors c'est ici ? demanda-t-il en s'installant dans le box.

— Ici que quoi ?

— Ici que tu viens quand tu veux être seule.

— Oh non, répondis-je hilare, pas vraiment.

Feignant la déception, il fit claquer ses doigts. Puis, annonçant qu'il avait faim, il regarda la salle avec une admiration tout à fait injustifiée. Il s'empara du menu, en prit connaissance en quatre secondes. Il avait cette joie irrépressible de celui qui a trouvé par terre un billet de cent dollars et ne l'a encore dit à personne.

Quand la serveuse arriva, je commandai un sandwich bacon-laitue-tomate ; plongeant dans des eaux inconnues, Tinker choisit le Spécial Max, un sandwich exceptionnel, mondialement célèbre et légendaire, dixit le menu. Comme Tinker me demandait si je l'avais déjà goûté, je répondis que j'avais toujours trouvé la description un peu trop généreuse en adjectifs et avare en détails.

— Alors comme ça tu travailles dans le coin ? me demanda-t-il, une fois la serveuse partie.

— À quelques pas d'ici.

…

— Eve disait que tu bossais dans un cabinet d'avocats, c'est ça ?

— Oui. Un vieux cabinet de Wall Street.

…

— Ça te plaît ?

— Ça n'a rien d'excitant, mais je suppose que c'est inévitable.

Tinker sourit.

— Toi aussi tu es un peu trop généreuse en adjectifs et avare en détails.

— Emily Post[1] dit qu'il est impoli de parler de soi.

— Je suis certain que Miss Post a tout à fait raison, mais ça n'a pas l'air de convaincre grand monde.

La chance sourit aux aventuriers : le Spécial Max était garni de fromage grillé, de viande de bœuf et de crudités. En dix minutes, il était englouti et remplacé par une tranche de cheese-cake.

— Quel endroit formidable ! s'exclama Tinker pour la cinquième fois.

— Alors, c'est chouette d'être banquier ? lui demandai-je au moment où il attaquait son dessert.

Tout d'abord, me confia-t-il, il n'était pas vraiment banquier, mais plutôt courtier. Sa banque s'occupait des capitaux d'un groupe de familles aisées possédant de gros intérêts dans des entreprises privées opérant dans toutes sortes de secteurs, de la sidérurgie aux mines d'argent. Quand ses clients avaient besoin de liquidités, son rôle à lui était de leur trouver un acheteur convenable – en toute discrétion.

— Je me ferais un plaisir de t'acheter une mine d'argent, dis-je en sortant une cigarette.

— La prochaine fois, c'est toi que j'appellerai en premier.

---

1. Emily Post (1872-1960), issue d'une famille aisée de la côte Est, épousa un banquier new-yorkais puis, divorcée, se consacra à l'écriture. Elle est surtout connue pour son livre *Etiquette in Society, in Business, in Politics, and at Home*, best-seller publié en 1922.

Tinker se pencha pour m'offrir du feu, avant de poser son briquet sur la table à côté de son assiette. J'inhalai une bouffée, puis tendis ma cigarette vers le briquet.

— Alors, raconte-moi.

— Oh, dit-il avec un air un peu timide, tu veux dire, l'inscription ?

Il prit le briquet et l'étudia quelques secondes.

— Je l'ai acheté le jour où j'ai reçu mon premier gros chèque. Tu sais, pour me faire à moi-même un cadeau. Un briquet en or massif avec mes initiales gravées dessus !

Il secoua la tête avec un sourire un peu triste.

— Quand mon frère l'a vu, il m'a passé un de ces savons. Parce qu'il était en or. Parce qu'il y avait mon monogramme dessus. Mais ce qui l'embêtait vraiment, c'était mon boulot. Quand on se retrouvait pour boire une bière dans Greenwich Village, il se répandait en injures contre les banquiers et la Bourse et raillait mes projets de voyage à l'étranger. Moi, je lui répétais que je n'avais pas abandonné l'idée. Alors un soir, il a pris mon briquet et est allé dans un petit magasin y faire rajouter le post-scriptum.

— Pour te rappeler de ne pas laisser passer ta chance quand une fille te demande du feu ?

— En quelque sorte.

— Ma foi, ton boulot ne m'a pas l'air si condamnable que ça.

— Bien sûr, il n'est pas condamnable. Simplement…

Il réfléchit en contemplant Broadway.

— Dans un de ses livres, Mark Twain raconte l'histoire d'un vieil homme qui pilote une barge – le genre d'embarcation qui transporte les gens d'une rive à l'autre du fleuve.

— Ça ne serait pas dans *La Vie sur le Mississippi* ?

— Je ne sais plus. Peut-être. Bref – Twain calcule qu'en trente ans, ce type a fait l'aller-retour si souvent que sans même quitter son comté, il a parcouru l'équivalent de vingt fois la longueur du fleuve.

Tinker eut un sourire triste.

— C'est le sentiment que j'ai parfois. La moitié de mes clients partent dans l'Alaska, les autres en Floride – et moi, je fais des ronds dans l'eau.

— Café ? demanda la serveuse, cafetière à la main.

Tinker m'interrogea du regard.

Les employées de Quiggin & Hale avaient quarante-cinq minutes pour déjeuner. Personnellement, j'étais toujours de retour à mon poste quelques minutes à l'avance. Si je partais tout de suite, j'arriverais à temps. Il me suffisait de remercier Tinker, de remonter Nassau Street au petit trot et de prendre l'ascenseur jusqu'au seizième étage. Mais cela me prendrait combien de temps, moi qui généralement ne traînais pas ? Cinq minutes ? Dix ? Quinze si je cassais un talon ?

— Oui, merci, dis-je.

La serveuse remplit nos tasses. Nous nous enfonçâmes tous les deux dans nos chaises, nous cognant les genoux à cause de l'étroitesse du box. Tinker ajouta de la crème et remua son café avec sa cuillère. Nous restâmes silencieux un long moment.

— Dans les églises, dis-je.

Il prit un air un peu perdu.

— Pardon ?

— C'est là que je vais quand j'ai besoin d'être seule.

Il se redressa.

— Dans les églises ?

Je pointai le doigt en direction de Trinity Church. Pendant un demi-siècle, la vue de son clocher, point culminant de Manhattan, avait réconforté les marins. Maintenant, il fallait se trouver dans un *diner* pile en face pour le voir.

— Vraiment ? fit Tinker.

— Ça t'étonne ?

— Non. Simplement, tu ne me donnes pas l'impression d'être très croyante.

— Je ne le suis pas. Mais je n'y vais pas pendant la messe. J'y vais aux heures creuses.

— À Trinity ?

— Là et ailleurs. Mais je préfère celles qui sont grandes et vieilles, comme Saint-Patrick ou Saint-Michael.

— Je crois que j'ai été à un mariage à Saint-Barth. Mais c'est à peu près tout. J'ai dû passer des milliers de fois devant Trinity sans jamais y entrer.

— C'est ça que je trouve merveilleux. À deux heures de l'après-midi elles sont toutes vides. Toutes ces pierres, ce bois précieux et ces vitraux, et personne pour en profiter. Elles devaient bien être bondées à une certaine époque, sinon pourquoi les gens se seraient-ils donné tout ce mal ? J'imagine la queue devant les confessionnaux, les mariages avec les demoiselles d'honneur qui jettent des pétales de fleurs.

— Du baptême à l'oraison funèbre…

— Tout à fait. Mais au fil du temps, le nombre de fidèles a diminué. Les nouveaux venus établissent leurs propres églises et les vieilles sont abandonnées aux souvenirs de leur gloire passée, comme les personnes âgées. Je trouve leur compagnie très apaisante.

Tinker resta un moment silencieux. Il leva les yeux vers Trinity. Deux mouettes tournaient autour du clocher en hommage au temps passé.

— C'est formidable, dit-il.

Je trinquai avec ma tasse de café.

— Il y a peu de gens qui savent ça sur moi.

Il plongea ses yeux dans les miens.

— Alors, dis-moi quelque chose que personne ne sait sur toi.

J'éclatai de rire.

Il était sérieux.

— Quelque chose que personne ne sait ?

— Un détail, c'est tout. Je ne dirai rien à personne, promis.

Il posa la main sur sa poitrine pour prouver sa sincérité.

— D'accord, dis-je en posant ma tasse. J'ai une notion parfaite du temps.

— Qu'est-ce que tu veux dire par là ?

Je haussai les épaules.

— J'arrive à compter les secondes sans jamais me tromper. Et les minutes.

— Je n'en crois pas un mot.

Je désignai d'un geste du pouce l'horloge sur le mur derrière moi.

— Préviens-moi quand l'aiguille des secondes sera sur douze.

Regardant par-dessus mon épaule, il se mit à surveiller l'horloge.

— OK, dit-il avec un sourire en coin. À vos marques… prêt…

Bigre, avait dit Eve plus tard dans l'après-midi. Lieu, date, heure. Comment tu as appris tout ça ?

S'il y a bien une chose que l'on constate quand on prend une déposition, c'est que la plupart des gens sont impressionnés par les questions directes qui vont droit au but. Ils n'y sont pas du tout préparés. Parfois, ils les répètent pour afficher leur bonne volonté (et gagner du temps). *Comment ai-je appris tout cela ?* demandent-ils poliment. D'autres fois, ils ripostent à l'audace de la question en prenant un air légèrement indigné : *Comment j'ai appris quoi ?* Mais quelle que soit la tactique adoptée, l'avocat expérimenté sait que lorsqu'une personne essaie de gagner du temps de cette façon, cela vaut le coup de creuser un peu. Si bien que la meilleure façon de réagir à une bonne question est de répondre simplement et de manière neutre.

— Il me l'a dit au Chernoff's, quand tu étais aux toilettes, dis-je à Eve.

Nous échangeâmes une dernière plaisanterie, puis je retournai à mon poste. J'ôtai l'étui recouvrant ma machine à écrire, retrouvai l'endroit où j'en étais dans la déposition, et me lançai. En transcrivant la liste des différentes activités d'un des protagonistes, je tapai *casseur* au lieu de *masseur*. Vous noterez que les deux lettres ne sont même pas voisines sur le clavier.

4

Deus ex machina

Le vendredi soir, pendant que nous nous préparions, Eve ne voulut même pas discuter du temps qu'il faisait.

Ma conscience ayant pris le dessus, j'étais passée aux aveux. Partiels du moins. Dans le cours de la conversation, j'avais mentionné sur un ton désinvolte que j'avais rencontré Tinker par hasard et que nous avions pris un café ensemble.

— Un café, répéta-t-elle avec la même désinvolture. Sympa.

Puis elle se ferma comme une huître.

Je tentai de l'amadouer en la complimentant sur sa tenue – une robe jaune d'autant plus classe qu'elle était complètement hors saison.

— Tu la trouves vraiment chouette ? demanda-t-elle.

— Elle est épatante.

— Tu devrais l'essayer un jour pour voir si elle te va. Et peut-être que tu pourrais prendre un café avec.

Je restai bouche bée, ne sachant pas trop quoi répondre. C'est alors que l'une des pensionnaires fit irruption dans la chambre.

— Désolée de vous interrompre, mesdemoiselles, mais le Prince Charmant est arrivé. Avec son carrosse.

Juste avant de sortir, Eve jeta un dernier coup d'œil au miroir.

— Je ne suis pas tout à fait prête, déclara-t-elle.

Elle retourna dans la chambre et retira sa robe, comme si mon compliment l'avait rendue démodée. En regardant par la fenêtre, je vis qu'une pluie glaciale tombait, en écho à son humeur. *On va passer un mauvais quart d'heure, c'est sûr*, me dis-je en descendant derrière elle.

Tinker nous attendait pile devant la pension à côté d'un coupé Mercedes couleur mercure. Même en mettant en commun leurs salaires pendant un an, les pensionnaires de chez Mrs Martingale n'auraient pas pu s'en payer une comme ça.

Fran Pacelli, la grande asperge du New Jersey qui avait laissé tomber ses études universitaires au City College et occupait la chambre au bout du couloir, siffla comme un ouvrier au passage d'un jupon. Eve et moi descendîmes le perron.

Tinker, visiblement d'humeur joyeuse, gratifia Eve d'un baiser sur la joue et d'un *Tu es radieuse*. Puis il se tourna vers moi, sourit et me serra la main. Pas un baiser, pas un compliment. Il n'empêche, Eve, qui nous espionnait, vit que c'était elle qui avait perdu au change.

Il ouvrit la portière côté passager.

— Je crains qu'il n'y ait pas beaucoup de place derrière.

— Je vais m'y mettre, dis-je.

— C'est vraiment généreux de ta part, rétorqua Eve.

Commençant à sentir que quelque chose clochait, Tinker lança à Eve un regard légèrement inquiet. Il posa une main sur la portière de la voiture, et de l'autre l'invita à s'installer. Elle ne parut pas remarquer. Elle était trop occupée à inspecter le véhicule. Mais pas à la manière de Fran, plutôt comme un professionnel.

— C'est moi qui prends le volant, annonça-t-elle en tendant la main vers les clés.

Tinker ne s'attendait pas à celle-là.

— Tu sais conduire ? demanda-t-il.

— *Monsieur veut savoir si je sais conduire ?* dit-elle d'un ton hautain. *Sachez que je conduis le tracteur de mon papa depuis mes neuf ans.*

Elle lui arracha les clés des mains et contourna l'avant de la voiture. Pendant que, l'air vaguement inquiet, Tinker montait côté passager, Eve s'installa confortablement derrière le volant.

— Alors, on va où, patron ?

— Vers 52nd Street.

Eve mit le contact et enclencha la marche arrière sans ménagement. Elle recula brutalement avant de piler dans un crissement de pneus.

— Eve ! s'écria Tinker.

Elle lui adressa un sourire tendre et compatissant. Puis, passant les vitesses les unes après les autres, elle fonça dans 17th Street.

Nous comprîmes vite qu'elle était habitée par l'esprit du Seigneur. Lorsque, tournant sur les chapeaux de roues, elle s'engagea dans 6th Avenue, Tinker faillit s'emparer du volant. Mais ce fut avec la plus grande fluidité qu'elle zigzagua entre les voitures, accélérant et ralentissant de manière imperceptible, comme un requin entre deux eaux, en calculant à la seconde près la durée des feux verts. Si bien que nous nous enfonçâmes dans nos sièges, silencieux, les yeux écarquillés, à la façon de ceux qui remettent leur vie entre les mains d'un pouvoir supérieur.

Je compris seulement au moment où nous prenions 52nd Street que Tinker nous emmenait au 21 Club.

D'une certaine manière, Eve ne lui avait pas laissé d'autre choix. *Chic, très chic, ou super chic* – il était censé répondre quoi ?

Mais tout comme Eve avait voulu impressionner Tinker en lui montrant fièrement le monde un peu louche et vaguement russe que nous « fréquentions », il comptait sans doute nous impressionner en nous offrant un aperçu de son New York à lui. Et visiblement, il avait de grandes chances de réussir, quelle que soit l'humeur d'Eve. Devant le restaurant, les limousines ronronnaient en laissant échapper des fumées qui s'élevaient en spirale comme des génies de leur lampe. Un valet en chapeau haut de forme et pardessus ouvrit la portière de la voiture tandis qu'un autre ouvrait la porte du restaurant, révélant un vestibule empli de New-Yorkais chics qui faisaient la queue, collés les uns aux autres.

À première vue, le 21 Club ne semblait pas particulièrement élégant. Les murs sombres étaient décorés de dessins encadrés qui paraissaient avoir été déchirés aux pages d'un magazine illustré. Les tables étaient rayées et les couverts aussi communs que ceux d'un boui-boui ou d'une cantine. Par contre, l'élégance de la clientèle ne faisait aucun doute. Les hommes avaient des costumes sur mesure dont la poche de poitrine était soulignée par la présence d'un mouchoir virginal. Les femmes, en robes de soie aux coloris royaux, portaient des colliers de perles.

Lorsque nous arrivâmes devant le vestiaire, Eve tourna très légèrement les épaules vers Tinker, auquel la manœuvre n'échappa pas : il lui retira son manteau dans un geste de matador faisant tournoyer sa cape.

Eve était la personne la plus jeune dans le restaurant à ne pas faire le service, et elle était décidée à en profiter au maximum. Elle avait enfilé à la dernière minute une petite robe en soie rouge avec un décolleté profond. Elle avait apparemment changé de soutien-gorge pour mettre celui qui lui remontait le mieux les seins – même à cent mètres en plein brouillard, on ne pouvait pas les louper. Elle avait pris soin de ne pas gâcher l'effet par une abondance de bijoux. Elle avait reçu le jour de la remise des diplômes à son lycée des boucles d'oreilles en diamants qu'elle conservait dans une petite boîte rouge laquée. Les cailloux produisaient un éclat charmant qui soulignait ses fossettes quand elle riait. Mais elle était trop fine pour les porter dans un endroit tel que celui-ci – un endroit où vous ne gagniez rien à jouer la carte de la formalité, un endroit où vous perdiez tout à vous livrer à la comparaison.

Le maître d'hôtel, un Autrichien qui avait toutes les raisons du monde d'être soucieux et ne l'était pas, accueillit Tinker :

— Mr Grey, nous vous attendions. Par ici. Je vous prie.

Il prononça ces derniers mots comme s'ils formaient une vraie phrase.

Il nous emmena jusqu'à la seule table vide de la salle principale, sur laquelle trois couverts étaient dressés. Le maître d'hôtel tira la chaise du milieu et fit signe à Eve de s'asseoir – à croire qu'il savait lire dans les pensées.

— Je vous prie, répéta-t-il.

Une fois que nous fûmes assis, il leva une main. Trois menus apparurent, telles des cartes à jouer géantes dans les mains d'un magicien. Il nous les présenta avec cérémonie.

— Bon repas.

Jamais je n'avais vu un menu aussi long. Il faisait presque un demi-mètre. Je l'ouvris, m'attendant à découvrir une cascade de choix, mais n'y figuraient que dix plats. Queue de homard. Bœuf Wellington. Côte première. Tout était rédigé à la main dans cette écriture élégante qu'on retrouve sur les cartons d'invitation de mariage. Il n'y avait aucun prix, du moins pas sur mon menu. Je lançai un regard à Eve, qui n'y répondit pas. Elle parcourut tranquillement son menu, puis le posa.

— On prend des martinis ? suggéra-t-elle.

— Excellente proposition ! répondit Tinker.

Il leva la main. Pile à l'endroit où se tenait précédemment le maître d'hôtel apparut un serveur en veste blanche doté de l'abattage d'un pseudo-artiste de country club.

— Bonsoir, Mr Grey. Bonsoir, mesdames. Si vous me permettez, vous êtes la plus belle tablée du restaurant. Allons donc, vous n'allez pas commander tout de suite ! Quel temps affreux ! Et si je vous apportais un apéritif ?

— En fait, Casper, nous étions justement en train de nous dire que nous aimerions des martinis.

— Je le savais. Donnez-moi ça, je vais vous débarrasser.

Casper coinça les menus sous son coude. Quelques minutes plus tard, les martinis arrivèrent.

Ou plutôt, trois verres vides arrivèrent. Un trio d'olives en brochettes étaient posées sur le bord de chacun d'eux comme une rame en travers d'une barque. Casper plaça une serviette sur un shaker en argent qu'il secoua énergiquement. Puis il commença à verser délicatement nos boissons. Tout d'abord, il emplit mon verre à ras bord. L'alcool était si froid et pur qu'il semblait plus transparent que de l'eau. Ensuite, ce fut le tour du verre d'Eve. Lorsqu'il passa à celui de Tinker, le flot d'alcool coulait nettement plus lentement. Il n'en restait plus qu'un filet. L'espace d'un instant, je crus qu'il n'y en aurait pas assez. Mais le gin continua à couler et le verre à se remplir – jusqu'à la dernière goutte. C'était le genre de précision dont on peut s'enorgueillir.

— Les amis, observa Casper, font l'envie des anges.

Avant même qu'un seul d'entre nous ne remarque la disparition du shaker en argent, une petite assiette d'huîtres se matérialisa dans les mains de Casper.

— Cadeau de la maison, dit-il avant de se volatiliser.

Eve tapota sa fourchette sur son verre comme si elle avait décidé de porter un toast au restaurant tout entier.

— J'ai un aveu à faire, annonça-t-elle.

Tinker et moi levâmes vers elle un regard intrigué.

— Aujourd'hui, j'étais jalouse.

— Eve…

Elle me fit taire d'un geste.

— Laisse-moi terminer. Lorsque j'ai appris que vous aviez pris un bon petit café-crème ensemble, je le reconnais, j'étais verte, et franchement furieuse. En fait, j'avais la ferme intention de gâcher cette soirée pour vous donner une bonne leçon. Mais Casper a tout à fait raison : l'amitié, c'est le plus mieux.

Elle leva son verre et nous adressa un clin d'œil.

— Trinquons à la fin de la routine.

En quelques minutes, nous retrouvâmes Eve telle qu'en elle-même : détendue, pleine d'entrain, brillante, inexplicable.

Les conversations des couples installés aux tables voisines étaient de celles qui n'avaient pas varié depuis des années – le travail, les enfants, la maison de vacances –, des conversations qu'ils connaissaient sans doute par cœur mais qui renforçaient leur conviction de partager les mêmes attentes et les mêmes expériences. Tinker balaya habilement tout cela en engageant la conversation sur un terrain plus adapté à notre situation – celui de l'hypothétique.

De quoi aviez-vous peur quand vous étiez petites ? demanda-t-il.

Des chats, répondis-je.

Du vide, dit Tinker.

De vieillir, lança Eve.

Il ne nous en fallut pas davantage pour être lancés. Ce fut comme une sorte de concours amical dans lequel chacun essayait de dénicher la réponse idéale – la réponse surprenante, amusante, révélatrice, mais sincère. Eve nous battit à plates coutures, révélant là encore des qualités insoupçonnées.

Quelle est la chose que vous avez toujours désirée et que vos parents ne vous ont jamais donnée ?

Moi : De l'argent de poche.

Tinker : Une cabane dans un arbre.

Eve : Une bonne fessée.

Si vous pouviez passer une journée dans la peau d'un autre, qui voudriez-vous être ?

Moi : Mata Hari.

Tinker : Œil-de-Faucon, dans *Le Dernier des Mohicans*.

Eve : Darryl Zanuck.

Si vous pouviez revivre une année de votre vie, laquelle choisiriez-vous ?

Moi : L'année de mes huit ans, quand nous habitions au-dessus d'une boulangerie.

Tinker : Celle de mes treize ans, quand je suis parti randonner dans les Adirondacks avec mon frère.

Eve : Celle qui vient.

Les huîtres furent consommées, les coquilles emportées. Casper apparut avec une autre tournée de martinis. Il versa un verre de plus pour la table.

— On trinque à quoi, cette fois ? demandai-je.

— À nos efforts pour être moins timides, répondit Tinker.

Eve et moi répétâmes la formule en levant nos verres.

— Vos efforts pour être moins timides ? fit une voix.

Une femme grande et élégante d'une cinquantaine d'années avait la main posée sur le dossier de ma chaise.

— Joli projet, dit-elle. Mais mieux vaudrait d'abord se fixer pour ambition de rappeler les gens.

— Excuse-moi, dit Tinker avec une pointe de gêne. J'avais l'intention de te passer un coup de fil cet après-midi.

Elle lui adressa un sourire charmeur et fit signe qu'elle lui pardonnait.

— Allons, Teddy, je plaisante. Je vois bien que tu as de bonnes raisons d'être distrait.

Elle tendit la main vers moi.

— Anne Grandyn. Je suis la marraine de Tinker.

Tinker se leva.

— Je te présente Katherine Kontent et…

Eve était déjà debout.

— Evelyn Ross. Enchantée de faire votre connaissance.

Faisant le tour de la table, Mrs Grandyn alla serrer la main d'Eve, puis la pria de se rasseoir avant de reprendre sa conversation avec Tinker. À peine marquée par l'âge, elle avait des cheveux blonds courts et les traits délicats d'une danseuse classique devenue trop grande pour le corps de ballet. Elle portait une robe noire sans manches qui flattait la minceur de ses bras. Elle n'avait pas de collier de perles mais des boucles d'oreilles – des émeraudes grosses comme des boules de gomme. Les pierres précieuses, à l'éclat incontestable, étaient assorties à la couleur de ses yeux. À sa manière de les porter, on devinait qu'elle les gardait quand elle allait nager. Je l'imaginais sortant de l'eau et se séchant les cheveux avec sa serviette sans s'inquiéter un seul instant de savoir si les émeraudes étaient toujours bien accrochées à ses oreilles ou tombées au fond de la mer.

Elle s'approcha de Tinker et lui tendit la joue, sur laquelle il déposa un baiser maladroit. Quand il se fut rassis, elle plaça une main maternelle sur son épaule.

— Katherine, Evelyn, écoutez bien ce que je vais vous dire. Avec les filleuls et les neveux, c'est toujours la même chose. Quand ils débarquent à New York, ils viennent vous voir tout le temps. Quand le garde-manger est vide par exemple. Par contre, une fois qu'ils savent se débrouiller seuls, vous êtes obligée de faire appel à un détective privé si vous voulez les inviter pour le thé.

Eve et moi éclatâmes de rire. Tinker esquissa un sourire penaud. Depuis l'arrivé de sa marraine, il avait l'air d'un gamin de seize ans.

— Quelle coïncidence de tomber sur vous ici ! dit Evelyn.

— Le monde est petit, répondit Mrs Grandyn un peu sèchement.

C'était sans doute elle qui avait fait découvrir ce restaurant à Tinker.

— Prends un verre avec nous, proposa Tinker.

— C'est très gentil, mon chéri, mais je ne peux pas. Je suis avec Gertrude. Elle est en train d'essayer de m'enrôler au conseil d'administration du musée. Alors il faut absolument que j'aie toute ma tête.

Elle se tourna vers Eve et moi.

— Si je m'en remets à Teddy, je ne suis pas près de vous revoir. Alors, de grâce, venez déjeuner un jour avec moi – avec ou sans lui. Je vous promets que je ne vous embêterai pas en vous racontant son enfance.

— Vous ne nous embêteriez pas du tout, Mrs Grandyn.

— Je vous en prie, dit-elle avec la même façon de prononcer l'expression que le maître d'hôtel. Appelez-moi Anne.

Mrs Grandyn retourna à sa table après nous avoir fait un signe gracieux de la main. Eve resplendissait. Cette petite conversation avec Mrs Grandyn avait allumé des étoiles au fond de ses yeux. Par contre, elle avait éteint le regard de Tinker. La rencontre inopinée avait complètement modifié la couleur de la soirée et la légende de la photo. En un clin d'œil, le *Jeune homme riche en galante compagnie* était devenu un *Jeune coq paradant dans la basse-cour familiale*.

Eve était d'une humeur si joyeuse qu'elle ne comprit pas que la soirée risquait d'être gâchée.

— Quelle femme merveilleuse ! C'est une amie de ta mère ?

— Pardon ? demanda Tinker. Euh… Oui. Elles ont grandi ensemble.

Il prit sa fourchette et la fit tourner entre ses mains.

— Nous devrions peut-être commander, proposa Eve.

— Tu veux partir d'ici ? demandai-je à Tinker.

— Si ça ne vous dérange pas.

— Pas du tout.

La déception d'Eve fut manifeste. Elle me lança un regard irrité. Elle allait suggérer de prendre des amuse-gueule mais, voyant que Tinker avait retrouvé sa gaieté, elle jeta sa serviette dans son assiette.

— D'accord, dit-elle. Tirons-nous.

En nous levant de table, nous nous sentîmes envahis par les bienfaits de notre deuxième martini. À la porte, Tinker remercia le maître d'hôtel et s'excusa en allemand de partir aussi vite. Pour montrer qu'elle me pardonnait, Eve prit ma veste de garçonne que lui tendait la demoiselle du vestiaire et me laissa enfiler le manteau à col de fourrure qu'elle avait eu pour ses vingt et un ans.

Dehors, la pluie avait cessé, le ciel s'était dégagé, et il soufflait un vent vivifiant. Après une courte discussion, il fut convenu de retourner au Chernoff's pour voir la deuxième partie du spectacle.

— On risque de dépasser l'heure du couvre-feu, rappelai-je à Eve en grimpant sur le siège arrière.

— Dans ce cas, dit-elle en se tournant vers Tinker, on pourrait peut-être dormir chez toi ?

— Bien sûr.

Bien que la soirée ait mal commencé, notre camaraderie nous avait de nouveau tirés d'affaire. Eve se retourna et posa la main sur mon genou. Tinker régla la radio sur une station qui passait du swing. Sans rien dire, nous prîmes Park Avenue en direction du sud.

À l'angle de 51st Street, nous passâmes devant Saint-Bartholomew, la grande église à toit en dôme construite par les Vanderbilt. Ils l'avaient posée à un endroit pratique qui leur permettait de voir la gare centrale, Grand Central, par-dessus l'épaule du pasteur tout en s'extasiant sur son sermon. À l'instar d'autres familles régnantes de l'âge d'or, les racines des Vanderbilt les ramenaient trois générations auparavant à un immigrant pauvre et exploité. Originaire de la ville de De Bilt, en Hollande, il avait fait la traversée jusqu'à New York en troisième classe, et lorsqu'il débarqua, on l'appela tout simplement *Jan from De Bilt*. Plus tard, Cornelius devait faire fortune et donner au nom une sonorité plus classe.

Mais nul besoin de posséder une compagnie de chemin de fer pour raccourcir ou rallonger votre nom.

Pour passer de Teddy à Tinker.

D'Eve à Evelyn.

De Katya à Kate.

À New York City, ce genre de retouches est gratuit.

Au carrefour avec 49th Street, nous sentîmes tous les trois les roues glisser légèrement. La chaussée avait été rendue luisante par ce qui ressemblait à des flaques mais qui, depuis l'arrêt de la pluie, avait en gelant formé des plaques de glace. Tinker rétrograda et reprit le contrôle du véhicule. Il ralentit pour tourner, pensant peut-être que 3rd Avenue serait moins dangereuse. C'est là que le camion du laitier nous percuta. Nous ne le vîmes même pas. Chargé des bouteilles à livrer, il descendait Park Avenue à soixante-dix kilomètres à l'heure. Lorsque nous ralentîmes, il voulut freiner, mais glissa sur la glace et nous rentra dedans par l'arrière. Propulsé telle une fusée, le coupé fit un vol plané et percuta un lampadaire sur le terre-plein central.

Lorsque je revins à moi, je me trouvais coincée la tête en bas entre le levier de vitesse et le tableau de bord. L'air était glacial, la portière côté conducteur grande ouverte. J'aperçus Tinker allongé près du trottoir. Côté passager, la portière était fermée. Eve avait disparu.

Je me dégageai et sortis en rampant de la voiture. Ma respiration était douloureuse, comme si j'avais une côte cassée. Tinker s'était levé et s'avançait en titubant vers Eve. Projetée à travers le pare-brise, elle était recroquevillée par terre.

Sortie de nulle part, une ambulance apparut, puis ce furent deux jeunes hommes en vestes blanches qui portaient un brancard, un peu comme dans un reportage sur la guerre civile espagnole.

— Elle est vivante, dit l'un d'eux à son collègue.

Ils la hissèrent sur le brancard.

Son visage ressemblait à un morceau de viande crue.

Je ne pus m'empêcher de détourner les yeux.

Tinker, lui, garda les siens fixés sur Eve jusqu'à ce que les portes du bloc opératoire se ferment.

8 JANVIER

Lorsqu'il sortit de l'hôpital, les taxis faisaient la queue le long du trottoir, comme devant un hôtel. Il constata avec surprise qu'il faisait déjà nuit. Il se demanda quelle heure il était.

Le chauffeur du taxi de tête l'interrogea d'un hochement de tête. Il fit signe que non.

Une femme en manteau de fourrure sortit de l'hôpital et s'engouffra dans le taxi qu'il n'avait pas pris. En fermant la portière, elle se pencha en avant et débita une adresse à toute allure. Le taxi démarra. Les autres avancèrent. L'espace d'un instant, la hâte de cette femme lui parut déplacée. Mais le fait d'avoir des raisons urgentes d'aller à l'hôpital ne veut pas dire pour autant qu'on n'a pas des raisons urgentes de le quitter.

Combien de fois s'était-il engouffré dans un taxi en débitant une adresse à toute allure ? Des centaines, des milliers de fois ?

— Vous en voulez une ?

Un homme était sorti de l'hôpital et se tenait à quelques mètres de lui à droite. C'était l'un des chirurgiens, de ces grands spécialistes qui s'étaient chargés de la chirurgie reconstructrice. L'air calme et chaleureux, il avait tout au plus quarante-cinq ans. Il devait être entre deux opérations car sa blouse était immaculée. Il lui tendait une cigarette.

— Merci, répondit-il, acceptant ce genre de proposition pour la première fois depuis des années.

L'une de ses connaissances avait dit un jour que si jamais il arrêtait de fumer, il se souviendrait de sa dernière cigarette plus que de toutes les autres. C'était vrai. Il l'avait fumée sur le quai de la gare de Providence, quelques minutes avant de prendre le train pour New York. Il y avait de cela presque quatre ans.

Il plaça la cigarette entre ses lèvres et chercha son briquet dans sa poche. Le chirurgien fut plus rapide.

— Merci, répéta-t-il en se penchant vers la flamme.

L'une des infirmières lui avait dit que ce chirurgien avait participé à la guerre en tant que jeune interne posté près du front en France. Ça se voyait. À sa façon de se tenir. Il avait l'air d'un homme auquel l'exposition à un environnement hostile avait donné de l'assurance, un homme qui ne doit plus rien à personne.

Le chirurgien le dévisagea d'un air pensif.

— Vous n'êtes pas rentré chez vous depuis combien de temps ?

C'est vrai, je ne suis pas rentré chez moi depuis quand, songea-t-il.

Le chirurgien ne lui donna pas le temps de répondre.

— Si ça se trouve, elle ne reprendra connaissance que dans trois jours. Mais à ce moment-là, elle aura

besoin que vous soyez frais et dispos. Vous devriez rentrer dormir un peu, prendre un bon repas, vous servir un petit verre. Surtout, ne vous inquiétez pas. Votre femme est dans de très bonnes mains.

— Merci, dit-il.

Un autre taxi arriva et vint se placer derrière les autres.

Sur Madison Avenue, il y avait forcément une file de taxis exactement comme celle-ci qui attendaient, leurs moteurs ronronnant, devant le Carlyle. Sur 5th Avenue il y en avait une autre devant le Stanhope. Existait-il une autre ville au monde avec autant de taxis à votre disposition ? À chaque coin de rue, devant chaque marquise ils attendaient pour que, sans même prendre le temps de vous changer ou de réfléchir, sans un mot à quiconque, vous puissiez être expédié à Harlem ou au cap Horn.

— Simplement, ce n'est pas ma femme.

Le chirurgien ôta la cigarette de sa bouche.

— Oh, pardon. Une infirmière m'avait laissé entendre…

— C'est une amie, c'est tout.

— Mais oui. Bien sûr.

— Nous étions tous les deux dans la voiture accidentée.

— Je vois.

Le chirugien se tut.

Un taxi s'en alla. Les autres avancèrent.

Oh – Pardon – Mais oui – Bien sûr – Je vois.

PRINTEMPS

The Metropolitan Museum
of Art
FOUR FREE CONCERTS
LEX.AVE.
CITY
PELHAM BAY

5.

En avoir (ou pas)[1]

C'était un soir de fin mars.

J'occupais à présent un studio dans un immeuble de cinq étages sans ascenseur sur 11th Street, entre 1st et 2nd Avenue. Il donnait sur une cour étroite où les gens mettaient leur linge à sécher sur des cordes tendues entre deux fenêtres. Malgré la saison, les draps gris flottaient à quatre étages au-dessus du sol gelé tels de mornes fantômes sans imagination.

De l'autre côté de la cour, un vieux monsieur en sous-vêtements passait et repassait devant sa fenêtre un poêlon à la main. Il était sans doute concierge ou gardien d'immeuble parce qu'il faisait cuire sa viande le matin en tenue de ville et ses œufs le soir en caleçon. Me versant un fond de gin, je décidai de me consacrer exclusivement à mon vieux jeu de cartes.

Sur une sorte de caprice, j'avais dépensé quinze cents dans l'achat d'une méthode pour apprendre à

1. Titre du roman d'Hemingway *To Have and Have not*.

jouer au bridge, laquelle s'était rapidement révélée un bon investissement. Le samedi, il m'arrivait de jouer dès le réveil des troupes jusqu'à l'extinction des feux. Je distribuais les cartes sur ma petite table de cuisine et me déplaçais de chaise en chaise pour jouer les quatre positions à tour de rôle. J'avais inventé un joueur pour Nord – un aristocrate britannique dont les paris risqués compensaient ma prudence de néophyte. Il n'aimait rien tant que de se lancer dans des surenchères peu judicieuses, me forçant ainsi à contrer alors que j'avais un petit jeu.

Comme en réaction à cela, Est et Ouest avaient commencé à s'affirmer : à ma gauche était assis un vieux rabbin qui se souvenait de toutes les cartes, et à ma droite, un maffioso de Chicago à la retraite qui les oubliait pratiquement toutes, mais flairait la force de l'adversaire et réussissait parfois le grand chelem par la force de sa seule volonté.

— Deux cœurs ? suggérai-je timidement après avoir soigneusement compté mes points.

— Deux piques, dit le rabbin d'un ton quelque peu menaçant.

— Six cœurs ! s'écria mon partenaire qui était encore en train de ranger ses cartes.

— Je passe.

— Je passe.

Lorsque le téléphone sonna, nous levâmes tous la tête, surpris.

— J'y vais, dis-je.

Le téléphone faisait l'équilibriste sur une pile de romans de Tolstoï.

C'était sans doute le jeune comptable qui avait essayé de me faire rire au comptoir de Chez Fanelli. En dépit de tout bon sens, je l'avais laissé noter mon numéro – Gramercy 1-0923, ma première ligne à moi toute seule. Mais quand je décrochai, ce fut la voix de Tinker Grey que j'entendis.

— Salut, Katey.

— Bonjour, Tinker.

Je n'avais pas eu de nouvelles de Tinker ou d'Eve depuis au moins deux mois.

— Alors, où tu en es ? me demanda-t-il.

Étant donné les circonstances, c'était une question quelque peu lâche.

— À deux jeux du robre. Et toi, où tu en es ?

Il ne répondit pas et laissa passer un long silence.

— Tu pourrais venir ce soir, tu penses ?

— Tinker…

— Katey, j'ignore ce qui se passe entre Eve et toi. Mais ces dernières semaines ont été difficiles. Les médecins disaient que son état empirerait, et qu'ensuite ça irait mieux. Je ne les ai pas vraiment crus, mais c'est bel et bien ce qui est en train de se passer. Je dois aller au bureau ce soir et je ne crois pas qu'elle puisse rester seule.

Dehors, il se mit à tomber de la neige fondue. Des amas gris se formaient sur les draps. Il aurait fallu les rentrer avant qu'il ne soit trop tard.

— Oui, bien sûr, je peux venir.

— Merci, Katey.

— Tu n'as pas à me remercier.

— Comme tu veux.

Je jetai un coup d'œil à ma montre. À cette heure-là, le train de Broadway ne passait pas souvent.

— J'arrive dans quarante minutes.

— Et si tu prenais un taxi ? Je laisserai de l'argent au portier pour payer la course.

Je raccrochai.

— Je contre, dit le rabbin dans un soupir.

Je passe.

Je passe.

Je passe.

Les jours qui suivirent l'accident, ce fut surtout Tinker qui veilla Eve, toujours inconsciente. Quelques-unes des filles de la pension se relayèrent pour lire des magazines dans la salle d'attente, mais Tinker, lui, ne quitta pratiquement pas son chevet. Il se faisait apporter des vêtements propres par son portier et se douchait dans le vestiaire du chirurgien.

Le troisième jour, le père d'Eve arriva de l'Indiana. En le voyant au chevet de sa fille, on comprenait qu'il ne savait pas quoi faire. Ni les larmes, ni les prières ne lui venaient naturellement. Elles l'auraient soulagé. Mais il contemplait le visage ravagé de sa fille sans cesser de secouer la tête.

Elle reprit conscience le cinquième jour. Le huitième jour, elle était déjà plus ou moins redevenue elle-même – ou plutôt, une version endurcie d'elle-même. Elle écouta les médecins, le regard froid et direct. Elle adopta tous les termes techniques qu'ils utilisaient – *fracture*, *suture*, *ligature* – et les encouragea à adopter ses mots à elle, plus descriptifs – *estropiée*, *défigurée*. Comme sa sortie de l'hôpital approchait, son père annonça qu'il la ramenait dans l'Indiana. Elle refusa de le suivre. Mr Ross tenta de la raisonner, de la supplier. Elle reprendrait des forces bien plus vite à la maison. Et vu l'état de sa jambe, elle serait incapable de monter les marches de la pension ; et puis sa mère l'attendait. Mais rien de tout cela ne put convaincre Eve, rien.

Tinker suggéra prudemment que, si Eve avait l'intention de rester à New York le temps de sa convalescence, elle pouvait loger chez lui, puisqu'il y avait un ascenseur, un service de restauration, des portiers et une chambre d'amis. Eve accepta la proposition de Tinker sans un sourire. Si Mr Ross estima l'arrangement inacceptable, il n'en souffla mot. Il commençait à comprendre qu'il n'avait plus voix au chapitre en ce qui concernait sa fille.

La veille du jour où Eve devait sortir de l'hôpital, Mr Ross se résolut à retourner auprès de sa femme bredouille ; mais après avoir embrassé sa fille, il me fit signe qu'il voulait me parler. Je l'accompagnai jusqu'à l'ascenseur. Là, il me donna une enveloppe. C'était pour moi, pour couvrir la part de loyer d'Eve jusqu'à la fin de l'année. Je compris à l'épaisseur de l'enveloppe qu'il s'agissait d'une somme importante. Je voulus la lui rendre en lui expliquant que Mrs Martingale mettrait tout simplement une autre fille avec moi dans la chambre. Il insista, puis disparut derrière les portes de l'ascenseur. Je regardai l'aiguille indiquant sa descente jusqu'au vestibule. Enfin, j'ouvris l'enveloppe. Elle contenait cinquante billets de dix dollars, certainement ceux-là mêmes qu'Eve lui avait renvoyés deux ans auparavant, s'assurant ainsi que ces billets ne seraient jamais dépensés, ni par elle, ni par lui.

Je vis là le signe qu'il était temps que je prenne mon indépendance – d'autant plus que Mrs Martingale m'avait déjà prévenue deux fois que si je ne débarrassais pas sa cave de tous ces cartons, elle allait me mettre dehors. Si bien que je consacrai la moitié de l'argent de Mr Ross au règlement de six mois de loyer pour un studio de quinze mètres carrés. Quant à l'autre moitié, je la cachai au fond de la cantine de mon oncle Roscoe.

Eve comptait aller directement de l'hôpital à l'appartement de Tinker, si bien que le déménagement de ses affaires m'incomba. Je fis du mieux que je pus, pliant les chemises et les pulls pour qu'ils forment des carrés parfaits, ainsi qu'elle l'aurait fait. Sur les indications de Tinker, je défis ses valises dans la chambre principale, où je trouvai des tiroirs et des placards vides. Tinker avait déjà mis ses vêtements dans la chambre de service au bout du couloir.

La première semaine qu'Eve passa en résidence au Beresford, je vins dîner avec eux tous les soirs. Nous nous installions dans la petite salle à manger à côté de la cuisine et dégustions des repas préparés dans les sous-sols de l'immeuble et composés de trois plats servis par du personnel en uniforme. Bisque de fruits de mer suivie de filets de bœuf accompagnés de choux de Bruxelles, avec un café et une mousse au chocolat pour couronner le tout.

À la fin du dîner, Eve étant généralement épuisée, je l'accompagnais jusqu'à sa chambre.

Elle s'asseyait alors au bout du lit et je la déshabillais, lui enlevant sa chaussure et son bas droits, défaisant la fermeture Éclair de sa robe, que je faisais passer par-dessus sa tête en prenant soin de ne pas effleurer les petits points de suture noirs qui couraient le long de son visage. Docile, elle regardait droit devant elle. Il me fallut trois nuits pour comprendre que ce qu'elle regardait ainsi, c'était le grand miroir au-dessus de la coiffeuse. M'excusant pour cet oubli stupide, je lui dis que je demanderais à Tinker d'enlever le miroir. Elle refusa que nous y touchions.

Une fois que je l'avais bordée et embrassée et que j'avais éteint la lumière, je fermais discrètement la porte et retournais dans le salon où Tinker attendait avec inquiétude. Nous ne buvions rien. Nous restions debout et, avant que je rentre chez moi, passions quelques minutes à commenter ses progrès en chuchotant comme des parents : *On dirait qu'elle retrouve un peu d'appétit… Elle est moins pâle… J'ai l'impression que sa jambe la gêne moins…* Des phrases réconfortantes qui crépitaient comme des gouttes de pluie sur une tente.

Au bout de sept nuits, au moment où je la bordais et l'embrassais, elle m'arrêta.

— Katey, dit-elle. Tu sais que je t'aimerai jusqu'à la fin du monde.

Je m'assis sur le lit à côté d'elle.

— Le sentiment est mutuel.

— Je sais, dit-elle.

Je pris sa main et la pressai. Elle fit de même.

— Je pense qu'il vaut mieux que tu ne viennes pas pendant quelque temps.

— D'accord.

— Tu comprends, n'est-ce pas ?

— Bien sûr, dis-je.

Parce que je comprenais. Du moins, je comprenais ce qu'il fallait comprendre.

Il ne s'agissait pas de savoir qui était preumz ou qui était assise à côté de qui au cinéma. Le jeu avait changé ; ou plutôt, ce n'était plus du tout un jeu. Il s'agissait de survivre à la nuit, entreprise souvent plus dure qu'il n'y paraît, et toujours très individuelle.

Lorsque le taxi s'arrêta sur Central Park West, la neige fondue s'était transformée en pluie glaciale. Pete, le portier de nuit, m'attendait sur le trottoir avec un parapluie. Il donna au chauffeur de taxi deux dollars pour une course qui en avait coûté un et m'abrita le temps que je parcoure les deux mètres qui me séparaient de la marquise. Hamilton, le plus jeune des garçons d'ascenseur, était de service. Originaire d'Atlanta, en Géorgie, il apportait avec lui des manières de gentleman du Sud qui pouvaient aussi bien le mener loin que lui attirer des ennuis.

— Vous étiez partie en voyage, Miss Katherine ? me demanda-t-il dans l'ascenseur.

— J'étais juste allée faire des courses, Hamilton.

Il partit d'un petit rire, histoire de me montrer qu'il n'était pas dupe.

J'aimais trop ses illusions pour vouloir les briser.

— Dites bonjour de ma part à Miss Eve et à Mr Tinker, dit-il de son accent traînant au moment où l'ascenseur s'arrêtait.

La porte s'ouvrit sur un vestibule privé – un exemple parfait d'élégance néoclassique avec son parquet, ses moulures blanches et sa nature morte préimpressionniste accrochée au mur. Tinker était assis sur une chaise, les bras posés sur les genoux, la tête baissée. On aurait dit qu'il se trouvait de nouveau devant les urgences. Il fut visiblement soulagé en me voyant sortir de l'ascenseur, comme s'il commençait à craindre que je ne vienne pas.

Il prit mes deux mains dans les siennes. Ses traits s'étaient adoucis, comme s'il avait pris les cinq kilos qu'Eve avait perdus à l'hôpital.

— Katey ! Merci d'être venue. C'est si bon de te revoir.

Il parlait tout bas. Cela me mit la puce à l'oreille.

— Dis-moi, Tinker, Eve sait que je suis là ?

— Oui, oui, bien sûr, chuchota-t-il. Elle est impatiente de te voir. Je voulais t'expliquer quelque chose. Elle a pas mal dérouillé ces derniers temps. Surtout la nuit. Alors j'essaie d'être ici le plus possible. Elle est mieux quand elle… a de la compagnie.

J'ôtai mon manteau et le posai sur la chaise voisine. Le fait que Tinker ne m'en ait pas débarrassée aurait dû me donner une petite idée de l'état d'esprit dans lequel il se trouvait.

— Je ne sais pas trop quand je rentrerai. Tu peux rester jusqu'à 23 heures ?

— Bien sûr.

— Et jusqu'à minuit ?

— Je peux rester aussi longtemps que tu le veux, Tinker.

Il prit de nouveau mes mains, puis les lâcha.

— Suis-moi. Eve ! Katey est arrivée !

Nous entrâmes dans le salon.

Le style classique du vestibule de Tinker ne servait qu'à mieux vous tromper – c'était la seule pièce de l'appartement dont les meubles dataient d'avant le naufrage du *Titanic.* Le salon – un grand carré avec des baies vitrées donnant sur Central Park – semblait venu tout droit de l'Exposition universelle de Barcelone de 1929. Trois divans blancs et deux chaises Mies van der Rohe se serraient autour d'une table basse à plateau de verre, sur laquelle étaient habilement disposés une pile de romans, un cendrier en cuivre et un modèle réduit d'avion style Art déco. Pas de satin, pas de velours, pas de motifs cachemire – aucune texture rugueuse, aucun bord arrondi. Tout n'était que rectangles s'emboîtant les uns dans les autres et renforçant l'impression générale d'abstraction.

Je crois qu'en France on appelait ça l'*unité d'habitation*, et c'était au beau milieu de tout cela qu'Eve se prélassait. Vêtue d'une nouvelle robe blanche, elle était allongée sur l'un des divans, un bras derrière la tête et l'autre le long du corps – la pose de quelqu'un qui a passé sa vie dans ce genre d'endroit. Avec le scintillement des lumières de la ville derrière elle et le verre de martini posé sur le tapis, elle était une publicité vivante pour les accidents de voiture.

C'était seulement de près que les dégâts étaient visibles. Sur le côté gauche de son visage, deux cicatrices convergentes couraient de sa tempe à son menton. Le peu de symétrie que ses traits avaient conservé était gâché par le fait qu'un côté de sa bouche tombait légèrement, comme si elle avait eu une attaque. Elle était assise de telle sorte que sa jambe gauche paraissait très légèrement tordue, mais si vous glissiez un œil sous l'ourlet de sa robe, vous aperceviez l'endroit où, à cause des greffes, sa peau ressemblait à celle d'un poulet déplumé.

— Salut, Evey.

— Salut, Kate.

Je me penchai pour l'embrasser. Elle me tendit la joue droite sans hésitation, ses réflexes s'étant déjà adaptés à sa nouvelle situation. Je m'installai sur le divan d'en face.

— Alors, ça va ? lui demandai-je.

— Mieux. Et toi ?

— Ça va.

— Tant mieux. Tu veux boire quelque chose ? Tinker, mon chéri, tu veux bien t'en occuper ?

Tinker était resté debout. Il s'appuyait sur le dossier du divan vide.

— Bien sûr, dit-il en se redressant. Qu'est-ce que tu veux, Katey ? Nous étions en train de boire du martini. Je peux t'en préparer un.

— Je prendrai ce qui reste dans le shaker.

— Tu es sûre ?

— Oui.

Tinker contourna le divan et prit l'avion posé sur la table basse. Le fuselage se détachait des ailes – un objet décoratif plein de fantaisie, presque mode. Tinker détacha le nez de l'avion et remplit mon verre.

Avant de reposer le shaker, il eut un moment d'hésitation.

— Tu en veux un autre, Eve ?

— Non, pour l'instant ça va. Mais pourquoi tu n'accompagnerais pas Katey ?

Tinker prit un air peiné.

— Ça ne me dérange pas d'être la seule à boire, dis-je.

Tinker reposa le shaker.

— J'essaierai de ne pas rentrer trop tard.

— Excellente résolution, dit Eve.

Il l'embrassa sur la joue, puis se dirigea vers la porte. Eve contemplait la ville par la fenêtre. La porte se referma. Elle ne tourna pas la tête.

Je pris une gorgée de martini. La glace l'avait bien dilué. On sentait à peine le goût du gin. Voilà qui n'allait pas beaucoup m'aider.

— Ça a l'air d'aller bien, dis-je enfin.

Eve m'adressa un regard appuyé.

— Katey, tu sais que je ne supporte pas ce genre de mensonge. Encore moins quand ça vient de toi.

— Je dis simplement que tu as l'air d'aller mieux que la dernière fois que je t'ai vue.

— C'est grâce aux p'tits gars du sous-sol. Tous les jours, c'est bacon au petit-déjeuner et soupe au déjeuner. Canapés avec les cocktails, gâteau avec le café.

— Je t'envie.

— Il y a de quoi. Tu as l'impression d'être le Fils Prodigue. Même si tu t'aperçois très vite que le veau qu'on engraisse, c'est toi.

Elle eut du mal à se redresser. Tendant deux doigts, elle prit une petite pilule blanche pratiquement invisible sur le plateau de la table.

— Un de ces jours, je trouverai Dieu, dit-elle, avant de boire une gorgée de gin tiède pour faire passer la pilule. Tu en veux un autre ? me demanda-t-elle.

— Si toi tu en prends.

Elle s'appuya sur la table pour se relever.

— J'y vais, dis-je.

Elle m'adressa un sourire amer.

— Le médecin m'encourage à faire de l'exercice.

Elle souleva le shaker de son socle et avança péniblement vers le bar, traînant le pied gauche à la manière d'un enfant qui tire derrière lui une valise.

S'aidant des pincettes, elle prit des glaçons un par un et les laissa tomber dans le fuselage. Elle versa des quantités généreuses de gin, puis ajouta du vermouth en calculant à la goutte près. Il y avait un miroir au-dessus du bar. Tout en remuant le cocktail, elle étudia son visage avec une joie sinistre.

On dit que les vampires n'ont pas de reflet. Peut-être l'accident avait-il transformé Eve en esprit fantôme doté de la caractéristique inverse : elle était invisible à elle-même, sauf sur la surface d'un miroir.

Elle reboucha le shaker et le secoua mollement en regagnant sa place, la démarche boitillante. Elle remplit son verre, puis poussa le shaker vers moi.

— Ça va, entre Tinker et toi ? demandai-je après m'être servie.

— Je ne suis pas d'humeur à bavarder, Katey.

— Parce que ça, c'est du bavardage ?

— Pour moi, oui.

— Au moins, dis-je en montrant l'appartement d'un geste vague, il prend bien soin de toi, apparemment.

— Quand on a acheté quelque chose, on en fait ce qu'on veut, non ?

Elle avala une bonne gorgée de martini, puis me regarda bien en face.

— Tu sais, tu peux rentrer chez toi. Je vais très bien. En plus, dans un quart d'heure je serai endormie.

Elle agita son verre, histoire d'illustrer son propos.

— Je n'ai rien d'autre à faire, dis-je. Je vais rester pour t'aider à te coucher.

Elle agita la main comme pour dire : *Reste ou pars, c'est comme tu veux*. Elle but une autre gorgée, puis s'allongea sur le divan. Je plongeai les yeux au fond de mon verre.

— Et si tu me lisais quelque chose ? dit-elle. C'est ce que Tinker ferait.

— Ça te ferait plaisir ?

— Au début, ça me rendait dingue. C'était comme s'il n'avait pas le courage de me faire la conversation. Mais je m'y suis habituée.

— Bon. Alors tu veux que je te lise quoi ?

— Peu importe.

Il y avait huit livres empilés sur la table basse par ordre de grandeur. Avec leurs jaquettes aux couleurs vives, ils ressemblaient à des cadeaux de Noël soigneusement emballés.

Je pris celui qui se trouvait sur le dessus. Aucune des pages n'étant cornée, je commençai par le début.

« Oui, bien sûr, s'il fait beau demain, dit Mrs Ramsay. Mais il faudra se lever au chant du coq », ajouta-t-elle.

Pour son fils, ces paroles promettaient une joie extraordinaire, comme s'il était entendu que l'expédition aurait bien lieu, et que cet émerveillement qu'il attendait depuis toutes ces années se trouvait maintenant, après une nuit de ténèbres et une journée de bateau, enfin à portée de main[1].

— Arrête ! dit Eve. Quelle horreur ! C'est quoi ?

— Virginia Woolf.

— Beurk ! Tinker a rapporté tous ces romans féminins comme si c'était ça qu'il me fallait pour me rétablir. Il les a posés tout autour de mon lit, à croire qu'il veut m'emmurer. C'est tout ce qu'il y a ?

Soulevant la pile, je tirai un livre qui se trouvait au milieu.

— Hemingway ?

— Dieu merci ! Mais cette fois-ci, saute quelques pages, tu veux bien ?

— Je commence où ?

— N'importe où, mais pas au début.

J'ouvris le livre au hasard à la page 104 :

Le quatrième homme, le costaud, sortit de la banque juste au moment où il regardait de ce côté ; il tenait une mitraillette braquée devant lui et tandis qu'il sortait à reculons, la sirène de la banque poussa un long

1. Extrait de *La Promenade au phare* de Virginia Woolf.

cri strident à vous couper le souffle, et Harry vit l'orifice du canon de la mitraillette tressauter et entendit le pan, pan, pan[1].

— C'est mieux, dit Eve.

Elle arrangea l'oreiller derrière sa tête, s'allongea et ferma les yeux.

Je lus vingt-cinq pages à haute voix. Eve s'endormit au bout de la dixième. J'aurais sans doute pu m'arrêter, mais cela me faisait plaisir de lire ce livre. Le fait de commencer à la page 104 rendait la prose d'Hemingway encore plus énergique que d'habitude. En l'absence des premiers chapitres, les scènes devenaient toutes de véritables sketches et les dialogues des tissus de sous-entendus. Les personnages secondaires avaient autant d'importance que les héros, qu'ils ridiculisaient par leur bon sens désintéressé. Les héros ne se défendaient pas, comme soulagés d'être délivrés de la tyrannie de leur histoire. L'expérience me donna envie de lire tous les romans d'Hemingway de cette manière.

Je finis mon verre et le posai délicatement afin que le pied ne résonne pas sur le plateau de la table.

Il y avait un plaid blanc sur le dossier du divan d'Eve. Je l'étalai sur elle. Elle respirait paisiblement. Elle n'avait plus besoin de trouver Dieu, me dis-je ; il était déjà venu la chercher.

Au-dessus du bar étaient accrochées quatre études de stations-service par Stuart Davis – les seules œuvres d'art dans le salon. Elles étaient peintes dans

1. Extrait de *En avoir ou pas* d'Ernest Hemingway.

des couleurs primaires qui formaient un joli contraste avec le mobilier. Devant les bouteilles d'alcool se trouvait un autre objet décoratif en argent. Celui-ci était équipé d'une petite fenêtre et d'un cadran que l'on tournait et grâce auquel défilaient des petites cartes en ivoire, comme des horaires de trains à consulter. Sur chaque carte figurait la recette d'un cocktail : Martini, Manhattan, Metropolitan – *clac, clac, clac*. Bambou, Bennett, Between the Sheets – *clac, clac, clac*. Derrière la bouteille de gin je vis quatre sortes de whiskys différents, dont pas un n'était dans mes moyens. Choisissant le plus vieux, je m'en versai un verre, puis m'aventurai dans le couloir.

En premier, à droite, se trouvait la petite salle à manger où nous dînions avant. Après, venait la cuisine, parfaitement équipée et rarement utilisée. Des casseroles en cuivre toutes brillantes étaient posées sur la cuisinière, ainsi que des pots de terre cuite – FARINE, SUCRE, CAFÉ et THÉ – tous remplis à ras bord.

La chambre de service était après la cuisine. Visiblement, Tinker y dormait toujours. Il y avait un tricot de corps sur une chaise, et son rasoir était posé dans un verre dans la salle de bains. Un petit tableau socioréaliste de facture plutôt primitive était accroché au-dessus d'une bibliothèque. C'était une vue plongeante sur un quai où des dockers s'étaient rassemblés pour protester. Deux voitures de police étaient garées en lisière de la foule. À l'autre bout du quai, on parvenait tout juste à distinguer les lettres d'un néon bleu qui disait OUVERT TOUTE LA NUIT. Le tableau n'était pas dénué de qualités, mais dans le contexte de cet appartement, je comprenais pourquoi il avait été relégué dans la chambre de service. La bibliothèque était remplie de romans policiers, exilés eux aussi.

Je revins sur mes pas, repassai devant la cuisine, devant la silhouette endormie d'Eve et pris le couloir d'en face. La première pièce à gauche était un bureau lambrissé avec une cheminée, grand comme deux fois mon studio.

Sur la table se trouvait un autre objet fantaisie : un étui à cigarettes en forme de voiture de course. Chacun de ces objets en argent – le shaker, le catalogue de cocktails, la voiture de course – se fondait parfaitement dans le style international de l'appartement. C'était des objets précieux exécutés avec grand art, mais à vocation indéniablement masculine. Et aucun n'était le genre de cadeau qu'un Tinker s'offrirait. Il fallait y voir la trace d'une main inconnue.

Coincée entre deux serre-livres se trouvait une petite sélection d'ouvrages de référence : un thésaurus, une grammaire latine, un atlas voué à être bientôt largement dépassé. Mais il y avait aussi un volume mince sans titre, un recueil de textes écrits par George Washington. D'après l'inscription sur la première page, il s'agissait d'un cadeau que Tinker avait reçu de sa mère pour ses quatorze ans. Le volume contenait tous les grands discours et les lettres classées chronologiquement, et se terminait par une liste de résolutions constituée par le Père de la Nation quand il était adolescent.

Règles de bienséance et de bonnes manières dans le monde et dans la conversation

1. Tout ce que l'on fait dans le monde doit être accompagné de signes de respect envers les personnes présentes.

2. Dans le monde, ne place pas tes mains sur des parties de ton corps qui ne sont pas découvertes habituellement.

3. Ne montre Rien à ton ami qui puisse l'effrayer.

Etc.

Etc ? C'est peu dire – il y en avait cent dix. Et plus de la moitié étaient soulignées – deux adolescents partageant le même goût pour les convenances par-delà un gouffre de cent cinquante ans. Difficile de dire ce qui était le plus attendrissant – le fait que la mère de Tinker lui ait offert ce livre, ou que lui l'ait toujours à portée de main.

La chaise se trouvant derrière le bureau était à pivot. Je fis un tour sur moi-même et m'arrêtai. Les tiroirs auraient pu être tous fermés, mais aucun ne l'était. Ceux du bas étaient vides. Ceux du haut contenaient les accessoires habituels. Posée au-dessus d'une pile de papiers dans le tiroir du milieu se trouvait une lettre du père d'Eve.

Cher Mr Gray (sic),

J'ai apprécié votre franchise à l'hôpital et je suis prêt à vous croire sur parole quand vous dites qu'Eve et vous n'entretenez pas de liaison. C'est en partie la raison pour laquelle je tiens, malgré vos objections, à couvrir le coût du séjour de ma fille chez vous. Je joins un chèque de mille dollars. D'autres suivront. Merci de me faire l'honneur de les encaisser.

Un geste généreux ne signe que rarement la fin des responsabilités qu'un homme peut avoir envers un autre ; en général, il en marque le début. Peu de gens le comprennent, mais je suis sûr que vous n'êtes pas dans ce cas.

Si les relations entre ma fille et vous devaient évoluer, je veux croire que vous ne profiterez pas de son état, de sa proximité ou de la dette qu'elle a envers vous – que vous ferez preuve de cette retenue qui vient naturellement aux gentlemen – jusqu'à ce que vienne l'heure où vous serez prêt à faire ce qui doit être fait.

Veuillez croire en l'expression de ma gratitude et de ma confiance,

Charles Everett Ross.

Je repliai la feuille et la remis dans le tiroir en éprouvant un respect accru pour Mr Ross. Avec sa prose factuelle et sèche, celle d'un homme d'affaires s'adressant à un autre, je pense que cette lettre avait de quoi décourager Don Juan. Pas étonnant que Tinker l'ait laissée là, à un endroit où Eve la trouverait.

Les rideaux de la chambre principale étaient ouverts et la ville chatoyait comme une rivière de diamants qui sait exactement qui peut se la payer. Le dessus-de-lit bleu et jaune était assorti aux deux fauteuils. Dans cet appartement conçu pour un célibataire fortuné, cette pièce offrait suffisamment de couleur et de confort pour qu'une femme la découvrant par hasard ne se sente pas en terrain inconnu. Là encore, la main mystérieuse avait laissé sa marque.

Dans le placard, des vêtements s'étaient ajoutés à la garde-robe d'Eve. Ils avaient certainement été achetés par Tinker, car ils n'étaient pas bon marché et ne correspondaient pas au style d'Evey. Alors que je passais les doigts sur eux en les faisant défiler comme les recettes de cocktails, une veste bleue de garçonne attira mon attention. C'était la mienne. Pendant quelques secondes, je me demandai comment elle avait atterri ici, puisque c'était moi qui avais rangé les affaires d'Eve. Puis je me souvins – Eve la portait le soir de l'accident. Par la grâce des Règles de Bienséance dans le Monde, elle avait été miraculeusement récupérée et nettoyée. Je la remis à sa place et fermai le placard.

Dans la salle de bains, je trouvai les médicaments d'Eve posés sur le lavabo. C'était des genres d'antidouleurs. En regardant mon image dans le miroir, je me demandai comment je tiendrais le coup à sa place.

Moins bien qu'elle, dus-je reconnaître.

Lorsque je revins dans le salon, Eve avait disparu. Je la cherchai dans la cuisine, dans la chambre de service. Je fis demi-tour jusqu'au bureau. Je commençais à craindre qu'elle ait carrément quitté l'appartement. C'est alors que le rideau du salon se souleva et que j'aperçus la silhouette blanche de sa robe sur la terrasse. Je la rejoignis dehors.

— Salut, Katey.

Si Eve me soupçonnait de farfouiller, elle ne le montra pas.

La pluie avait cessé. Le ciel était illuminé d'étoiles. De l'autre côté de Central Park, les immeubles de l'East Side scintillaient comme si seule une petite crique nous en séparait.

— Il fait un peu froid ici, dis-je.

— Mais ça vaut le coup, non ? C'est drôle. La nuit, la ligne des toits est à couper le souffle. Et pourtant, on pourrait passer toute une vie à Manhattan sans jamais la voir. Comme une souris dans un labyrinthe.

Eve avait raison, indéniablement. Il y avait des quartiers entiers du Lower East Side où le ciel était caché par le métro aérien, les escaliers de secours et les lignes téléphoniques qui n'avaient pas encore été enterrées. La plupart des habitants de New York passaient leur vie entre l'étal du marchand de fruits et le quatrième étage. Cette vue sur la ville à quelques dizaines de mètres au-dessus de la populace avait quelque chose de paradisiaque. Nous savourâmes l'instant comme il se devait.

— Tinker n'aime pas que je sorte sur la terrasse. Il est persuadé que je vais sauter.

— Tu ferais ça ?

Je voulus donner à ma question un ton léger, sans y parvenir.

Eve ne sembla pas particulièrement offusquée. Quatre mots lui suffirent pour écarter l'hypothèse.

— Je suis catholique, Katey.

Trois cents mètres au-dessus du sol, trois lumières vertes survolant Central Park en direction du sud pénétrèrent notre champ de vision.

— Regarde, dit Eve en les montrant du doigt. Je te parie une bonne nuit de sommeil qu'elles vont faire le tour de l'Empire State Building. C'est ce que font les petits avions. C'est plus fort qu'eux, visiblement.

Ainsi que je l'avais fait les soirs qui suivirent sa sortie de l'hôpital, j'aidai Eve à retourner dans sa chambre ; je l'aidai à retirer ses bas et sa robe ; je la bordai, l'embrassai sur le front.

Elle tendit les bras, prit ma tête entre ses mains et me rendit mon baiser.

— C'était chouette de te revoir, Katey.

— Tu veux que j'éteigne la lumière ?

Elle jeta un coup d'œil à la table de chevet.

— Regarde-moi ça, gémit-elle. *Charlotte* Brontë. *Emily* Brontë. *Jane* Austen. Le programme de rééducation de Tinker. Alors qu'elles sont toutes mortes vieilles filles, non ?

— Austen, oui, je crois.

— Eh bien, les autres, elles auraient dû.

La remarque me prit tellement au dépourvu que j'éclatai de rire. Eve aussi, tellement fort qu'elle en fut toute décoiffée. C'était notre premier fou rire à toutes les deux depuis le début de l'année.

Au moment où j'éteignais la lumière, Eve déclara que cela ne servait à rien que j'attende Tinker, et que je devrais m'en aller – ce que je faillis faire. Mais il m'avait fait promettre de rester.

J'éteignis donc les lumières du couloir et presque toutes les lampes du salon, puis m'installai sur le divan avec le plaid blanc sur les épaules. Je pris un livre dans la pile et me plongeai dedans. Il s'agissait de *La Terre chinoise*, de Pearl Buck. Comme il commença à me barber dès la deuxième page, je sautai à la page 104 et repris ma lecture. Ce n'était pas mieux.

Mes yeux se posèrent sur la pyramide de livres. J'examinai un instant les titres. Puis je pris la pile et allai l'échanger dans la chambre de service contre dix romans policiers, que je posai sur la table basse du salon. Inutile de les classer par taille, puisqu'ils étaient tous exactement du même format. Enfin, j'allai dans la cuisine me faire des œufs « porte fermée ».

J'en cassai deux dans un bol et les battis avec du fromage râpé et des herbes aromatiques. Je versai la préparation dans une poêle d'huile bouillante et couvris le tout. Le fait d'utiliser une huile très chaude et de couvrir les œufs provoque leur gonflement immédiat. Et ils dorent sans brûler. C'était ainsi que mon père me les préparait quand j'étais petite, sauf que nous ne les mangions pas au petit-déjeuner. Ils avaient meilleur goût, disait-il, quand on fermait la porte de la cuisine.

J'étais en train de finir mon assiette quand j'entendis Tinker m'appeler à voix basse.

— Je suis dans la cuisine.

Il entra, visiblement soulagé.

— Ah, te voilà ! dit-il.

— Me voilà.

Il s'affaissa sur une chaise. Ses cheveux étaient bien peignés et sa cravate impeccablement nouée, mais sa tenue ne parvenait pas à dissimuler le fait qu'il était las. Vidé de toute énergie, les yeux gonflés, il ressemblait à un jeune père réduit par l'arrivée de jumeaux à faire des heures supplémentaires.

— Alors, ça s'est passé comment ? me demanda-t-il timidement.

— Très bien. Evey est plus solide que tu ne le penses. Elle va s'en sortir.

Je faillis ajouter qu'il devrait être plus détendu, donner un peu d'espace à Eve, laisser faire la nature. Facile – ce n'était pas moi qui conduisais le jour de l'accident.

— La banque a des bureaux à Palm Beach, dit-il au bout d'un moment. Je pourrais peut-être l'emmener là-bas pendant quelques semaines. La chaleur. Le changement de décor. Qu'est-ce que tu en penses ?

— Bonne idée.

— Je me dis qu'un autre rythme de vie lui profiterait.

— À toi aussi, j'ai l'impression.

Il me répondit par un petit sourire las.

Lorsque je me levai pour débarrasser la table, il suivit mon assiette vide avec le regard d'un chien docile. Je lui préparai donc à lui aussi des œufs « porte fermée ». Je les battis, les fis frire, les mis dans une assiette et les lui servis. J'avais découvert une bouteille de sherry pour la cuisine dans l'un des placards. Je l'ouvris et nous versai à chacun un verre. Nous le bûmes lentement en parlant de choses et d'autres d'une voix inutilement basse.

De la Floride, nous passâmes aux Keys, lesquelles rappelèrent à Tinker *L'Île au trésor*, qu'il avait lue enfant, et les fouilles entreprises avec son frère dans l'espoir de trouver des doublons dans le jardin familial ; fouilles qui nous rappelèrent à tous les deux *Robinson Crusoé* et nos rêves d'île déserte ; ce qui nous amena aux deux objets que nous voudrions avoir sur nous si jamais nous faisions naufrage : pour Tinker (logique) un couteau de poche et un silex ; pour moi (illogique) un jeu de cartes et *Walden*, de Thoreau – le seul livre où l'infini habite une page sur deux.

Et en cet instant, nous voulûmes bien faire comme si nous étions de nouveau chez Max – comme si nos genoux se cognaient sous la table, comme si les mouettes volaient autour du clocher de Trinity Church, comme si les possibilités colorées que nous avait fait miroiter le Nouvel An étaient encore à notre portée.

Ainsi que le disait mon père à propos des jours passés : si tu ne fais pas gaffe, ils te videront les entrailles comme on vide un poisson.

Dans le vestibule, Tinker prit mes mains dans les siennes.

— Ça m'a fait plaisir de te voir, Katey.

— Moi aussi, ça m'a fait plaisir.

Je reculai, mais il ne lâcha pas mes mains. J'eus l'impression qu'il était sur le point de dire quelque chose. Au lieu de parler, il m'embrassa, à quelques mètres de l'endroit où Eve dormait.

Ce n'était pas un baiser qui s'imposait. C'était une demande. Il m'aurait suffi de me pencher légèrement en avant, et alors il m'aurait prise dans ses bras. Mais vu la situation, où cela nous aurait-il menés ?

Je libérai mes mains et caressai la peau douce de sa joue, puisant du réconfort dans cette patience raisonnable qui fait tout supporter, tout croire, tout espérer et, plus important encore, tout accepter.

— Tu es un chic type, Tinker Grey.

Les câbles de l'ascenseur vibrèrent à l'approche de la cabine. Je baissai le bras avant qu'Hamilton n'ouvre la porte de l'appareil. Tinker m'adressa un signe de la tête et enfonça les mains dans les poches de sa veste.

— Merci pour les œufs, dit-il.

— Ne t'emballe pas. C'est la seule recette que je sais.

Il sourit, et je revis brièvement le Tinker que je connaissais. J'entrai dans la cabine.

— On n'a pas eu le temps de parler de ton nouvel appartement, dit-il. Et si je venais le voir un jour ? La semaine prochaine, par exemple ?

— Très bonne idée.

Hamilton attendait respectueusement que notre conversation s'achève.

— C'est bon, Hamilton, dis-je.

Il ferma la porte et tira sur le levier. L'ascenseur entama sa descente. Hamilton se mit à siffloter un air tout en regardant passer les étages.

Après la guerre de Sécession, les noms des Pères fondateurs tels Washington et Jefferson étaient devenus populaires auprès des gens de sa race. Mais Hamilton était le premier Noir que je rencontrais à porter le nom de l'homme qui avait proposé la création d'une banque centrale et avait été tué en duel. Comme nous arrivions en bas, je sortis de l'ascenseur et me tournai pour l'interroger à ce sujet. À ce moment-là, la sonnerie retentit. Il haussa les épaules. Les immenses portes en cuivre de l'ascenseur se fermèrent silencieusement.

Elles étaient décorées d'un écusson couronné d'un dragon, sur lequel était inscrite la devise du Beresford : FRONTA NULLA FIDES. Ne te fie pas aux apparences.

Ma foi.

En dépit du fait que la marmotte était bel et bien sortie de son hibernation[1], l'hiver prolongea de trois semaines son siège de New York. Les crocus de Central Park gelèrent ; les oiseaux migrateurs, prenant la décision qui s'imposait, retournèrent au Brésil ; quant à Mister Tinker, le lundi qui suivit il emmena Miss Evelyn à Palm Beach sans tambour ni trompette.

---

1. Dans la tradition américaine, la marmotte (*the groundhog*) signale la fin de l'hiver en sortant de son hibernation le 2 février, *Groundhog Day*.

6

Le mois le plus cruel[1]

Un soir d'avril, j'attendais à la station Wall Street de l'Interborough Rapid Transit le métro qui me permettrait de regagner mes pénates. Vingt minutes s'étaient écoulées depuis le train précédent et le quai grouillait de chapeaux, de soupirs et de journaux du soir pliés à la va-vite. Par terre à côté de moi était posée une valise ficelée pleine à craquer. Si ce n'avait été l'absence d'enfants, on se serait cru dans une gare de transit en temps de guerre.

En se faufilant entre moi et mon voisin, un homme cogna mon coude. Il avait les cheveux bruns et portait un manteau de cachemire. Comme ces gens qui n'appartenaient pas à l'époque, il se tourna pour s'excuser. L'espace d'un instant, je crus qu'il s'agissait de Tinker.

Pourtant, je savais bien.

1. Référence à *The Waste Land*, le poème de T.S. Eliot publié en 1922 (« *April is the cruellest month* »).

Tinker Grey était à mille lieues de l'IRT. À la fin de leur première semaine à Palm Beach, Eve m'avait envoyé une carte postale de l'hôtel Breakers où Tinker et elle se terraient. *Tu nous manques un max, ma vieille* – du moins l'écrivait-elle – et Tinker s'était fait l'écho du même sentiment sous la forme de petites lettres capitales entourant mon adresse et remontant vers le timbre. Sur la photo, Eve avait dessiné une flèche désignant leur balcon surplombant la plage et une pancarte plantée dans le sable qui disait : INTERDIT DE SAUTER. En post-scriptum, elle avait ajouté : *À dans une semaine.* Deux semaines plus tard, je recevais une carte postale de la marina de Key West.

Dans l'intervalle, j'avais pris cinq mille pages sous la dictée. Tapé quatre cent mille mots d'une langue aussi grise que le ciel. Suturé des phrases clivées, accordé des adjectifs et usé le fond de ma belle jupe en flanelle. La nuit, seule devant la table de la cuisine, j'avais avalé des tartines de beurre de cacahuète, appris à utiliser les atouts et à me débarrasser de certaines cartes, et entamé péniblement la lecture des romans d'E.M. Forster, histoire de savoir pourquoi on en parlait autant. En tout, j'avais économisé quatorze dollars et cinquante-sept cents.

Mon père aurait été fier.

Le gracieux inconnu se glissa habilement jusqu'au bord du quai et prit position à côté d'une jeune femme quelconque qui, levant les yeux au moment où il s'approchait, rencontra brièvement mon regard.

Il s'agissait de Charlotte Sykes, la surdouée du clavier qui occupait le bureau à gauche du mien.

Malgré ses épais sourcils noirs, Charlotte avait des traits délicats et un joli teint. Elle aurait pu faire bonne impression si elle ne s'était pas comportée comme si New York risquait de l'écraser à tout moment.

Ce soir-là, elle portait une toque décorée d'un chrysanthème d'enterrement. Elle vivait quelque part dans le Lower East Side et j'avais l'impression qu'elle attendait toujours que je quitte le travail pour s'autoriser à le faire. En effet, elle arrivait souvent sur le quai quelques minutes après moi. Charlotte jeta un coup d'œil furtif dans ma direction. Elle rassemblait visiblement son courage pour m'aborder. Dans le souci de lever toute ambiguïté, je sortis *Chambre avec vue*[1] de mon sac et l'ouvris au chapitre VI. L'une des charmantes singularités de la nature humaine veut que l'on soit plus enclin à interrompre deux personnes qui sont en train de discuter qu'une seule plongée dans un livre, même s'il s'agit d'un stupide roman d'amour :

En l'entendant arriver, George s'était tourné. Un instant, il la contempla comme si elle tombait du ciel. Il vit sur son visage le rayonnement de la joie, il vit les fleurs palpiter contre sa robe…

Le palpitement des fleurs fut noyé dans un bruit de freins. Les réfugiés du quai rassemblèrent leurs

1. Roman de E.M. Forster.

affaires et se préparèrent au combat pour monter dans le wagon. Je les laissai se presser autour de moi. Quand la gare était bondée à ce point, mieux valait généralement attendre le train suivant.

Postés à des points stratégiques du quai, des employés du métro coiffés de petites casquettes vertes et chargés de régler le flux des passagers agissaient comme des flics sur les lieux d'un accident, gonflant le torse et s'apprêtant à pousser les gens dans un sens ou dans l'autre selon les besoins. À l'ouverture des portes, la foule se bouscula. Quelques mètres devant moi, le chrysanthème bleu-noir accroché au chapeau de Charlotte dansait comme un bout de bois sur la mer.

— Faites de la place pour ceux qui montent ! hurlèrent les employés en poussant à qui mieux mieux.

Une seconde plus tard, le train était parti, laissant sur le quai une poignée de petits malins. Je me replongeai dans mon livre, certaine qu'on me laisserait tranquille.

— Tiens, Katherine !

— Charlotte…

Elle avait dû faire demi-tour à la dernière minute, comme un éclaireur cherokee.

— Je ne savais pas que tu prenais ce train, dit-elle d'un air faussement innocent.

— Tous les jours.

Elle rougit, consciente qu'elle avait été prise en flagrant délit de mensonge. Ses joues arborèrent la couleur qui leur manquait. Charlotte aurait dû mentir plus souvent.

— Tu vis où ? me demanda-t-elle.

— Vers 11th Street.

Son visage s'illumina.

— *Nous sommes quasi voisines !* J'habite sur Ludlow. À quelques centaines de mètres à l'est de Bowery.

— Je sais où se trouve Ludlow.

Elle eut un sourire confus.

— Bien sûr.

Charlotte tenait un grand dossier plaqué contre son ventre, telle une écolière ses cahiers. Vu son épaisseur, il ne pouvait s'agir que d'un accord ou d'une proposition de fusion. Dans un cas comme dans l'autre, elle n'aurait jamais dû avoir ce document avec elle.

Je laissai s'installer un silence gênant.

Mais visiblement pas assez.

— Tu as passé ton enfance dans le quartier ? me demanda-t-elle.

— Non, à Brighton Beach.

— Nom d'un chien !

Elle était sur le point de me demander comment c'était, Brighton Beach, sur quelle ligne de métro cela se trouvait ou si je connaissais Coney Island, mais un train arriva à ma rescousse. Il n'y avait que quelques personnes sur le quai, si bien que, tirant sur leur cigarette avec l'indifférence de soldats entre deux assauts, les employés du métro nous ignorèrent.

Charlotte s'installa sur la banquette à côté de moi. En face de nous était assise une femme de chambre d'une quarantaine d'années aux yeux obstinément baissés. Elle portait un vieux manteau rouge bordeaux sur son uniforme noir et blanc et des chaussures confortables. Au-dessus de sa tête, une affiche du ministère de la Santé déconseillait d'éternuer sans mouchoir.

— Cela fait combien de temps que tu travailles pour Miss Markham ? demanda Charlotte.

Il fallait reconnaître à Charlotte le mérite de dire Miss Markham, et non Quiggin & Hale.

— Depuis 1934.

— Alors tu dois être l'une des plus anciennes !

— Pas de beaucoup.

Nous restâmes un instant silencieuses. Je crus qu'elle avait enfin compris. Espoir vain. Elle se lança dans un monologue.

— Elle est extraordinaire, Miss Markham, quand même, tu ne trouves pas ? Jamais je n'ai rencontré quelqu'un comme elle. Elle est impressionnante, vraiment. Tu savais qu'elle parle français ? Je l'ai entendue échanger quelques mots avec l'un des avocats. Je te jure, elle se souvient du brouillon d'une lettre rien qu'en le lisant une fois.

Charlotte s'était mise à parler deux fois plus vite que d'habitude. Difficile de dire si c'était la nervosité ou bien le souci d'en dire le plus possible avant que le train n'arrive à sa station.

— … Mais les gens qui travaillent chez Q & H sont vraiment tellement adorables. Tous, même les avocats ! L'autre jour, j'étais dans le bureau de Mr Quiggin pour lui faire signer quelques documents. Tu es déjà allée dans son bureau ? Mais oui, bien sûr. Tu te souviens de cet aquarium qu'il a avec plein de poissons dedans ? Bref, il y avait un petit poisson d'un bleu incroyable avec la bouche collée contre la vitre. Je n'arrivais pas à en détacher les yeux. Alors que Miss Markham nous dit toujours de baisser le regard dans les bureaux des avocats. Eh bien, une fois terminé ce qu'il avait à faire, Mr Quiggin s'est approché et m'a donné les noms latins de tous les poissons de son aquarium !

Pendant que Charlotte papotait à toute allure, la femme de chambre assise en face de nous avait levé les yeux et l'écoutait comme si elle aussi s'était retrouvée devant un aquarium comparable récemment, quand elle aussi avait des traits fins et un joli teint, quand ses grands yeux étaient emplis d'espoir et que le monde paraissait magnifique et juste.

Le train arriva à la station Canal Street. Les portes s'ouvrirent. Charlotte parlait si vite qu'elle n'avait pas remarqué.

— Ce ne serait pas ton arrêt ?

Elle sursauta, me fit timidement un petit geste de la main et disparut.

Les portes se fermaient quand je remarquai le dossier sur la banquette à côté de moi. Attaché avec un trombone sur la couverture, un petit carton portait l'inscription *De la part de Mr Thomas Harper*, suivie du nom d'un avocat de chez Camden & Clay tracé par Harper de son écriture cursive d'élève de prep school[1]. Il avait dû se décharger sur Charlotte de ce dossier préparatoire en usant de son charme juvénile. Nul besoin d'en faire des tonnes. Charlotte était

1. Aux États-Unis, une prep school est un établissement scolaire privé qui prépare les élèves aux études universitaires, moyennant des frais de scolarité généralement très élevés.

née pour être charmée. Ou intimidée. Quoi qu'il en soit, il s'agissait de leur part à tous les deux d'une grave erreur de jugement. Mais si New York était une machine aux rouages multiples, alors les erreurs de jugement constituaient la graisse permettant aux roues de tourner sans accroc pour nous autres. Ces deux-là finiraient par payer leur erreur, d'une manière ou d'une autre. Je reposai le dossier sur la banquette.

Notre train était encore immobilisé à la station. Sur le quai, quelques voyageurs massés devant les portes fermées regardaient anxieusement par la vitre comme les poissons de Mr Quiggin. Détournant le visage, je croisai le regard de la femme de chambre. Ses yeux tristes se posèrent sur le dossier oublié. Personne ne nous demanderait à nous de payer pour ça, semblait-elle dire. Ce jeune homme charmant avec son élocution soignée et sa mèche romantique les convaincra, ils se laisseront faire. Et la petite miss aux grands yeux innocents, elle paiera pour tous les deux.

Les portes s'ouvrirent à nouveau. Les voyageurs commencèrent à s'entasser dans le wagon.

— Merde, dis-je.

J'attrapai le dossier et glissai le bras entre les portes juste avant qu'elles ne se ferment.

— Du calme, poupée ! dit un employé du métro.

— Tu sais ce qu'elle te dit, la poupée ? répliquai-je.

Je me dirigeai vers l'escalier est et commençai à remonter vers Ludlow Street en cherchant parmi les chapeaux à large bord et les cheveux brillantinés un chrysanthème noir sautillant. Si je ne la rattrapais pas d'ici quatre cents mètres, ce dossier allait fusionner avec une poubelle.

Je la retrouvai à l'angle de Canal Street et Christie Street.

Elle se tenait devant chez Schotts & Sons – fournisseurs casher de tout ce qui macère dans le vinaigre. Seulement, elle ne faisait pas ses courses. Elle parlait à une minuscule vieille dame aux yeux noirs qui portait une de ces robes de deuil que je connaissais bien. La vieille dame tenait, emballé dans le journal d'hier, le saumon fumé du dîner.

— Excusez-moi.

Charlotte leva la tête. Son expression de surprise se transforma en sourire juvénile.

— Katherine !

Elle fit un signe vers la vieille femme à côté d'elle.

— Je te présente ma grand-mère.

(Non sans blague !)

— Ravie de faire votre connaissance, dis-je.

Charlotte dit quelque chose à la vieille dame en yiddish, pour lui expliquer que nous étions collègues de travail, je suppose.

— Tu as laissé ça dans le train.

Le sourire de Charlotte s'évanouit. Elle prit le dossier.

— Oh. Je suis vraiment distraite. Merci infiniment.

— Ce n'est rien.

Elle garda le silence quelques secondes, avant de céder à la pire des pulsions.

— Mr Harper a une réunion avec un client important demain matin très tôt, mais comme ce dossier doit être remis chez Camden & Clay avant neuf heures, il m'a demandé si sur mon chemin je ne pouvais pas…

— Outre son diplôme d'Harvard, Mr Harper possède un fonds en fidéicommis.

Charlotte m'adressa un regard d'une perplexité bovine.

— Ce qui devrait lui être très utile si jamais il se fait renvoyer.

La grand-mère de Charlotte regarda mes mains. Charlotte regarda mes chaussures.

L'été, la famille Schott faisait rouler ses barriques de légumes, de harengs et d'écorces de pastèque jusqu'au trottoir, laissant une traînée de saumure sur les pavés. Huit mois plus tard, on la sentait encore.

La vieille dame dit quelque chose à Charlotte.

— Ma grand-mère demande si tu veux bien te joindre à nous pour le dîner.

— Désolée, mais j'ai pris d'autres engagements.

Charlotte traduisit, inutilement d'ailleurs.

Depuis Canal Street, j'avais encore un bon kilomètre à faire, c'est-à-dire pas assez pour justifier l'achat d'un autre ticket de métro. Si bien que, *oy*, comme on dit dans le quartier, je me le suis farci, ce kilomètre. À chaque carrefour je regardais à droite et à gauche. Hester Street, Grand Street, Broome Street, Spring. Prince Street, 1st Street, 2nd Street, 3rd Street. Chaque pâté de maisons ressemblait à un cul-de-sac d'un autre pays. Coincés entre les immeubles, les petits magasins familiaux (« Duschnock Père & Fils ») vendaient une reformulation de la gastronomie de leur propre pays natal – saucisses, fromages, poissons fumés ou salés que leurs propres grand-mères indomptables rapporteraient à la maison, enveloppés dans des pages de journaux italiens ou ukrainiens. En levant les yeux, on voyait les rangées de deux-pièces où trois générations se retrouvaient le soir autour d'un dîner pris en tenaille par des rites religieux aussi sirupeux et bizarres que les liqueurs de leur contrée.

Si Broadway est une rivière qui traverse Manhattan du nord jusqu'à Battery en charriant un flot ondulant de voitures, de marchandises et de lumières, alors les rues orientées est-ouest sont des petits tourbillons où, telle une feuille, on peut tourner lentement en rond depuis le début des temps jusqu'à l'éternité de ce monde sans fin.

Arrivée à Astor Place, je m'arrêtai à un kiosque à journaux pour acheter l'édition du soir du *Times*. En une, il y avait une carte de l'Europe modifiée par la grâce d'une jolie ligne de pointillés signalant un changement de frontière. Le vieux vendeur de journaux avait les sourcils blancs broussailleux et l'expression aimable et distraite d'un tonton de province. C'était à se demander ce qu'il faisait là.

— Belle soirée, dit-il, par quoi il faisait référence je suppose au petit bout de ciel qu'il voyait reflété dans la vitrine de la modiste.

— En effet.

— Vous pensez qu'il va pleuvoir ?

Je levai les yeux vers l'étoile du Berger qui brillait au-dessus des toits de l'East Side tels les feux d'un avion.

— Non, dis-je, pas ce soir.

Il sourit, l'air soulagé.

Au moment où je lui tendais un dollar, un autre client s'approcha en me collant d'un peu trop près. Je n'avais pas eu le temps de voir à quoi il ressemblait, mais remarquai que le marchand de journaux avait froncé les sourcils.

— Salut, ma vieille, dit le client. T'aurais pas une clope ?

Me tournant vers lui, je rencontrai son regard. D'un aspect propre à faire fuir le travail, il avait les cheveux longs et un bouc négligé, mais toujours le même sourire présomptueux et le même œil reluqueur que quand nous avions quatorze ans.

— Non, répondis-je. Désolée.

Il secoua la tête, puis la pencha sur le côté.

— Eh, dis donc, je te connais, toi.

— Je ne crois pas, non.

— Mais si, je te connais. Chambre 214. Sœur Sally Salamone. Pou, hibou, genou, caillou…

Il éclata de rire.

— Vous m'avez confondue avec quelqu'un d'autre, dis-je.

— J'me trompe pas, ça non. Et t'es pas quelqu'un d'autre.

— Tenez, dis-je en lui tendant ma monnaie.

Il leva les mains en signe de protestation.

— J'voudrais pas présupposer.

Puis, riant lui-même du mot qu'il avait choisi, il s'éloigna en direction de 2nd Avenue.

— C'est ça le problème quand on est né à New York, remarqua le vieux marchand de journaux d'une voix un peu triste. On n'a pas d'autre New York où se réfugier.

7

Les boucles d'oreilles solitaires

— Katey Kontent à l'appareil.

— Ici Clarence Darrow[1].

Les machines à écrire de Quiggin & Hale avaient beau fonctionner à plein régime, leur vacarme ne m'empêcha pas de constater que la voix d'Eve avait retrouvé ses inflexions mélodieuses.

— Vous êtes revenue quand à New York, Miss Darrow ?

— Il y a quatre-vingt-sept heures, comme dirait Lincoln[2].

— Alors, c'était comment, Key West ?

— Ridicule.

---

1. Clarence Darrow (1857-1938), avocat américain célèbre pour son rôle dans certains procès très controversés, notamment celui dit « du singe » (1925) où il défendit Thomas Scopes, accusé d'avoir enseigné la théorie de l'Évolution.

2. En 1863, Lincoln commençait son célèbre discours de Gettysburg par « Four score and seven years ago » (*il y a quatre-vingt-sept ans*).

— Tu penses que j'ai des raisons d'être jalouse ?

— Pas le moins du monde. Écoute, on a invité quelques amis à dîner. Ça nous ferait plaisir que tu viennes. Ça nous ferait un nombre pair. Tu te laisses tenter ?

— Qu'est-ce que j'ai de mieux à faire ?

— T'as tout compris.

En arrivant au Beresford, j'avais quarante minutes de retard.

Je dois avouer à ma grande honte que ce retard était dû au fait que je n'arrivais pas à décider comment m'habiller. Quand Eve et moi logions à la pension, nous partagions notre garde-robe avec les autres filles de l'étage et étions toujours élégantes le samedi soir. Mais mon déménagement avait été suivi d'un réveil quelque peu brutal – je me rendis compte que tous les vêtements stylés appartenaient aux autres. Visiblement, les robes fonctionnelles qui faisaient mémé, c'était les miennes. Mon placard contenait des vêtements aussi tristounets que les draps étendus au-dessus de la cour. Je choisis une robe bleu marine vieille de quatre ans et passai une demi-heure avec mon nécessaire de couture à raccourcir l'ourlet.

L'employé qui m'accueillit dans l'ascenseur était un gars aux épaules larges que je ne reconnus pas.

— Hamilton ne travaille pas ce soir ? demandai-je pendant que nous montions.

— Il est parti.

— Dommage.

— Pas pour moi. J'aurais pas d'boulot s'il était toujours là.

Cette fois-ci, c'était Eve qui m'attendait dans le vestibule.

— Katey !

Nous nous embrassâmes sur la joue droite. Elle prit mes mains dans les siennes, exactement à la manière de Tinker. Elle recula et m'examina comme si c'était moi qui venais de passer deux mois au bord de la mer.

— Tu as l'air en pleine forme, dit-elle.

— Tu plaisantes ! C'est toi qui as l'air en pleine forme. Moi, je ressemble à Moby Dick.

Evey loucha en souriant.

En effet, elle avait l'air en pleine forme. En Floride, ses cheveux étaient devenus tout blonds et elle les avait coupés en carré court, ce qui mettait en valeur la délicatesse de ses traits. La léthargie sarcastique du mois de mars avait été exorcisée et son regard avait retrouvé son éclat moqueur. Ajoutons qu'elle portait une impressionnante paire de boucles d'oreilles en diamants. Les pierres tombaient en cascade jusqu'à son cou, étincelant sur sa peau parfaitement bronzée. Il n'y avait aucun doute : en prescrivant un séjour à Palm Beach, Tinker avait tapé dans le mille.

Eve me précéda dans le salon. Debout près de l'un des divans, Tinker parlait d'investissements dans le chemin de fer avec un autre jeune homme. Eve l'interrompit en lui prenant la main.

Regarde qui est là, dit-elle.

Lui aussi avait l'air en pleine forme. En Floride, il avait perdu sa petite bedaine et son air de chien battu. Il recevait à présent sans cravate et son col ouvert dévoilait son sternum bronzé. Il se pencha en avant sans lâcher la main d'Eve et déposa un baiser rapide sur ma joue. S'il avait voulu par là prouver quelque chose, il s'était donné du mal pour rien. J'avais déjà pris la température.

Personne ne semblait particulièrement gêné par mon retard. Simplement, j'avais hélas loupé l'apéritif. Une minute après les présentations, je me retrouvai le gosier sec dans la salle à manger. À en juger par les visages des convives, j'avais manqué plusieurs tournées.

Il y avait trois autres invités. À ma gauche, l'homme avec qui Tinker parlait à mon arrivée : un agent de change qu'on surnommait Bucky et qui, enfant, passait les vacances d'été dans le même endroit que Tinker. Lors de la rechute de 37, Bucky avait visiblement eu la bonne idée de reprendre ses billes avant ses clients. À présent, il se la coulait douce à Greenwich, dans le Connecticut. Il était beau, charmeur et, bien que loin d'être aussi intelligent qu'il voulait le faire croire, de meilleure compagnie que sa femme. Avec ses cheveux tirés en arrière, Glyss (diminutif de Glycine !) avait l'air triste et guindé d'une vieille institutrice. Le Connecticut est l'un des plus petits États du pays, mais il n'était pas assez petit pour elle. Je la voyais bien passer ses après-midi à contempler le Delaware avec envie et amertume depuis l'une des fenêtres du premier étage de sa demeure coloniale.

Un ami de Tinker du nom de Wallace était assis juste en face de moi. Wallace, qui avait lui aussi étudié à Saint-George, mais quelques années avant Tinker, avait la blondeur et la grâce solennelle d'une star du tennis qui n'aurait jamais vraiment eu de goût pour ce sport. Je me demandai brièvement si c'était Eve ou Tinker qui avait eu l'idée de l'inviter pour me servir de cavalier. Peut-être était-ce un plan commun, l'une de ces conspirations transparentes qui débouchent sur des mariages solides. Quoi qu'il en soit, c'était loupé. Wallace, affligé d'un léger défaut de prononciation – une espèce d'arrêt brutal au milieu de chaque phrase – avait visiblement plus envie de jouer avec sa cuillère que de me faire les yeux doux. Tout compte fait, on avait le sentiment qu'il aurait préféré se trouver derrière son bureau dans l'usine à papier familiale.

Les convives s'étaient brusquement mis à parler de canards.

Avant de rentrer à New York, ils s'étaient tous les cinq arrêtés en Caroline du Sud dans le pavillon de chasse des Wolcott. À présent, ils discutaient des subtilités du plumage du colvert. Je me laissai entraîner par mes rêveries, avant de me rendre brusquement compte que quelqu'un me posait une question. C'était Bucky.

— Pardon ? fis-je.

— Vous êtes déjà allée chasser dans le Sud, Katey ?

— Je ne suis jamais allée chasser, ni au nord, ni au sud.

— C'est très agréable. Vous devriez venir avec nous l'an prochain.

Je me tournai vers Wallace.

— Vous y allez tous les ans ?

— En général. Quelques week-ends à l'au... tomne et au printemps.

— Alors, pourquoi est-ce que les canards s'entêtent à revenir ?

Tout le monde éclata de rire, sauf Glyss. Elle éclaira ma lanterne.

— Ils font pousser du blé, puis inondent le champ. C'est ça qui attire les canards. En fait, ce n'est pas aussi sportif que cela.

— Ma foi, n'est-ce pas ainsi que Bucky vous a attirée ?

Tout le monde s'esclaffa, sauf Glyss. Puis elle éclata de rire et tout le monde s'esclaffa, sauf Bucky.

On nous apporta la soupe – des haricots noirs avec une cuillère de sherry, peut-être le sherry que Tinker et moi avions bu ensemble. Dans ce cas, c'était une manière poétique de rendre justice. Mais il était trop tôt pour savoir à qui.

— Délicieux, dit Tinker à Eve, ouvrant la bouche pour la première fois depuis une demi-heure. Qu'est-ce que c'est ?

— Haricots noirs au sherry. Ne t'en fais pas. Il n'y a pas un gramme de crème dedans.

Tinker eut un sourire gêné.

— Tinker fait attention à ce qu'il mange en ce moment, expliqua Eve.

— C'est efficace, dis-je. Tu as l'air en pleine forme.

— Tu exagères, répondit-il.

— Non, dit Eve en levant son verre, Katey a raison. Tu rayonnes, vraiment.

— C'est parce qu'il se rase deux fois par jour, suggéra Bucky.

— Non, dit Wallace, c'est… le sport.

Eve tendit un doigt approbateur vers Wallace.

— En Floride, expliqua-t-elle, il y avait une île à plus d'un kilomètre de la côte. Tinker faisait l'aller-retour deux fois par jour.

— Un vrai p…oisson.

— Ça, ce n'est rien, dit Bucky. Un été, il a traversé la baie de Narragansett à la nage.

Les plaques en forme d'étoiles sur les joues de Tinker rougirent encore plus.

— Ça fait seulement trois ou quatre kilomètres, dit-il. Ce n'est pas difficile si vous tenez bien compte des marées.

— Et vous, Katey, me demanda Bucky en revenant à la charge, vous aimez nager ?

— Je ne sais pas nager.

Tous redressèrent la tête.

— Comment ?

— Vous ne savez pas nager ?

— Pas du tout.

— Mais alors…

— Je coule. Comme la plupart des objets, non ?

— Vous avez été élevée dans le Kansas ? demanda Glyss sans la moindre ironie.

— J'ai passé mon enfance à Brighton Beach.

Et tous de s'extasier.

— Extraordinaire ! s'exclama Bucky comme si j'avais escaladé le mont Cervin.

— N'avez-vous pas envie d'apprendre ? demanda Glyss.

— Je ne sais pas tirer non plus. Entre les deux, je préfère apprendre à tirer.

Rires.

— Ma foi, c'est tout à fait à votre portée, dit Bucky d'un ton encourageant. Il n'y a rien de sorcier là-dedans.

— Évidemment, je saurais appuyer sur la gâchette, dis-je. Ce que je voudrais, c'est pouvoir tirer dans le mille.

— Je vous apprendrai, proposa Bucky.

— Non, dit Tinker, qui paraissait plus à l'aise maintenant que l'attention s'était déplacée. L'homme qu'il te faut, c'est Wallace.

Wallace était en train de dessiner un cercle sur la nappe en lin avec le bout de sa cuillère à dessert.

— N'est-ce pas, Wallace ?

— Tu exa...gères.

— Je l'ai vu mettre dans le mille à cent mètres, dit Tinker.

— Vrai ou faux ? demandai-je en haussant les sourcils.

— Vrai, répondit-il timidement. Mais pour être... honnête, une cible, ça ne bouge pas.

Quand les bols furent débarrassés, je me levai en m'excusant. On nous avait servi un beau bourgogne avec la soupe et je commençais à avoir le tournis. Il y avait un petit cabinet de toilette près du salon mais, passant outre à l'étiquette, je décidai d'utiliser la grande salle de bains. Dans le couloir, je jetai un coup d'œil rapide à la chambre principale. Eve ne dormait plus seule.

Je fis pipi et tirai la chasse. Alors que je me lavais les mains au robinet, Eve fit son apparition. Elle m'adressa un clin d'œil dans le miroir, souleva sa robe et s'installa sur les toilettes, exactement comme au bon vieux temps. J'en vins à regretter mes envies de l'espionner.

— Alors, dit-elle d'un air faussement timide, qu'est-ce que tu penses de Wallace ?

— Il m'a tout l'air d'un chouette type.

— Au bas mot.

Elle tira la chasse, remonta ses bas, puis s'approcha et prit ma place devant le lavabo. Il y avait un petit étui à cigarettes en céramique sur un vanity-case. J'en allumai une et m'assis sur les waters pour fumer tout en regardant Eve se laver les mains. De là où j'étais, on voyait sa cicatrice. Elle était encore rouge, comme enflammée. Mais elle ne la gênait plus beaucoup.

— C'est des sacrées boucles d'oreilles que tu as là, dis-je.

Elle s'admira dans le miroir.

— N'est-ce pas ?

— Tinker prend bien soin de toi.

Elle alluma une cigarette et jeta l'allumette par-dessus son épaule. Puis, adossée contre le mur, elle tira une bouffée et sourit.

— Il ne me les a pas données.

— Comment ça ?

— Je les ai trouvées dans le tiroir de la table de chevet.

— Morbleu !

Elle tira une autre bouffée et hocha la tête en levant les sourcils.

— Elles doivent bien valoir au moins dix mille dollars, dis-je.

— Au bas mot.

— Que faisaient-elles dans ce tiroir ?

— Personne n'en avait l'utilité.

Écartant les jambes, je laissai tomber ma cigarette dans la cuvette.

— Mais le pompon, c'est que je les porte tous les jours depuis que nous sommes rentrés de Palm Beach et qu'il n'a pas moufté.

J'éclatai de rire. C'était le genre de choses que l'Eve des grands jours aurait dite.

— Eh bien, elles sont à toi, maintenant, non ?

Elle écrasa sa cigarette sur le bord du lavabo.

— Pas de doute là-dessus, ma vieille.

Deux autres bouteilles de bourgogne furent englouties avec le plat principal. Mais on aurait tout aussi bien pu nous les vider sur la tête. Je ne pense pas qu'un seul d'entre nous ait goûté le filet, ou l'agneau, bref, la viande.

Fin saoul, Bucky se mit à me raconter une histoire interminable sur la fois où ils étaient allés tous les cinq au casino à Tampa-Saint-Pete. Au bout d'un quart d'heure à la roulette, il apparut clairement qu'aucun des hommes ne comptait parier. (Sans doute redoutaient-ils de perdre de l'argent qui de toute façon ne leur appartenait pas.) Alors, pour leur apprendre, Eve emprunta cent dollars à chacun et plaça ses jetons sur le pair, le noir et sa date de naissance. Le neuf rouge sortit. Elle remboursa la mise sur-le-champ et glissa ses gains dans son soutien-gorge.

En matière de jeux d'argent, certains ont du mal à avaler leurs gains, d'autres leurs pertes. Eve digérait parfaitement les deux.

— Bucky, mon chéri, l'avertit sa femme, tu articules mal.

— C'est l'élégance du naturel, dis-je.

— Barfait'ment ! répondit-il en me donnant un petit coup de coude dans les côtes.

On annonça que le café était prêt – pile au bon moment.

Eve emmena Glycine faire la visite de l'appartement, comme elle le lui avait promis, tandis que Bucky coinçait Wallace pour se faire inviter à la chasse à l'automne. Tinker et moi nous retrouvâmes donc seuls dans le salon. Il s'installa sur l'un des divans. Je m'assis à côté de lui. Il posa les coudes sur les genoux et joignit les mains. Regarda en direction de la salle à manger, comme s'il espérait qu'un septième invité allait miraculeusement apparaître. Sortit son briquet de sa poche, l'ouvrit, le referma, le rangea.

— C'était chic de ta part de venir, finit-il par dire.

— C'est un dîner, Tinker, pas une réunion de crise.

— Elle a l'air d'aller mieux, tu ne trouves pas ?

— Elle a l'air d'aller très bien. Je te l'avais dit qu'elle s'en sortirait.

Il sourit et hocha la tête. Puis il me regarda dans les yeux, sans doute pour la première fois de la soirée.

— En fait, Katey… Eve et moi, on vit ensemble, comme qui dirait.

— Je sais.

— Je ne crois pas que c'était l'idée de départ…
— Je trouve ça bien.
— Vraiment ?
— Parfaitement.

Un observateur neutre aurait certainement tiqué en entendant ma réponse. Elle avait été donnée sur un ton très plat. Or les réponses composées d'un seul mot ne sont généralement pas très convaincantes. Mais le fait est que j'y croyais. À ce mot-là.

En premier lieu, comment leur en vouloir ? Une brise parfumée, une mer turquoise, le rhum des Caraïbes – ce sont là des aphrodisiaques à la réputation bien établie. La même chose vaut pour la proximité physique, le besoin, la menace du désespoir. Si, comme cela n'était que trop apparent en mars, Tinker et Eve avaient *tous les deux* perdu dans cet accident de voiture quelque chose d'eux-mêmes qui était essentiel, en Floride ils s'étaient aidés l'un l'autre à le récupérer en partie.

Selon l'une des lois de la physique de Newton, des corps en mouvement suivent leur trajectoire sauf s'ils rencontrent une force extérieure. Je suppose que, étant donné la nature du monde, il était tout à fait possible qu'une telle force se présente et détourne Tinker et Eve de leur trajectoire actuelle ; mais en aucun cas ce ne serait moi.

Bucky entra en titubant et s'affala sur une chaise. Même moi j'étais soulagée de le voir. Tinker sauta sur l'occasion pour aller au bar. Il en rapporta des verres dont nous aurions pu nous passer et s'installa sur l'autre divan. Bucky but sans se faire prier, puis relança la conversation sur les investissements dans le chemin de fer.

— Alors, Tink, tu penses que c'est envisageable ? Qu'on pourrait acheter un bout de cette compagnie d'Ashville ?

— Je ne vois pas ce qui nous en empêcherait, répondit Tinker. Si c'est ce qu'il faut à tes clients.

— Je pourrais venir te retrouver un jour au boulot, et on finaliserait tout ça pendant le déjeuner, hein ?

— Bonne idée.

— Cette semaine, c'est possible ?

— Oh, laisse-le tranquille, Bucky.

Glycine était de retour avec Eve.

— Tu es vraiment un malotru, ajouta-t-elle.

— Allons, Glyss, ça ne le dérange pas de mélanger travail et plaisir. Pas vrai, Tinker ?

— Bien sûr que non, dit Tinker d'un ton poli.

— Tu vois ? En plus, la concession lui appartient entièrement. Le monde n'a pas d'autre choix que d'accourir vers lui.

Glyss lui lança un regard furibond.

— Evelyn, dit Wallace avec à-propos, le dî...ner était délicieux.

— Oui, bravo ! fit le chœur.

Les minutes suivantes furent consacrées à un commentaire minutieux du repas. (Cette viande était divine. La sauce était parfaite. Et cette mousse au chocolat, mmm...) Plus l'on montait dans la société, moins la maîtresse de maison cuisinait, et plus ce genre de mondanités semblait répandu. Eve accepta les compliments avec tout juste ce qu'il fallait de panache et de modestie.

Nous étions tous dans le vestibule lorsque l'horloge sonna un coup. Eve et Tinker se tenaient par la main, les doigts entremêlés, autant pour se donner mutuellement de la force que pour montrer leur affection.

— C'était une soirée… très agréable.

— On a passé un bon moment.

— Il faudra remettre ça.

Même Glyss réclama un bis, Dieu sait pourquoi.

L'ascenseur arriva. C'était le même employé que j'avais vu en montant.

— Rez-de-chaussée, annonça-t-il après avoir refermé la grille, comme s'il avait travaillé dans un grand magasin avant.

— C'est un sacré appartement, dit Glyss à Bucky.

— Le Phénix renaît de ses cendres, répondit-il.

— Tu penses qu'il a coûté combien ?

Personne ne lui répondit. Wallace était soit trop bien élevé, soit trop désintéressé. Bucky était trop occupé à tenter de frotter son épaule contre la mienne sans faire exprès. Quant à moi, j'étais trop occupée à chercher le genre d'excuse que je pourrais utiliser pour décliner une invitation au bis.

Pourtant…

Allongée dans mon lit, seule et les yeux grands ouverts, dans le silence inhabituel des couloirs de mon petit immeuble, ce fut vers Eve que mes pensées se tournèrent. En effet, les années précédentes, si jamais je m'étais retrouvée parmi les invités d'un dîner légèrement dissonant comme celui-ci, si jamais j'étais rentrée trop tard un soir de semaine, ma seule consolation aurait été d'être accueillie par une Eve calée sur ses oreillers et impatiente d'apprendre les moindres détails de la soirée.

8

Abandonnez tout espoir

Une nuit de la mi-mai, alors que je traversais 7th Street pour rentrer chez moi, une jeune femme de mon âge déboucha de l'angle et me rentra dedans.

— Faites attention où vous allez ! s'exclama-t-elle avant de se pencher en avant pour m'examiner de près. Saperlipopette ! Kontent !

C'était Fran Pacelli, la jeune femme à la poitrine avantageuse qui avait abandonné ses études au City College et occupait la chambre au bout du couloir chez Mrs Martingale. Je ne la connaissais que vaguement, mais elle m'avait l'air d'une chic fille. Elle s'amusait à choquer les pensionnaires prudes en se baladant sans chemise dans le couloir et en leur demandant à tue-tête si elles pouvaient lui filer un peu de gnôle. Une nuit, je l'avais surprise en train de passer par une des fenêtres du premier étage, portant en tout et pour tout des talons hauts et un maillot des Dodgers. Son père travaillait dans les transports routiers, ce qui à l'époque voulait généralement dire qu'il avait fait de la contrebande d'alcool dans les années 1920. Le vocabulaire de Fran laissait supposer qu'elle aussi avait été dans l'alcool dans les années 1920.

— Quel coup de bol ! dit-elle en m'aidant à me relever. Te tomber dessus comme ça ! Tu as l'air en pleine forme.

— Merci, dis-je en frottant ma jupe.

Fran regarda autour d'elle comme si elle réfléchissait à quelque chose.

— Mmm… Tu allais où, comme ça ? Ça te dit, de venir prendre un verre ? Tu en as bien besoin, visiblement.

— Je croyais que j'avais l'air en pleine forme.

— Mais oui.

Elle fit un signe en direction de 7th Street, derrière nous.

— Je connais un endroit charmant dans cette rue. Je t'offre une bière. On a plein de choses à se raconter. On va bien rigoler.

L'endroit charmant en question s'avéra être un vieux pub irlandais. Au-dessus de la porte, une pancarte disait : BIÈRE DE QUALITÉ, OIGNONS CRUS, INTERDIT AUX FEMMES.

— C'est nous, ça, non ?

— Allons, dit Fran, ne sois pas si nunuche.

L'intérieur du pub était bruyant et sentait la bière. Assis au comptoir épaule contre épaule, les premières lignes du Soulèvement de Pâques[1] mangeaient des œufs durs en buvant de la bière brune. Le sol était

1. Le Soulèvement de Pâques (*Easter Rising*), insurrection organisée à Dublin par les indépendantistes le lundi de Pâques,

couvert de sciure et des décennies d'éclairage au gaz avaient tapissé le plafond d'une couche grise. La plupart des clients nous ignorèrent. Le barman nous lança un regard revêche, mais ne nous mit pas à la porte.

Fran parcourut la salle du regard. Ignorant les quelques tables vides près des fenêtres, elle se força un passage à travers la foule des buveurs en lançant quelques *'scusez-moi, les gars*. Au fond, il y avait une petite salle pleine à craquer avec sur les murs des vieilles photos des copains du maire à Tammany Hall[1] – les p'tits gars qui récoltaient les votes en distribuant fric et coups de lattes. Sans un mot, Fran s'avança vers l'angle opposé de la pièce. À la table la plus proche du poêle, trois jeunes gens se serraient autour de leurs verres de bière. L'un d'eux, un grand rouquin maigre, portait une combinaison avec *Transports Pacelli* brodé sur la poitrine d'une écriture par contraste typiquement féminine. Je commençais à saisir le tableau.

Au fur et à mesure que nous approchions, le vacarme était couvert par leur dispute, ou plutôt par la voix de l'un d'eux – le plus belliqueux des trois, qui nous tournait le dos.

— Deuzio, disait-il au rouquin, c'est un bourrin.

— Lui ? Un bourrin ?

---

24 avril 1916, se solda par un échec et l'exécution de nombreux leaders irlandais.

1. Tammany, organisation associée au Parti démocrate qui joua jusque dans les années 1960 un rôle déterminant dans l'établissement et l'entretien d'un système de clientélisme à New York.

Le rouquin, amusé par cette prise de bec, sourit.

— Exactement. Il a de l'endurance. Mais aucune finesse. Aucune discipline.

Le petit homme placé entre les combattants se tortilla sur son siège, mal à l'aise. On voyait qu'il était congénitalement déstabilisé par toute confrontation. Mais son regard faisait l'aller-retour entre les adversaires comme s'il ne voulait à aucun prix manquer un seul mot.

— Troisièmement, poursuivit le belliqueux, sa réputation est plus surfaite que celle de Joe Louis.

— Là, Hank, t'as bien raison.

— Quatrièmement, va te faire mettre.

— Me faire mettre ? Moi ? demanda le rouquin. Par quel orifice ?

Pendant que Hank lui détaillait la chose, le rouquin, qui nous avait remarquées, nous sourit de toutes ses dents.

— Beauté ! Qu'est-ce que tu fais là ?

— Grubb ? s'exclama Fran d'un ton incrédule. Que le diable m'emporte ! Ma copine Katey et moi on passait dans le coin et on s'est arrêtées ici pour boire une bière.

— Le hasard fait bien les choses, dit Grubb.

Le hasard ? Mon œil !

Grubb tira une chaise vers lui. Johnny-à-la-triste-figure en fit autant. Hank ne remua pas le petit doigt. Il paraissait encore plus enclin que le barman à nous mettre à la porte.

— Fran, dis-je, je vais bientôt filer.

— Allons, Katey. Prends une bière. Ensuite, on filera ensemble.

Sans attendre ma réponse, elle s'installa à côté de Grubb, me laissant la chaise près de Hank. Grubb prit un pichet et remplit deux verres qui avaient l'air d'avoir déjà servi.

— Tu habites dans le coin ? demanda Fran à Grubb.

— Dis donc, te gêne pas ! lança Hank à Fran. On était en train de discuter !

— Allez, Hank, laisse tomber.

— Comment ça, laisse tomber ?

— J'ai compris. Tu penses que c'est un bourrin. Mais c'est quand même le précurseur du cubisme, merde !

— Qui a dit ça ?

— Picasso.

— Excusez-moi, dis-je, mais vous êtes en train de parler de Cézanne, c'est ça ?

Hank me lança un regard revêche.

— Tu te figurais qu'on parlait de qui ?

— Je pensais que vous parliez d'un boxeur.

— C'était juste une analogie, dit Hank d'un ton dédaigneux.

— Hank et Grubb sont peintres, expliqua Johnny.

Toute frétillante, Fran m'adressa un clin d'œil.

— Mais tout de même, Hank, glissa Johnny prudemment, tu ne les trouves pas chouettes, ses paysages ? Je veux dire, avec ces verts et ces bruns ?

— Non.

— Les goûts et les couleurs, ça ne s'explique pas, dis-je à Johnny.

Cette fois-ci, Hank me regarda plus attentivement. Impossible de savoir s'il s'apprêtait à me contredire ou à me frapper. Peut-être l'ignorait-il lui-même. Avant que nous puissions avoir la réponse, Grubb héla quelqu'un qui venait d'entrer.

— Salut, Mark !

— Salut, Grubb.

— Tu connais ces messieurs, je crois. Johnny Jerkins. Hank Grey.

Ils se saluèrent sobrement d'un signe de tête. Personne ne se donna la peine de nous présenter, nous les filles.

Mark s'installa à une table voisine. Grubb le rejoignit. C'est à peine si je remarquai que Fran l'avait suivi, me laissant me débrouiller toute seule, tellement j'étais occupée à regarder Hank Grey. L'inébranlable Hank Grey. Plus vieux, plus petit, il ressemblait exactement à ce qu'aurait été Tinker s'il avait passé deux semaines sans manger et toute une vie dans l'ignorance des bonnes manières.

— Tu as vu ses tableaux ? demanda Johnny en montrant discrètement Mark. D'après Grubb, c'est n'importe quoi.

— Là aussi, il se trompe, déclara Hank d'un ton mélancolique.

— Qu'est-ce que vous peignez ? voulus-je savoir.

Il m'observa quelques instants comme pour décider si oui ou non je méritais une réponse.

— Des choses vraies, dit-il enfin. De beaux objets.

— Des natures mortes ?

— Je ne peins pas des oranges, si c'est ce que tu veux dire.

— Une orange, ça ne peut pas être un bel objet ?

— Plus maintenant, non.

Il se pencha au-dessus de la table pour attraper le paquet de Lucky Strike posé devant Johnny.

— Voilà un bel objet, déclara-t-il. Le rouge coque de bateau et le vert obusier. Les cercles concentriques. Voilà des couleurs qui ont un but. Des formes qui ont un but.

Il prit une cigarette du paquet de Johnny sans demander la permission.

— C'est Hank qui a peint ça, indiqua Johnny en désignant une toile posée contre le seau à charbon.

On comprenait à l'entendre qu'il admirait Hank, et pas seulement en tant qu'artiste. Il paraissait impressionné par l'homme dans sa globalité – comme si Hank était en train de forger une nouvelle image du mâle américain.

Pourtant, il n'était pas difficile de voir d'où sortait Hank. À l'époque, une nouvelle génération de peintres essayait d'appliquer l'éthique tauromachique d'Hemingway sur la toile, ou du moins de l'imposer à d'innocents spectateurs. Ils étaient sombres, arrogants, brutaux, et surtout, ils n'avaient pas peur de la mort – quoi que cela veuille dire pour un type qui passait ses journées devant son chevalet. Johnny était à mon avis loin d'imaginer à quel point l'attitude d'Hank était en train de devenir à la mode, ni sur quel genre de compte bancaire d'oligarque s'appuyait cette indifférence rugueuse.

Le tableau, exécuté de toute évidence par l'auteur de la foule de dockers que j'avais vue dans l'appartement de Tinker, représentait l'aire de déchargement d'un abattoir, avec au premier plan des camions garés sur une rangée et au fond une enseigne lumineuse en forme de bœuf qui disait ABATTOIRS VITELLI. Tout en étant figuratif, le tableau avait des couleurs et des lignes simplifiées, dans le style de Stuart Davis.

À la réflexion, tout à fait dans le style de Stuart Davis.

— Gansevoort Street ? demandai-je.

— En effet, répondit Hank, quelque peu impressionné.

— Pourquoi vous avez voulu peindre les abattoirs Vitelli ?

— Parce que c'est là qu'il habite, dit Johnny.

— Parce que j'y pensais tout le temps, corrigea Hank. Les enseignes, c'est comme les sirènes. Il faut s'attacher au mât du bateau si on veut les peindre. Tu piges ?

— Pas vraiment.

Je jetai un coup d'œil au tableau.

— Mais j'aime bien.

Il fit la grimace.

— Ce n'est pas de la décoration, ma vieille. C'est le monde.

— Cézanne peignait le monde.

— Ces fruits… ces filles qui roupillent… ce n'était pas le monde, ça. Ou alors le monde des types qui rêvent de devenir peintres de cour.

— Désolée, mais je suis à peu près certaine que les peintres qui cherchaient à gagner les faveurs royales exécutaient des portraits et des scènes historiques. Les natures mortes étaient une forme plus personnelle.

Hank me dévisagea un instant.

— Tu sors d'où ?

— Pardon ?

— Tu étais présidente du club débats de ton lycée ou quoi ? Ce que tu dis, c'était peut-être vrai il y a cent ans, mettons, mais un génie aura beau avoir baigné dans l'admiration générale, la génération suivante le traitera comme s'il avait la chtouille. Tu as déjà travaillé dans une cuisine ?

— Bien sûr.

— Vraiment ? Pendant tes vacances ? Au pensionnat ? Écoute. Dans l'armée, quand tu te retrouves de corvée de cuisine, on te fait couper cent oignons en une demi-heure. Le jus imprègne tellement tes doigts que pendant des semaines tu le sens chaque fois que tu te douches. Les oranges de Cézanne, c'est pareil maintenant, et ses paysages itou. C'est l'odeur d'oignon sur tes doigts. Pigé ?

— Pigé.

— Bon.

Pensant qu'il était peut-être temps de partir, je jetai un coup d'œil à Fran. Manque de chance, elle s'était installée sur les genoux de Grubb.

Comme la plupart des gens belliqueux, Hank devenait vite épuisant, ce qui me donnait une bonne raison de filer. Mais je ne pouvais m'empêcher de m'interroger sur l'instinct de Tinker. Plus précisément, comment devais-je interpréter sa conviction qu'Hank et moi nous entendrions à merveille ? Je décidai de prendre la chose mal.

— Alors, si j'ai bien compris, vous êtes le frère de Tinker.

Il en fut scié. De toute évidence, il n'avait pas souvent éprouvé ce sentiment et ne le goûtait pas trop.

— Comment se fait-il que quelqu'un comme toi connaisse Tinker ?

— Nous sommes amis.

— Vraiment ?

— C'est si surprenant que cela ?

— Oh, il n'a jamais vraiment été du genre à papillonner.

— Peut-être a-t-il mieux à faire.

— Ça c'est sûr. Il a mieux à faire. Et peut-être qu'il y viendrait – s'il n'y avait pas cette salope manipulatrice.

— Elle aussi, c'est une amie.

— Les goûts et les couleurs, ça ne s'explique pas, hein ?

Hank se pencha pour prendre une autre cigarette dans le paquet de Johnny.

Ce bourrin, comment se permettait-il de dire du mal d'Evelyn Ross ? Il n'y avait qu'à le faire passer à travers un pare-brise et on verrait bien s'il tiendrait le choc.

Je ne pus résister à l'envie de remarquer :

— À propos de Stuart Davis, il n'aurait pas peint un paquet de Lucky Strike ?

— Je ne sais pas. Tu crois ?

— J'en suis sûre. Finalement, vos tableaux me rappellent beaucoup les siens – cette imagerie commerciale et urbaine, ces couleurs primaires et ces lignes simplifiées.

— Joliment dit. Tu devrais disséquer des grenouilles.

— Ça m'arrive. Votre frère a bien quelques tableaux de Stuart Davis dans son appartement, non ?

— Parce que tu crois que Teddy sait qui c'est, Stuart Davis ? Merde ! Il achèterait un bidon en fer-blanc si je lui disais !

— Votre frère ne donne pas l'impression d'avoir une aussi piètre opinion de vous.

— Ah oui ? Peut-être qu'il devrait.

— Je parie que vous avez souvent été désigné pour la corvée de cuisine.

Hank rigola jusqu'à s'en étouffer. Il prit son verre et le leva dans ma direction en souriant pour la première fois de la soirée.

— T'as tapé dans le mille, ma vieille !

Nous nous levâmes pour partir. Hank régla l'addition avec quelques billets tout chiffonnés qu'il sortit de sa poche et jeta sur la table comme s'il s'agissait d'emballages de bonbons. Et leurs couleurs ? Et leurs formes ? voulus-je lui demander. N'avaient-elles donc pas de but ? Ces billets n'étaient-ils pas de beaux objets ?

Si seulement son administrateur fiduciaire pouvait le voir.

Après ce verre dans le pub irlandais, je pensais ne plus revoir Fran. Mais elle s'était procuré mon numéro de téléphone et m'appela un samedi où il pleuvait. Elle s'excusa de m'avoir laissée tomber et annonça qu'elle voulait se faire pardonner en m'emmenant au cinéma. En fait, au lieu d'aller voir un film, elle me fit faire la tournée des bars, et nous passâmes un bon moment. À ma question de savoir pourquoi elle s'était donné tout ce mal pour me retrouver, elle répondit que c'était parce que nous étions tellement simpatico.

Nous avions presque la même taille, la même couleur de cheveux – châtain – et avions toutes les deux été élevées dans un deux-pièces du mauvais côté de l'East River. Je suppose que par un samedi après-midi pluvieux, c'était en effet simpatico. Nous fîmes donc quelques sorties ensemble. Et puis, un soir de début juin, elle me téléphona pour me demander si ça me disait d'aller voir les galops d'essai à l'hippodrome de Belmont.

Mon père détestait tous les paris. Pour lui, c'était le plus sûr moyen d'être redevable à des inconnus. Si bien que je n'avais jamais joué à la canasta, ni même misé un chewing-gum sur celui qui serait cap de jeter une pierre sur la fenêtre du principal. Et je n'avais, cela va sans dire, jamais mis les pieds dans un hippodrome. J'ignorais de quoi elle parlait.

— Les galops d'essai ?

Visiblement, le mercredi précédant l'ouverture des paris, l'hippodrome de Belmont était ouvert aux chevaux participant à la course pour que les jockeys puissent leur donner un premier aperçu du parcours. D'après Fran, c'était bien plus passionnant que la course elle-même – affirmation si improbable que les galops d'essai me parurent ennuyeux d'avance.

— Désolée, dis-je. Il se trouve que je travaille le mercredi.

— C'est tout l'intérêt de la chose. Ils ouvrent l'hippodrome au lever du jour pour que chaque cheval ait le temps de passer avant qu'il fasse chaud. On saute dans le train, on regarde deux ou trois bourrins, et à neuf heures, on pointe. Fais-moi confiance. Je l'ai fait un million de fois.

Lorsque Fran m'avait expliqué qu'ils ouvraient l'hippodrome au lever du soleil, je m'étais figurée qu'il s'agissait d'une figure de style et que nous prendrions le train pour Long Island un peu après six heures. Je me trompais. Et comme nous étions début juin, c'était plutôt vers cinq heures que le soleil se levait. Si bien qu'elle vint frapper à ma porte à quatre heures trente, les cheveux relevés et entortillés sur le sommet de son crâne.

Nous dûmes attendre le métro quinze minutes. Il arriva dans un bruit de ferraille, comme un train d'un autre siècle. Ses lumières intérieures jetaient une lueur timide sur les laissés-pour-compte de la nuit qui lui avaient été confiés : les gardiens de nuit, les ivrognes et les danseuses de music-hall.

Lorsque nous parvînmes à Belmont, le soleil commençait péniblement à se hisser au-dessus de l'horizon comme s'il lui fallait pour cela défier la force de gravité. Fran aussi défiait la force de gravité. Elle était toute guillerette, pleine d'esprit – bref, agaçante.

— Allez, nunuche, dit-elle, on se remue le popotin !

L'immense parking de l'hippodrome était vide. Alors que nous le traversions, je surpris Fran en train de scruter les tribunes.

— Par là, dit-elle d'un ton peu assuré en se dirigeant vers le portail de service.

Je désignai la pancarte signalant l'entrée.

— Ça ne serait pas plutôt par ici ?

— Mais oui, bien sûr !

— Une seconde, Fran. J'ai une question à te poser. Tu es déjà venue ici ? Je veux dire, ne serait-ce qu'une fois ?

— Mais oui. Des centaines de fois.

— Autre question : quand tu parles, ça ne t'arrive jamais de ne pas mentir ?

— C'était une double négation ça, non ? J'ai toujours eu du mal avec ce genre de phrase. Maintenant, à moi de te poser une question, ajouta-t-elle en me montrant son chemisier. Il me va bien ?

Sans attendre ma réponse, elle tira sur son décolleté pour exposer un peu plus de poitrine.

Arrivées devant l'entrée principale, nous passâmes les guichets vides et les tourniquets et empruntâmes une rampe étroite débouchant à l'air libre. L'hippodrome était irréel, silencieux. Une brume verte – le genre de brume que l'on s'attendrait à voir à la surface d'un étang de Nouvelle-Angleterre – flottait au-dessus de la piste. Çà et là dans les tribunes vides se serraient des groupes de deux, trois ou quatre lève-tôt comme nous.

La fraîcheur était incongrue pour un mois de juin. À quelques mètres de nous, un monsieur vêtu d'une veste matelassée avait une tasse de café à la main.

— Tu ne m'avais pas dit qu'il allait faire aussi froid, remarquai-je.

— Tu sais comment c'est, en juin.

— Pas à cinq heures du matin, ça non. Les autres ont tous apporté du café.

Elle me donna un petit coup dans l'épaule.

— Quelle pleurnicharde !

Fran observa les personnes installées au milieu des tribunes. Sur notre droite, un homme grand et mince vêtu d'une chemise à carreaux se leva et nous fit signe. C'était Grubb, accompagné de Johnny-à-la-triste-figure.

Nous les rejoignîmes. Grubb passa le bras autour de la taille de Fran et se tourna vers moi.

— Katherine, c'est ça ?

Je fus quelque peu impressionnée qu'il se souvienne de mon prénom.

— Elle est gelée, indiqua Fran. Et furieuse de ne pas avoir de café.

Le visage de Grubb se fendit d'un large sourire. Fouillant dans un sac à dos, il en sortit un plaid qu'il me lança, une Thermos qu'il tendit à Fran. Puis, après avoir fait mine de chercher tout au fond du sac tel un magicien de foire, il nous présenta du bout des doigts un beignet à la cannelle. Pile ce qu'il fallait pour s'attirer mes faveurs.

Fran me versa une tasse de café, au-dessus de laquelle je me recroquevillai, les épaules couvertes du plaid comme un soldat de la guerre de Sécession.

Comme il venait à l'hippodrome avec ses parents quand il était encore en culottes courtes, cette équipée pour aller voir les galops d'essai constituait pour Grubb une sorte de retour en enfance qui l'emplissait d'une douce nostalgie et d'une joie juvénile. Il nous donna rapidement un aperçu des choses – la longueur de la piste, les chevaux qualifiés, l'importance de Belmont par rapport à Saratoga – avant de tendre le doigt vers le paddock.

— Voilà le premier cheval, dit-il en baissant la voix.

Le public bigarré se leva comme un seul homme.

Au lieu de porter l'une de ces tuniques à carreaux de couleurs vives qui confèrent à l'hippodrome un côté faussement festif, le jockey était vêtu d'une combinaison marron, laquelle lui donnait l'allure d'un mécanicien miniature. Il mena sa monture par la bride jusqu'à la piste. Les naseaux du cheval soufflaient de la vapeur. Dans l'air immobile, on l'entendait hennir à trente mètres. Le jockey s'entretint brièvement avec un homme qui fumait la pipe (l'entraîneur, certainement), puis se mit en selle. Il partit au petit galop afin que le cheval puisse se familiariser avec son environnement, avant de décrire un cercle et de venir se placer sur la ligne. Un silence se fit. Sans même un coup de feu pour signaler le départ, cheval et jockey se jetèrent en avant.

Le bruit des sabots monta par vagues étouffées jusque dans les tribunes tandis que des mottes de terre étaient projetées en l'air. Le visage à trente centimètres de la crinière, le jockey avait adopté un rythme tranquille pour les premières longueurs. Mais au deuxième tour de piste, il serra les coudes, pressa les cuisses autour du ventre de sa monture et poussa l'allure, la joue contre son encolure pour lui murmurer des encouragements. Le cheval réagit. Bien qu'il se fût éloigné, on voyait qu'il accélérait, projetant la tête en avant et martelant le sol avec une régularité de métronome. Il prit le virage à l'autre bout de la piste. Le bruit de ses sabots s'approcha, s'amplifia, s'accéléra, jusqu'à ce que, tel un éclair, il franchisse la ligne d'arrivée fictive.

— Ça, c'était Pasteurized, le favori, indiqua Grubb.

Je parcourus les tribunes du regard. Aucun encouragement. Aucun applaudissement. Les spectateurs, des hommes pour la plupart, prenaient silencieusement acte de la performance du favori. Ils vérifièrent son temps sur leur chronomètre, se consultèrent discrètement. Quelques-uns hochèrent la tête. En signe d'approbation ? De déception ? J'aurais été bien incapable de le dire.

Ensuite, Pasteurized laissa place à Cravat.

Au bout du troisième cheval, je commençai à saisir l'esprit des galops d'essai, à comprendre pourquoi Grubb les trouvait plus palpitants que le tiercé. Les tribunes avaient beau n'être occupées que par quelques centaines de spectateurs (pour une capacité de cinquante mille), c'étaient tous des aficionados, jusqu'au dernier.

Pressés contre la barrière – le cercle intérieur de l'hippodrome –, on trouvait les parieurs aux cheveux ébouriffés, ceux qui, à mesure qu'ils perfectionnaient leur « système », avaient tout perdu : argent, maison, famille. Les yeux fiévreux, la veste froissée, l'air d'avoir dormi sous les bancs des tribunes, ces joueurs invétérés s'appuyaient sur la barrière et observaient les chevaux en passant de temps en temps la langue sur leurs lèvres.

Dans les tribunes du bas étaient installés les hommes et les femmes pour qui les courses avaient été la grande distraction de leur enfance. C'était les mêmes que l'on retrouvait dans les gradins du stade des Dodgers, ceux qui connaissaient les noms des joueurs et toutes les statistiques importantes. Des hommes et des femmes que leurs parents avaient, comme ceux de Grubb, emmenés à l'hippodrome quand ils étaient gosses et qui eux-mêmes y emmèneraient leurs enfants, par ce genre de fidélité à une idée qu'ils n'auraient pu manifester sinon qu'en temps de guerre. Équipés de paniers pique-nique et des programmes des courses, ils formaient des amitiés immédiates et éphémères avec leurs voisins du moment dans les tribunes.

Dans les stalles en haut étaient assis les propriétaires, accompagnés de jeunes femmes et d'une petite cour. Ils étaient tous riches, bien sûr ; mais ceux qui venaient aux galops d'essai, ce n'était pas les aristos ou les dilettantes, mais ceux qui avaient gagné leur fortune à la sueur de leur front. Vêtu d'un costume parfaitement coupé, un magnat aux cheveux argentés s'appuyait des deux bras sur le rebord, tel un amiral à la barre. On voyait que pour lui, les chevaux de course, c'était du sérieux. Il ne s'agissait pas d'une occasion de dépenser de l'argent en s'amusant, mais du même genre de discipline, d'engagement et d'attention qu'il faut pour diriger une compagnie de chemin de fer.

Tout là-haut, au-dessus des parieurs et des fans et des millionnaires, dans les hautes sphères des tribunes supérieures, étaient installés les vieux entraîneurs – ceux qui étaient sur le retour. Ils observaient les chevaux à l'œil nu, sans jumelles, sans chronomètre, puisqu'ils n'en avaient pas besoin. Ils ne mesuraient pas simplement la vitesse des chevaux, leur départ ou leur endurance, mais aussi leur courage, leur négligence – ils savaient avec une précision inégalée ce qui se passerait samedi, sans qu'il leur vienne à l'esprit de parier pour améliorer leurs maigres ressources.

Une chose était sûre à Belmont : le mercredi à 5 heures du matin, il n'y avait pas de place pour l'homme ordinaire. Comme les cercles de *L'Enfer* de Dante, l'endroit était peuplé de personnes ayant commis divers péchés, mais dotées aussi de toute l'habileté et la dévotion des damnés. C'était l'incarnation vivante des raisons pour lesquelles personne ne prend la peine de lire *Le Paradis*. Mon père détestait tous les paris, mais il aurait adoré les galops d'essai.

— Viens, Beauté, dit Grubb en prenant Fran par le bras. J'ai vu des vieux copains là-bas.

La Beauté me laissa ses jumelles en m'adressant un sourire exagérément fier. Tandis qu'ils s'éloignaient, Johnny leva vers moi un regard plein d'espoir. Je me débarrassai de lui en prétextant que je voulais voir le paddock de plus près.

Une fois devant le paddock, je dirigeai les jumelles de Fran vers l'amiral aux cheveux argentés. Il y avait dans sa stalle deux femmes qui papotaient en buvant dans des tasses en aluminium. L'absence de vapeur laissait deviner que lesdites tasses contenaient de l'alcool. L'une des femmes proposa une gorgée à l'amiral. Sans daigner répondre, il se tourna vers un jeune homme qui tenait un chronomètre et un carnet.

— Vous avez bon goût.

En me retournant, je découvris la marraine de Tinker à côté de moi. Le fait qu'elle m'ait reconnue me surprit. Et me flatta peut-être aussi.

— Lui, c'est Jake de Roscher, dit-elle. Un type parti de rien, qui vaut dans les cinquante millions de dollars. Je peux vous présenter, si vous le désirez.

J'éclatai de rire.

— Je me sentirais totalement perdue.

— Sans doute, concéda-t-elle.

Elle portait un pantalon beige et une chemise blanche dont les manches étaient roulées jusqu'aux coudes. Visiblement, elle n'avait pas froid. Brusquement honteuse du plaid que j'avais mis sur mes épaules, je tentai de l'ôter comme si de rien n'était.

— Vous avez un cheval engagé dans la course ? demandai-je.

— Non. Mais Pasteurized appartient à un vieil ami à moi.

(Forcément.)

— C'est passionnant, dis-je.

— Passionnant ? À vrai dire, le favori l'est rarement. Ce sont les outsiders qui sont passionnants.

— Mais tout de même, si vous possédez le favori, c'est une bonne chose pour votre compte en banque, non ?

— Sans doute. Mais en règle générale, les investissements qu'il faut nourrir et loger ne valent pas grand-chose.

Tinker avait laissé entendre un jour qu'à l'origine Mrs Grandyn tirait sa fortune de mines de charbon. D'une certaine manière, cela collait. Elle avait le genre d'assurance qui ne peut provenir que des biens immuables tels que la terre, le pétrole ou l'or.

Le cheval suivant était sur la piste.

— Qui est-ce ? demandai-je.

— Vous permettez ?

Elle tendit la main vers mes jumelles. Ses cheveux étaient retenus par des barrettes, si bien qu'elle n'eut pas besoin de dégager son front. Elle plaça les jumelles devant ses yeux avec le geste d'un chasseur, les orientant pile vers le cheval, sans aucune difficulté pour trouver sa cible.

— C'est Jolly Tar, le cheval des Withering. Barry est le propriétaire du journal de Louisville.

Elle baissa les jumelles, mais ne me les rendit pas. Elle me regarda un instant, l'air hésitante. Comme quelqu'un qui s'apprête à poser une question gênante, me dis-je. Mais elle se contenta de déclarer :

— D'après ce que j'ai compris, Tinker et votre amie s'entendent bien. Ils vivent ensemble depuis huit mois, c'est bien ça ?

— Disons plutôt cinq.

— Ah.

— Vous désapprouvez ?

— Certainement pas au sens victorien du terme. Je n'ai aucune illusion sur les libertés de notre époque. En fait, si on m'y poussait, je les applaudirais, pour la plupart.

— Vous dites que vous ne désapprouvez pas au sens victorien du terme. Dois-je comprendre que vous désapprouvez sur un autre plan ?

Elle me sourit.

— J'avais oublié que vous travailliez pour un cabinet d'avocats, Katie.

Comment savait-elle ?

— Si je désapprouve, poursuivit-elle après un temps de réflexion, c'est en fait parce que je pense à votre amie. Je ne vois pas quel avantage elle peut trouver à vivre avec Tinker. À mon époque, les opportunités qui se présentaient à une jeune femme étaient plutôt limitées, si bien que le mieux était de se choisir un époux convenable le plus tôt possible. Par contre, aujourd'hui…

Elle fit un geste en direction de la stalle de Jake de Roscher.

— Vous voyez cette jeune femme, blonde, la trentaine, à côté de Jake ? C'est sa fiancée, Carrie Clapboard. Carrie a remué ciel et terre pour occuper cette chaise. Bientôt, elle aura le bonheur de donner des ordres à des filles de cuisine, de vérifier la disposition de la table et la réfection des fauteuils anciens dans trois maisons différentes, ce à quoi je ne trouve rien à redire. Mais si j'avais votre âge, je ne me demanderais pas comment prendre la place de Carrie – je me demanderais comment prendre celle de Jake.

Pendant que Jolly Tar finissait son galop, on fit sortir le cheval suivant de l'écurie. Nous baissâmes les yeux vers le paddock.

— Gentle Savage. Cinquante contre un, dit Anne sans prendre la peine d'utiliser les jumelles. Voilà qui est passionnant, comme vous dites.

9

Le cimeterre, le tamis & la jambe de bois

Le 9 juin, quand je sortis du travail, il y avait une Bentley marron garée le long du trottoir.

Quelle que soit l'opinion que vous vous faites de vous-même, quel que soit le temps que vous avez passé à Hollywood ou à Hyde Park, une Bentley marron ne peut qu'attirer votre attention. Je ne pense pas qu'il en existe plus de quelques centaines d'exemplaires au monde, et tout y est conçu pour susciter l'envie. Le garde-boue s'enroule autour de la roue pour se transformer en marchepied en décrivant la courbe paresseuse d'une odalisque au repos, tandis que les pneus affichent une blancheur immaculée aussi improbable que les guêtres de Fred Astaire. Vous savez d'emblée que la personne installée sur la banquette arrière détient le pouvoir de réaliser tous vos vœux.

La Bentley marron en question faisait partie de ces modèles où le chauffeur est installé à l'air libre. Celui-là ressemblait à un flic irlandais reconverti. Le regard fixé droit devant lui, il tenait le volant de ses mains protégées par des petits gants gris enfilés dans d'autres gants bien épais. Les vitres côté passager étaient teintées, si bien qu'on ne voyait pas qui était installé à l'intérieur. Tandis que j'admirais le reflet des masses défilant sur le trottoir, la vitre se baissa.

— Nom d'une pipe ! m'exclamai-je.

— Salut, ma vieille. Tu vas où, comme ça ?

— Je pensais aller me jeter du haut du quai à Battery.

— Ça peut attendre ?

Le chauffeur apparut brusquement à côté de moi. Il ouvrit la portière arrière avec une grâce surprenante et adopta la posture d'une enseigne de vaisseau au pied d'une passerelle. Eve glissa sur la banquette pour me faire de la place. Je saluai et montai à bord.

L'air à l'intérieur de la Bentley embaumait le cuir et les effluves d'un nouveau parfum. Il y avait tellement d'espace pour les jambes que je faillis glisser par terre.

— Il se transforme en quoi, ton carrosse, à minuit ?

— En artichaut.

— Je déteste les artichauts.

— Moi aussi, autrefois. Mais on s'y habitue.

Eve se pencha en avant et appuya sur un bouton en ivoire logé dans un panneau chromé.

— Michael.

Le chauffeur ne tourna pas la tête. Sa voix craqua à travers le haut-parleur comme s'il se trouvait en pleine mer.

— Oui, miss Ross ?

— Vous pouvez nous conduire à l'Explorers Club ?

— Bien sûr, miss Ross.

Eve se renfonça dans la banquette. Je l'examinai. C'était la première fois que nous nous voyions depuis le dîner au Beresford. Elle portait une robe bleue soyeuse à manches longues et décolleté profond. Ses cheveux étaient parfaitement lissés, comme si elle les avait repassés. Elle coinça une mèche derrière son oreille, dévoilant entièrement la cicatrice sur sa joue – une ligne blanche toute fine qui commençait à faire chic et suggérait des expériences que les filles de bonne famille ne pouvaient qu'imaginer.

Nous nous sourîmes.

— Bon anniversaire, ma belle, dis-je.

— Je le mérite ?

— Plus que jamais.

La situation en deux mots : pour son anniversaire, Tinker avait proposé à Eve de louer une salle de bal. Elle lui avait répondu qu'elle ne voulait pas de fête. Pas de cadeaux non plus. Tout ce qu'elle désirait, c'était une nouvelle robe et un dîner à deux au Rainbow Room.

J'aurais dû comprendre à ce moment-là que quelque chose ne tournait pas rond.

La voiture et le chauffeur n'appartenaient pas à Tinker, mais à Wallace. Lorsque Wallace avait appris ce que souhaitait Eve, il lui avait fait cadeau de la voiture pour la journée afin qu'elle puisse faire les magasins. Elle en avait largement profité. Le matin, elle était partie en reconnaissance sur 5th Avenue. Puis, après le déjeuner, elle était revenue avec l'argent de Tinker et était passée à l'action, achetant la robe bleue chez Bergdorf, les nouvelles chaussures chez Bendel et une pochette en alligator rouge vif chez Saks. Elle avait même payé sa lingerie. Se retrouvant ainsi fin prête avec une heure à tuer, elle était venue me chercher parce qu'elle voulait prendre un verre avec une vieille copine avant de fêter ses vingt-cinq ans dans les nuages au-dessus du Rockefeller Center. Et j'étais sacrément contente qu'elle ait eu cette idée.

Caché par un panneau dans la portière se trouvait un bar. Il contenait deux carafes, deux verres et un adorable petit seau à glace. Eve me versa un fond de gin, et à elle un double.

— Waouh ! m'exclamai-je. Tu ne penses pas que tu devrais y aller mollo ?

— Ne t'en fais pas. J'ai de l'entraînement.

Nous trinquâmes. Elle avala une gorgée de gin mêlée à des morceaux de glaçons qu'elle croqua tout en regardant, songeuse, par la fenêtre.

— Tu ne trouves pas que New York te fait faire des folies ? dit-elle sans tourner la tête.

Situé dans une petite maison non loin de 5th Avenue, l'Explorers, un ancien club de seconde zone pour naturalistes et aventuriers, avait fait faillite après le krach boursier. Le peu d'objets de valeurs qui s'y trouvaient avaient été transférés en pleine nuit au Muséum d'histoire naturelle par des gens bien intentionnés. Les créanciers avaient abandonné le reste – un ensemble hétéroclite de curiosités et de souvenirs qui disparaissaient peu à peu sous une couche de poussière bien méritée de toute manière. En 1936, quelques banquiers qui n'étaient jamais sortis de New York avaient acheté le bâtiment et converti le club en bar haut de gamme.

Lorsque nous arrivâmes, le grill-room du bas commençait à se remplir. Nous montâmes l'escalier étroit décoré de vieilles photos de bateaux et d'expéditions polaires jusqu'à la « bibliothèque » du premier étage. Là, des étagères grimpant jusqu'au plafond contenaient une collection d'ouvrages de naturalistes du XIXe siècle soigneusement constituée par le club et que personne ne lirait jamais. Au milieu de la salle se trouvaient deux vieilles vitrines, l'une présentant des papillons d'Amérique du Sud, et l'autre des pistolets de la guerre de Sécession. Tout autour, assis dans des fauteuils en cuir bas, courtiers, avocats et capitaines d'industrie marmonnaient avec componction. La seule femme présente était une jeune brune aux cheveux courts installée à l'autre bout de la pièce sous une tête de grizzly rongée par les mites. Elle portait un costume masculin, une chemise à col blanc et faisait des ronds avec la fumée de sa cigarette en rêvant d'être Gertrude Stein.

— Par ici, nous dit l'hôte.

Pendant que nous avancions, je vis qu'à sa manière Eve avait dominé sa claudication. La plupart des femmes auraient tenté de la faire disparaître. Elles auraient appris à marcher comme les geishas – à faire des petits pas invisibles, les cheveux relevés et les yeux baissés. Eve, elle, ne cachait rien. Vêtue de sa robe bleue qui balayait le sol, elle avançait maladroitement la jambe gauche en avant comme un homme affligé d'un pied-bot. Ses talons frappaient le parquet de leur rythme syncopé.

L'hôte nous mena jusqu'à une table située pile au milieu de la salle et nous plaça de sorte que l'allure d'Eve puisse être appréciée de tous.

— Qu'est-ce qu'on fait ici ? demandai-je quand nous fûmes assises.

— J'aime bien cet endroit, dit-elle en contemplant les hommes autour de nous d'un regard expert. Les femmes me rendent folle.

Elle sourit, tapota ma main.

— Sauf toi, bien entendu.

— Ouf.

Un jeune Italien avec une raie au milieu poussa une porte battante et s'approcha. Evey commanda du champagne.

— Alors comme ça, vous allez au Rainbow Room, dis-je.

— D'après ce qu'on m'a dit, c'est fantabuleux. Au cinquantième étage, t'imagines ! Il paraît qu'on voit les avions atterrir à Idlewild.

— Il ne va pas avoir le vertige, Tinker ?

— Rien ne l'oblige à regarder en bas.

On nous apporta le champagne avec force cérémonie. Le serveur disposa un seau à glace à côté d'Eve et l'hôte déboucha la bouteille en nous présentant les honneurs de la maison. Eve les congédia tous les deux d'un geste de la main et remplit elle-même nos verres.

— À New York, dis-je.

— Non. À Manhattan.

Nous bûmes.

— Ça t'arrive de penser à ton petit patelin de l'Indiana ?

— Ce trou paumé ? Je ne veux plus en entendre parler.

— On le sait, là-bas ?

— Je suis certaine que le sentiment est réciproque.

— J'en doute.

Elle me sourit et emplit à nouveau nos verres.

— Ne parlons plus de ça. À ton tour de me raconter quelque chose.

— Quoi ?

— Ce que tu veux. Tout ce que tu veux. Comment vont les filles de chez Mrs Martingale ?

— Je ne les ai pas vues depuis des mois.

Ce qui, bien entendu, était un petit mensonge, vu que Fran et moi avions passé pas mal de temps ensemble. Mais rien ne m'obligeait à le dire à Eve. Elle n'avait jamais vraiment apprécié Fran.

— C'est vrai ! s'exclama-t-elle. Quel bonheur que tu aies ton propre appartement. C'est comment ?

— Plus cher que la pension. Simplement, maintenant je peux faire brûler mon propre porridge et piller mes tiroirs à moi.

— Et il n'y a pas de couvre-feu…

— Vu l'heure à laquelle je me couche, ça ne fait pas grande différence.

— Mon Dieu, dit-elle, l'air faussement inquiète, ta vie m'a l'air bien triste et solitaire.

Je levai mon verre vide vers elle.

— Et au Beresford, ça va ?

— C'est un peu mouvementé, dit-elle en me versant du champagne. Nous allons faire refaire la chambre.

— Vraiment ?

— Oh, tu sais, c'est juste pour redonner un petit coup de neuf.

— Et vous restez pendant les travaux ?

— Le fait est que Tinker doit aller voir des clients à Londres. Alors je vais m'installer au Plaza et surveiller les travaux pour que tout soit fini avant qu'il ne rentre.

Un anniversaire sans cadeaux... un voyage d'affaires à Londres... des travaux dans la chambre... l'utilisation sans complexes de la première personne du pluriel... Je commençais à y voir un peu plus clair. J'avais devant moi une jeune femme qui buvait du champagne, portait une robe toute neuve et s'apprêtait à dîner au Rainbow Room. Étant donné les circonstances, elle avait de bonnes raisons d'être grisée. Pourtant, il n'y avait rien de grisé chez Eve. La griserie implique une certaine dose de surprise. Une jeune femme grisée ne sait pas ce qui va lui arriver. Elle sent que ce sera peut-être quelque chose de merveilleux, que ça peut se produire à n'importe quel moment, et ce mélange de mystère et d'attente la rend toute légère. Mais pour Eve, pas de surprise. Pas de manœuvre inconnue, de ruse élaborée. Elle avait défini les règles du jeu. La seule chose qu'elle laissait au hasard, c'était la taille du salon dans le paquebot.

L'année précédente au 21 Club, à la question de savoir qui elle voudrait être pendant une journée, Eve avait répondu Darryl Zanuck, le producteur hollywoodien. Sa réponse nous avait paru tellement drôle à l'époque. Pourtant, aujourd'hui, elle était bel et bien installée en haut de sa grue, à vérifier le décor, les costumes et la scénographie avant de donner au soleil le signal pour qu'il se lève. À la réflexion, qui pouvait lui en tenir rigueur ?

Quelques tables plus loin, deux rustres à belle gueule commençaient à s'exciter. Ils évoquaient leurs bêtises d'étudiants privilégiés. On entendit distinctement l'un d'eux prononcer le terme *pute*. Même les autres clients avaient commencé à les regarder de travers.

Eve ne se retourna pas une seule fois. Elle n'allait pas se déranger pour si peu. Elle avait commencé à parler des travaux et poursuivit sur sa lancée – à la manière d'un colonel ignorant le bruit des obus de mortier tandis que la troupe court aux abris.

Les deux ivrognes se levèrent brusquement. Ils passèrent près de nous en tanguant et en éclatant de rire.

— Tiens donc, fit Eve sèchement, Terry Trumbull. C'était toi qui faisais tout ce boucan ?

Terry se retourna comme l'un de ces petits voiliers avec lesquels les enfants apprennent à naviguer.

— Eve ! Quelle surprise…

Sans ses vingt années d'école privée, il aurait bafouillé.

Il embrassa maladroitement Eve puis posa sur moi un regard interrogateur.

— Je te présente ma vieille amie, Kate, dit Eve.

— Enchanté de faire votre connaissance, Kate. Vous venez d'Indianapolis ?

— Non. De New York.

— Vraiment ? De quel quartier de New York ?

— Elle non plus n'est pas ton type, Terry.

Il se tourna vers Eve comme s'il s'apprêtait à répliquer, mais se ravisa. Il commençait à dessoûler.

— Dis bonjour à Tinker de ma part, dit-il.

Eve le regarda s'éloigner.

— C'est quoi, cette histoire ? demandai-je à Eve.

— Terry est un ami que Tinker a rencontré à l'Union Club. Il y a quelques semaines, nous sommes tous allés faire la fête chez lui à Westport. Après le dîner, pendant que sa femme jouait du Mozart au piano (une horreur !), Terry a dit à l'une des domestiques qu'il voulait lui montrer quelque chose dans l'arrière-cuisine. Quand je suis arrivée, il l'avait coincée dans un angle et essayait de l'embrasser dans le cou. J'ai dû le menacer avec un presse-purée.

— Heureusement pour lui que ce n'était pas un couteau.

— Il méritait qu'on lui crève le bidon.

L'image me fit sourire.

— En tout cas, la domestique a eu de la chance que tu débarques à ce moment-là.

Eve cligna des yeux comme si elle était en train de penser à autre chose.

— Pardon ?

— J'ai dit que la fille avait eu de la chance que tu sois là.

Elle me regarda, l'air un peu surprise.

— La chance n'avait rien à voir là-dedans, ma vieille. Je l'avais suivi, ce salaud.

J'imaginai tout d'un coup Eve rôdant dans les couloirs des bonnes maisons new-yorkaises armée d'un presse-purée et surgissant des ténèbres pour empêcher les malotrus de perpétrer leurs crimes.

— Tu sais quoi ? dis-je avec un enthousiasme renouvelé.

— Oui ?

— C'est toi la plus mieux.

Il était huit heures et la bouteille de champagne reposait renversée dans le seau à glace. Je suggérai à Eve qu'elle devrait peut-être partir. Elle regarda la bouteille vide d'un air triste.

— Tu as sans doute raison.

Elle se pencha pour attraper sa nouvelle pochette tout en faisant signe au serveur, avec le même genre de geste que Tinker. Elle sortit du sac une enveloppe contenant des billets de vingt dollars tout neufs.

— Non, dis-je. C'est ton anniversaire. À moi de payer.

— OK. Mais le 24, ça sera mon tour.

— Parfait.

Elle se leva et l'espace d'un instant je pus l'admirer dans toute sa gloire. Avec les plis de sa robe qui tombaient gracieusement de ses épaules et cette pochette rouge serrée dans sa main, elle ressemblait à un portrait en pied par John Singer Sargent.

— Jusqu'à la fin des temps, dit-elle.

— Jusqu'à la fin des temps.

En attendant que le serveur apporte l'addition, j'allai regarder les vitrines au milieu de la salle. Un connaisseur aurait peut-être apprécié la rareté de certaines des armes exposées. Mais pour un novice, l'ensemble semblait tout simplement minable. On aurait dit que les pistolets avaient été récupérés dans la boue des berges du Mississippi. Quant aux balles de la guerre de Sécession empilées au fond de la vitrine, elles ressemblaient à un tas de crottes de cerf.

La collection de papillons était plus plaisante au regard, mais témoignait elle aussi d'un certain amateurisme. Les insectes étaient épinglés sur le feutre d'une manière telle que seul le dessus de leurs ailes était visible. Or l'une des premières choses que l'on sait sur les papillons, c'est que les deux côtés de leurs ailes sont parfois totalement différents. Le dessus peut être d'un bleu opalescent tandis que le dessous sera brun-gris avec des taches ocre. Ce contraste étonnant confère aux papillons un avantage conséquent en termes d'évolution, étant donné qu'en ouvrant les ailes ils peuvent attirer un partenaire sexuel, tandis qu'en les fermant ils deviennent invisibles sur un tronc d'arbre.

Il n'y a rien de bien original à comparer une personne à un caméléon, par quoi on entend quelqu'un qui peut changer de couleur selon son environnement. En fait, rares sont ceux qui en sont capables. En revanche, il existe des dizaines de milliers de papillons – d'hommes et de femmes comme Eve dotés de deux livrées complètement différentes – l'une pour attirer, l'autre pour se camoufler – et susceptibles de se changer en une seconde, d'un simple battement d'ailes.

Lorsque l'addition arriva, le champagne commençait à faire son effet.

Je pris mon sac et visai la porte.

Passant devant moi pour aller aux toilettes, la petite brune en costume me lança le regard froid et hostile d'un ennemi auquel on a imposé la paix. Extraordinaire, me dis-je, à quel point nous faisons preuve de peu d'imagination et de courage dans nos inimitiés. Quand nous gagnons cinquante cents l'heure, nous admirons les riches, avons pitié des pauvres et réservons toute la puissance de notre venin à ceux qui gagnent un penny de plus ou de moins que nous. Ce qui explique pourquoi il n'y a pas de révolution tous les dix ans. Tirant la langue au dos de la petite brune, je m'avançai d'un pas incertain vers la porte en m'efforçant de ressembler, vue de dos, à une star d'Hollywood dans un couloir de train.

Du haut des escaliers, les marches me parurent brusquement étroites et raides. Un peu comme quand on est au sommet des montagnes russes. J'en fus réduite à ôter mes talons et à m'accrocher à la rampe.

En descendant l'épaule collée au mur, je me rendis compte que les photos décorant la cage d'escalier représentaient l'*Endurance* pris dans les glaces de l'Antarctique. Je m'arrêtai pour en regarder une de plus près. Les gréements avaient été débarrassés des voiles, la nourriture et les autres produits de première nécessité déchargés sur la banquise. Je pointai un doigt accusateur vers Ernest Shackleton pour lui rappeler que c'était de sa faute à lui.

Je me retrouvai sur le trottoir. J'allai traverser 69th Street pour aller prendre le métro sur 3rd Avenue quand j'aperçus la Bentley marron garée le long du trottoir. La portière s'ouvrit. Le chauffeur sortit.

— Miss Kontent.

Je restai interloquée – pas uniquement parce que j'avais picolé.

— Vous vous appelez Michael, c'est ça ?

— Oui.

Je me rendis compte brusquement que Michael ressemblait beaucoup au frère aîné de mon père, Oncle Roscoe. Lui aussi avait des gants bien épais. Et une oreille en feuille de chou.

— Vous avez vu Eve ? lui demandai-je.

— Oui. Elle a demandé que je vous raccompagne chez vous.

— Elle vous a fait revenir pour moi ?

— Non, mademoiselle. Elle a souhaité rentrer à pied.

Michael ouvrit la portière arrière. L'intérieur me parut sombre et triste. Comme nous étions en juin, il faisait encore jour et la température était douce.

— Est-ce que ça vous dérange si je monte devant ?

— Cela ne serait pas convenable, mademoiselle.

— Vous avez sans doute raison.

— Je vous conduis à 11th Street ?

— Oui.

— Par où voulez-vous passer ?

— Qu'est-ce que vous voulez dire ?

— Nous pouvons prendre 2nd Avenue. Ou bien faire le tour de Central Park, puis redescendre vers Greenwich Village. Cela compensera peut-être le fait de ne pas être assise devant.

J'éclatai de rire.

— Waouh ! C'est une sacrée bonne idée, Michael. Banco !

Nous entrâmes dans Central Park au niveau de 72nd Street et roulâmes vers Harlem. Je baissai les vitres des deux côtés. L'air chaud se montra avec moi d'une tendresse excessive. Je retirai mes chaussures, coinçai les jambes sous mon arrière-train et regardai défiler les arbres.

Je ne prenais pas souvent un taxi, mais quand ça m'arrivait, le but, c'était le trajet le plus court entre deux points. L'idée de faire un long détour pour rentrer à la maison ne m'avait jamais effleuré l'esprit, pas une seule fois en vingt-six ans. Et c'était fantabuleux.

Le lendemain, Eve me téléphona pour dire qu'elle devait annuler notre rendez-vous du 24. Visiblement, Tinker, à sa grande « surprise », s'était pointé au Rainbow Room avec un deuxième billet pour le paquebot transatlantique. Il verrait ses clients à Londres, puis tous deux iraient rendre visite à Bucky et Glyss, qui avaient loué une maison sur la Côte d'Azur pour le mois de juillet.

Une semaine plus tard, je retrouvai Fran et Grubb pour manger des steaks hachés pompeusement appelés biftecks. Fran me passa l'article suivant, découpé dans la rubrique Mondanités du *Daily Mirror* :

Nous apprenons de notre correspondant en poste au milieu de l'Océan que de nombreux sourcils se sont levés à bord du Queen Vic, la très chic chasse aux trésors C. Vanderbilt Jr. Organisée en milieu de traversée ayant cette année été remportée haut la main par des novices – T. Grey, le banquier new-yorkais toujours aussi célibataire, et E. Ross, sa somptueuse partenaire. Semant l'ébahissement sur le pont supérieur, Grey & Ross sont parvenus à dénicher, parmi les cinquante trésors à découvrir, un cimeterre, un tamis et une jambe de bois. Bien que les jeunes pillards se refusent à révéler le secret de leur réussite, certains observateurs affirment qu'ils auraient eu recours à une nouvelle technique consistant à interroger les membres d'équipage plutôt que les passagers. Leur récompense ? Cinq nuits au Claridge et une visite privée de la National Gallery. Les gardiens du musée seraient bien avisés de mettre le grappin sur ce duo infernal avant qu'il ne prenne la poudre d'escampette.

10

Le plus haut gratte-ciel de Manhattan

Le 22 juin, je passai l'après-midi à prendre des dépositions pour Mr Thomas Harper Jr., dans une pièce sans fenêtres ni ventilation au siège d'un cabinet rival de 62nd Street. Le déposant, directeur d'une aciérie en difficulté, suait à grosses gouttes et n'arrêtait pas de se répéter, même quand cela n'avait pas le moindre sens. Les seules questions qui semblaient l'inspirer étaient celles qui portaient sur la gravité de sa situation. Vous savez ce que c'est, demandait-il à Harper, de passer vingt ans à travailler comme un dingue dans une boîte, à rentrer chez vous au petit matin alors que vos gosses dorment encore, à surveiller la production dans ses moindres détails, heure après heure, minute après minute, tout ça pour vous rendre compte un jour en vous réveillant que tout s'est envolé ?

— Non, répondit Harper d'un ton monocorde. Mais j'aimerais que vous me parliez de ce qui s'est passé en janvier 1937.

Quand nous eûmes enfin terminé, je ressentis le besoin d'aller à Central Park prendre un peu l'air. J'achetai un sandwich chez un petit traiteur et dénichai un coin agréable près d'un magnolia où je pourrais manger tranquillement en compagnie de mon vieil ami Charles Dickens.

J'étais ainsi assise dans le parc, détachant de temps en temps les yeux des mésaventures de Pip pour observer les déambulations de ceux dont les espérances avaient déjà été satisfaites. C'est là que je vis Anne Grandyn pour la troisième fois. Après quelques secondes d'hésitation, je fourrai le livre dans mon sac et me levai pour la rattraper.

Comme il fallait s'y attendre, elle marchait d'un pas décidé. Sortant de Central Park au niveau de 59th Street, elle traversa la rue et gravit en sautillant les marches du Plaza Hotel. Je fis de même. Tandis qu'un groom en uniforme faisait tourner la porte à tambour, je songeai tout à coup qu'il existait probablement dans la bonne société une règle non écrite interdisant de suivre une connaissance dans un hôtel de son quartier. D'un autre côté, Mrs Grandyn avait peut-être simplement convenu de prendre un verre dans cet hôtel avec des amis. Pendant que la porte tournait, je décidai de m'en remettre à la science.

— Am-stram-gram, pic et pic et colégram…

Une fois entrée, je pris position derrière un palmier en pot. Le vestibule grouillait de personnes élégantes qui arrivaient avec des bagages, se dirigeaient vers le bar ou sortaient des mains de l'esthéticienne ou du cireur de chaussures à l'entresol. Sous un lustre à faire pâlir d'envie un directeur d'opéra, un ambassadeur arborant une superbe moustache laissa passer une petite fille de huit ans accompagnée de deux caniches.

— Miss ?

Un page coiffé d'un petit chapeau rouge m'avait débusquée derrière mon palmier.

— Vous êtes bien miss Kontent ?

Il me tendit une petite enveloppe crème – le genre qui vous indique votre table dans un bal ou une réception de mariage. Celle-ci contenait une carte sur laquelle était écrit simplement ANNE GRANDYN. Au dos, une main avait ajouté d'une écriture large et fluide : *Venez me dire bonjour. Suite 1801.*

Oups !

Je me dirigeai vers l'ascenseur en me demandant si elle m'avait remarquée dans le vestibule ou à Central Park. Le garçon d'ascenseur me contempla avec la patience de celui qui vous laisse prendre tout votre temps.

— Dix-huitième étage, lui demandai-je.

— C'est parti.

Juste avant que les portes ne se ferment, un couple de jeunes mariés nous rejoignit. Gais, les joues roses, ils semblaient prêts à dépenser tout leur argent en room-service. Ils sortirent au douzième étage. J'adressai au garçon d'ascenseur un sourire entendu.

— Ah, les jeunes mariés, dis-je.

— Ce n'est pas tout à fait le cas, m'dame.

— Pas tout à fait le cas ?

— Ils ne sont pas tout à fait jeunes. Ni tout à fait mariés. Attention à la marche.

La suite 1801 se trouvait pile devant la cage d'ascenseur. J'appuyai sur le bouton en cuivre dans l'encadrement de la porte. Un pas plus lourd que celui d'Anne se fit entendre à l'intérieur. La porte s'ouvrit sur un jeune homme mince vêtu d'un costume prince-de-galles. Un peu maladroitement, je lui tendis la carte. Il la saisit avec ses doigts aux ongles manucurés.

— Miss Kontent ?

Sa prononciation était aussi soignée que la coupe de son costume. Mais elle était fausse. Il avait mis l'accent sur la première syllabe.

— C'est Kon-*tent*, rectifiai-je.

— Désolé, miss Kon-*tent*. Je vous prie, par ici.

Il fit un geste précis en direction d'un endroit situé à quelques pas de la porte.

Je me retrouvai dans le vestibule d'une suite lumineuse. D'un côté du salon une porte coulissante fermée menait je suppose à une chambre. Un canapé bleu et jaune et deux fauteuils en cuir se serraient autour d'une table basse, créant un équilibre parfait entre deux styles, l'un masculin, l'autre féminin. Derrière, trônait un bureau de banquier sur lequel étaient posés un vase de lys et une lampe à abat-jour noir, chacun dans un angle. Je commençai à suspecter que le goût exquis affiché dans l'appartement de Tinker était celui d'Anne. Elle avait ce mélange de style et de confiance en soi qui est précisément ce qu'il faut pour faire accepter le design moderne par la haute société.

Debout derrière le bureau, Anne regardait la vue de Central Park par la fenêtre tout en parlant au téléphone.

— Oui, oui, je comprends ce que vous voulez dire, David. Je ne doute pas que vous ne vous attendiez pas à ce que je fasse usage de ma voix au conseil d'administration. Mais comme vous le voyez, c'est justement ce que je compte faire.

Pendant qu'elle parlait, son secrétaire lui tendit la carte. Elle pivota sur elle-même et me fit signe de m'installer sur le canapé. En m'asseyant, je renversai mon sac. Pip jeta un coup d'œil ébahi autour de lui.

— C'est bon. Parfait, David. Nous réglerons tout ça à Newport le 5.

Elle raccrocha et vint s'asseoir à côté de moi sur le canapé.

— Katey ! Vous ici ! Quelle heureuse surprise ! s'exclama-t-elle comme si j'avais débarqué à l'improviste.

Elle fit un geste en direction du téléphone.

— Désolée, mais en décédant mon mari m'a laissé quelques actions. Cela me confère une autorité que je n'ai pas vraiment gagnée – ce qui semble déplaire à tout le monde, moi exceptée.

Elle m'expliqua qu'elle attendait quelqu'un, mais que si les cieux nous étaient favorables, nous aurions le temps de prendre un verre. Elle demanda à son secrétaire, Bryce, de préparer deux martinis et s'excusa. Pendant qu'elle allait à la salle de bains, Bryce ouvrit un magnifique meuble en érable qui contenait un petit bar. Il prit quelques glaçons avec des pinces en argent et mélangea les martinis en prenant soin de ne pas cogner les parois de la carafe avec la cuillère à long manche. Il posa deux verres sur la table ainsi qu'un bol de petits oignons marinés. Au moment où il s'apprêtait à verser les cocktails, Anne sortit de la chambre.

— Je vais m'en occuper, Bryce. Merci. Vous pouvez disposer.

— Souhaitez-vous que je finisse la lettre pour le colonel Rutherford ?

— Nous en reparlerons demain.

— Bien, Mrs Grandyn.

Ce que la situation – celle d'une femme disant à un homme quoi faire avec une autorité aussi sèche – avait d'inhabituel n'était qu'à peine compensé par l'attitude plutôt collet monté de Bryce. Il nous adressa à chacune un signe de tête, grave pour Anne, indifférent pour moi. Elle s'installa confortablement sur le canapé.

— Allons-y ! dit-elle.

Elle se pencha en avant avec cette synchronisation rapide des gestes qui la caractérisait – posant le coude sur son genou, tendant le bras vers la carafe. Elle remplit nos verres.

— Des oignons ? proposa-t-elle.

— Je suis plutôt olives.

— Je m'en souviendrai.

Elle me tendit mon verre, lâcha deux oignons dans le sien et posa son bras gauche sur le dossier du canapé. Je levai mon verre en m'efforçant de paraître aussi détendue qu'elle.

— Félicitations pour Pasteurized.

— Vous n'avez pas à me féliciter. J'ai misé sur l'outsider, comme je vous l'avais promis.

Elle but une gorgée en me souriant.

— Dites-moi : qu'est-ce qui vous amène dans ce quartier un mercredi après-midi ? Si je me souviens bien, vous travaillez chez Quiggin & Hale. Vous avez changé de travail ?

— Non, je suis toujours chez Quiggin.

— Oh, dit-elle, l'air légèrement déçue.

— J'accompagnais l'un de nos avocats pour une déposition non loin d'ici.

— C'est le moment où on pose des questions précises avant le procès et où la partie adverse est obligée de répondre ?

— C'est cela.

— Eh bien, ça au moins, ça a l'air amusant.

— Tout dépend du genre de questions.

— Et de qui les pose, j'imagine.

Elle se pencha pour poser son verre sur la table. Son chemisier s'ouvrit un peu, le bouton du haut s'étant défait. Je constatai qu'elle ne portait pas de soutien-gorge.

— Vous vivez ici ? lui demandai-je.

— Non. Ici, c'est mon bureau, c'est tout. Mais c'est beaucoup plus pratique que quelques mètres carrés dans un immeuble. Je peux me faire monter à manger, prendre une douche et me changer avant de sortir. Les gens qui viennent de loin peuvent facilement venir me voir.

— La seule personne venue de loin qui m'ait jamais rendu visite, c'est un représentant de commerce.

Elle éclata de rire et reprit son verre.

— Alors, il a rentabilisé son voyage ?

— Pas vraiment.

Elle porta le verre à ses lèvres en m'étudiant du coin de l'œil. Puis elle le posa sur la table en disant d'un air détaché :

— Tinker et Eve sont partis à l'étranger, n'est-ce pas ?

— Oui. Je crois qu'ils passent quelques jours à Londres et qu'ensuite, ils descendent sur la Côte d'Azur.

— La Côte d'Azur ! Ma foi, cela devrait s'avérer romantique à souhait. Cette mer chaude, ces champs de lavande. Mais le romantisme, ça n'est pas tout.

— Je crois comprendre que vous n'êtes toujours pas convaincue par leur relation.

— Cela ne me concerne pas, c'est évident. Leur présence illumine une pièce, indéniablement. En fait, elle illuminerait sans doute Buckingham Palace. Mais si on me demandait de faire une déposition, je serais forcée de reconnaître que j'ai toujours pensé que Tinker se mettrait avec une personne un peu plus stimulante pour lui. Sur le plan intellectuel, je veux dire.

— Vous serez peut-être surprise par Eve.

— Ce serait vraiment une surprise, effectivement.

La sonnette retentit.

— Ah, dit-elle. C'est sans doute mon invité.

Je lui demandai s'il y avait un endroit où je pouvais me refaire une beauté. Elle m'indiqua la salle de bains à côté de sa chambre. La pièce, tapissée avec un papier style William Morris, était minuscule, mais superbe. J'aspergeai mon visage d'eau froide. Le soutien-gorge d'Anne était soigneusement plié en carré sur le meuble en marbre, une bague en émeraude trônant dessus telle une couronne qu'on pose sur un coussin pour le couronnement. Je retournai dans le salon. Anne était assise sur le canapé à côté d'un gentleman aux cheveux gris cendré – John Singleton, ancien sénateur du Delaware.

Devant l'hôtel, le portier en haut-de-forme aidait un couple fringant à monter dans un taxi. Quand ils furent partis, il se tourna et surprit mon regard. Il leva poliment son chapeau et recula pour reprendre position – sans se donner la peine de faire signe au taxi suivant. Il était portier depuis trop longtemps pour commettre une erreur aussi grossière.

En rentrant chez moi, je constatai que, comme tous les mercredis, la jeune et rougissante épouse du 3B massacrait la recette de la bolognaise donnée par sa mère. En la recopiant, elle avait dû écrire deux têtes d'ail au lieu de deux gousses. Et l'immeuble tout entier empesterait son petit plat maison jusqu'à la fin de la semaine.

Debout près de la table de la cuisine, je regardai mon courrier. Au premier coup d'œil, rien de bien intéressant, comme d'habitude. Pourtant, coincée entre deux factures, je découvris une enveloppe pour courrier aérien bleu clair.

L'écriture était celle de Tinker.

Fouillant dans mes placards, je dégotai une bouteille de vin entamée. Je bus directement au goulot. Le liquide me picota la langue comme une confession dominicale. Je me versai un verre, m'assis et allumai une cigarette.

Les timbres sur l'enveloppe étaient anglais. L'un représentait la tête d'un chef d'État sur fond violet, les autres des voitures de course sur fond bleu. Visiblement, dans tous les pays du monde on trouvait des timbres avec des chefs d'État et des voitures de course. Pas de timbres pour les garçons d'ascenseur et les femmes au foyer malheureuses ? Pour les immeubles sans ascenseur et le vin aigre ? J'écrasai ma cigarette et ouvris la lettre. Elle était écrite sur ce genre de papier tout fin qui a la faveur des Européens.

Brixham, Angleterre, le 17 juin

Chère Kate,

Depuis notre départ, chaque jour, l'un de nous dit « Kate aurait adoré ça ! » Aujourd'hui, c'était mon tour.

…

En gros, la lettre racontait comment, ayant décidé de longer la côte en voiture de Southampton à Londres, Tinker et Eve étaient tombés sur un petit village de pêcheurs. Pendant qu'Eve se reposait à l'hôtel, Tinker était allé faire un tour et avait remarqué que le clocher de la vieille église, le bâtiment le plus haut du village, était visible de partout. Il avait fini par s'en approcher.

À l'intérieur, les murs sont peints en blanc – comme dans l'église d'un village de baleiniers en Nouvelle-Angleterre.

Assise au premier rang, une veuve de marin lisait un livre de prières. Tout à fait au fond, un monsieur chauve au physique de lutteur sanglotait à côté d'un panier de mûres.

Tout d'un coup, un groupe de fillettes en uniforme est entré avec fracas en s'esclaffant comme des mouettes. Le lutteur s'est levé et les a grondées. Elles se sont signées dans l'allée centrale et sont ressorties en courant au moment où les cloches commençaient à sonner.

Soit. Que dire d'agréable sur les vacances des autres ? Je roulai la lettre en boule et la jetai dans la poubelle. Puis, ouvrant *Les Grandes Espérances*, je repris ma lecture au chapitre 20.

Mon père n'était pas vraiment du genre à se plaindre. Au cours des dix-neuf années que je partageai avec lui, il n'évoqua presque jamais son passage dans l'armée russe, ses années de vaches maigres avec ma mère, ou le jour où elle nous abandonna. Jamais, au grand jamais, il ne se plaignit de sa santé quand elle déclina.

Pourtant, vers la fin, une nuit où, assise à son chevet, je tentais de le distraire en lui racontant une anecdote impliquant une idiote avec qui je travaillais, il fit de manière tout à fait inattendue une réflexion tellement hors de propos que je l'attribuai au délire. Il avait dû affronter bien des difficultés dans sa vie, m'expliqua-t-il, des événements décourageants, déprimants. Pourtant, il avait toujours su qu'il s'en sortirait tant qu'il se réveillerait le matin heureux à l'idée de boire sa première tasse de café. Je me rendrais compte seulement des dizaines d'années plus tard qu'il me donnait là un conseil.

Le refus de tout compromis et la recherche de la vérité éternelle exercent une fascination indéniable sur les jeunes gens fougueux ; mais lorsqu'une personne perd sa capacité à apprécier les plaisirs les plus terre à terre – la cigarette fumée sur les marches du perron, le gâteau au gingembre savouré dans la baignoire –, alors elle s'est probablement mise inutilement en danger. Ce que mon père tentait de me dire, au moment où lui-même parvenait au terme de son voyage, c'était qu'il ne fallait pas traiter ce danger à la légère. Il fallait être prêt à se battre pour ces plaisirs simples et à les défendre contre l'élégance, l'érudition et autres tentations prestigieuses du même genre.

Quand j'y repense, je me dis que les œuvres de Dickens ont été ma tasse de café à moi. Certes, ces gamins pauvres mais courageux et ces scélérats aux noms révélateurs ont quelque chose de légèrement agaçant. Mais j'ai fini par comprendre que, même dans les périodes les plus déprimantes de ma vie, si, après avoir fini un chapitre d'un roman de Dickens, je suis prise d'une sorte de besoin impérieux de poursuivre ma lecture, alors tout s'arrangera.

Cela dit, peut-être avais-je lu cette fable-ci trop souvent. Ou peut-être étais-je agacée par le fait que même Pip allait à Londres. Bref, quelle qu'en soit la raison, après avoir lu deux pages, je fermai le livre et me mis au lit.

11

La Belle Époque

Vendredi 24, à 17 h 45, tous les bureaux du pool de dactylos étaient vides, sauf le mien. Je finissais un dossier qui devait être copié en trois exemplaires et m'apprêtais à rentrer tristement chez moi quand je vis du coin de l'œil Charlotte Sykes sortir des toilettes et s'approcher. Elle avait mis des talons hauts et une chemise couleur mandarine qui jurait avec ses meilleures intentions. Elle tenait son sac des deux mains. Nous y voilà, me dis-je.

— Salut, Katherine. Tu fais des heures supplémentaires ?

Depuis que j'avais récupéré le dossier de Charlotte dans le métro, elle m'avait invitée plusieurs fois : à déjeuner, à fêter Chavouot avec sa famille, à fumer une cigarette dans l'escalier. Elle m'avait même invitée à piquer une tête dans l'une des immenses piscines publiques récemment construites par Robert Moses et où les habitants des quartiers périphériques s'agglutinaient comme des crabes dans une marmite. Jusque-là, j'avais repoussé ses avances avec des excuses toutes faites, mais j'ignorais combien de temps je pourrais encore tenir.

— Avec Rosie on se disait qu'on irait prendre un verre chez Brannigan.

Par-dessus l'épaule de Charlotte, je vis Rosie qui examinait ses ongles. Avec ses formes généreuses et son penchant pour les chemisiers légèrement déboutonnés, on comprenait tout de suite que si Rosie ne parvenait pas à atteindre le sommet de l'Empire State Building grâce à son pouvoir de séduction, elle l'escaladerait comme King Kong. Mais vu les circonstances, sa présence était peut-être une aubaine. Grâce à elle, je pourrais me sauver bien plus rapidement. Et un aperçu de la vie de Charlotte Sykes était peut-être le meilleur remède à cet accès d'autoapitoiement qui m'avait prise récemment.

— D'accord, répondis-je. Je récupère mes affaires.

Je me levai, couvris ma machine à écrire et pris mon sac. C'est alors que, avec un petit bruit discret mais audible, la lampe rouge au-dessus du Q s'alluma.

Le visage de Charlotte prit une expression plus sombre que le mien. *Un vendredi soir à 17 h 45 !* semblait-elle se dire. *Qu'est-ce qu'elle peut bien vouloir ?* Mais ce n'était pas à ça que je pensais. Ces derniers temps, j'avais eu un peu de mal à me lever le matin et étais arrivée deux fois en retard de cinq minutes.

— Je vous retrouve là-bas, dis-je.

Je me levai, lissai ma jupe et pris mon bloc sténo. Lorsque Miss Markham vous donnait des instructions, elle attendait de vous que vous les notiez au mot près, même s'il s'agissait d'un blâme. J'entrai dans son bureau alors qu'elle finissait une lettre. Sans lever la tête, elle me fit signe de m'asseoir tout en continuant à écrire. Je m'installai, lissai ma jupe pour la deuxième fois en deux minutes et ouvris mon bloc pour afficher ma déférence.

Miss Markham devait avoir la petite cinquantaine, mais elle n'était pas dépourvue de charme. Elle n'avait pas de lunettes. Sa poitrine ne manquait pas de relief. Et bien qu'elle portât le chignon, on voyait que ses cheveux étaient étonnamment longs et épais. Elle aurait certainement pu à un moment donné devenir la seconde épouse de l'un des grands avocats du cabinet.

Elle conclut sa lettre avec un paraphe professionnel et inséra le stylo dans son socle en cuivre ; dressé en oblique, il ressemblait à une lance fichée dans sa cible. Miss Markham croisa les mains sur le bureau et planta son regard dans le mien.

— Vous n'aurez pas besoin de votre bloc, Katherine.

Je fermai mon carnet et le posai contre ma cuisse droite ainsi que Miss Markham nous l'avait enseigné, tout en me disant : *C'est pire que ce que je croyais*.

— Vous êtes avec nous depuis combien de temps ?

— Presque quatre ans.

— Depuis septembre 1934, si je ne m'abuse.

— C'est cela. Depuis le lundi 17 septembre 1934.

Miss Markham sourit à cette précision.

— Si je vous ai convoquée, c'est pour parler de votre avenir. Comme vous l'avez peut-être appris, Pamela nous quitte à la fin de l'été.

— Je l'ignorais.

— Vous ne cancanez pas beaucoup avec les autres dactylos, n'est-ce pas, Katherine ?

— Je ne suis pas vraiment du genre à cancaner.

— C'est tout à votre honneur. Vous semblez néanmoins bien vous entendre avec elles, non ?

— Ce n'est pas un groupe avec lequel il est difficile de s'entendre.

Cette fois-ci, elle sourit à l'utilisation du relatif approprié.

— J'en suis ravie. Nous faisons notre possible pour qu'il y ait un certain degré de compatibilité entre nos dactylos. Toujours est-il que Pamela nous quitte. Elle est en…

Miss Markham eut un moment d'hésitation.

— En état de grossesse.

Elle avait eu besoin de la circonlocution pour donner corps à l'idée.

Une telle nouvelle avait sans doute été célébrée dans les immeubles surpeuplés de Bed-Stuy, le quartier de Brooklyn où Pamela avait grandi, mais ici, elle ne méritait pas d'être fêtée. Je m'efforçai d'adopter l'expression de quelqu'un qui vient d'apprendre que sa collègue a été prise la main dans la caisse. Miss Markham poursuivit :

— Votre travail est impeccable. Votre maîtrise des règles grammaticales excellente. Votre comportement avec les avocats exemplaire.

— Merci.

— Au début, il nous semblait que votre sténographie ne serait jamais au niveau de votre dactylographie, mais elle s'est nettement améliorée.

— C'était l'un de mes objectifs.

— Un objectif tout à fait louable. J'ai également remarqué que vos connaissances en matière de droits de succession n'ont plus grand-chose à envier à celles de nos jeunes avocats.

— J'espère que vous n'y voyez rien de présomptueux.

— Pas le moins du monde.

— Je me suis rendu compte que cela m'aidait à mieux servir les avocats de comprendre la nature de leur travail.

— Tout à fait.

Miss Markham hésita à nouveau.

— Katherine, mon opinion est faite : vous êtes la *quintessence* de Quiggin. Je vous ai recommandée pour être promue chef de pool à la place de Pamela.

(*Pool* prononcé avec une voyelle longue.)

— Comme vous le savez, le chef de pool est comme le premier violon d'un orchestre. Vous aurez plus de solos que les autres – plus exactement, vous aurez un nombre de solos mieux *approprié* à vos qualités. Mais vous devrez aussi servir d'exemple. Je suis certes le chef d'orchestre de notre petite formation, mais je ne peux pas avoir un œil sur chaque dactylo, si bien que c'est vers vous qu'elles se tourneront pour être conseillées. Il va sans dire que cette promotion sera accompagnée d'une redéfinition appropriée de votre salaire, de vos responsabilités et de votre statut professionnel.

Miss Markham s'arrêta et leva les sourcils, manière d'indiquer qu'un commentaire de ma part serait le bienvenu. Je la remerciai donc avec une mesure toute professionnelle et, tandis qu'elle me serrait la main, songeai : *Quintessence de Quiggin. Quasi-voisines. Si simpatico.*

Je sortis du bureau et marchai jusqu'à la station South Ferry pour ne pas avoir à passer devant chez Brannigan. Une odeur de coquillages pourris remontait du port, comme si les huîtres new-yorkaises, sachant pertinemment que personne ne les mangerait pendant un mois sans *r*, s'étaient jetées toutes seules sur le rivage.

Alors que je montais dans le métro, un plouc grand et maigre vêtu d'une salopette fit tomber mon sac en courant d'un wagon à l'autre. En me penchant pour le ramasser, je fis craquer ma jupe. Alors, en descendant à ma station, j'achetai une bouteille de whisky et une bougie que je ferais tenir en la fixant sur le bouchon.

Je bus la moitié de la bouteille assise à ma table de cuisine avant d'ôter mes chaussures et mes bas. Heureusement, parce qu'en me levant pour me préparer un œuf brouillé, je me cognai contre la table et renversai le reste sur mes cartes. Maudissant le Seigneur comme l'aurait fait mon oncle Roscoe – en vers – je nettoyai les dégâts, puis m'affalai dans le fauteuil de mon père.

Quel est le jour que vous préférez dans l'année ? C'était l'une des questions farfelues que nous nous étions posées au 21 Club en janvier. Celui où il y a le plus de neige, avait répondu Tinker. N'importe lequel, tant que je ne le passe pas dans l'Indiana, avait dit Eve. Et moi ? Le solstice d'été. Le 21 juin. Le jour le plus long de l'année.

La réponse était charmante. Du moins, c'est ce que je m'étais dit à l'époque. Mais à bien y réfléchir, je me rendis brusquement compte que lorsqu'on vous demande quel est votre jour préféré, il faut faire preuve d'un certain orgueil pour répondre un jour de juin, quel qu'il soit. Ce genre de réponse laisse entendre que les détails de votre vie sont si passionnants, et votre maîtrise de la situation si certaine, que la seule chose que vous puissiez espérer, c'est quelques heures de soleil en plus pour célébrer votre bonne fortune. Mais, ainsi que les Grecs nous l'enseignent, il n'existe qu'un seul remède à ce genre d'orgueil – ce qu'ils appellent *némésis*. Nous l'appelons le juste retour des choses, le retour de bâton, bref, ne pas l'avoir volé. Et cela va avec une redéfinition appropriée de notre salaire, de nos responsabilités et de notre statut professionnel.

C'est alors qu'on frappa à la porte.

Sans même prendre la peine de demander qui c'était, j'ouvris. Un employé de la Western Union venait m'apporter mon premier télégramme. Il provenait de Londres :

Joyeux anniv ma vieille stop désolés impossible être là stop fais des folies pour nous deux stop à dans deux semaines stop

Deux semaines ? Si je devais en croire la carte postale de Palm Beach, je ne verrais pas Tinker et Eve avant Thanksgiving.

J'allumai une cigarette et relus le télégramme. Vu le contexte, on était en droit de se demander si par

POUR NOUS DEUX Eve entendait Tinker et elle, ou elle et moi. Mon instinct me soufflait que c'était la deuxième hypothèse. Et que peut-être elle préparait quelque chose.

Je me levai et tirai la cantine d'Oncle Roscoe de sous le lit. Tout au fond, enfouie sous mon certificat de naissance, une patte de lapin et la seule photo qui me restait de ma mère, se trouvait l'enveloppe que Mr Ross m'avait confiée. J'éparpillai ce qu'il restait des billets de dix dollars sur mon dessus-de-lit. Fais des folies, avait dit l'oracle. C'est exactement ce que je fis, dès le lendemain.

Le cinquième étage du magasin Bendel contenait tant de fleurs qu'on se serait cru à un enterrement.

Je contemplais des petites robes noires accrochées à un présentoir. Coton. Lin. Dentelle. Dos nu. Bras nus. Noir… Noir…. Noir…

— Je peux vous aider ? me demanda-t-on pour la cinquième fois depuis que j'étais entrée dans le magasin.

Une femme d'environ quarante-cinq ans vêtue d'un tailleur et portant des lunettes se tenait à distance respectueuse de moi. Elle avait de beaux cheveux roux attachés en queue de-cheval. Cela lui donnait l'air d'une starlette jouant le rôle d'une vieille fille.

— Vous n'auriez pas quelque chose d'un peu plus… coloré ? lui demandai-je.

Mrs O'Mara m'installa sur un divan moelleux et s'enquit de ma taille, de mes couleurs préférées et de mes engagements sociaux. Puis elle disparut, pour revenir suivie de deux jeunes femmes portant chacune sur un bras une sélection de robes. Mrs O'Mara me les présenta l'une après l'autre en soulignant leurs atouts tandis que je dégustais un café versé dans une tasse en porcelaine. Je fis mes commentaires (trop verte, trop longue, trop sage), que l'une des jeunes femmes nota. J'avais l'impression d'être l'un des membres de la direction de Bendel décidant de la collection de printemps. Pas une seule fois ne fut mentionné le fait qu'une somme d'argent allait changer de mains. Et que ce serait moi qui paierais.

En bonne professionnelle connaissant parfaitement sa clientèle, Mrs O'Mara avait gardé le meilleur pour la fin : une robe blanche à manches courtes avec des pois bleu layette et un chapeau assorti.

— Bien sûr, c'est une robe qui a de la fantaisie, observa-t-elle. Mais une fantaisie raffinée, élégante.

— Elle ne serait pas trop campagnarde ?

— Bien au contraire. Elle a été conçue comme une bouffée d'air pur pour la ville. À porter à Rome, à Paris, à Milan. Pas dans le Connecticut. La campagne n'a pas besoin d'une robe comme celle-ci. Nous, si.

Inclinant la tête, je laissai deviner mon intérêt.

— Essayons-la, déclara Mrs O'Mara.

La robe m'allait presque à la perfection.

— Épatant, dit Mrs O'Mara.

— Vraiment ?

— Je vous assure. Et encore, vous n'avez pas de chaussures. C'est à ça que l'on reconnaît une robe qui va. Si elle vous donne l'air élégant sans chaussures, alors…

Nous étions côte à côte devant le miroir. Je me tournai légèrement sur le côté en soulevant le talon de mon pied gauche. L'ourlet remonta un peu au niveau du genou. Je parvenais presque à m'imaginer pieds nus sur les marches de la Piazza di Spagna.

— C'est vrai qu'elle est magnifique. Mais je ne peux m'empêcher de penser qu'elle vous irait encore mieux, étant donné la couleur de vos cheveux.

— Si je puis me permettre, Miss Kontent, vous trouverez la couleur de mes cheveux au premier étage de ce magasin.

Deux heures plus tard, aussi rouquine que Mrs O'Mara, je pris un taxi pour La Belle Époque, dans Greenwich Village. Bien avant que les restaurants français soient en vogue, La Belle Époque était devenu l'endroit préféré des expatriés chaque fois qu'ils rentraient au pays natal. C'était un petit restaurant avec des banquettes matelassées et, accrochées aux murs, des natures mortes dépeignant à la manière de Chardin des objets de cuisine campagnarde.

Après avoir pris mon nom, le maître d'hôtel me demanda si je désirais un verre de champagne en attendant. Il n'était que dix-neuf heures et moins de la moitié des tables étaient prises.

— En attendant quoi ? demandai-je.

— Vous n'avez pas rendez-vous avec quelqu'un ?

— Pas à ma connaissance.

— *Excusez-moi, mademoiselle*[1]. Si vous voulez bien me suivre.

Il entra d'un pas vif dans la salle, s'arrêta une fraction de seconde près d'une table avec deux couverts, puis poursuivit son chemin jusqu'à l'une des banquettes qui commandaient une vue du restaurant tout entier. Une fois que je fus bien installée, il disparut, pour revenir avec le champagne promis.

— À la fin de la routine, dis-je en levant mon verre.

Mes nouvelles chaussures bleu marine me faisaient mal aux chevilles. Je les ôtai donc sous la nappe et remuai mes orteils. Au moment où j'extrayais un paquet de cigarettes de mon nouveau sac bleu, un serveur se pencha au-dessus de la table en tendant son briquet en acier inoxydable et produisit une flamme de taille adéquate. Sans me presser, je sortis la cigarette de son étui tandis qu'il attendait, immobile comme une statue. Je tirai la première bouffée. Alors il se redressa et ferma le briquet avec un impeccable petit bruit.

— Désirez-vous voir le menu en attendant ? me demanda-t-il.

— Je n'attends personne.

— *Pardon, Mademoiselle*.

D'un claquement de doigts, il fit signe à un garçon qui vint retirer le deuxième couvert de ma table. Puis il me présenta le menu, qu'il coinça dans le creux de son bras pour pouvoir me signaler de l'autre main certains plats et souligner leurs qualités, exactement

1. En français dans le texte.

comme l'avait fait Mrs O'Mara avec les robes. Tout cela me donna confiance ; puisque j'avais l'intention d'entamer mes économies, du moins étais-je visiblement sur la bonne voie.

Le restaurant prenait vie tranquillement. Les tables se remplissaient. Quelques cocktails furent servis, quelques cigarettes allumées, le tout méthodiquement, sans précipitation, avec la certitude qu'à 21 heures l'endroit se croirait le centre de l'univers.

Moi aussi je prenais vie tranquillement. Je bus une deuxième coupe de champagne, dégustai mes canapés, fumai une deuxième cigarette. Lorsque le serveur revint, je commandai un verre de vin blanc, un gratin d'asperges et comme plat la spécialité de la maison : le *poussin* farci aux truffes noires.

Le serveur s'éclipsa. Je remarquai alors pour la deuxième fois que le vieux couple installé sur la banquette d'en face me souriait. L'homme, trapu et un peu dégarni, portait un veston croisé et un nœud papillon. Ses yeux laiteux semblaient prêts à s'emplir de larmes à la moindre émotion. Vêtue d'une élégante robe d'été, sa compagne, qui le dépassait d'une demi-tête, avait les cheveux bouclés et arborait un sourire respectable. Elle ressemblait à ces femmes qui, au début du siècle, déjeunaient avec l'évêque, puis fonçaient prendre la tête des manifestations de suffragettes. Elle me fit un clin d'œil et esquissa un geste de la main : je lui fis un clin d'œil et esquissai un geste de la main.

Les asperges arrivèrent en fanfare sur un petit plat en cuivre, parfaitement alignées côte à côte – et toutes de longueur identique. Dessus, on avait délicatement étalé un mélange de miettes de pain beurré et de fromage passé au gril jusqu'à former une croûte brune avec des bulles. Le maître d'hôtel servit les asperges avec une fourchette et une cuillère en argent. Puis il râpa un zeste de citron au-dessus de l'assiette.

— *Bon appétit.*

Certes.

Si mon père avait gagné un million de dollars, il ne serait pas allé manger à La Belle Époque. À ses yeux, les restaurants constituaient l'expression ultime d'un gaspillage impie. Car aucun des luxes que l'argent permettait ne donnait aussi peu à montrer qu'un repas au restaurant. Un manteau de fourrure, on pouvait au moins le porter en hiver pour se protéger du froid. Une cuillère en argent, on pouvait la fondre et la vendre à un bijoutier. Mais un chateaubriand ? On le coupait en morceaux, on le mâchait, on l'avalait, on s'essuyait les lèvres, on posait sa serviette sur la table. Et ça s'arrêtait là. Les asperges ? Mon père aurait de loin préféré emporter un billet de vingt dollars dans sa tombe que de le dépenser dans une racine à la mode recouverte de fromage.

Pour moi, en revanche, dîner dans un bon restaurant était le luxe suprême, le comble de la civilisation. Car qu'est-ce que la civilisation, sinon le moment où l'intellect échappe à la triste nécessité (le logement, la nourriture, la survie) pour s'épanouir dans les hautes sphères du superflu raffiné (la poésie, les sacs à main et la haute cuisine) ? Ce genre d'expérience était à ce point éloigné du quotidien que lorsque la vie était pourrie jusqu'à la moelle, un bon dîner remontait le moral. Si jamais je me retrouvais avec vingt dollars, je les investirais immédiatement dans un moment élégant qui ne serait qu'à moi.

Lorsque mon serveur remporta le plat d'asperges, je me rendis compte que je n'aurais pas dû boire cette deuxième coupe de champagne. Décidant alors d'aller faire un tour aux toilettes pour me rafraîchir le visage, je glissai le pied gauche dans l'une de mes chaussures bleu marine, puis cherchai la deuxième à tâtons – en vain. Troublée, je poursuivis mes investigations en jetant un coup d'œil à ma droite et à ma gauche. Du bout des orteils j'entrepris une enquête plus systématique, en procédant par cercles concentriques aussi larges que je pouvais me le permettre sans changer de position. En l'absence de résultat, je commençai à m'affaisser sur ma banquette.

— Vous permettez ?

Le monsieur au nœud papillon avait traversé la salle et se tenait devant moi.

Sans me laisser le temps de répondre, il s'accroupit. Puis se releva, la chaussure en équilibre sur ses paumes ouvertes. Il s'inclina avec la raideur du chambellan présentant la pantoufle de vair et posa discrètement la chaussure derrière le panier à pain. D'un geste rapide, je la fis tomber par terre.

— Merci. Tout cela n'était pas très élégant de ma part.

— Ne vous en inquiétez pas.

Il fit un geste en direction de sa table.

— Pardonnez-nous nos regards indiscrets, à mon épouse et moi-même, mais nous les trouvons superbes.

— Excusez-moi, mais de quoi parlez-vous ?

— De vos pois.

À ce moment précis, mon plat arriva. Le monsieur aux yeux larmoyants regagna sa table. Je commençai à découper méthodiquement ma volaille. Hélas, après quelques bouchées, je compris que je serais incapable de finir mon assiette. L'arôme capiteux des truffes montait en volutes et me faisait tourner la tête. Si j'avalais une bouchée de plus de ce poulet, il repartirait dans l'autre sens, j'en étais sûre et certaine. Sur mon insistance, le serveur remporta mon assiette à moitié pleine. Mais sûr et certain, ce poulet allait de toute façon repartir dans l'autre sens.

Je laissai quelques billets sur la nappe. Pressée de retrouver l'air du dehors, je n'attendis pas que la table soit suffisamment reculée et fis tomber un verre de vin rouge que je ne me souvenais pas d'avoir commandé. Du coin de l'œil, je vis que l'on servait des soufflés au couple âgé. Intriguée, la suffragette me fit un signe de la main. À la porte du restaurant, je croisai le regard d'un lapin dans l'un des tableaux. Comme moi, il pendait en l'air, accroché par les pieds.

Une fois dehors, je me dirigeai vers la ruelle la plus proche. M'appuyant contre un mur en briques, j'inspirai avec précaution. Même moi, j'étais en mesure d'apprécier ce que la situation avait de poétiquement juste. Si jamais je vomissais, de tout là-haut mon père contemplerait la flaque d'asperges et de truffes avec une satisfaction lugubre. Le voilà, dirait-il, l'épanouissement de ton intellect.

Quelqu'un posa une main sur mon épaule.

— Vous ne vous sentez pas bien, mon petit ?

C'était la suffragette. Son mari avait poliment gardé ses distances et nous regardait de ses yeux larmoyants.

— Je crois que j'ai un peu trop forcé, dis-je.

— C'est à cause de cet affreux poulet. Ils en sont si fiers. Moi, je le trouve absolument répugnant. Vous avez besoin de vomir, vous pensez ? Ne vous gênez pas. Je tiendrai votre chapeau.

— Non, je crois que ça va aller. Merci.

— Je me présente : Happy Doran. Et voici mon mari, Bob.

— Moi, c'est Katherine Kontent.

— Kontent, répéta Mrs Doran, comme si c'était un nom qu'elle pouvait reconnaître.

Comprenant que tout était rentré dans l'ordre, Mr Doran s'approcha.

— Vous venez souvent à La Belle Époque ? me demanda-t-il, comme si nous n'étions pas dans une ruelle minable.

— C'était la première fois.

— Lorsque vous êtes arrivée, nous nous sommes dit que vous attendiez quelqu'un, poursuivit-il. Si nous avions su que vous dîniez seule, nous vous aurions proposé de vous joindre à nous.

— Robert, voyons ! s'exclama Mrs Doran.

Elle se tourna vers moi.

— Mon mari ne peut pas imaginer qu'une jeune femme puisse choisir de dîner seule.

— Mettons, un certain type de jeune femme, précisa Mr Doran.

Mrs Doran éclata de rire en lui lançant un regard outré.

— Tu es terrible !

Puis elle se tourna à nouveau vers moi.

— La moindre des choses que nous puissions faire, c'est de vous ramener chez vous. Nous habitons à l'angle de 85th Street et de Park Avenue. Et vous ?

Au bout de la ruelle, je vis quelque chose qui m'avait bien l'air d'être une Rolls-Royce ralentir et s'arrêter.

— Au 211, Central Park West, répondis-je.

Le Beresford.

Quelques minutes plus tard, j'étais installée sur la banquette arrière de la Rolls-Royce des Doran qui remontait 8th Avenue. Mr Doran avait insisté pour que je m'assoie au milieu. Il avait soigneusement posé mon chapeau sur ses genoux. Mrs Doran demanda au chauffeur d'allumer la radio et nous nous amusâmes tous les trois comme des petits fous.

En ouvrant la portière de la voiture, Pete, le portier, m'adressa un regard perplexe, que les Doran ne remarquèrent pas. Il y eut des embrassades, des promesses de se revoir. J'agitai la main au moment où la Rolls s'éloignait. Légèrement gêné, Pete s'éclaircit la gorge.

— Je suis désolé, miss Kontent, mais j'ai bien peur que Mr Grey et Miss Ross se trouvent toujours en Europe.

— Je sais, Pete, je sais.

Je me retrouvai dans un wagon bondé de visages de toutes les couleurs et de vêtements de toutes sortes. Le métro qui faisait la navette le samedi soir entre Greenwich Village et Harlem en s'arrêtant deux fois dans le quartier des théâtres était l'un des plus démocratiques de New York. Les dandys se retrouvaient gentiment coincés entre les zazous et les loqueteux.

À Columbus Circle, un homme grand et maigre vêtu d'une salopette monta dans le wagon. Avec ses longs bras et sa barbe de huit jours, il ressemblait au lanceur d'une équipe de base-ball de la campagne. Il me fallut un moment pour me rendre compte qu'il s'agissait du même plouc qui, la veille, m'était rentré dedans et avait fait tomber mon sac dans l'IRT. Au lieu de s'installer sur un siège vide, il resta debout au milieu du wagon.

Les portes se fermèrent, le métro démarra, et le type sortit un livre jaune de la poche de sa salopette. L'ouvrant à une page cornée, il se mit à lire tout haut d'une voix venue tout droit des Appalaches. Je ne compris qu'au bout de quelques paragraphes qu'il lisait un passage du Sermon sur la montagne.

Et, prenant la parole, il les enseignait en disant :

Heureux ceux qui ont une âme de pauvre, car le royaume des cieux est à eux ! Heureux les affligés, car ils seront consolés.

Je dois reconnaître que le prêcheur ne se tenait à rien du tout. Debout dans le wagon qui tanguait, il gardait l'équilibre en agrippant son petit livre moralisateur des deux mains. On avait l'impression qu'il aurait pu lire toutes les Saintes Écritures d'un bout à l'autre de la ligne sans perdre l'équilibre.

Heureux les doux, car ils posséderont la terre. Heureux les miséricordieux, car ils obtiendront miséricorde. Heureux les cœurs purs, car ils verront Dieu.

Le prêcheur s'acquittait admirablement de sa tâche. Il parlait d'une voix claire, passionnée. Il exprimait la poésie de la Bible du roi Jacques en appuyant sur chaque *ils* comme si sa vie en dépendait, manière de célébrer ce paradoxe au centre de la chrétienté – celui qui voulait que les faibles et les fatigués soient ceux qui triompheraient.

Pourtant, le samedi soir dans le métro, il suffisait de regarder autour de soi pour constater que ce type ne savait pas de quoi il parlait.

Peu après la mort de mon père, mon oncle Roscoe m'emmena dîner dans sa taverne préférée près du port maritime. C'était un docker au grand cœur et aux manières de rustre, le genre d'homme qui aurait été plus à l'aise en pleine mer, dans un monde sans femmes, sans enfants, sans manières, dominé par le travail et des codes de camaraderie tacites. L'idée d'inviter à manger sa nièce de dix-neuf ans qui venait de perdre son père ne correspondait pas vraiment à sa nature ; si bien que je n'oublierai certainement jamais ce repas.

À l'époque, j'avais déjà un boulot et une chambre chez Mrs Martingale ; il n'avait donc pas à s'inquiéter à mon sujet. Il s'assura simplement que j'allais bien et que je n'avais besoin de rien. Puis il commença tranquillement à couper sa côte de porc en silence. Mais je ne voulais pas en rester là.

Je le forçai à me raconter certaines des histoires incroyables qui lui étaient arrivées, comme quand mon père et lui avaient volé le chien du policier et l'avaient embarqué dans le train pour la Sibérie ; ou bien quand ils avaient voulu aller voir les funambules du cirque ambulant et qu'on les avait retrouvés à trente kilomètres de la ville, mais dans la direction opposée ; ou encore quand ils avaient débarqué à New York en 1895 et étaient tout de suite allés voir le Brooklyn Bridge. Ces histoires, je les avais entendues maintes fois, bien sûr, ce qui en constituait tout l'intérêt. Mais ce jour-là, il m'en raconta une que je n'avais jamais entendue auparavant, à propos de leurs premiers jours en Amérique.

New York comptait alors déjà un bon nombre de Russes parmi ses habitants. Il y avait des Ukrainiens, des Géorgiens, des Moscovites. Aussi bien juifs que gentils. Si bien que dans certains quartiers, les noms des magasins étaient écrits en russe et le rouble accepté tout autant que le dollar. Sur 2nd Avenue, me raconta Oncle Roscoe, on pouvait acheter de la vatrouchka aussi bonne que celle qu'on trouvait sur la perspective Nevski. Mais quelques jours après leur arrivée, une fois qu'ils eurent payé leur mois de loyer, mon père demanda à Roscoe tout l'argent russe qui lui restait. Il y ajouta ses propres roubles. Et brûla le tout dans une soupière.

Oncle Roscoe eut un sourire attendri au souvenir de ce que mon père avait fait. Il déclara qu'à la réflexion il n'était pas sûr que le geste se justifie vraiment, mais ça n'en restait pas moins une belle histoire.

Oui, ce dimanche-là, je pensai beaucoup à mon père et à mon oncle Roscoe. Je les imaginais débarquant à vingt ans du cargo en provenance de Saint-Pétersbourg sans parler un mot d'anglais et se dirigeant tout droit vers Brooklyn Bridge – la corde de funambule la plus longue au monde. Je pensai aux doux, aux miséricordieux ; aux bienheureux, aux courageux.

Le lendemain, je m'éveillai à l'aube. Je pris ma douche, m'habillai, me brossai les dents. Puis je me rendis au siège quintessentiel de Quiggin & Hale et donnai ma démission.

27 JUIN

Il entra dans la suite, le sac du libraire à la main, et posa discrètement la clé sur la table. Constatant que la porte de la chambre au fond du vestibule était encore fermée, il alla dans le grand salon illuminé de soleil.

Un exemplaire à moitié lu du Herald *de la veille était posé sur l'accoudoir du fauteuil. Sur la table basse se trouvaient la coupe de fruits, où manquait une pomme, et l'énorme composition florale. Tout était disposé exactement de la même manière que dans la chambre du premier.*

La veille, après sa réunion à la City, il s'était rendu dans un petit restaurant de Kensington qu'il aimait bien et où Eve était censée le rejoindre pour dîner. Il était arrivé à l'heure et avait commandé un whisky soda, convaincu qu'elle aurait simplement quelques minutes de retard. Arrivé pratiquement au fond de son deuxième verre, il commença à s'inquiéter. Se serait-elle perdue ? Aurait-elle oublié le nom du restaurant ou l'heure à laquelle ils étaient censés se retrouver ? Il pourrait peut-être retourner à l'hôtel. Mais si elle était en chemin ? Alors qu'il se demandait quoi faire, l'hôtesse lui apporta le téléphone.

L'appel venait du Claridge. Pour la première fois en dix ans, expliqua le directeur d'une voix sombre, l'ascenseur de l'hôtel avait eu une panne. Miss Ross était restée coincée entre deux étages pendant trente minutes. Mais elle allait bien et ne tarderait plus.

Il eut beau lui assurer que cela n'était pas nécessaire, le directeur insista pour qu'Eve et lui s'installent dans une chambre plus élégante.

Eve arriva au restaurant quinze minutes plus tard, absolument pas contrariée par l'incident. Elle s'était bien amusée. À part le garçon d'ascenseur, qui avait fait d'excellentes imitations des gangsters d'Hollywood et cachait une flasque de whisky accrochée à sa ceinture, la seule autre victime de cette mésaventure avait été la vénérable Lady Ramsay, femme d'un pair du royaume qui, non sans se faire prier, avait livré quelques imitations de stars hollywoodiennes de son cru.

Lorsqu'ils rentrèrent à l'hôtel après dîner, on leur remit un message rédigé à la main les invitant à une fête le lendemain soir dans la résidence de Lord et Lady Ramsay à Grosvenor Square. Puis le directeur les emmena dans leur nouvelle suite au quatrième étage.

Leurs affaires avaient toutes été soigneusement montées, les vêtements rangés dans les placards jumeaux selon la même disposition – les vestes à gauche, les chemises à droite. Son rasoir était placé dans son verre sur le lavabo. Même les objets qui n'avaient pas de place précise – le petit carton de bienvenue envoyé par Anne avec les fleurs, par exemple – avaient été disposés légèrement de travers, comme jetés négligemment sur la table.

C'était le genre d'attention aux détails que l'on s'attendait à trouver sur la scène d'un crime.

Il s'approcha de la chambre et ouvrit doucement la porte.

Le lit était vide.

Assise près de fenêtre, Eve lisait un magazine de mode. Elle portait un pantalon bleu clair et une chemise légère. Ses cheveux détachés flottaient sur ses épaules et ses pieds étaient nus. Elle faisait tomber les cendres de sa cigarette par la fenêtre.

— Bonjour bonjour ! dit-elle.

Il l'embrassa.

— Bien dormi ?

— Comme une masse.

Il n'y avait pas de plateau sur le lit ou sur la table basse.

— Tu as pris ton petit-déjeuner ? demanda-t-il.

Elle leva sa cigarette.

— Tu dois crever de faim !

Il décrocha le téléphone.

— Je suis capable d'appeler le room-service, mon chéri.

Il raccrocha.

— Tu es déjà sorti ?

— Je ne voulais pas te déranger. J'ai pris le petit-déjeuner en bas et je suis allé me promener.

— Tu as acheté quoi ?

Il eut un air étonné.

Elle désigna le sac de la librairie.

Il avait oublié qu'il le tenait toujours à la main.

— Un guide Baedeker, répondit-il. Je me suis dit qu'on pourrait aller voir quelques musées plus tard.

— J'ai bien peur que les musées ne doivent attendre leur tour. J'ai le coiffeur à 11 heures. La manucure à midi. Et à 16 heures, l'hôtel nous fait monter le thé avec un expert en étiquette royale !

Eve leva les sourcils en souriant. Une leçon d'étiquette royale était pile-poil le genre de choses qui correspondait à son sens de l'humour. Il avait sans doute l'air de quelqu'un qui allait gâcher la fête.

— Tu n'es pas obligé de rester, dit-elle. Pourquoi tu ne commences pas les musées sans moi ? Mieux encore, tu pourrais aller t'acheter ces chaussures dont Bucky parlait. Tu as bien dit que si les réunions se passaient bien, tu te ferais plaisir et t'en achèterais une paire, non ?

C'était vrai. Il avait dit ça à Bucky ; et les réunions s'étaient en effet bien passées. Après tout, il possédait la concession tout entière et le monde n'avait pas d'autre choix que d'accourir vers lui.

Dans l'ascenseur, il se dit que si le portier ne connaissait pas l'adresse de la boutique, il n'irait pas. Mais bien sûr, le portier savait exactement où elle se trouvait ; et le ton de sa voix indiquait sans ambiguïté que pour un client du Claridge, il n'y avait pas d'autre chausseur digne de ce nom.

La première fois qu'il descendit Saint-James's, il passa devant le magasin sans le voir. Il n'était toujours pas habitué à la façon qu'avaient les Britanniques de présenter leurs marchandises. À New York, la vitrine du Chausseur du Roi aurait été signalée par une enseigne lumineuse clignotante et tricolore et se serait étalée sur cent mètres de long. Ici, la boutique – un vrai fouillis – avait la largeur d'un kiosque à journaux. Ce qui était bon signe.

Pourtant, malgré cette humble apparence, il n'y avait, à en croire Bucky, rien de plus somptueux que des chaussures John Lobb. C'était là que le duc de Windsor achetait les siennes. Là qu'Errol Flynn et Charlie Chaplin achetaient les leurs. C'était l'apogée de la cordonnerie. Le stade ultime de la sélection en matière de commerce. Chez John Lobb, on ne se contentait pas de fabriquer des chaussures. On allait jusqu'à plonger vos pieds dans le plâtre et conserver le moulage pour que, chaque fois que vous vouliez des chaussures, on puisse vous en faire une nouvelle paire tout aussi parfaite.

Un moule en plâtre, songea-t-il en contemplant la vitrine, exactement comme ces moules qu'on faisait du visage d'un poète mort ou des os d'un dinosaure.

Un grand Anglais en costume blanc sortit du magasin et alluma une cigarette. Très bien élevé, très cultivé, très élégant, lui aussi semblait le produit d'une sélection.

En quelques secondes, l'Anglais était parvenu aux mêmes conclusions et lui adressa un signe de tête comme à un égal.

— Quelle belle journée ! dit-il.

— En effet.

Il s'attarda quelques instants, sachant d'instinct que l'Anglais lui proposerait immanquablement une cigarette.

Dans Saint-James's Park, il s'installa sur un vieux banc peint et savoura sa cigarette. Le tabac était très différent de celui qu'on trouvait en Amérique, ce qui était tout à la fois décevant et agréable.

Bien que baigné de soleil et charmant, le parc était étonnamment vide. Ça devait être un moment creux de la journée – entre l'arrivée au bureau et la pause-déjeuner. Il avait de la chance de se trouver là.

De l'autre côté de la pelouse, une jeune mère faisait sortir son enfant d'un parterre de tulipes. Assoupi sur un banc voisin, un vieux monsieur était sur le point de laisser tomber par terre un sachet de noisettes tandis qu'un comité d'écureuils se rassemblait sagement à ses pieds. Un nuage en forme d'automobile italienne passa au-dessus d'un cerisier qui perdait ses dernières fleurs.

Sa cigarette finie, il ne lui parut pas correct de la jeter par terre. Il enveloppa donc le mégot dans son mouchoir et le mit dans sa poche. Puis il ouvrit le sac de la librairie, sortit le livre et commença à la première page :

Quand j'ai écrit les pages qui suivent, ou plutôt ce volume, je vivais seul dans les bois, à un mile de mon voisin le plus proche, dans une maison que j'avais construite moi-même, au bord de l'étang de Walden[1]…

1. Extrait de *Walden* de Henry Thoreau.

ÉTÉ

12

La misère menace

Nathaniel Parish était directeur littéraire chez Pembroke Press et faisait en quelque sorte partie des meubles. Doté d'une oreille parfaite pour la phrase narrative du XIXe siècle et d'une conviction quasi religieuse que le roman devait illuminer, il avait défendu les Russes dès le début et été à l'origine de traductions anglaises de Tolstoï et de Dostoïevski qui faisaient autorité. On disait qu'il avait fait tout le trajet jusqu'à Iasnaïa Poliana, le domaine campagnard de Tolstoï, simplement pour parler d'une phrase ambiguë dans le dernier paragraphe d'*Anna Karenine*. Il avait correspondu avec Tchekhov, servi de mentor à Wharton, été ami avec Santayana et James. Mais après la guerre, lorsque des éditeurs tel Martin Duck commencèrent à occuper le devant de la scène en annonçant à grand bruit que le roman était enfin mort, Parish choisit de garder un silence méditatif. Il cessa de lancer des projets et regarda en s'abstenant de tout commentaire ses auteurs s'éteindre les uns après les autres – réconcilié avec l'idée qu'il les rejoindrait rapidement dans ce cercle élyséen réservé à l'intrigue, à la profondeur et à l'usage judicieux du point-virgule.

J'avais vu Mr Parish deux ou trois fois en venant chercher Eve après le travail. Il avait des sourcils clairsemés et des yeux noisette ; l'été, il portait des vestes en seersucker, et l'hiver un vieil imperméable gris. À l'instar d'autres érudits vieillissants et gauches, il en était arrivé au point où les jeunes femmes le faisaient paniquer. Lorsqu'il quittait son bureau à l'heure du déjeuner, il rejoignait l'ascenseur pratiquement au pas de course. Eve et les autres filles le mettaient au supplice en l'empêchant de passer avec leurs questions littéraires et leurs petits pulls moulants. Pour se défendre, il agitait les bras en inventant des excuses improbables (*J'ai rendez-vous avec Steinbeck !*), avant de filer au Gilded Lily, le restaurant suranné où il déjeunait seul tous les jours.

C'est là que je le trouvai le jour de ma démission. Il venait de s'installer à sa table habituelle. Après avoir inutilement consulté le menu, il commanda de la soupe et un demi-sandwich. Puis, avant de se plonger dans le livre posé à côté de son assiette, il fit ce que chacun d'entre nous aurait fait : il contempla la salle du restaurant avec un sourire détendu, heureux d'avoir commandé, heureux d'avoir du temps pour lui, heureux que tout aille pour le mieux. C'est alors que je l'abordai, un exemplaire de *Vishniovy Sad* à la main.

— Excusez-moi, dis-je, vous êtes bien Martin Durk ?

— Certainement pas !

La réponse du vieil éditeur était si emphatique qu'il en fut lui-même pris au dépourvu. En guise d'excuse, il ajouta :

— Martin Durk est deux fois plus jeune que moi.

— Je suis vraiment désolée. Je dois le retrouver pour déjeuner, mais j'ignore à quoi il ressemble.

— Disons qu'il est un peu plus grand que moi et qu'il a une chevelure bien garnie. Mais je crains qu'il ne soit à Paris en ce moment.

— À Paris ? dis-je d'une voix alarmée.

— D'après la chronique mondaine.

— Mais je dois le rencontrer pour un entretien…

Je fis quelques gestes maladroits et laissai tomber mon livre. Mr Parish se pencha pour le ramasser. En me le rendant, il m'étudia de plus près.

— Vous lisez le russe ? me demanda-t-il.

— Oui.

— Qu'est-ce que vous pensez de cette pièce ?

— Pour l'instant, j'aime bien.

— Vous ne la trouvez pas datée ? Avec toute cette agitation autour de la fin de l'aristocratie terrienne ? J'aurais tendance à trouver cela un peu démodé, de compatir aux malheurs des Ranevskaïa.

— À mon avis, vous vous trompez. Il y a en chacun de nous un morceau du passé qui tombe en ruine ou qu'on brade par petits bouts. Simplement, en général il ne s'agit pas d'une cerisaie, mais de la place que nous accordions dans nos pensées à quelque chose ou à quelqu'un.

Mr Parish me rendit le livre en souriant.

— Chère mademoiselle, Mr Durk vous a certainement rendu un fier service en vous posant un lapin. J'ai bien peur que votre sensibilité ne lui serve à rien.

— Je suppose que je dois me sentir flattée.

— Effectivement.

— Je me présente : Katey.

— Nathaniel Parish.

(Air consterné.)

— Vous devez me prendre pour une idiote, avec mon petit discours sur la signification d'une pièce de Tchekhov. Quelle honte !

Il sourit.

— Pas du tout. Ce fut l'apogée de ma journée.

À ce moment précis, comme par enchantement, une soupe aux pommes de terre et aux poireaux fut posée sur la table. Baissant le regard, je lui adressai un sourire d'orpheline affamée dans la plus pure tradition Oliver Twist.

Le lendemain, je pris mes fonctions chez Pembroke Press en tant qu'assistante de Nathaniel Parish. Il m'avait proposé le travail en tentant immédiatement de me dissuader. Je trouverais Pembroke en retard de quarante ans sur notre époque. Il n'aurait pas assez de tâches à me confier. Le salaire était misérable. Un boulot d'assistante chez lui était un cul-de-sac.

Que valaient ses prédictions ?

Pembroke avait en effet quarante ans de retard. Dès le premier jour, je compris que les directeurs littéraires chez Pembroke n'avaient rien à voir avec leurs jeunes collègues des autres maisons new-yorkaises. Non seulement ils avaient des manières, mais en plus ils les jugeaient dignes d'être préservées. Ils entretenaient pour la galanterie et l'écriture à la main le sentiment qu'un archéologue a pour un fragment de poterie – cette attention amoureuse que l'on réserve normalement aux choses qui comptent. Terence Taylor ne vous aurait jamais volé votre taxi par temps de pluie ; Neekman Canon n'aurait pas laissé la porte de l'ascenseur se fermer sous votre nez ; et Mr Parish n'aurait pour rien au monde commencé son plat avant vous – il aurait préféré mourir de faim.

Ces hommes n'étaient certainement pas du genre à traquer les nouvelles voix les plus « hardies », à vous arracher des contrats puis à grimper sur une caisse pour vanter à la foule les audaces artistiques de leurs auteurs. C'était des professeurs de public schools anglaises qui avaient mal lu le plan du métro et étaient descendus à la station Commerce.

C'était vrai, Mr Parish n'avait pas grand-chose à me faire faire. Il recevait encore des manuscrits envoyés spontanément, mais son enthousiasme pour la nouvelle fiction était mort bien avant sa réputation, si bien que les textes étaient généralement renvoyés avec un mot poli – par lequel Mr Parish s'excusait de ne pas être aussi actif qu'il l'avait été autrefois et encourageait l'artiste à persévérer. À présent, il évitait les réunions et les responsabilités administratives quelles qu'elles soient et son cercle de correspondants sérieux se réduisait à une rassurante poignée de septuagénaires qui étaient les seuls à pouvoir déchiffrer leurs écritures faiblissantes respectives. Le téléphone sonnait rarement, et Mr Parish ne buvait pas de café. Pire, quelques jours après mon arrivée, le mois de juillet commença. Visiblement, l'été venu, les écrivains cessaient d'écrire, les correcteurs de corriger, et les éditeurs d'éditer – offrant ainsi à tout le monde des week-ends prolongés dans la maison familiale au bord de la mer. Le courrier s'empilait sur les bureaux et les plantes du vestibule commençaient à être aussi flétries que les poètes sérieux qui apparaissaient de temps en temps sans s'annoncer et attendaient tel Job qu'on veuille bien les recevoir.

Par chance, lorsque je demandai à Mr Parish où je pouvais classer sa correspondance, il me répondit que je n'avais pas à m'en soucier et fit une vague allusion à son système. Comme j'insistais pour qu'il m'explique comment il procédait, il se tourna l'air penaud vers un carton dans un coin de la pièce. Visiblement, depuis quarante ans, chaque fois que Mr Parish avait fini de lire une lettre importante, c'était là qu'elle était classée. Lorsque le carton était plein, on le rangeait dans une réserve et on le remplaçait par un carton vide. Ceci, expliquai-je, ne constituait pas un système. Alors, avec le consentement de Mr Parish, je sortis quelques cartons datant du début du siècle et entrepris de constituer des dossiers chronologiques par auteur et par thème.

Mr Parish avait une maison à Cape Cod, mais évitait de s'y rendre depuis la mort de sa femme en 1936. *C'est juste une bicoque*, disait-il, en parfaite illustration de cette simplicité que s'imposaient les protestants de Nouvelle-Angleterre, lesquels considéraient que tout était respectable dans l'argent, sauf l'usage qu'on en faisait. Mais une fois sa femme partie, les tapis accrochés au mur, les chaises en osier et les tuiles en bois gris, symboles pendant si longtemps d'une retraite estivale à la discrétion parfaite s'étaient tout d'un coup révélés intrinsèquement déprimants.

Ainsi, en triant sa vieille correspondance, je le surpris plus d'une fois en train de regarder par-dessus mon épaule. De temps en temps, il prenait l'une des lettres sur la pile et se retirait dans son bureau. Là, derrière la porte bien fermée, dans le silence de l'après-midi, il revivait les sentiments disparus d'amis également disparus, sans être dérangé, si ce n'était par le bruit, *loin dans la cerisaie, de la hache qui cogne sur un arbre*.

Mon salaire ? Il était en effet misérable. L'adjectif est bien sûr tout relatif, et Mr Parish ne précisa jamais ce que lui entendait exactement par ce terme. Devant le raffinement de cette soupe froide aux poireaux, je m'étais bien gardée de poser des questions.

Ainsi, le samedi, lorsque je me rendis au guichet pour prendre mon premier chèque, j'étais encore dans le flou. Regardant autour de moi, je me consolai en constatant que les autres filles étaient gaies et bien habillées. Mais quand j'ouvris l'enveloppe, je découvris que mon nouveau salaire équivalait à la moitié de ce que je gagnais chez Quiggin & Hale. La moitié !

Oh, mon Dieu ! Qu'est-ce que j'avais fait !

Je regardai de nouveau les autres filles, qui s'étaient mises à discuter avec des sourires blasés de l'endroit où elles comptaient passer leur week-end. C'est alors que je compris : bien sûr qu'elles étaient blasées – ce salaire, elles pouvaient s'en passer ! Là se situe la différence entre une secrétaire et une assistante. Une secrétaire échange son travail contre un salaire qui lui permet de vivre. Une assistante, elle, vient d'une bonne famille, sort d'une université prestigieuse comme Smith College, et a décroché ce boulot parce que sa mère s'est retrouvée par hasard assise à côté du directeur littéraire lors d'une réception.

Certes, sur ces trois points, Mr Parish avait raison. Par contre, il se trompait lourdement en disant que le boulot était un cul-de-sac.

Tandis que je m'attardais devant la caisse à panser mes blessures, Susie Wanderwhile me demanda si cela me disait d'aller prendre un verre avec quelques-unes des assistantes. *Bien sûr*, me dis-je. *Pourquoi pas ? La meilleure raison de boire, c'est bien la menace de la misère, non ?*

Chez Quiggin & Hale, quand on sortait entre filles, on allait à pied au bar du coin, on se plaignait vaguement de sa journée, on spéculait sur les plans de réduction de personnel. Puis on se dirigeait vers le métro aérien sans même être pompettes.

Là, quand nous sortîmes des bureaux de Pembroke Press, Susie héla un taxi. Nous grimpâmes toutes dedans et allâmes à l'hôtel Saint-Regis, où Dicky, le frère de Susie, un jeune homme sociable à la frange négligée, frais émoulu de l'université, attendait au bar King Cole. Il était accompagné de deux condisciples de Princeton et d'un type qui avait partagé sa chambre en prep school.

— Salut, ma vieille !

— Bonjour, Dicky. Tu connais Helen. Et voici Jenny et Katey.

Dicky expédia les présentations avec un débit de mitraillette.

— Jenny TJ. TJ Helen. Helen Wellie. Wellie Katey. Roberto Roberto.

Personne ne sembla remarquer que j'étais largement la plus vieille. Dicky tapa dans ses mains.

— Parfait. Alors, qu'est-ce qu'on prend ?

Des gin tonics furent commandés pour tout le monde. Puis Dicky partit récupérer des chaises, qu'il rassembla autour de notre table en les entrechoquant comme des autos tamponneuses à Coney Island.

Très vite, on parla de la fois où Roberto, subissant l'influence de Bacchus et les mauvaises grâces de Poséidon, s'était perdu dans le brouillard au large de Fisher's Island. Il avait fait rentrer le Bertram de son père dans une jetée en béton et l'avait réduit en mille morceaux.

— J'étais persuadé d'être à cinq cents mètres du rivage, expliqua Roberto, puisque j'entendais la cloche de la bouée au large du port.

— Hélas, railla Dicky, la cloche en question, c'était celle qui appelait à la soupe chez les McElroy.

Tout en parlant, Dicky cherchait avidement le regard des filles et ponctuait son récit de phrases établissant une familiarité rassurante :

Vous savez, le genre de brume qu'il y a au large de Fisher's Island.

Vous savez, ces Bertram, de vraies péniches.

Vous savez, ces dîners chez les McElroy, avec trois douairières et vingt-deux cousins rassemblés autour d'une côte de porc comme des lionceaux autour d'une carcasse.

Oui, Dicky, nous savions tout ça.

Nous connaissions le vieux monsieur irascible qui tenait le bar Chez Mory à New Haven. Nous savions qu'on s'ennuyait ferme à Maidstone. Nous connaissions les Dobson, les Robson, et tous les Fenimore. Nous savions distinguer le hauban du palan, Palm Beach de Palm Springs. Nous connaissions la différence entre une fourchette à poisson, une fourchette à salade, et cette fourchette spéciale avec les dents courbées qu'on utilise pour détacher les grains d'un épi de maïs. Nous nous connaissions tous si bien…

C'était là l'un des avantages-surprises qu'il y avait à accepter de travailler chez Pembroke Press : la présomption. Pour une jeune femme, le salaire versé par Pembroke était si bas et les perspectives professionnelles si faibles qu'il était entendu que vous aviez accepté ce boulot parce que vos moyens financiers vous le permettaient largement.

— Tu travailles pour qui ? m'avait demandé l'une des filles dans le taxi.

— Pour Nathaniel Parish.

— Mais c'est épatant ! Tu l'as connu comment ?

Comment l'avais-je connu ? Parce que mon père et lui étaient allés à Harvard ensemble ? Parce que Grand-mère et Mrs Parish avaient passé toutes leurs vacances à Kennebunkport quand elles étaient petites ? Parce que j'avais passé six mois à Florence avec sa nièce ? Ma chérie, c'est toi qui choisis.

Dicky s'était levé. Il prit en main une barre imaginaire, plissa les yeux et tendit le bras vers la bouée qui sonnait.

Ô Éole – toi à qui le roi des hommes
Et des dieux a accordé le pouvoir immense
D'apaiser les flots et de les soulever au souffle des vents,
Éveille la fureur des tempêtes ;
Renverse et engloutis leurs vaisseaux, ou bien jette-les,
Eux et leur équipage, au fond des mers émeraude[1] *!*

Il respectait la métrique virgilienne à la perfection, prononçant méticuleusement chaque iambe. Pourtant, on devinait que sa capacité à citer des poètes classiques avait moins à voir avec l'amour de la littérature qu'avec un apprentissage par cœur en prep school que le temps n'avait pas encore effacé.

Jenny applaudit et Dicky s'inclina, renversant au passage un verre de gin sur les genoux de Roberto.

— *Mon Dieu*, Roberto ! Et tes réflexes, mon vieux ?

— Mes réflexes ? Tu viens de me ficher en l'air un autre pantalon.

— Allons, tu en as des centaines.

— Centaines ou pas, j'exige des excuses.

— En ce cas, je m'exécute !

Levant un doigt en l'air, Dicky adopta l'expression de contrition sobre qui convenait. C'est alors qu'il s'exclama :

— Pencey !

1. Extrait de l'*Énéide* de Virgile.

Nous nous tournâmes tous pour voir ce qu'il voulait dire par là. Il s'agissait d'un autre étudiant de l'Ivy League qui entrait dans le bar, une fille à chaque bras.

— Dicky Wanderwhile ! Bonté divine ! Alors, quoi de neuf ?

Oui, Dicky était extrêmement sociable. Il éprouvait une fierté relative et une joie suprême à rassembler les différents fils de sa vie de telle manière que, lorsqu'il en tirait un, tous les amis des amis des amis débarquaient. C'est pour des personnes comme lui que New York existe. En vous accrochant à un Dicky Wanderwhile, vous êtes sûr de rencontrer rapidement tout ce qui compte à New York – du moins, tout ce qui compte et qui est blanc, riche et âgé de moins de vingt-cinq ans.

Lorsque 22 heures sonnèrent, nous nous transportâmes au Yale Club à l'instigation de Dicky afin de pouvoir manger un hamburger avant la fermeture de l'établissement. Assis autour de vieilles tables en bois, nous bûmes de la bière éventée dans des verres à eau entre deux anecdotes rocambolesques et mots d'esprit. Arrivèrent d'autres visages connus, des présentations rapides, des suppositions, des présomptions, des conclusions.

— Oui, en effet. Nous nous sommes déjà vus, dit l'un des nouveaux arrivés lorsqu'on me présenta. Nous avons dansé deux ou trois pas ensemble chez Billy Ebersley.

Je m'étais trompée en pensant que personne n'avait remarqué mon âge. Dicky l'avait remarqué, et visiblement, il trouvait cela attirant. Assis en face de moi, il commença à m'adresser des sourires séducteurs et complices chaque fois que quelqu'un disait quelque chose d'un tant soit peu juvénile. De toute évidence, il avait entendu trop d'histoires d'escapades estivales avec des copines de grandes sœurs, racontées par des copains de fac. Dicky profita du moment où Roberto et Wellie tiraient à la courte paille pour savoir lequel de leurs pères respectifs paierait l'addition pour approcher sa chaise de la mienne.

— Dites-moi, miss Kontent, où peut-on vous trouver généralement le vendredi soir ?

Il fit un geste en direction de sa sœur et de quelques-unes des filles assises autour de la table.

— Pas avec ces jeunes filles comme il faut, si je ne m'abuse.

— Le vendredi, généralement, on me trouve à la maison.

— À la maison, dites-vous ? De grâce, soyez plus précise avec vos locutions adverbiales. Dans ce milieu-ci, si vous dites « à la maison », nous en conclurons que vous habitez chez vos parents. Wellie ici présent dort en pyjama rayé et Roberto a des petits avions suspendus au-dessus de son lit.

— Moi aussi.

— Le pyjama ou les petits avions ?

— Les deux.

— J'aimerais voir ça. Alors, où donc se situe exactement cette maison où on peut vous voir en pyjama rayé le vendredi soir ?

— Et vous, Dicky, c'est ici qu'on peut vous trouver le vendredi soir ?

— Pardon ?

Dicky parcourut la salle du regard avec un air choqué. Puis il fit un grand geste dédaigneux.

— Sûrement pas ! C'est d'un ennui ! Rien que des vieux croulants et des bons p'tits étudiants.

Il plongea son regard dans le mien.

— Ça vous dit de vous tirer d'ici ? Allons faire un tour au Village.

— Je ne voudrais pas priver vos amis de votre compagnie.

— Oh, ils se débrouilleront sans moi.

Dicky posa discrètement la main sur mon genou.

— Et moi je me débrouillerai très bien sans eux.

— Je vous conseille de faire machine arrière toute, Dicky. Vous vous dirigez droit vers la jetée.

Dicky ôta sa main de mon genou dans un geste enthousiaste, hochant la tête en signe d'assentiment.

— OK ! Alors, le temps sera notre allié, et non notre ennemi.

Il se leva en renversant sa chaise. Un doigt pointé en l'air, il déclara à la cantonade :

— Puisse la soirée s'achever comme elle a commencé : avec une touche de mystère !

L'avantage-surprise numéro 2 ?

Le 7 juillet, lorsque j'arrivai au travail, Mr Parish discutait dans son bureau avec un bel inconnu vêtu d'un costume fait sur mesure. Âgé d'environ cinquante-cinq ans, il ressemblait à un meneur d'hommes qui ne serait plus tout à fait dans la force de l'âge. À la manière dont ils s'entretenaient, on comprenait que tous deux se connaissaient bien mais s'imposaient une certaine distance, comme des prêtres appartenant à des ordres différents mais partageant la même foi.

L'inconnu parti, Mr Parish m'appela :

— Katherine, ma chère, asseyez-vous. Connaissez-vous le monsieur avec lequel je parlais ?

— Non.

— Il s'appelle Mason Tate. Il a travaillé pour moi quand il était jeune, puis est allé explorer de nouveaux horizons ; je devrais dire d'ailleurs toute une série de nouveaux horizons. Bref, à présent il travaille pour Condé Nast et s'apprête à lancer un nouveau journal littéraire. Il cherche des assistantes. Je pense que vous devriez le rencontrer.

— Je suis heureuse ici, Mr Parish.

— Oui, je sais. Et il y a quinze ans de cela, cet endroit aurait été parfait pour vous. Mais ce n'est plus le cas.

Il tapota la pile de lettres de refus qui attendaient sa signature.

— Mason est lunatique, mais également très capable. Que son journal marche ou non, une jeune femme aussi intelligente que vous aura l'occasion d'apprendre beaucoup avec lui. Et au quotidien, ce sera certainement plus dynamique que les bureaux de Pembroke Press.

— Je veux bien le rencontrer si vous pensez qu'il le faut.

En guise de réponse, Mr Parish me tendit la carte de Mr Tate.

Les bureaux de Mason Tate se trouvaient au vingt-cinquième étage du building Condé Nast et, en les découvrant, on aurait cru que le nouveau journal de Mr Tate prospérait depuis des années. Une réceptionniste de toute beauté était installée derrière un bureau fait sur mesure décoré de fleurs fraîchement coupées. On m'emmena jusqu'au bureau de Mr Tate en me faisant passer devant quinze jeunes gens qui parlaient au téléphone ou tapaient furieusement sur de toutes nouvelles Smith Corona. La salle de rédaction devait être la plus élégante de tout le pays. Sur les murs étaient accrochées des photos nostalgiques prises à New York – Mrs Astor coiffée d'un chapeau à fleurs ; Douglas Fairbanks assis dans une limousine à la place du chauffeur ; une foule élégante patientant dans la neige devant le Cotton Club.

Situé dans un angle, le bureau de Mr Tate avait des cloisons en verre. Le plateau de la table de travail, également en verre, flottait sur un X en acier inoxydable renversé. Devant étaient disposés un petit canapé et des chaises.

— Entrez, dit Mr Tate.

Il avait un accent clairement aristocratique – un mélange d'écoles prestigieuses, d'Angleterre et de puritanisme. Il pointa un doigt autoritaire vers l'une des chaises, se réservant le canapé.

— J'ai entendu dire du bien de vous, miss Kontent.

— Merci.

— Qu'est-ce qu'on vous a dit à mon sujet ?

— Pas grand-chose.

— Parfait. Vous avez passé votre enfance où ?

— New York.
— Vous voulez dire, la ville ou l'État ?
— La ville.
— Vous êtes déjà allée à l'Algonquin ?
— L'hôtel ?
— Oui.
— Non.
— Vous savez où il se situe ?
— West 44th Street, c'est cela ?
— En effet. Et Chez Delmonico ? Vous y avez déjà mangé ?
— Je croyais que c'était fermé.
— On peut dire les choses ainsi. Quel métier votre père exerçait-il ?
— Mr Tate, où voulez-vous en venir ?
— Allons, vous n'avez quand même pas peur de me dire comment votre père gagnait sa vie.
— Je vous le dirai si vous m'expliquez pourquoi vous voulez le savoir.
— C'est logique.
— Il travaillait dans un atelier d'usinage.
— Un prolétaire, quoi.
— Si on veut.
— Je vais vous dire pourquoi vous êtes ici. Le 1er janvier, je lance un nouveau magazine qui s'appellera *Gotham*. *Gotham* sera un hebdomadaire illustré qui sera la voix de ceux qui ambitionnent de laisser leur marque sur Manhattan et, par extension, sur le monde. Une sorte de *Vogue* de l'esprit. Ce que je cherche, c'est une assistante qui puisse filtrer mes appels téléphoniques, trier mon courrier – et mon linge sale si besoin est.

— Mr Tate, je pensais que vous cherchiez une assistante éditoriale pour un journal littéraire.

— Vous pensiez cela parce que c'est ce que j'ai raconté à Nathan. Si je lui avais dit que je cherchais une domestique pour mon magazine de mode, il ne vous aurait jamais recommandée auprès de moi.

— Ou vice versa.

Mr Tate plissa les yeux. Il tendit son doigt autoritaire vers mon nez.

— Exactement. Suivez-moi.

Nous nous approchâmes d'une table à dessin près de la fenêtre surplombant Bryant Park. Dessus étaient posées des photos volées de Zelda Fitzgerald, John Barrymore et l'un des jeunes Rockefeller.

— Nous avons tous nos vices et nos vertus, miss Kontent. Pour faire court, *Gotham* parlera des espoirs, des esprits, des amants et des perdants de New York.

Il me montra les trois photos sur la table.

— Pouvez-vous me dire à quelles catégories appartiendraient ces personnes-ci ?

— À toutes celles que vous avez citées.

Il serra la mâchoire et sourit.

— Bien répondu. Travailler pour moi n'aura rien à voir avec ce que vous avez fait chez Nathan : votre salaire va doubler, vos heures de travail tripler, et votre motivation quadrupler. Simplement, il y a un hic – j'ai déjà une assistante.

— Il vous en faut vraiment deux ?

— Pas vraiment. Mon idée, c'est de vous tuer à la tâche toutes les deux jusqu'au 1er janvier, puis d'en lâcher une.

— Je vous fais parvenir mon CV.

— Pourquoi ?

— Pour postuler.

— Ceci n'est pas un entretien d'embauche, miss Kontent. C'est une proposition. Vous pouvez si vous voulez l'accepter en vous présentant ici demain à huit heures.

Il reprit sa place derrière son bureau.

— Mr Tate ?

— Oui ?

— Vous ne m'avez pas dit pourquoi vous vouliez connaître la profession de mon père.

Il leva la tête, surpris.

— N'est-ce donc pas clair, miss Kontent ? Je ne supporte pas les oies blanches.

Le vendredi 1er juillet au matin, j'avais un boulot mal payé chez un éditeur sur le déclin et un cercle de vagues connaissances de plus en plus réduit. Le vendredi 8 juillet, je faisais mon entrée chez Condé Nast et au Knickerbocker Club – les cercles professionnels et sociaux qui définiraient ma vie pour les trente années à venir.

Oui, le vent tourne vite à New York City – dans le bon ou dans le mauvais sens. Mais ça, on ne le sait qu'avec le temps.

13

Le tohu-bohu

Le troisième vendredi de juillet, voici à quoi ma vie ressemblait :

a.)

À huit heures, je suis au garde-à-vous dans le bureau de Mason Tate. Sur la table sont posées une barre de chocolat, une tasse de café et une assiette de saumon fumé.

À ma droite, Alley McKenna. Une petite brune avec un QI stratosphérique et des lunettes qui lui font des yeux de chat. Elle porte un pantalon noir, une chemise noire et des chaussures noires à talons hauts.

En général, dans un bureau, un chemisier légèrement déboutonné peut en l'espace d'un an permettre à une jeune femme ambitieuse et raisonnablement compétente de se rendre indispensable. Pas chez Mason Tate. Dès le départ, il n'a pas laissé de doute sur le fait que ses goûts sont ailleurs. Nous pouvons réserver nos battements de cils aux joueurs de base-ball. C'est à peine s'il lève les yeux de sa feuille en donnant rapidement ses instructions à Alley avec un détachement aristocratique.

— Annulez mon rendez-vous avec le maire mardi. Dites-lui que j'ai dû partir en Alaska. Cherchez-moi toutes les couvertures de *Vogue*, *Vanity Fair* et *Time* des deux dernières années. Si vous ne les trouvez pas en bas, munissez-vous d'une paire de ciseaux et allez à la bibliothèque municipale. L'anniversaire de ma sœur tombe le 1er août. Achetez quelque chose de sobre pour elle chez Bendel. Elle affirme faire du 36. Considérons qu'il s'agit d'un 38.

Il pousse vers moi une pile de feuilles à lignes bleues.

— Kontent, dites à Morgan qu'il est sur la bonne voie, mais qu'il y a trop de mots et pas assez de phrases. Dites oui, oui et non à Cabot. Dites à Spindler qu'il est complètement à côté de la plaque. Nous n'avons toujours pas de grand article convaincant pour le premier numéro. Dites-leur à tous que c'est annulé pour samedi. Pour déjeuner, achetez-moi un sandwich au pain de seigle avec du jambon, du munster et des cornichons chez le grec de 53rd Street.

Et nous de répondre à l'unisson : Bien, monsieur.

À 9 heures, le téléphone a déjà commencé à sonner.

Il faut absolument que je voie Mason. C'est urgent.

Je n'exigerais pas de voir Mr Tate s'il me payait.

Ma femme, qui est malade, va peut-être essayer de contacter Mr Tate. J'aimerais qu'il fasse preuve de sollicitude eu égard à son état de santé et qu'il l'encourage à rentrer à la maison où ses enfants et son médecin l'attendent.

Je détiens certaines informations au sujet de mon mari qui intéresseront peut-être Mr Tate. Elles impliquent une fille de joie, un demi-million de dollars et un chien. Je suis joignable au Carlyle sous mon nom de jeune fille.

Mon client, un citoyen au-dessus de tout soupçon, vient d'apprendre que sa femme malade porte contre lui des accusations délirantes. Je vous saurais gré de dire à Mr Tate que si jamais le magazine qu'il s'apprête à sortir publiait ne serait-ce qu'une seule de ces affirmations malsaines et fantaisistes, mon client est prêt à engager des poursuites, y compris contre sa personne.

Vous pouvez m'épeler ça ? Où peut-on vous joindre ? Jusqu'à quelle heure ? Je lui transmettrai le message.

Hum hum.

Jacob Weiser, le contrôleur de gestion de Condé Nast, s'est approché de mon bureau. Honnête, travailleur, il porte pour son plus grand malheur le genre de moustache à la Charlie Chaplin qui a définitivement cessé d'être à la mode depuis qu'Adolf Hitler l'a adoptée. À son expression, on devine qu'il n'aime pas *Gotham*, mais alors vraiment pas du tout. Il considère sans doute que l'entreprise est louche et salace. Ce qui, bien entendu, est vrai, mais ni plus ni moins que de Manhattan. En tout cas, elle est tout aussi glamour.

— Bonjour, Mr Weiser. Que puis-je faire pour vous ?

— Il faut que je voie Tate.

— Oui, j'ai parlé avec votre assistante. Vous avez rendez-vous avec lui mardi.

— À 17 h 45 ! C'est une plaisanterie ou quoi ?

— Non, monsieur.

— Je veux le voir maintenant.

— J'ai bien peur que cela soit impossible.

Mr Weiser me montre la vitre derrière laquelle Mr Tate trempe délicatement un carré de chocolat dans sa tasse de café.

— J'exige de le voir maintenant !

Mr Weiser s'avance. Il est clair qu'il donnerait sa vie pour rectifier un déséquilibre dans les comptes de l'entreprise. Il contourne mon bureau, si bien que je n'ai pas d'autre choix que de lui bloquer le passage. Son visage devient rouge radis.

— Vous permettez, ma petite dame, dit-il en s'efforçant en vain de contenir sa colère.

— Que se passe-t-il ?

Mr Tate se tient entre nous deux. C'est à moi qu'il pose la question.

— Mr Weiser aimerait vous voir.

— Je croyais que j'avais rendez-vous avec lui mardi.

— C'est ce qui est prévu.

— Alors, quel est le problème ?

Mr Weiser nous interrompt :

— Je viens de recevoir le détail de vos dépenses en matière de personnel. Vous dépassez le budget de 30 % !

Mr Tate se tourne lentement vers Mr Weiser.

— Ainsi que miss Kontent vous l'a visiblement expliqué – *Jake* –, je ne suis pas disponible pour le moment. À la réflexion, je ne suis pas disponible mardi non plus. Miss Kontent, vous verrez Mr Weiser à ma place. Vous noterez la liste de ses doléances et lui direz que nous reprendrons contact avec lui rapidement.

Mr Tate retourne à son chocolat et Mr Weiser à sa machine à calculer quelque part au fin fond du troisième étage.

La plupart des chefs attendent de leurs secrétaires un degré approprié de déférence ; ils attendent d'elles qu'elles fassent preuve de courtoisie et de calme quelle que soit la personne à laquelle elles s'adressent. Pas Mr Tate. Il nous a encouragées, Alley et moi, à nous montrer aussi impérieuses et impatientes qu'il l'est lui-même. Au début, j'y ai vu un prolongement irrationnel de sa belligérance aristocratique et de son arrogance de Roi-Soleil. Mais avec le temps, j'ai compris à quel point c'était ingénieux. En nous rendant aussi grossières et exigeantes que lui, Tate consolide notre position de prolongement de lui-même.

— Hé, dit Alley en s'approchant de mon bureau, vise un peu ça !

À la réception, un tout jeune coursier arrive, chargé d'une édition du Webster qui pèse au moins cinq kilos. Le dictionnaire est entouré d'un joli ruban rose. La réceptionniste le dirige vers le milieu du bureau paysager.

Tous les journalistes examinent froidement le coursier quand il s'approche de leur bureau, et esquissent un sourire sardonique une fois qu'il est passé. Certains se lèvent pour profiter du spectacle. Enfin, il s'arrête devant Nicholas Fesindorf. En voyant le dictionnaire, Fesindorf devient encore plus pourpre que ses caleçons. Pour couronner le tout, le coursier se met à chanter, sur l'air d'une chanson d'amour de Broadway. La voix n'est pas tout à fait juste, mais le cœur y est :

Les mots ont des mœurs très bizarres,
Mais ne crains rien, fils, car ce livre
De la langue anglaise te livre
Tout ce qu'il est bon de savoir.

Tate avait dit à Alley d'acheter le dictionnaire et avait écrit le poème. Par contre, la petite chanson et le nœud rose, c'était la touche personnelle d'Alley.

À 18 heures, Mr Tate quitta le bureau pour attraper le train direction les Hamptons. À 18 h 15, le regard d'Alley croisa le mien. Nous couvrîmes nos machines à écrire et enfilâmes nos manteaux.

— Viens, dit-elle pendant que nous nous dirigions vers l'ascenseur, on va faire la bringue.

Le jour où j'avais pris mes fonctions à *Gotham*, Alley m'avait suivie aux toilettes. Une fille du département illustration était penchée au-dessus du lavabo. Alley lui avait dit de se tirer. Un instant, je crus qu'elle allait me couper la frange et jeter mon sac dans les toilettes comme l'avait fait le comité d'accueil de mon lycée. Plissant les yeux derrière ses immenses lunettes, elle alla droit au but.

Nous étions toutes les deux, m'expliqua-t-elle, comme des gladiateurs au cirque, avec Tate dans le rôle du lion. Lorsqu'il sortirait de la cage, nous aurions le choix entre l'encercler, prendre nos jambes à notre cou ou attendre qu'il nous dévore. Si nous jouions bien nos cartes, Tate serait incapable de dire laquelle d'entre nous lui était la plus indispensable. Elle tenait donc à établir quelques règles. Lorsque Tate demandait à l'une d'entre nous où était l'autre, il fallait répondre, quelle que soit l'heure du jour ou de la nuit : aux toilettes. S'il nous demandait de vérifier le travail de l'autre, nous avions le droit de repérer une erreur. S'il nous complimentait pour notre travail sur un projet, il fallait répondre que nous n'aurions rien pu faire sans l'aide de l'autre. Et le soir, nous lui donnerions quinze minutes pour vider les lieux, puis descendrions en ascenseur bras dessus, bras dessous.

— Si on fait pas de connerie, dit-elle, à Noël c'est nous qui menons ce petit monde à la baguette. Qu'est-ce que tu en dis, Katey ?

Dans l'état de nature, certains animaux tel le léopard chassent seuls ; d'autres, telle la hyène, en meute. Je n'étais pas sûre à cent pour cent qu'Alley soit une hyène. Par contre, il était pratiquement certain qu'elle ne jouerait pas le rôle de la proie.

— Toutes pour une, et une pour toutes !

Le vendredi soir, quelques-unes des filles allaient à l'Oyster Bar de Grand Central et se faisaient payer des verres par les jeunes gens qui prenaient l'express de Greenwich. Alley préférait la cafétéria. Là, assise toute seule, elle s'enfilait deux desserts et une soupe – dans cet ordre précis. Elle adorait cette indifférence, celle du personnel, des clients, de la nourriture.

Tandis qu'Alley mangeait son beignet au sucre glace, puis le mien, nous évoquâmes en riant le gag du dictionnaire, puis parlâmes de Mason Tate et de sa haine pour tout ce qui était bouffi (les soufflés, la royauté, la mauvaise prose). Au moment de partir, Alley se leva et, avec une raideur de pilier de bar, fila droit vers la porte sans montrer le moindre signe qu'elle avait un peu abusé. Nous nous retrouvâmes dans la rue à 19 h 30 à nous féliciter de passer un vendredi soir de plus sans homme. Mais dès qu'elle eut disparu, je retournai dans la cafétéria, entrai dans les toilettes et enfilai ma plus belle robe…

b.)

— Et ça, ça ne serait pas une haie ?

Telle fut la question qu'Helen nous posa deux heures plus tard, tandis que tous les cinq nous cherchions notre chemin dans le noir au milieu d'un parterre de fleurs.

Après une petite tournée au bar du King Cole, Dicky Vanderwhile nous avait entraînés en voiture jusqu'à Oyster Bay avec la promesse d'une fête somptueuse à Whileaway – la maison de vacances d'un ami d'enfance. Comme Roberto lui demandait comment allait Schuyler, Dicky, d'ordinaire si prompt à raconter les dernières frasques des autres, se montra vague, ce qui ne lui ressemblait pas. Et lorsque nous vîmes que les invités étaient accueillis à la porte par un couple d'une trentaine d'année, Dicky proposa que nous ne nous laissions pas coincer dans le couloir. Mentionnant une jolie porte menant au jardin, il nous entraîna vers l'aile de la maison, et là nous nous trouvâmes rapidement les pieds dans les chrysanthèmes.

Nos talons aiguilles s'enfonçaient dans la terre à chaque pas. Je m'arrêtai pour retirer mes chaussures. Vue depuis le jardin, la nuit paraissait étonnamment silencieuse. Pas le moindre rire ni la moindre musique. Mais à travers les fenêtres illuminées de la cuisine, on voyait dix domestiques disposer des hors-d'œuvre chauds ou froids sur des plats, puis les emporter en poussant les portes battantes.

La haie qu'Helen avait repérée dans le noir se dressait à présent devant nous. Dicky passa la main le long des feuillages comme quelqu'un qui cherche le loquet ouvrant la porte secrète d'une bibliothèque. Une fusée tirée d'un jardin voisin siffla, puis explosa.

Roberto, qui avait l'esprit un peu lent, s'exclama, tout content d'avoir enfin compris :

— Dicky, vieux forban ! Je parie que tu ne sais même pas à qui appartient cette maison.

Dicky s'immobilisa, un doigt en l'air.

— Il est plus important de savoir quand et où que de savoir qui et pourquoi.

Puis, tel un explorateur sous les tropiques, il écarta les branches de la haie et passa la tête.

Eurêka.

Traversant la haie derrière Dicky, nous émergeâmes curieusement indemnes sur la pelouse derrière la demeure des Hollingsworth, où la fête battait son plein. Jamais je n'avais rien vu de pareil.

La face arrière de la maison s'étirait devant nous comme un Versailles américain. À travers les délicats croisillons des portes-fenêtres, des lustres et des candélabres jetaient une lumière jaune et chaude. Sur une terrasse en ardoise qui flottait telle une jetée sur une pelouse impeccablement entretenue, quelques centaines de personnes se mêlaient avec grâce, suspendant leur conversation le temps de prendre un des cocktails ou des canapés qui circulaient sur des plateaux tandis qu'un orchestre de vingt musiciens invisible à l'œil nu dérivait lentement vers le détroit de Long Island.

Notre petit équipage escalada le mur de la terrasse et suivit Dicky jusqu'au bar. Ce dernier était aussi grand que ceux qu'on voyait dans les night-clubs et proposait toutes sortes de whiskys, de gins et de liqueurs gaiement colorées. Éclairées par en dessous, les bouteilles ressemblaient aux tuyaux d'un orgue surnaturel.

Lorsque le barman se tourna vers lui, Dicky lui sourit :

— Cinq gin tonics, mon brave.

Puis il s'adossa contre le bar et observa les festivités avec un air satisfait de maître de maison.

Je vis alors que Dicky avait cueilli quelques fleurs dans le jardin et les avait coincées dans la poche de poitrine de son queue-de-pie. À l'instar de Dicky lui-même, le bouquet avait un air coloré, imprudent, légèrement déplacé. La plupart des hommes présents sur la terrasse avaient déjà perdu leurs attributs de jeunes hommes – le rose de leurs joues, la vigueur de leurs cheveux, l'éclat malicieux de leur regard. Les femmes, drapées dans des robes sans manches qui tombaient jusqu'au sol, portaient leurs bijoux avec goût. Tous étaient engagés dans des conversations visiblement aisées et intimes.

— Personnellement, je ne vois personne que je connais, déclara Helen.

Dicky hocha la tête tout en grignotant une tige de céleri.

— Il n'est pas tout à fait exclu que nous nous soyons trompés de fête.

— Alors on est où, d'après toi ? fit Roberto.

— Je tiens de bonne source que l'un des fils Hollingsworth organisait une fiesta. Je suis pratiquement certain que nous sommes chez les Hollingsworth. Et ceci est indubitablement une fiesta.

— Mais ?

— ... J'aurais peut-être dû demander lequel des frères Hollingsworth faisait la fiesta.

— Schuyler est en Europe, non ? demanda Helen, laquelle, sans jamais se fier à sa propre intelligence, semblait toujours avoir quelque chose de sensé à dire.

— Tout s'explique, déclara Dicky. C'est clair. La raison pour laquelle Sky a négligé de nous inviter, c'est qu'il est à l'étranger en ce moment.

Il fit passer les gin tonics.

— Bon. Trinquons à l'orchestre.

Une autre fusée tirée depuis une pelouse voisine siffla puis explosa en un petit nuage d'étincelles. Je laissai le groupe s'éloigner de quelques mètres, puis m'enfonçai dans la foule.

Depuis que j'avais rencontré Dicky au King Cole, j'avais passé quelques soirées à suivre son cirque ambulant. Pour des jeunes gens frais émoulus des meilleures universités du pays, ils étaient étonnamment désœuvrés, sans pour autant être de compagnie désagréable. Ils ne disposaient pas de beaucoup d'argent, n'avaient pas de statut social précis, mais n'allaient pas tarder à acquérir les deux. Pour cela, il leur suffisait de passer les cinq années suivantes en évitant de se noyer dans la mer ou de se retrouver en prison, et alors la montagne viendrait à Mahomet : des actions qui rapporteraient des dividendes, une carte de membre du Racquet Club, une loge à l'Opéra et du temps pour en profiter. Là où, pour beaucoup, New York représentait au final la somme de ce qui leur serait impossible à atteindre, pour ce petit groupe, New York était une ville où l'improbable deviendrait probable, l'incertain certain et l'impossible possible. Donc, si vous ne vouliez pas perdre la tête, il valait mieux savoir garder une distance raisonnable, de temps à autre.

Au passage d'un serveur, j'échangeai mon gin contre une flûte de champagne.

Les portes-fenêtres du grand salon des Hollingsworth étaient toutes ouvertes. Les invités entraient et sortaient, maintenant instinctivement un équilibre constant entre la terrasse et la maison. Je déambulai dans les pièces pour tenter de les jauger comme l'aurait fait Mason Tate. Perchées au bord du canapé tels des corbeaux conspirant sur un fil de téléphone, quatre blondes comparaient leurs impressions. Près d'une table sur laquelle trônaient deux jambons piqués de gousses d'ail, un jeune homme aux épaules larges ignorait la jeune fille qui l'accompagnait. Tandis que devant une pyramide d'oranges et de citrons jaunes ou verts, une jeune fille en tenue de danseuse de flamenco faisait rire deux hommes au point qu'ils en renversaient leur gin. Pour un œil novice, tous semblaient taillés sur le même modèle – tous dotés de cette assurance que confère l'alchimie de la richesse et de la position sociale. Mais les aspirations, la jalousie, la trahison et le désir – cela aussi était affiché, si seulement vous saviez regarder.

Dans la salle de bal, l'orchestre commençait à accélérer le tempo. À un mètre de la trompette, Dicky dansait un jitterbug effréné avec une femme plus âgée. Il avait enlevé sa veste et les pans de sa chemise volaient. L'une des fleurs qu'il avait mises dans sa poche de poitrine se trouvait maintenant coincée derrière son oreille. Tout en le regardant, je me rendis compte de la présence de quelqu'un qui se tenait derrière moi comme un domestique docile. Vidant mon verre, je me tournai en tendant le bras.

— Katey ?

(Silence.)

— Wallace !

Il parut soulagé que je le reconnaisse. Même si, étant donné la mine préoccupée qu'il avait eue au Beresford, je trouvais plus étonnant encore que lui me reconnaisse.

— Vous allez bien de...puis l'autre jour ? me demanda-t-il.

— Ça va. Pas grand-chose de neuf.

— Ça me fait vraiment plai...sir de tomber sur vous. J'avais l'in...tention de vous appeler.

La chanson approchait de sa fin et je voyais Dicky se préparer à finir en beauté – en renversant la dame comme une théière.

— C'est un peu bruyant ici, dis-je. Et si on allait dehors ?

Dans le patio, Wallace attrapa deux flûtes de champagne et m'en tendit une. Un long silence se fit tandis que nous observions les festivités.

— C'est une sacrée bringue, dis-je enfin.

— Oh, vous n'a…vez rien vu. Les Hollingsworth ont quatre fils. L'été, chacun a le droit… d'organiser sa propre fête. Mais le week-end du Labor Day[1], ils se déchaînent et in…vitent tout le monde.

— Je ne suis pas sûre de faire partie de ce monde-là. Je serais plutôt du genre à n'appartenir à aucun monde.

Wallace m'adressa un sourire qui démentait mon affirmation.

— Si jamais vous vou…lez échanger votre place, prévenez-moi.

Au premier abord, Wallace m'avait paru un peu mal à l'aise en queue-de-pie, comme quelqu'un qui aurait des vêtements d'emprunt. Mais à y regarder de plus près, on voyait qu'il portait du sur-mesure, et que les perles noires de ses boutons de manchettes devaient être dans la famille depuis deux ou trois générations.

Un nouveau silence se fit.

— Alors comme ça vous vouliez m'appeler ? dis-je pour relancer la conversation.

1. La fête du Travail, qui aux États-Unis se fête le premier lundi de septembre et est un jour férié.

— Tout à fait. Je vous ai fait une… promesse en mars. Je tenais à la respecter.

— Wallace, si vous voulez vraiment tenir une promesse qui remonte à aussi loin, j'espère qu'elle en vaut la peine.

— Ça alors ! Wally Wolcott !

Nous venions d'être interrompus par un ancien condisciple de l'école de commerce de Wallace qui travaillait également dans l'industrie du papier. Lorsque la conversation passa des connaissances communes à l'Anschluss et à ses conséquences sur le prix de la pâte à papier, je me dis que le moment était venu d'aller me repoudrer le nez. Je ne m'étais pas absentée plus de dix minutes, mais quand je revins, le fabricant de papier avait été remplacé par l'une des blondes du canapé.

Cela n'aurait pas dû me surprendre. Wallace Wolcott était forcément dans la ligne de mire de toute demoiselle de la bonne société qui n'avait pas encore la bague au doigt. La plupart des jeunes femmes valides de New York connaissaient sa valeur nette et le nom de ses sœurs. Les plus industrieuses connaissaient également le nom de ses chiens de chasse.

La blonde, qui avait passé l'âge d'être une *débutante*, portait une hermine qui n'était plus vraiment de saison et des gants moulants qui lui montaient jusqu'aux coudes. En m'approchant, je constatai que sa diction était presque aussi impeccable que sa silhouette. Pour autant, elle ne se conformait pas à une réserve de grande dame. Pendant que Wallace parlait, elle but carrément dans son verre, puis le lui rendit.

Elle avait préparé son sujet :

— On me dit que la cuisinière de votre plantation est la reine du Hush Puppy[1].

— Eh oui ! répondit Wallace avec enthousiasme. Sa recette est un secret… jalousement gardé. Conser… vé au coffre-fort.

Chaque fois que Wallace s'arrêtait au milieu d'une phrase, elle plissait le nez et souriait, comme si c'était vraiment, vraiment trop attendrissant. Certes, c'était attendrissant. Mais elle n'était pas obligée d'en faire tout un fromage. Je décidai donc de m'immiscer dans leur petit tête-à-tête :

— Désolée de vous interrompre, dis-je en glissant un bras sous celui de Wallace. Vous vouliez me montrer la bibliothèque, non ?

Elle ne cilla pas.

— C'est une pièce magnifique, dit-elle pour étaler sa familiarité avec la demeure des Hollingsworth. Mais vous n'allez tout de même pas y aller maintenant, pile au moment où le feu d'artifice va commencer.

Avant que je ne puisse protester, un mouvement général se fit en direction du rivage. Il devait y avoir une centaine de personnes sur le ponton quand nous arrivâmes. Quelques couples éméchés s'étaient installés dans les petits catboats des Hollingsworth et avaient largué les amarres. D'autres personnes arrivaient derrière nous, nous poussant vers le plongeoir.

Tirée d'un radeau flottant au large, la première fusée s'éleva dans un bruit assourdissant qui tenait davantage de la grosse artillerie que du sifflement aigrelet ayant accompagné les pétards tirés du jardin

1. Hush Puppy : sorte de beignet, spécialité culinaire du Sud.

voisin. La fusée traîna un long ruban de fumée, parut sur le point d'expirer, puis explosa en formant une sphère blanche de plus en plus grande. Alors ses étincelles se dispersèrent, tombant vers le sol comme les graines d'un pissenlit. Tout le monde applaudit. Ensuite, il y eut pratiquement coup sur coup quatre fusées qui dessinèrent une chaîne d'étoiles rouges se terminant dans un claquement sec et impressionnant. D'autres personnes avaient afflué vers le ponton. M'étais-je un peu trop collée à ma voisine ? Toujours est-il qu'elle tomba à la baille, avec son hermine et tout le tralala. Une autre fusée explosa dans le ciel. Haletante, battant des bras dans la lumière bleu hortensia, les cheveux emmêlés, la blonde remonta à la surface transformée en comtesse de Saint-Algue.

Dicky me retrouva sur la terrasse, que tout le monde regagnait après le feu d'artifice. Bien entendu, il connaissait Wallace – mais indirectement, par l'intermédiaire de sa plus jeune sœur. La différence d'âge parut avoir un effet modérateur sur lui. Lorsque Wallace lui demanda ce qu'il voulait faire, il baissa la voix d'une octave et parla de s'inscrire en droit – rien que ça ! Wallace prit poliment congé, et Dicky m'amena au bar, où les autres attendaient. Dans l'intervalle, Roberto avait vomi dans les buissons, poussant Helen à se dire qu'il était peut-être temps de rentrer.

Nous étions sortis de Manhattan par Williamsburg Bridge. Au retour, Dicky prit Triborough Bridge. Cela lui permettrait de déposer tout le monde avant moi. Rapidement, il n'y eut plus que nous deux dans la voiture.

— Terre ! Terre ! s'exclama-t-il au moment où nous approchions du Plaza. Un dernier petit verre ?

— J'ai eu mon compte, Dicky.

Voyant qu'il était déçu, j'ajoutai que je travaillais le lendemain.

— Mais c'est samedi.

— Pas là où je travaille.

Arrivé devant chez moi, il prit un air abattu.

— On n'a pas eu l'occasion de danser ensemble, dit-il.

Sa voix contenait une note de résignation, comme si la distraction et une certaine dose de malchance lui avaient fait manquer une occasion qui ne se représenterait peut-être pas. Je ne pus m'empêcher de sourire devant sa tristesse de petit garçon. Même si, bien sûr, il était plus subtil que je voulais le croire, et surtout plus prescient.

Je serrai son avant-bras pour le rassurer.

— Bonne nuit, Dicky.

Au moment où je sortais de la voiture, il me rattrapa par le poignet.

— *Quand serons-nous réunis ? Par tonnerre, éclair ou pluie*[1] ?

Me penchant vers le siège conducteur, je posai mes lèvres contre son oreille.

— *Quand cessera le tohu-bohu. Quand la victoire sera perdue.*

1. Macbeth, Acte I, scène 1 : *When shall we two meet again? In thunder, lightning, or in rain? When the hurlyburly's done. When the battle's lost and won.*

14

Le bridge lune-de-miel

Le dimanche après-midi, Wallace et moi prîmes la route vers la pointe nord de Long Island dans une décapotable vert foncé.

La promesse qu'il tenait à exécuter consistait à m'emmener à la chasse, ce qui en effet valait la peine, même s'il lui avait fallu du temps pour passer à l'action. Comme je lui demandais ce qu'il me conseillait de porter, il me suggéra quelque chose de confortable. J'optai donc pour le genre de vêtements qu'Anne Grandyn aurait à mon avis choisis : un pantalon en toile et une chemise blanche aux manches remontées. Si l'ensemble ne constituait pas une tenue de tireuse convaincante, il pourrait toujours m'aider à ressembler à cette aviatrice, Amelia Earhart, qui s'était perdue en survolant le désert et qu'on n'avait plus jamais revue. Quant à Wallace, il portait un pull à col en V avec une bordure jaune et des trous dans les manches.

— Je trouve votre… coiffure très bien, dit-il.

— Très bien ? Pas plus ?

— Désolé, mais c'est un com…pliment, non ?

— C'est un début. Mais j'aime bien aussi élégante et glamour.

— Disons alors élé…gante.

— Parfait !

C'était une journée d'été ensoleillée. Sur la suggestion de Wallace, je pris une paire de lunettes noires dans la boîte à gants. M'enfonçant dans mon siège, je me plongeai dans la contemplation de la lumière du soleil ourlant les feuilles des arbres au-dessus de nos têtes. J'avais l'impression d'être un mélange de reine égyptienne et de starlette d'Hollywood.

— Vous avez eu des nou…velles de Tinker et d'Eve ? me demanda Wallace.

Le genre de sujet commun utilisé par de vagues connaissances pour lutter contre le silence.

— Je vais être franche, Wallace. Si vous ne ressentez pas le besoin de parler de Tinker et d'Eve, je m'en passerai.

Wallace éclata de rire.

— Alors, comment jus…tifier que nous nous connaissons ?

— On dira que vous m'avez surprise en train de vous faire les poches au dernier étage de l'Empire State Building.

— OK, mais à condition que ça soit vous qui… m'ayez surpris la main dans le sac.

Le club de tir de Wallace avait un aspect étonnamment délabré. Sur le devant, un portique bas et des colonnes blanches toutes fines évoquaient une mauvaise imitation de la demeure d'un planteur du Sud. À l'intérieur, les lames du parquet étaient irrégulières, les tapis fatigués, et les gravures Audubon accrochées un peu de travers, comme sous l'effet d'un léger tremblement de terre. Pourtant, la dégradation des lieux paraissait mettre Wallace à l'aise, tout autant que son pull rongé par les mites.

Derrière un minuscule bureau placé près d'un trophée impressionnant était assis un réceptionniste bien coiffé en polo et pantalon.

— Bonjour, Mr Wolcott, dit-il. Tout est prêt pour vous en bas. Nous avons sorti la Remington, le Colt et le Luger. Mais comme nous avons reçu un Browning automatique hier, je me suis dit que vous aimeriez y jeter un coup d'œil.

— Parfait, John. Merci.

Wallace m'emmena au sous-sol, où je découvris des allées étroites séparées les unes des autres par des cloisons en bardeaux blancs. Au bout de chaque allée, une cible en papier était accrochée à un ballot de paille. Debout près d'une petite table, un jeune homme chargeait les armes.

— C'est bon, Tony. Je vais m'en occu...per. On se retrouve près de l'étang des truites.

— Bien, Mr Wolcott.

J'étais restée à distance respectueuse. Wallace se retourna et sourit.

— Vous pouvez vous appro...cher, vous savez.

Tony avait posé les armes leurs canons pointés dans la même direction. Avec sa finition en argent poli et sa crosse en ivoire, le revolver avait des airs d'arme de fantaisie, tandis que les autres étaient d'un gris sérieux. Wallace désigna la plus petite des deux carabines.

— Ça, c'est une Re…mington Model 8. Une arme précise. Celui-là, c'est un Colt 45. Et là, vous avez un… Luger. Une arme d'officier allemand. Mon père l'a… rapportée de la guerre.

— Et celui-ci ?

J'avais pris le gros fusil. Il était si lourd que j'avais mal aux poignets rien qu'en le tenant en l'air.

— C'est le Browning. Une mitrailleuse. L'arme utilisée par… Bonnie et Clyde.

— Vraiment ?

— C'est aussi l'arme qui les a tués.

Je posai le fusil avec précaution.

— On commence avec la Remington ? proposa Wallace.

— Bien, Mr Wolcott.

Nous nous approchâmes de l'une des allées. Wallace ouvrit la carabine et la chargea. Puis il m'expliqua les différentes parties de l'arme : le levier d'armement, le canon et la bouche, la lunette de visée. Il dut me trouver un air perplexe.

— Ça paraît plus compliqué… que ça n'est, dit-il. La Remington n'est composée que de… quatorze éléments.

— Un batteur à œufs n'en a que quatre. Mais ça non plus, je n'ai jamais réussi à comprendre comment ça marche.

— Je vois, dit-il en souriant. Alors regardez-moi bien. Il faut plaquer la crosse contre votre é…paule, comme un violon. Vous tenez le canon avec votre main gauche, comme ceci. Ne serrez pas. Laissez-le re…poser sur votre main. Placez vos pieds comme ceci. Visez. Inspirez. Soufflez.

Pan !

Je sursautai. Sans doute en poussant un cri.

— Désolé, dit Wallace. Je ne voulais pas… vous faire peur.

— Je croyais que nous étions encore dans la phase discussion.

Wallace éclata de rire.

— Non. La phase discussion… est terminée.

Il me tendit la carabine. Tout d'un coup, l'allée me parut beaucoup plus longue, comme si la cible reculait. J'eus l'impression d'être Alice quand elle a bu la potion qui fait rapetisser. Je levai l'arme comme si c'était un saumon congelé et la coinçai contre mon épaule à la façon d'une pastèque. Wallace s'approcha et tenta de me montrer comment faire, sans grand succès.

— Je suis désolé, expliqua-t-il. C'est un peu comme quand on veut apprendre à quelqu'un à faire un nœud pa…pillon. C'est plus facile si je… Vous per…mettez ?

— Faites !

Il remonta les manches de son pull et, se plaçant derrière moi, plaqua son bras droit contre mon bras droit et son bras gauche contre mon bras gauche. Je sentais son souffle, régulier et bien marqué, derrière mon oreille. D'une voix basse, comme si des biches broutaient au bout de l'allée, il me prodigua quelques conseils et encouragements. Nous stabilisâmes le canon. Nous visâmes la cible. Nous inspirâmes, puis expirâmes. Et lorsque nous appuyâmes sur la gâchette, je sentis son épaule aider la mienne à absorber le recul.

Il me laissa tirer quinze fois. Puis nous passâmes au Colt. Et au Luger. Ensuite, nous prîmes le Browning automatique, ce qui me fournit l'occasion de montrer à ces salauds qui avaient tué Clyde Barrow de quel bois je me chauffais.

Vers 16 heures, nous traversâmes la pinède qui se trouvait derrière le club. Au moment où nous arrivions dans une clairière au bord de l'étang, une femme de mon âge s'avança vers nous d'un pas énergique. Elle portait un jodhpur et des bottes d'équitation et avait attaché ses cheveux blonds avec des barrettes. Une carabine ouverte pendait au creux de son bras.

— Tiens tiens... Bonjour, Œil-de-Faucon, dit-elle avec un sourire canaille. Je ne te surprends pas en plein rendez-vous galant, j'espère.

Wallace rougit légèrement.

— Bitsy Houghton, dit la jeune femme en me tendant la main – histoire de déclarer son existence plus que de décliner son identité.

— Katey Kontent, dis-je en redressant les épaules.

— Jack est ici ? demanda Wallace après avoir maladroitement embrassé Bitsy sur la joue.

— Non, il est en ville. Je passais dans le coin et je me suis dit que c'était l'occasion de faire quelques cartons. Histoire de ne pas perdre la main. Tout le monde n'a pas ton talent inné.

Wallace rougit à nouveau. Bitsy parut ne pas le remarquer. Elle se tourna vers moi.

— Vous m'avez l'air d'une débutante.

— Ça se voit tant que ça ?

— Bien sûr. Mais avec ce vieil Indien, vous êtes entre de bonnes mains. Et c'est une journée idéale pour tirer. Bref. Je file. Ravie d'avoir fait votre connaissance, Katey. À une autre fois, Wally.

Elle lui adressa un clin d'œil taquin et s'éloigna aussi rapidement qu'elle était arrivée.

— Waouh ! dis-je.

— Eh oui, dit Wallace en la regardant s'éloigner.

— C'est une vieille amie ?

— Son frère et moi on se connaît de...puis qu'on est gamins. Elle était tou...jours accrochée à nos basques.

— Plus maintenant, j'imagine.

— Non, répondit Wallace avec une sorte de petit rire. Plus depuis longtemps.

L'étang, entouré d'arbres, occupait à peu près la surface d'un demi-immeuble. Des plaques d'algues dérivaient comme des continents sur la surface du globe. Nous passâmes un petit ponton où était amarrée une barque et suivîmes un chemin qui menait à un petit pupitre en bois caché par les arbres. Tony nous accueillit, échangea quelques mots avec Wallace, puis disparut derrière les arbres. Sur un banc, il y avait un autre fusil rangé dans un sac en toile.

— Ça, c'est un fusil de chasse, m'expliqua Wallace. Sa charge... est plus grosse. Vous le sentirez da...vantage.

Le canon du fusil était décoré de motifs compliqués, comme de l'argenterie victorienne. Et la crosse paraissait aussi fine que le pied d'un meuble style

Chippendale. Wallace prit le fusil et m'expliqua d'où viendrait le pigeon d'argile et comment je devais le suivre avec le bout du canon et viser juste devant sa trajectoire. Puis il cala la crosse contre son épaule.

Pull !

Surgissant d'un buisson, le pigeon plana quelques instants au-dessus de l'étang.

Pan !

Il se fracassa, et une pluie de morceaux tomba dans l'eau comme les étincelles du feu d'artifice à Whileaway.

Je loupai les trois premiers pigeons, mais finis par prendre le coup de main. Sur les six suivants, j'en touchai quatre.

Là-bas au stand de tir, le son de la Remington m'avait paru quelque peu contraint, sec, confiné. Il vous mettait les nerfs à vif, comme le choc d'une dent sur la lame d'un couteau. Ici par contre, au bord de l'étang, le fusil de chasse faisait un *pan !* retentissant qui tonnait comme un coup de canon et résonnait pendant plusieurs secondes. On aurait dit qu'il donnait à l'air sa consistance, ou plutôt qu'il en révélait l'architecture cachée mais toujours présente – cette cathédrale invisible dont les voûtes enjambaient l'étang – connue des hirondelles et des libellules mais invisible à l'œil humain.

Comparé à la carabine, le fusil de chasse vous donnait davantage l'impression d'être un prolongement de votre corps. Au stand, lorsque la balle tirée par la Remington traversait le centre de la cible tout au bout de l'allée, le son paraissait indépendant de la pression de votre doigt sur la détente. Mais quand le pigeon d'argile se fracassait, il ne faisait pas de doute que c'était vous qui l'aviez voulu. Installé derrière le pupitre, scrutant le ciel au-dessus du canon du fusil, vous étiez tout d'un coup investi du pouvoir de la Gorgone – de la capacité à influer sur la matière à distance rien qu'en posant votre regard dessus. Et ce sentiment ne se volatilisait pas avec la détonation. Il pénétrait vos membres et affûtait vos sens, ajoutant une certaine assurance à votre allure, ou une certaine allure à votre assurance. Bref, l'espace d'une ou deux minutes, vous aviez l'impression d'être une Bitsy Houghton.

Si seulement quelqu'un m'avait parlé de l'effet miracle des fusils, j'aurais passé ma vie à tirer.

En guise de dîner, nous mangeâmes des sandwiches sur une terrasse surplombant un marais salant. Hormis quelques hommes installés çà et là autour des tables en fer forgé, l'endroit était vide. Dépourvu de toute sophistication, il n'était pourtant pas sans charme.

— Vous prendrez quelque chose à boire avec vos sandwiches, Mr Wolcott ? demanda le jeune serveur.

— Juste du thé glacé, Wilbur. Mais si vous voulez, Katey, vous… pouvez prendre un cocktail.

— Un thé glacé m'ira très bien.

Le serveur retourna au club-house en slalomant entre les tables.

— Dites-moi, Wallace, vous connaissez le prénom de tout le monde ?

— Comment ça, le pré…nom de tout le monde ?

— Celui du réceptionniste, du type au stand, du serveur…

— Vous trouvez… ça étrange ?

— Mon facteur vient deux fois par jour et je ne sais pas son prénom.

Wallace parut intimidé.

— Le mien s'appelle Tho…mas.

— Visiblement, je devrais être plus attentive aux gens.

— Je suis certain que vous l'êtes.

Tout en polissant distraitement sa cuillère avec sa serviette, Wallace observait autour de lui. Son regard était serein. Il reposa sa cuillère.

— Dites-moi, ça ne vous dérange… pas de dîner dans cet endroit ?

— Pas du tout.

— Ça fait partie du plaisir qu'il y a à être ici. Comme quand j'étais petit et qu'on passait Noël dans notre camp des Adirondacks. Lorsque le lac était gelé, on faisait du patin à glace l'après-midi, et ensuite le gardien, un vieux Dublinois, nous servait du chocolat… dans un broc en zinc. Mes sœurs s'installaient au coin du feu dans le salon. Mais avec mon grand-père, on allait s'asseoir sur des grands fauteuils à bascule dans la véranda et on regardait la nuit tomber.

Il se tut un instant et contempla le marais salant, comme s'il fouillait dans sa mémoire à la recherche d'un détail.

— Le chocolat était si chaud que lorsqu'on sortait dans l'air froid, une peau se formait à la surface. Elle était légèrement plus foncée que le chocolat et se soulevait d'une seule pièce quand on posait le doigt dessus…

Il fit un geste embrassant la terrasse tout entière.

— Ce chocolat, c'était un peu comme ici.

— Une petite récompense bien méritée ?

— Tout à fait. Ça peut paraître idiot.

— Pas pour moi.

Les sandwiches arrivèrent. Nous mangeâmes en silence. Je commençais à comprendre qu'avec Wallace il n'y avait pas de silences gênants. Il se sentait étrangement à l'aise lorsqu'il n'était pas nécessaire de parler. De temps en temps, des canards passaient au-dessus des arbres et se posaient sur le marais en battant des ailes et en tendant les pattes.

Peut-être Wallace se sentait-il détendu dans ce club-house un peu miteux – après avoir démontré sa maîtrise des armes à feu et gagné son thé glacé. Ou peut-être était-ce le souvenir de son grand-père et des crépuscules des Adirondacks. Peut-être se sentait-il à l'aise avec moi. Quelle qu'en soit la raison, son bégaiement avait pratiquement disparu.

De retour à Manhattan, alors que nous quittions le garage de Wallace et que je le remerciais pour cet après-midi fantastique, il hésita. Je pense qu'il se demandait si oui ou non il allait me proposer de monter chez lui. Toujours est-il qu'il n'en fit rien. Il se disait peut-être qu'il risquait de gâcher cette journée. Il m'embrassa sur la joue comme l'ami d'un ami. Nous nous dîmes au revoir et il commença à s'éloigner.

— Au fait, Wallace…

Il se retourna.

— C'était quoi, le nom du vieil Irlandais ? Celui qui vous servait du chocolat chaud.

— Fallon, dit-il en souriant. *Mr* Fallon.

Le lendemain, j'achetai dans un petit magasin de Bleecker Street une carte postale d'Annie Oakley en grande tenue de reine de la gâchette – avec la chemise en daim, les bottes à franges et deux six-coups à crosses nacrées. Au verso, j'écrivis : *Merci, chef.* Le jeudi, je reçus par le courrier de l'après-midi un message disant : *Rendez-vous demain sur les marches du Metropolitan Museum à midi sonnant.* C'était signé *Wyatt Earp.*

Vêtu d'un costume gris pâle sur lequel se découpait le carré blanc d'un mouchoir en coton placé dans sa poche de poitrine, Wallace monta les marches du musée en sautillant.

— J'espère que vous n'avez pas l'intention de me séduire en m'emmenant voir des tableaux, dis-je.

— Pas de danger ! Je ne sau…rais pas par où commencer.

Et il m'entraîna vers la collection d'armes du musée.

Épaule contre épaule, nous passâmes d'une vitrine à l'autre dans la pénombre des salles. Naturellement, les armes exposées étaient plus célèbres pour leur design ou leur provenance que pour leur puissance de feu. Elles étaient souvent délicatement sculptées ou fabriquées dans des métaux précieux. On en venait presque à oublier qu'elles étaient conçues pour tuer. Wallace devait savoir tout ce qu'il y avait à savoir sur les armes, mais il n'en fit pas étalage. Il me raconta quelques secrets excitants et deux ou trois anecdotes, puis proposa d'aller déjeuner pile cinq minutes avant que la nouveauté de l'expérience ne s'érode.

Lorsque nous sortîmes du musée, la Bentley marron attendait au pied des marches.

— Bonjour, Michael, dis-je en me félicitant de me souvenir de son prénom.

— Bonjour, miss Kontent.

Une fois dans la voiture, Wallace me demanda où j'aimerais déjeuner. Je lui suggérai de me traiter comme une provinciale et de m'emmener dans son restaurant préféré. C'est ainsi que nous allâmes au Park, situé au rez-de-chaussée d'un immeuble de bureaux en plein Manhattan. L'endroit était moderne, avec des plafonds hauts et des murs nus. La plupart des tables étaient occupées par des hommes en costume.

— Votre bureau est dans le coin ? demandai-je innocemment.

Wallace eut l'air gêné.

— Oui, dans cet immeuble.

— Vous en avez de la chance, que votre restaurant préféré se trouve dans le même immeuble que votre bureau !

Nous commandâmes des martinis à un serveur qui répondait au nom de Mitchell et examinâmes le menu. En entrée, Wallace prit un aspic, et moi la salade maison – un superbe mélange de verdure glacée, de fromage bleu bien frais et de bacon rouge et tiède. Si j'avais été un pays, j'en aurais fait mon drapeau.

Tandis que nous attendions nos soles, Wallace se mit à dessiner un cercle sur la nappe avec sa cuillère à dessert. Je remarquai sa montre-bracelet pour la première fois. Les chiffres étaient blancs sur fond noir, contrairement à l'habitude.

— Désolé, dit-il en posant sa cuillère. C'est une vieille manie.

— En fait, j'admirais votre montre.

— Oh, c'est u...ne montre d'officier. Le cadran est noir pour être moins susceptible d'atti...rer le feu ennemi la nuit. Cette montre appartenait... à mon père.

Il resta un instant silencieux. J'allais lui poser une question sur son père lorsqu'un homme grand au crâne dégarni s'approcha de notre table. Wallace recula sa chaise et se leva.

— Avery !

— Wallace, dit le monsieur d'une voix cordiale.

Wallace me présenta, puis le monsieur demanda si je pouvais lui prêter Wallace un instant. Il l'emmena à sa table, où un autre monsieur attendait. Leur attitude à tous les deux montrait clairement qu'ils cherchaient à se faire conseiller par Wallace. Lorsqu'ils eurent fini de parler, Wallace posa quelques questions, avant de faire des observations. On voyait que là aussi son bégaiement avait disparu.

Au moment où j'avais regardé la montre de Wallace, il était presque 14 heures. Alley avait accepté de me couvrir jusqu'à notre réunion de 15 heures avec Mr Tate. Si je sautais le dessert, il me resterait encore suffisamment de temps pour rentrer en taxi et enfiler une jupe plus longue.

— Voilà qui m'a tout l'air d'un petit rendez-vous intime !

Laissant son fusil de chasse et son cheval au vestiaire, Bitsy Houghton s'était glissée sur la chaise de Wallace.

— Nous avons une minute, pas plus, Kate, dit-elle avec un air de conspiratrice. Alors allons droit au but. Comment avez-vous connu Wallace ?

— Par l'intermédiaire de Tinker Grey.

— Le beau banquier ? Celui qui a eu un accident de voiture avec sa petite amie ?

— Oui. Elle, c'est une vieille copine. En fait, nous étions tous les trois dans le véhicule.

Bitsy eut l'air impressionnée.

— Je n'ai jamais eu d'accident de voiture.

À sa façon de dire cela, on avait l'impression qu'elle avait connu toutes sortes d'accidents – d'avion, de moto, de sous-marin.

— Dites-moi, poursuivit-elle, votre amie est-elle aussi ambitieuse que le disent les autres filles ?

(Aussi ambitieuse que le disent les autres filles ?)

— Pas plus que les autres. En revanche, elle a du cran.

— Raison de plus pour qu'elles la détestent. Bref. Je suis encore plus allergique aux personnes indiscrètes qu'aux chats, mais j'aimerais vous donner un petit conseil.

— Faites.

— Wally est mille fois plus impressionnant que le mont Rushmore, et mille fois plus timide. N'attendez pas que ce soit lui qui se décide à vous rouler un patin.

Sur quoi, sans me donner le temps de répondre, elle s'éloigna.

Le lendemain soir, alors que je me contrais sur du cœur, on frappa à la porte. C'était Wallace, avec une bouteille de vin dans une main et un attaché-case dans l'autre. Il sortait, m'expliqua-t-il, d'un dîner avec son notaire dans le quartier – une explication supposant une définition assez large du terme « quartier ». Je fermai la porte et nous partageâmes l'un de ces silences wallaciens qui étaient tout sauf gênés.

— Vous avez beau…coup de livres, dit-il au bout d'un moment.

— C'est une maladie.

— Vous vous fai…tes soigner ?

— Je crains que ce soit incurable.

Il posa son attaché-case sur le fauteuil de mon père et commença à faire le tour de la pièce, la tête légèrement penchée.

— Ils sont rangés selon le sys…tème décimal de Dewey ?

— Non. Mais le principe est le même. Ici, vous avez les romanciers britanniques. Les Français sont dans la cuisine. Homère, Virgile et les autres épopées sont là-bas, près de la baignoire.

Wallace s'aventura vers l'une des fenêtres et prit *Feuilles d'herbe* sur une pile vacillante.

— Je suppose que les transcendan…talistes ont besoin de la lumière du soleil.

— Exactement.

— Vous les arrosez souvent ?

— Pas autant qu'on pourrait le croire. Par contre, il faut souvent les tailler.

Il tendit le bras vers une pile de bouquins sous le lit.

— Et les cham…pignons ?

— Ce sont les Russes.

— Ah.

Wallace reposa délicatement Whitman sur son perchoir. Il s'approcha de la table de bridge et en fit le tour comme on tourne autour d'une maquette.

— Qui gagne ?

— Pas moi.

Wallace prit la chaise en face du mort. J'attrapai la bouteille.

— Vous restez prendre un verre ?

— J'aimerais… beaucoup.

Le vin était plus âgé que moi. Lorsque je revins à la table, Wallace avait pris les cartes de Sud et les réorganisait.

— On a ou…vert sur quoi ?

— Sur quatre cœurs.

— Quelqu'un a contré ?

Je lui pris les cartes des mains et ramassai les autres. Nous restâmes assis sans rien dire une minute. Il but son verre d'un trait. Sentant qu'il était sur le point de partir, je cherchai quelque chose de captivant à dire.

— Au fait, fit-il, vous savez jouer au bridge lune-de-miel ?

C'était un petit jeu ingénieux. Wallace y jouait avec son grand-père au camp des Adirondacks les jours de pluie. Les règles sont simples : vous placez le paquet de cartes mélangées sur la table. Votre adversaire pioche la première carte. Il peut alors la conserver, regarder la deuxième et la poser à côté du paquet, face cachée ; ou bien poser la première et garder la deuxième. Ensuite, c'est à votre tour. Et ainsi de suite jusqu'à ce qu'il n'y ait plus de cartes. Vous vous retrouvez alors chacun avec treize cartes, après en avoir posé treize – ce qui crée un équilibre insolite et élégant entre volonté et hasard.

Tout en jouant, nous parlâmes de Clark Gable et de Claudette Colbert, des Dodgers et des Yankees. Nous eûmes de nombreux fous rires. Après avoir fait un petit chelem avec le pique, je décidai de suivre le conseil de Bitsy et me penchai pour embrasser Wallace sur la bouche. Hélas, il s'apprêtait à dire quelque chose, et nos dents s'entrechoquèrent. Je me redressai au moment où il essayait de passer le bras autour de mes épaules, si bien qu'il faillit tomber de sa chaise.

Nous nous esclaffâmes et nous rassîmes. Parce que d'une certaine manière, nous comprenions tout d'un coup où nous en étions. Depuis la journée au club de tir, une petite incertitude avait vibré entre nous. Une espèce de réaction chimique inaboutie, imprécise. Jusqu'à maintenant.

Peut-être était-ce parce que nous nous sentions bien ensemble sans avoir besoin de faire d'efforts. Ou parce que, de toute évidence, il était amoureux de Bitsy Houghton depuis son enfance (Cupidon s'amusant comme d'habitude à compliquer les choses). Quoi qu'il en soit, nous savions que les sentiments que nous éprouvions l'un pour l'autre n'avaient pas de caractère urgent, passionné ou soupçonneux. Ils étaient amicaux, sincères et affectueux.

Comme le bridge lune-de-miel.

Cet interlude romantique que nous jouions, ce n'était pas l'Amour avec un grand A – c'était une version modifiée. Une version inventée pour deux amis afin qu'ils puissent s'entraîner un peu et passer un bon moment en attendant que leur train arrive.

15

La recherche de la perfection

26 août. 35°. Comme par un fait exprès, les parois de verre du bureau de Mason Tate étaient suffisamment épaisses pour qu'on puisse l'entendre se fâcher sans profiter des détails. À ce moment précis, il articulait quelques amabilités à l'encontre de Vitters, le photographe, tout en pointant un doigt impérieux vers le New Jersey.

Vu de loin, Mason pouvait paraître insupportable. Certes, il avait pour son petit magazine glamour un attachement a priori irrationnel. *Cette rumeur est trop évidente. Ce bleu trop profond. Cette virgule placée trop tôt. Ce point-virgule trop tard.* Mais c'était précisément cette précision maniaque qui nous motivait tous.

Avec Tate à la barre, notre travail pour *Gotham* n'était pas une inutile bataille agraire contre les saisons qui verrait le fruit de nos efforts soumis aux aléas du temps et de la météo ; ce n'était pas le labeur monotone de la couturière d'atelier faisant indéfiniment le même ourlet jusqu'à ce que son cerveau soit aussi troué que de la dentelle ; ce n'était pas non plus la vie du marin exposé aux éléments des années durant et rentrant chez lui tel Ulysse, vieilli, affaibli, presque oublié – reconnu seulement par son chien. Non, notre travail, c'était celui du démolisseur. Après avoir soigneusement étudié l'architecture d'un bâtiment, nous devions placer autour de ses fondations des charges programmées pour exploser dans une séquence orchestrée afin que le bâtiment s'écroule sous le poids de sa propre infrastructure – inspirant aux badauds un respect mêlé de crainte tout en faisant de la place pour quelque chose de nouveau.

Par contre, en échange de ce sentiment d'être investi d'une mission, nous n'avions pas le droit de lâcher le volant, sous peine de nous faire taper sur les doigts avec une règle.

Tandis que Vitters regagnait sa chambre noire au trot, Tate m'appela en appuyant deux fois sur sa sonnette : *Kontent ! Au pied !* Je lissai ma jupe et pris un bloc sténo. Tate, qui se tenait près de la table à dessin, se tourna, l'air particulièrement impérieux.

— La couleur de ma cravate est-elle plus plaisante à l'œil que d'habitude ?

— Non, Mr Tate.

— Et ma nouvelle coupe de cheveux. Est-elle plus encourageante ?

— Non, monsieur.

— Y a-t-il quelque chose en moi aujourd'hui laissant entendre que j'ai, davantage qu'hier, besoin d'un avis que je n'ai pas sollicité ?

— Pas le moins du monde.

— Eh bien, vous m'en voyez soulagé.

Il se tourna vers la table à dessin et s'appuya dessus des deux bras. Y étaient posés dix portraits de Bette Davis pris sur le vif : Bette au restaurant, Bette à un match des Yankees, Bette se promenant sur 5th Avenue dans une tenue à faire honte aux vitrines des magasins. Il sélectionna quatre clichés pris à quelques minutes d'intervalle. On y voyait Bette, son mari et un jeune couple dans un restaurant. Sur la table, des cendriers pleins et des verres vides. Ne restait pour toute nourriture qu'une tranche de gâteau décorée d'une bougie dans l'assiette de la starlette.

Tate fit un geste en direction des photos.

— Laquelle préférez-vous ?

Sur l'une, Vitters avait fait des traits pour proposer un nouveau cadrage. On y voyait la bougie allumée et les deux couples souriant au photographe comme des fumeurs sur une affiche publicitaire. Mais sur un cliché pris plus tard dans la soirée, Bette offrait la dernière bouchée de son gâteau au jeune homme, dont l'épouse observait la scène avec des yeux de harpie.

Ce fut celle-ci que je choisis.

Mr Tate secoua la tête, l'air désolé.

— C'est bizarre, la photographie, n'est-ce pas ? C'est une technique totalement fondée sur l'instant. Si vous laissez l'objectif ouvert ne serait-ce que quelques secondes, l'image devient noire. Nous concevons notre vie comme une suite d'actions, une accumulation de faits, une articulation fluide entre style et opinion. Pourtant, en un centième de seconde, une photo peut tout ravager.

Il consulta sa montre et me fit signe de m'asseoir.

— J'ai dix minutes. Je vais vous dicter une lettre.

Elle était adressée à l'agent de Bette Davis. Mr Tate y exprimait son respect pour l'actrice, son affection pour son mari et se réjouissait pour eux de ce charmant dîner d'anniversaire au El Morocco. Après quelques mots sur des négociations à venir au sujet d'un contrat avec la Warner Brothers et une parenthèse à propos de cette petite station balnéaire où Tate pensait avoir vu Bette Davis hors saison, il sollicitait une interview. Il me dit de laisser la lettre sur son bureau, prit son attaché-case et partit s'offrir des vacances que visiblement personne d'autre que lui n'avait méritées. Peut-être était-il encore fâché contre Vitters, peut-être était-ce notre air conditionné défectueux. Toujours est-il que la lettre, avec un paragraphe, un verbe et un adjectif de trop, était trop longue, trop insistante et trop évidente.

Quinze minutes plus tard, lorsque Alley et moi sortîmes de l'immeuble, il faisait si chaud que même elle n'eut pas envie de gâteau. Nous nous souhaitâmes un bon week-end et nous séparâmes à l'angle. Et là, je pris la direction des toilettes de la cafétéria, où j'enfilai cette fois-ci une robe en velours noir et mis un ruban rouge vif dans mes cheveux.

Ce soir où Wallace et moi avions pour la première fois joué aux cartes dans mon appartement, il m'avait confié qu'il avait vu son notaire pour lui demander d'administrer ses biens. La raison ? Le 27 août, il partait rejoindre les forces républicaines espagnoles.

En plus, il ne plaisantait pas.

Je suppose que je n'aurais pas dû être aussi étonnée. Toutes sortes de jeunes gens intéressants se joignaient au combat – certains poussés par un effet de mode, d'autres par amour du risque, la plupart par une dose louable d'idéalisme mal placé. Pour Wallace, il fallait ajouter à cela un détail : il avait trop reçu.

Né dans un brownstone de l'Upper East Side, avec une maison de vacances dans les Adirondacks à sa disposition et un pavillon de chasse en coulisses, Wallace avait fréquenté la même prep school que son père, la même université, et lui avait succédé à la tête de l'entreprise familiale à sa mort – héritant non seulement de son bureau et de sa voiture, mais également de la secrétaire et du chauffeur qui allaient avec. Certes, il avait doublé le chiffre d'affaires, créé une bourse portant le nom de son grand-père et gagné le respect de ses pairs. Mais il avait toujours soupçonné la vie qu'il menait avec tant de sérieux de ne pas être la sienne. Ces sept années qu'il venait de passer à devenir capitaine d'industrie et diacre de l'église, son père les aurait vécues vers la cinquantaine. La folle jeunesse de Wallace lui avait échappé complètement.

Mais pas pour longtemps.

D'un seul coup, il allait abandonner tout ce qu'il y avait de raisonnable, familier et rassurant dans sa vie.

Et le mois précédant son départ, plutôt que de ressasser les inconvénients de sa décision avec ses proches, il choisit la compagnie d'une aimable inconnue.

Nous travaillions tous les deux beaucoup. Alors, en milieu de semaine, nous retrouvions Bitsy et Jack pour un dîner tardif et quelques parties de bridge. Née Van Heuys, issue d'une famille de riches propriétaires terriens de Pennsylvanie, Bitsy aurait pu se passer d'être aussi maligne et coriace étant donné sa beauté. Notre amitié fut scellée lorsqu'elle découvrit que j'étais douée pour les jeux de cartes. Nous ne tardâmes pas à jouer pour de l'argent contre les garçons et à les mener aux points. Lorsque la soirée s'achevait, Wallace me donnait un baiser fraternel sur le trottoir, me mettait dans un taxi et nous rentrions chacun chez nous pour une bonne nuit de sommeil. Les week-ends en revanche, Wallace et moi les passions ensemble à célébrer le spleen new-yorkais.

Le samedi soir, s'il y avait une fête au bord de la mer à Westport ou à Oyster Bay, Wallace Wolcott était à coup sûr invité. Pourtant, la première fois qu'il étala devant moi des cartons d'invitation sur la table, je vis que son cœur n'y était pas. Questionné, il reconnut que ces fêtes interminables lui donnaient le sentiment de ne pas être à sa place. Et si Wallace Wolcott ne se sentait pas à sa place, je ne pouvais vraiment rien faire pour lui ! Nous exprimâmes donc nos regrets, expliquant aux Hamlins et aux Kirkland et aux Gibson que nous ne pourrions pas être présents.

Et nous passâmes nos samedis après-midi à faire des emplettes pour Wallace avec la Bentley. *Chez Brooks Brothers, Michael, pour prendre les nouvelles chemises en toile ; direction 23rd Street, pour faire nettoyer les pistolets ; ensuite, chez Brentano's, pour acheter un guide de conversation en espagnol.*

Olé !

Peut-être à cause de ma proximité avec Mason Tate, je me découvris à l'occasion de ces tâches simples un goût naissant pour la perfection. Quelques semaines auparavant, aucun détail de ma vie n'était suffisamment important pour mériter mon attention. La blanchisseuse chinoise pouvait bien avoir brûlé ma jupe en la repassant, je lui aurais laissé un pourboire en la remerciant chaleureusement et aurais porté la jupe en question à la fête de la paroisse. Après tout, là d'où je venais, le but était de payer aussi peu que possible sans voler les gens, si bien que les rares fois où vous vous rendiez compte en rentrant chez vous que vous aviez récupéré le seul melon intact, vous aviez de bonnes raisons de croire que vous ne le méritiez pas.

Wallace, lui, le méritait. Du moins, à mon avis.

C'est ainsi que si la couleur d'un nouveau pull jurait avec celle de ses yeux, je le renvoyais. Si les quatre premiers savons à raser qu'on nous présentait avaient une odeur trop florale, je demandais à la vendeuse de chez Bergdorf d'en apporter quatre autres. Et si le chateaubriand n'était pas suffisamment généreux, je me plantais devant le comptoir et regardais Mr Ottomanelli jouer du couperet jusqu'à ce qu'il trouve la bonne épaisseur. S'occuper de quelqu'un d'autre – c'était peut-être bien ce que Wallace Wolcott fuyait, mais je me rendis compte que cela me convenait parfaitement. Et quand nous avions fini nos courses (et l'avions bien « mérité »), nous nous arrêtions pour prendre un cocktail dans un bar d'hôtel vide, dînions dans de bons petits restaurants où il n'y avait pas besoin de réserver, avant de remonter tranquillement 5th Avenue jusqu'à son appartement où nous partagions romans et barres chocolatées.

Début août, alors que nous dînions au Grove – où les ficus en pots étaient décorés de petites lumières blanches –, Wallace déclara d'une voix mélancolique qu'il ne serait pas à la maison pour Noël.

Visiblement, Noël était une fête importante chez les Wolcott. Le 24, trois générations passaient la nuit au camp des Adirondacks, et pendant que la famille assistait à la messe de minuit, Mrs Wolcott déposait un pyjama sur chaque oreiller. Et le lendemain matin, tout le monde se retrouvait autour du sapin fraîchement coupé, qui en rayures rouges et blanches, qui en carreaux écossais. Wallace n'aimait pas spécialement faire les magasins, mais mettait un point d'honneur à dénicher le cadeau parfait pour chacun de ses neveux et nièces, en particulier pour celui qui portait son nom, le petit Wallace Martin. Hélas, cette année, il ne pourrait pas rentrer à temps.

— Et si on achetait leurs cadeaux maintenant ? suggérai-je. On n'aura qu'à les emballer, y mettre une étiquette avec *Ne pas ouvrir avant Noël*, et les laisser chez ta mère.

— Mieux encore, je pourrais les laisser chez mon no…taire. En lui disant de les donner le 24.

— Banco !

C'est ainsi que, repoussant nos assiettes, nous griffonnâmes un plan d'action identifiant chaque bénéficiaire, sa relation à Wallace, son âge, son caractère, et une proposition de cadeau. Outre les sœurs de Wallace, ses beaux-frères et ses neveux et nièces, la liste comprenait son secrétaire, Michael le chauffeur, et quelques autres personnes envers lesquelles il estimait avoir une dette. Bref, une véritable antisèche sur la famille Wolcott. Que n'auraient pas donné les jeunes femmes d'Oyster Bay pour y jeter un coup d'œil !

Nous passâmes le week-end à faire des achats puis décidâmes de dîner tous les deux chez Wallace deux nuits avant son départ afin de pouvoir faire les paquets-cadeaux. Le matin même, en passant en revue mes vêtements, ma première idée fut de mettre ma robe à pois. Mais bizarrement, elle ne me parut pas appropriée. Je fouillai donc au fond du placard et découvris une robe en velours noir que je n'avais pas portée depuis une éternité. Enfin je dénichai dans ma boîte à couture un bout de ruban rouge comme les baies du houx.

Lorsque Wallace ouvrit la porte de chez lui, je fis la révérence.

— Ho, ho, ho, fit-il.

Le phonographe du salon passait des chants de Noël et la bouteille de champagne était décorée de branches de sapin. Nous trinquâmes à Santa Claus et au Bonhomme Hiver et à un retour rapide de notre hardi aventurier. Puis, équipés de ciseaux et de rouleaux de scotch, nous nous installâmes par terre sur le tapis et nous mîmes au travail.

La famille Wolcott étant dans le papier, elle avait accès à tout ce qui existait en matière d'emballage cadeau : vert forêt avec des motifs de sucettes, rouge velouté avec des Pères Noël fumant la pipe dans leur traîneau. Mais la tradition familiale était d'utiliser un papier blanc bien épais qu'on leur livrait à domicile par rouleaux entiers. Ensuite, les cadeaux étaient entourés d'un ruban de couleur différente pour chaque membre de la famille.

Pour Joel, dix ans, j'emballai un terrain de baseball miniature avec une batte activée par un ressort qui touchait toutes les bases par un système de roulement à billes – puis nouai autour du paquet un ruban bleu. J'emballai et décorai d'un ruban jaune deux lézards empaillés destinés à Penelope, quatorze ans, une future Marie Curie qui dédaignait la plupart des plaisirs, y compris les bonbons. La pile de cadeaux diminuait, et je n'avais toujours pas repéré celui de Wallace junior. Quand nous avions fait nos emplettes, Wallace senior avait dit qu'il avait pensé à quelque chose de spécial pour son filleul, mais malgré un inventaire rapide de nos achats, je ne savais toujours pas ce que c'était. Le mystère fut résolu lorsque, au moment où nous emballions les derniers cadeaux, Wallace coupa un petit rectangle de papier et retira de son poignet la montre à cadran noir de son père.

Notre tâche terminée, nous passâmes dans la cuisine, où flottait l'odeur des pommes de terre en train de rôtir. Wallace vérifia leur cuisson, puis noua un tablier autour de sa taille et saisit les côtelettes d'agneau que j'avais soigneusement choisies la veille. Il les retira du feu et déglaça la poêle avec de la gelée de menthe et du cognac.

— Wallace, dis-je, alors qu'il me tendait mon assiette, si je déclarais la guerre à l'Amérique, resterais-tu pour combattre à mes côtés ?

À la fin du dîner, j'aidai Wallace à mettre les cadeaux dans l'arrière-cuisine. Tout le long des murs du couloir étaient accrochées des photos des membres de la famille posant tout sourire dans des endroits enviables. Il y avait là des grands-parents sur un bateau, un oncle sur des skis, des sœurs montant en amazone. À l'époque, cette galerie de portraits reléguée dans un couloir m'avait paru un peu étrange ; mais après en avoir découvert des semblables dans d'autres couloirs, j'ai fini par trouver cela tellement wasp que c'en était touchant. Parce que c'est une manière d'exprimer cet attachement empreint de réserve (attachement pour des endroits aussi bien que pour des proches) qui sous-tend leur idée de l'existence. Dans des quartiers populaires tels Brighton Beach ou le Lower East Side, vous aviez plus de chances de tomber sur un seul portrait trônant sur une cheminée en compagnie d'un bouquet de fleurs séchées, d'une bougie allumée et d'une génération de génuflexions. Dans mon milieu, la nostalgie jouait, et de loin, les seconds violons à côté de la reconnaissance due aux ancêtres qui s'étaient sacrifiés pour vous.

L'une des photos représentait quelques centaines de jeunes garçons en cravate et costume.

— C'est Saint-George ?

— Oui. Quand j'étais en der...nière année.

Je me penchai en avant pour essayer de repérer Wallace. Du doigt, il me montra un visage timide et attendrissant que je n'avais pas remarqué. Wallace était le genre de garçon qui se fond dans le décor sur la photo de classe (ou de bal) mais qui, au fil des ans, se distingue de plus en plus à mesure qu'apparaissent les failles de ceux qui l'entourent.

— Il y a tous les élèves ? demandai-je après avoir de nouveau examiné les visages sur la photo.

— Tu cherches Tin...ker ?

— Oui, avouai-je.

— Il est là.

Wallace posa le doigt sur la partie gauche de la photo, où notre ami commun se tenait au bord du groupe. Si j'avais eu une minute de plus, je l'aurais très certainement identifié. Il ressemblait exactement à l'image que l'on pouvait se faire de lui à quatorze ans – les cheveux un peu ébouriffés, la veste un peu fripée, les yeux fixés sur l'objectif comme s'il s'apprêtait à bondir.

C'est alors qu'avec un sourire, Wallace déplaça son doigt jusqu'à l'autre côté de la photo.

— Et le revoilà.

En effet, à l'extrême droite du groupe se trouvait un autre visage, légèrement flou, mais c'était bien lui.

Afin de pouvoir photographier tous les élèves, expliqua Wallace, on utilisait un vieil appareil photo sur trépied avec un diaphragme qu'on ouvrait petit à petit, exposant une partie du groupe après l'autre. Ce qui permettait d'apparaître deux fois sur le cliché – à condition de bien calculer son coup et de courir aussi vite que l'éclair. Tous les ans, un élève de première année tentait l'exploit, mais Wallace ne se souvenait pas avoir vu quelqu'un d'autre que notre ami réussir. Et vu le grand sourire qu'arborait le deuxième Tinker, on devinait qu'il le savait.

Wallace et moi avions plus ou moins tenu notre promesse de ne pas évoquer Tinker ou Eve dans nos conversations. Mais le fait de voir à l'œuvre le côté espiègle de Tinker nous ravit tous les deux. Nous nous attardâmes sur la photo, admirant l'exploit comme il le méritait.

— Je peux te demander quelque chose ? dis-je au bout d'un moment.

— Bien sûr.

— Cette nuit-là, après ce dîner au Beresford – dans l'ascenseur, Buck a dit en blaguant que Tinker était comme le Phoenix qui renaît de ses cendres.

— Bucky n'est pas toujours très dé...licat.

— Mettons. Mais de quoi parlait-il ?

Wallace se tut.

— C'est si grave que ça ? insistai-je.

Il esquissa un sourire.

— Non, ce n'est pas grave en soi. Tinker vient d'une vieille fa...mille de Fall River. D'après ce que j'ai... compris, son père a traversé une passe difficile. Je crois qu'il a à peu... près tout perdu.

— Lors du krach boursier ?

— Non.

Wallace désigna la photo.

— Ça s'est passé à peu près… à cette époque, quand Tinker était en première année. Je m'en sou… viens, parce que j'étais chef de classe. Les administrateurs se sont… réunis pour décider de ce qu'ils allaient faire étant… donné le changement de situation.

— Ils lui ont accordé une bourse ?

Wallace secoua lentement la tête.

— Ils lui ont demandé de partir. Il a fini le lycée à Fall River et s'est fait admettre à Pro…vidence College. Ensuite, il a pris un boulot d'employé de bu…reau dans une société de gestion, et a commencé à mon…ter les échelons.

Né à Back Bay, passé par Brown University, employé par la banque de son grand-père. Voilà l'image que, dans ma suffisance, je m'étais faite de Tinker dix minutes après notre rencontre.

J'examinai une nouvelle fois la photo de ce garçon aux cheveux bouclés et au sourire chaleureux et, pour la première fois depuis des mois, je fus prise de l'envie de le voir. Pas pour ressasser les choses. Je ne ressentais pas le besoin de parler d'Eve ou de ce qui s'était passé, ne s'était pas passé ou aurait pu se passer. Je voulais simplement avoir la possibilité de réviser ma première impression – de le voir entrer au Hotspot, s'asseoir à la table voisine et regarder les musiciens – afin que, au moment où le soliste commencerait à souffler dans sa trompette et où Tinker m'adresserait ce sourire perplexe, mon regard soit sans préjugés. Car ce détail que Wallace venait de me révéler m'apprenait quelque chose que j'aurais dû savoir dès le début – le fait qu'à l'âge où Tinker et moi devenions des adultes, nous nous trouvions non pas séparés par une barrière, mais côte à côte.

Wallace parcourut la photo attentivement – comme si Mr Grey avait perdu ce qu'il restait de la fortune familiale au moment même où elle était prise – et les deux Tinker de chaque côté de l'assemblée devinrent la fin d'une vie et le début d'une autre.

— Ce que l'on retient généra...lement du Phénix, c'est qu'il renaît de ses cendres. Mais on oublie quelque chose.

— Quoi ? demandai-je.

— Il vit cinq cents ans.

Le lendemain, Wallace s'embarqua.

Enfin, pas vraiment.

En 1917, les soldats « s'embarquaient ». Des jeunes gens blonds aux joues roses vêtus d'uniformes bien repassés se rassemblaient par bataillons entiers sur les quais des chantiers navals de Brooklyn. Leur sac en toile sur l'épaule, ils montaient au pas cadencé sur les passerelles des immenses croiseurs gris en chantant hardiment des refrains militaires. Et quand le sifflet sonnait enfin le départ, ils se battaient pour pouvoir se pencher par-dessus la balustrade et envoyer des baisers à leur petite amie ou faire un signe de main à leur mère, lesquelles avaient suffisamment de prescience pour sangloter à l'écart.

Mais en 1938, si vous étiez un jeune homme fortuné qui s'en allait combattre en Espagne, on ne sortait pas les flonflons. Vous achetiez un ticket de première classe sur le *Queen Mary* et vous pointiez sur le quai après avoir tranquillement déjeuné. Vous mêlant aux touristes qui commençaient déjà à feuilleter leurs manuels de conversation, vous rejoigniez poliment votre cabine sur le pont supérieur, où un steward défaisait avec soin vos bagages embarqués à l'avance.

Depuis que la Société des Nations interdisait aux ressortissants étrangers de se porter volontaires pour combattre en Espagne, il n'était pas séant d'évoquer votre destination au cours des dîners que vous preniez à la table du capitaine (assis entre les Morgan, de Philadelphie, et les sœurs Breezewood accompagnées de leur tante). Et vous ne pouviez en aucune manière le dire aux officiers de l'immigration à Southampton. Non, vous leur expliquiez que vous vous rendiez à Paris pour y retrouver quelques copains de lycée et acheter deux ou trois tableaux. Puis vous preniez le train jusqu'à Douvres, le bateau jusqu'à Calais, et une voiture jusqu'au sud de la France. De là, vous pouviez soit traverser les Pyrénées à pied, soit louer les services d'un pêcheur qui vous ferait descendre la côte.

— À un de ces jours, Mike, dit Wallace sur la passerelle.

— Bonne chance, Mr Wolcott.

Lorsqu'il se tourna vers moi, je lui fis remarquer que je ne saurais plus quoi faire de mes samedis.

— Je pourrais peut-être faire des commissions pour ta mère.

— Kate, tu ne devrais pas faire des commissions pour les autres, que ce soit moi, ma mère ou Mason Tate.

L'atmosphère fut plutôt lugubre dans la voiture qui s'éloignait du quai, aussi bien pour Michael que pour moi. Au moment où nous traversions le pont qui menait à Manhattan, je rompis le silence :

— Vous pensez qu'il sera prudent, Michael ?

— Étant donné qu'il s'agit d'une guerre, ça serait contraire à l'esprit.

— Vous avez sans doute raison.

Je vis passer derrière les vitres de la voiture les contours du City Hall. À Chinatown, de minuscules vieilles femmes se pressaient autour de carrioles chargées de poissons indécents.

— Je vous ramène à la maison, mademoiselle ?

— Oui, Michael.

— 11th Street ?

C'était gentil de sa part de poser la question. Si je lui avais donné l'adresse de Wallace, je crois bien qu'il m'y aurait conduite. Il se serait garé, aurait ouvert la portière arrière, Billy aurait ouvert la porte de l'immeuble, et Jackson m'aurait emmenée par l'ascenseur jusqu'au onzième étage, et là, l'espace de quelques semaines, j'aurais repoussé l'avenir. Mais avec cette pile de cadeaux qui patientaient dans un cagibi chez le notaire, Michael n'allait pas tarder à recouvrir la Bentley marron d'une bâche tandis que John et Tony démonteraient la Remington et le Colt et les rangeraient dans un placard. Peut-être le moment était-il venu de mettre également au placard mes aspirations à la perfection.

Le jeudi qui suivit le départ de Wallace, en sortant du bureau, je poussai jusqu'à 5th Avenue pour voir les vitrines de Bergdorf. Quelques jours auparavant, j'avais remarqué qu'elles avaient été tendues de noir pendant qu'on les réaménageait.

À chaque changement de saison – hiver, printemps, été, automne – j'attendais avec impatience le dévoilement des nouvelles vitrines de Bergdorf. En les découvrant, vous aviez l'impression d'être une tsarine qui recevait l'un de ces bijoux en forme d'œuf à l'intérieur desquels une scène avait été minutieusement reconstituée. Un œil fermé, vous cherchiez à découvrir ce qu'il y avait dedans et, transportée par le moindre détail, vous perdiez toute notion du temps.

Transporté était le mot qui convenait. Les vitrines de Bergdorf ne proposaient pas des fonds de tiroirs à moins 30 %. Elles étaient conçues pour changer la vie des femmes qui passaient devant elles, frustrant les unes, comblant les autres, offrant à toutes un autre monde. Et en cet automne 1938, mes Fabergé de 5th Avenue furent à la hauteur de leur réputation.

Les vitrines, qui avaient pour thème les contes de fées, s'inspiraient des célèbres histoires des frères Grimm et de Hans Christian Andersen ; sauf que dans chaque scène, la « princesse » avait été remplacée par un homme, et le « prince » par l'une d'entre nous.

Dans la première vitrine, un jeune lord aux cheveux noir corbeau et au teint frais était allongé en grand apparat sous une tonnelle en fleurs, ses mains délicates croisées sur sa poitrine. À ses côtés se tenait une fringante damoiselle (en boléro rouge de chez

Schiaparelli) aux cheveux coupés très court, une épée passée dans sa ceinture et tenant les rênes de son fidèle destrier. Le visage tout à la fois compatissant et expérimenté, elle regardait le prince sans paraître le moins du monde pressée de le réveiller avec un baiser.

Dans la vitrine suivante, aussi habilement et somptueusement décorée qu'une scène d'opéra, une centaine de marches de marbre descendaient de la porte d'un palais à une cour pavée, où quatre souris se cachaient dans l'ombre d'une citrouille. En périphérie de la scène, la silhouette d'un jeune homme aux cheveux d'or s'enfuyait en courant tandis qu'au milieu, au premier plan, une princesse (en robe noire Chanel moulante) s'agenouillait en fixant d'un air déterminé un mocassin en verre. On voyait à son expression qu'elle était prête à mobiliser tous ses sujets – des valets de pied aux chambellans – et à leur faire battre la campagne de l'aube au crépuscule pour trouver le jeune homme qui irait avec la chaussure.

— Excusez-moi, vous êtes bien Katey ?

En me retournant, je découvris une brune à côté de moi – Glyss, du petit État du Connecticut. Si on m'avait demandé de deviner la tenue que porterait Glycine par un après-midi du mois d'août, j'aurais répondu : un tablier vert et un chapeau de paille, et je me serais trompée. Elle était très élégamment vêtue d'une robe à manches courtes bleu cobalt, avec un chapeau asymétrique assorti.

Lors de ce dîner chez Tinker et Eve, nous n'avions pas vraiment sympathisé, si bien que je fus quelque peu surprise qu'elle prenne la peine de m'aborder.

Nous échangeâmes quelques banalités. Son attitude était chaleureuse et ses yeux presque brillants. Bien entendu, la conversation s'orienta rapidement vers leurs vacances en Europe. Je lui demandai comment elles s'étaient déroulées.

— Très bien, répondit-elle. À la perfection. Vous y êtes déjà allée ? Non ? Eh bien, le temps est *ravissant* en France au mois de juillet et la nourriture incroyable. Mais le vrai bonheur, c'était d'être avec Tinker et Eve ! Tinker parle si joliment français. Et le fait d'être quatre donne à chaque moment de la journée un éclat particulier : les baignades matinales... les longs déjeuners avec vue sur la mer... les virées nocturnes en ville... Même si, bien sûr (*petit rire*), Tinker illuminait les baignades matinales et Eve les virées nocturnes.

Je commençais à comprendre pourquoi elle m'avait abordée.

Cette nuit-là, au Beresford, c'était elle qui n'était pas à sa place. Mais, telle une évangéliste aguerrie, elle avait supporté la légèreté de la conversation et les quelques blagues faites à ses dépens, certaine que le Seigneur récompenserait un jour sa patience. Or le jour de la Rédemption était arrivé. L'Extase. La chance inespérée de prendre une petite revanche. Parce que nous savions parfaitement toutes les deux qui n'était pas à sa place sur la Côte d'Azur.

— Alors comme ça, dis-je, histoire de calmer le jeu, vous êtes tous de retour.

— Oh, nous ne sommes pas revenus ensemble...

Elle posa deux doigts sur mon bras pour attirer mon attention.

Son vernis était assorti à son rouge à lèvres.

— C'était ce que nous avions prévu, bien sûr. Mais juste avant le départ du bateau, Tinker a annoncé qu'il devait s'arrêter à Paris pour son travail. Eve a répondu qu'elle voulait rentrer quand même. Alors il l'a achetée (*sourire de conspiratrice*) en lui promettant un dîner au sommet de la tour Eiffel.

(*Deuxième sourire de conspiratrice.*)

— En fait, poursuivit-elle, Tinker n'avait pas du tout l'intention de s'arrêter à Paris pour le travail.

Ah bon ?

— Il voulait aller chez Cartier !

Je dois reconnaître, pour rendre justice à Glyss, que mes joues devinrent légèrement brûlantes.

— Avant qu'ils ne partent pour Paris, Tinker m'a prise à part. Il était dans tous ses états. Certains hommes sont totalement perdus quand il s'agit de ce genre de choses. Bracelet en rubis, broche en saphir, sautoir de perles. Il ne savait pas quoi prendre.

Naturellement, il était hors de question que je pose la question. Ce qui ne changeait rien. Elle tendait déjà la main gauche d'un geste alangui pour me montrer un diamant de la taille d'un grain de raisin.

— Alors je lui ai dit d'en prendre un comme celui-ci.

En regagnant mon quartier, j'étais encore un peu sonnée après ma rencontre avec Glyss. Je décidai d'aller enfin chez l'épicier acheter de quoi regarnir le garde-manger : un nouveau jeu de cartes, un pot de beurre de cacahuète, une bouteille de mauvais gin. Dans les escaliers, je constatai à l'odeur, et non sans surprise, que la jeune épouse du 3B réussissait toujours aussi bien, voire mieux, la bolognaise selon la recette de sa mère. J'ouvris la porte en calant mes achats dans le creux de mon coude, passai le seuil et faillis piétiner une lettre que quelqu'un avait glissée sous la porte. Posant le sac sur la table, je ramassai la lettre.

Il s'agissait d'une enveloppe avec une coquille Saint-Jacques en relief. Elle n'était pas timbrée, mais l'adresse était parfaitement calligraphiée. Je ne crois pas avoir jamais vu mon nom écrit de manière aussi distinguée. Chacun des K faisait trois centimètres de haut, et leurs jambes ondulaient avec élégance sous les autres lettres, pour s'enrouler à la fin comme l'extrémité d'une babouche.

À l'intérieur se trouvait un carton à bordure dorée. Il était tellement épais que je dus déchirer l'enveloppe pour le faire sortir. En haut, il y avait la même coquille Saint-Jacques, et en dessous l'heure et la date et une formule pour réclamer l'honneur de ma présence. C'était une invitation au grand raout que les Hollingsworth organisaient pour le Labor Day. Un autre répit dû, par-delà quelques milliers de kilomètres d'océan, au Très Noble Wallace Wolcott.

16

Prises de guerre

Cette fois-ci, à mon arrivée à Whileaway, je ne fus pas obligée de faire un détour par le jardin – on me laissa entrer par la porte avec les autres invités. Mais comme je m'étais laissé convaincre par Fran d'acheter dans les bacs à soldes de Macy's une robe qui flattait davantage sa silhouette à elle que la mienne, je ne parvins pas à me défaire de l'impression que j'aurais dû me frayer un chemin à travers la haie. Comme pour abonder dans ce sens, deux étudiants me bousculèrent en passant la porte. Ils se débarrassèrent de leurs manteaux auprès d'un valet de pied et prirent des flûtes de champagne présentées par un serveur – sans échanger un regard avec un seul des domestiques. Ils n'avaient rien fait de leur vie mais paraissaient déjà aussi sûrs d'eux que les pilotes de l'US Air Force le seraient à la fin de la Seconde Guerre mondiale.

À l'entrée du grand salon, pile là où on ne pouvait pas les éviter, des représentants de la famille Hollingsworth avaient formé un petit comité d'accueil impromptu : Monsieur et Madame, deux des garçons, une des belles-filles. Lorsque je donnai mon nom, Mr Hollingsworth m'accueillit avec le sourire de celui qui a cessé depuis longtemps de se tenir au courant des fréquentations de ses enfants. L'un de ses fils aînés se pencha vers lui.

— C'est l'amie de Wallace, Papa.

— La jeune femme à propos de laquelle il a téléphoné ? Mais bien sûr ! s'exclama-t-il, avant d'ajouter sur un ton presque confidentiel : Je peux vous dire, chère mademoiselle, que ce coup de fil a fait sensation.

— Devlin, gronda Mrs Hollingsworth.

— Oui, oui. Je connais Wallace depuis sa naissance. Alors, s'il y a quelque chose que vous désirez savoir à son sujet et qu'il a refusé de vous dire lui-même, venez me voir. En attendant, faites comme chez vous.

Dehors un vent tiède et sauvage balayait la terrasse. Le soleil n'était pas encore couché, mais la maison était illuminée de la poupe à la proue, comme pour assurer aux invités que si jamais le temps se gâtait, ils pourraient tous passer la nuit ici. Des hommes en queue-de-pie conversaient en toute décontraction avec des dames auxquelles on avait déjà offert sautoirs de perles et broches en saphir. C'était le même genre d'élégance décontractée que j'avais vue en juillet, sauf qu'ici elle englobait trois générations. À côté de titans grisonnants qui embrassaient sur la joue des filleules somptueusement vêtues, de jeunes noceurs glissaient des remarques ironiques à des tantes outrées. Quelques traînards respirant la santé et la bonne humeur remontaient de la plage, la serviette sur l'épaule, l'air pas du tout gênés de leur retard. Leurs ombres qui s'étiraient sur la pelouse dessinaient de longues rayures fines.

Sur une table au bord de la terrasse trônait l'une de ces pyramides où le champagne descend en cascade de la flûte placée tout en haut pour remplir toutes les autres. Afin de ne pas gâcher l'effet, le créateur de ce petit exploit de salon à mille dollars sortit une flûte de sous la table et la remplit pour moi.

Malgré les encouragements de Mr Hollingsworth, il y avait peu de chances que je me sente chez moi. Mais Wallace s'étant donné toute cette peine, je résolus de me rafraîchir le visage, de passer au gin et de me lancer dans la mêlée.

M'étant fait indiquer les toilettes, je pris l'escalier principal, passai devant un portrait de cheval et descendis un couloir lambrissé menant à l'aile Est. Les toilettes des femmes consistaient en un dressing jaune pâle qui donnait sur un jardin de roses. Le papier peint était jaune pâle, les chaises jaune pâle, la méridienne jaune pâle.

La pièce était occupée par deux femmes. Tout en les observant dans le miroir, je m'assis en faisant semblant d'ajuster une boucle d'oreille. La première, une grande brune aux cheveux courts et à l'allure décontractée, venait tout juste de remonter du ponton. Son maillot de bain à ses pieds, elle se séchait, nue, sans aucune timidité. Assise devant une coiffeuse illuminée, la seconde, vêtue de taffetas, tentait de retoucher son mascara après une crise de larmes. Toutes les trente secondes, elle poussait un gémissement. La nageuse lui témoignait peu de compassion. Je m'efforçai moi aussi de n'en manifester aucune.

Elle s'en alla, inconsolée, après avoir reniflé un coup.

— Bon débarras, déclara platement la nageuse.

Elle se frotta énergiquement les cheveux avec sa serviette, qu'elle lança sur une pile d'autres serviettes. Elle avait un corps d'athlète et une robe dos nu qui la mettrait assurément en valeur. Quand elle bougeait les bras, on voyait ses muscles s'articuler autour de ses omoplates. Sans prendre la peine de s'asseoir, elle glissa ses pieds dans ses chaussures, puis fit rentrer ses talons en forçant un peu. Enfin, étirant un long bras mince au-dessus de son épaule, elle ferma elle-même la fermeture Éclair de sa robe.

C'est alors que j'aperçus dans le miroir quelque chose qui brillait sur le tapis, sous le canapé, à l'endroit où ses chaussures se trouvaient auparavant. Je me mis à genoux et ramassai l'objet. C'était une boucle d'oreille en diamants.

À présent, la brune me regardait.

— C'est à vous ? lui demandai-je tout en connaissant la réponse.

Elle la prit dans la main.

— Non, dit-elle. Mais c'est une pièce magnifique.

Elle parcourut le dressing d'un regard indifférent.

— Normalement, ce genre d'objet, ça va par deux.

Je regardai sous le canapé tandis qu'elle secouait les serviettes humides. Nous cherchâmes encore un peu, puis elle me rendit la boucle d'oreille.

— Prise de guerre, dit-elle.

Sans le savoir, la nageuse avait vu juste. Parce que j'étais pratiquement certaine que cette boucle d'oreille – avec ses diamants taillés en baguettes et son fermoir en or blanc – faisait partie de la paire qu'Eve avait trouvée sur la table de chevet de Tinker.

En descendant le grand escalier arrondi, j'eus l'impression de perdre l'équilibre, comme si mon unique verre de champagne m'était monté directement à la tête. Quelle que soient les nouvelles que Tinker et Eve rapporteraient de Paris, je n'étais pas prête à les entendre – pas dans ce genre de décor. Je ralentis et me rapprochai du côté extérieur de l'escalier, là où les marches étaient plus larges et la rampe à portée de main.

Une escouade de nouveaux arrivés grouillait dans l'entrée – des pilotes de guerre, des brunes qui n'avaient besoin de personne pour agrafer leur robe. Tout contents de se voir, ces beaux retardataires bloquaient la sortie. À supposer que Tinker et Eve se trouvent à Whileaway, ils ne seraient pas coincés dans le vestibule, mais plutôt en train d'illuminer de leur présence une conversation entre couples sympathiques. Quand j'atteignis la dernière marche, il me restait, d'après mes calculs, vingt pas jusqu'à la porte et sept cents mètres jusqu'à la gare.

— Katey !

La jeune femme qui sortait à grandes enjambées du salon me prit par surprise. Pourtant, cette approche énergique, j'aurais dû la reconnaître.

— Bitsy…

— Jack et moi, on trouve que c'est vraiment un sale coup qu'il nous a fait, Wallace, de filer en Espagne.

Elle me colla l'un des deux verres de champagne qu'elle tenait à la main.

— Je sais, il disait depuis plusieurs mois qu'il avait l'intention de rejoindre les combats, mais personne ne croyait qu'il mettrait son projet à exécution. Surtout après t'avoir rencontrée. Tu es bouleversée, non ?

— Je m'en sors.

— Forcément. Tu as eu de ses nouvelles ?

— Pas encore.

— Ça veut dire que personne n'en a. On va essayer de se trouver un jour pour déjeuner ensemble. Toi et moi, on va devenir de grandes copines cet automne. Promis-juré. Mais viens donc faire coucou à Jack.

À l'entrée du salon, Jack riait à gorge déployée avec une blonde du nom de Generous, qui paraissait tout sauf généreuse, précisément. Même à trois mètres, on voyait qu'elle déblatérait sur une amie. Pendant que Jack me présentait, je me demandai combien de temps je devrais papoter avant de pouvoir m'extirper poliment de la conversation.

— Recommence au début, Generous, disait Jack. C'est impayable !

— OK, répondit-elle avec une lassitude calculée, comme si l'ennui avait été inventé le jour de sa naissance. Vous connaissez Tinker et Evelyn ?

— Elle était avec eux quand ils ont eu l'accident, indiqua Bitsy.

— Dans ce cas, cette histoire va vous intéresser.

Tinker et Eve étaient tout juste rentrés du Vieux Continent, expliqua Generous, et passaient le week-end à Whileaway dans l'une des maisons d'invités. Le matin même, pendant que tout le monde se baignait, Tinker avait admiré *Splendide*.

— Le yawl de Holly, précisa Jack.

— Le *bébé* de Holly, corrigea Generous. Il le laisse tout le temps attaché à sa bouée pour que tout le monde puisse se pâmer. Bref. Votre ami s'extasiait sur le bateau et comme ça, l'air de rien, Holly lui dit, *Et si vous alliez faire un tour avec ?* Ma foi, nous en sommes restés comme deux ronds de flan – Holly qui prêtait son yawl ! En fait, Tinker et lui avaient tout prémédité – la baignade près du quai, Tinker qui s'extasiait, Holly qui lui faisait cette proposition mine de rien. Il y avait même une bouteille de champ et un poulet farci à bord.

— Ce qui veut dire quoi, à ton avis ? demanda Jack.

— Que quelqu'un a jeté l'éponge, répondit Bitsy.

Elle revenait, cette légère sensation de brûlure sur mes joues. C'est ainsi que notre corps réagit instantanément quand le monde nous démasque ; et c'est l'une des sensations les plus désagréables de la vie – à se demander quelle peut être son utilité sur le plan de l'évolution.

Jack brandit une trompette imaginaire et souffla dedans – *taratata* – pendant que tout le monde riait aux éclats.

— Attendez ! Vous n'avez pas encore entendu le meilleur, dit Jack, histoire d'encourager Generous à poursuivre.

— Holly pensait qu'ils seraient partis une heure ou deux. Six heures plus tard, ils n'étaient toujours pas revenus. Holly commençait à craindre qu'ils n'aient filé au Mexique. C'est alors que deux gosses se pointent dans un doris. Ils racontent qu'ils sont tombés sur le *Splendide* – échoué sur un banc de sable. Et que le type à bord leur a promis vingt dollars s'ils trouvaient quelqu'un pour le remorquer.

— Dieu nous préserve du romantisme ! s'exclama Bitsy.

Quelqu'un arriva, les yeux exorbités, et annonça en s'étranglant de rire :

— Ils arrivent ! Remorqués par un pêcheur de homards !

— Il ne faut pas louper ça, déclara Jack.

Tout le monde se précipita vers la terrasse. Je me précipitai vers la sortie.

Je suppose que j'étais en état de choc. Dieu sait pourquoi. Anne avait prévu la chose des mois à l'avance. Glyss aussi. La foule rassemblée à Whileaway semblait fin prête à s'attrouper sur le quai pour cette fête impromptue.

En attendant mon manteau, je me tournai vers le grand salon. Il se vidait à mesure que les derniers curieux se dirigeaient vers les portes-fenêtres. Un jeune homme en smoking blanc un peu plus âgé que moi se tenait devant le bar. Les mains dans les poches, il paraissait plongé dans des pensées graves. Un fêtard passa juste devant lui, saisit un magnum de champagne par le col, puis se dirigea vers la terrasse en faisant tomber au passage une urne remplie d'hortensias sous le regard navré de l'homme au smoking blanc.

Le valet revint avec mon manteau. Je lui dis merci, avant de me rendre compte une seconde trop tard que, comme les étudiants au début de la soirée, moi non plus je ne l'avais pas regardé dans les yeux.

— Ne me dites pas que vous partez déjà !

C'était le vieux Mr Hollingsworth qui remontait l'allée centrale.

— La fête est très agréable, Mr Hollingsworth. Et c'était vraiment gentil à vous de m'inviter. Mais je ne me sens pas très bien.

— Oh, vous m'en voyez désolé. Vous logez dans les environs ?

— J'ai pris le train depuis Manhattan. J'allais demander qu'on m'appelle un taxi.

— Ma chère, c'est hors de question.

Il glissa un œil dans le salon.

— Valentin !

Le jeune homme en smoking blanc se tourna vers nous. Avec sa beauté blonde et son allure sérieuse, il ressemblait tout à la fois à un aviateur et à un juge. Il sortit les mains de ses poches et traversa rapidement le vestibule.

— Oui, père ?

— Tu te souviens de miss Kontent. L'amie de Wallace. Elle ne se sent pas bien et désire rentrer à Manhattan. Tu peux l'emmener à la gare ?

— Bien sûr.

— Tu n'as qu'à prendre la Spider.

Dehors, le vent du Labor Day répandait les feuilles sur le sol. On devinait qu'il allait pleuvoir des cordes. Le reste du week-end serait consacré aux parties de cartes et au thé sur fond de portes qui claquent. Les casinos fermeraient leurs volets, les filets de tennis seraient démontés et les canots ramenés à quai, comme les rêves des jeunes filles.

Descendant l'allée de graviers blancs, nous entrâmes dans un garage pouvant contenir six voitures. La Spider était une deux-places rouge pompier. Valentin passa devant sans s'arrêter et choisit l'énorme Cadillac 1936 noire.

Il devait y avoir une bonne centaine de voitures garées le long de l'allée. L'une d'elles avait ses portières ouvertes, ses phares et sa radio allumés. Allongés côte à côte sur le capot, un homme et une femme fumaient. Valentin posa sur eux le même regard navré qu'il avait adressé au jeune fêtard dans le salon. Au bout de l'allée, il tourna à droite en direction de Post Road.

— La gare est de l'autre côté, non ?

— Je vous ramène en ville.

— Rien ne vous y oblige.

— Je dois rentrer de toute manière ; j'ai une réunion tôt demain matin.

Je n'étais pas convaincue par son histoire de réunion. Pourtant, ce n'était pas une ruse pour passer du temps avec moi. Il ne m'adressait pas un regard et ne se donnait pas la peine d'entamer la conversation. Ce qui nous convenait parfaitement. Rien que pour échapper à cette fête, nous nous serions portés volontaires pour promener un chien enragé.

Au bout de quelques kilomètres, il me demanda de regarder dans la boîte à gants s'il n'y avait pas un carnet et un stylo. Il posa le carnet sur le tableau de bord et écrivit quelques mots. Puis il déchira la page et la fourra dans sa poche.

— Merci, dit-il en me rendant le carnet.

Pour nous éviter d'avoir à parler, il alluma la radio, préréglée sur une station qui passait du swing. Il changea de fréquence, passa une balade, s'arrêta un instant sur un discours de Roosevelt, puis revint à la balade. C'était Billie Holiday qui chantait « Autumn in New York ».

Autumn in New York,
Why does it seem so inviting?
Autumn in New York,
It spells the thrill of first-nighting[1].

Écrit par un immigré biélorusse du nom de Vernon Duke, « Autumn in New York » devint pratiquement dès sa sortie un standard du jazz. Quinze ans après, Charlie Parker, Sarah Vaughan, Louis Armstrong et Ella Fitzgerald avaient chacun exploré son potentiel sentimental. Vingt-cinq ans plus tard, Chet Baker, Sonny Stitt, Frank Sinatra, Bud Powell et Oscar Peterson réinterpréteraient ces interprétations. Cette question que la chanson nous pose à propos de l'automne, nous pourrions nous la poser à propos de la chanson elle-même : *Why does it seem so inviting?* Qu'a-t-elle de si envoûtant ?

Je suppose que c'est en partie parce que chaque ville a sa saison romantique propre. Une fois par an, les variables architecturales, culturelles et horticoles d'une ville s'alignent sur la course du soleil de telle sorte que les hommes et les femmes qui se croisent dans les rues se sentent emplis d'une promesse romantique inhabituelle. C'est Noël à Vienne, avril à Paris.

1. « L'automne à New York, / Qu'a-t-il de si envoûtant ? / L'automne à New York, / Il dit la joie du premier soir. »

Cela, nous autres New-Yorkais le ressentons à propos de l'automne. Quand vient septembre, malgré les jours qui raccourcissent, malgré les feuilles qui succombent au poids des pluies automnales grises, nous sommes soulagés d'avoir laissé derrière nous les longues journées d'été ; et il flotte dans l'air une impression paradoxale de rajeunissement.

Glittering crowds
And shimmering clouds
In canyons of steel –
They're making me feel
I'm home.

It's autumn in New York
That brings the promise of new love[1].

Oui, à l'automne 1938, des dizaines de milliers de New-Yorkais seraient envoûtés par cette chanson. Dans les clubs de jazz ou les petits restaurants, les fatigués et les fortunés hocheraient la tête en reconnaissant, un sourire aux lèvres, que l'immigré biélorusse ne s'était pas trompé, que bizarrement, malgré l'approche de l'hiver, l'automne new-yorkais promettait un romantisme effervescent qui vous faisait poser un regard neuf sur la ligne des toits de Manhattan et sentir que c'*était bon de revivre tout ça*.

---

1. « Ces foules étincelantes / Ces nuages chatoyants / Dans des canyons d'acier – / Ils me donnent le sentiment / D'être chez moi./ C'est l'automne à New York / Qui apporte la promesse d'un nouvel amour. »

Il n'empêche, on ne peut pas ne pas se demander : si c'est une chanson tellement réjouissante, alors comment se fait-il que Billie Holiday la chante aussi bien ?

Lorsque je pris l'ascenseur tôt le mardi matin, je découvris que, comme le bureau de Mason Tate, il était en verre. Un étage en dessous, des roues en acier inoxydable tournaient tels les rouages d'un pont-levis, tandis que trente étages au-dessus de ma tête se découpait un carré de ciel bleu dégagé. Sur le panneau en face de mes yeux se trouvaient deux boutons argentés. L'un indiquait Maintenant, l'autre Jamais.

Il était sept heures du matin. Le bureau paysager était vide. La lettre destinée à l'agent de Bette Davis était posée devant ma chaise, ses défauts fidèlement répertoriés et soigneusement corrigés. Je la lus une deuxième fois, puis insérai une feuille blanche dans ma machine à écrire et me mis au travail. Je déposai les deux versions sur le bureau de Mr Tate, accompagnées d'une note manuscrite précisant que, étant donné ses contraintes de temps, j'avais pris la liberté de préparer une deuxième version.

Mr Tate ne m'appela qu'en fin de journée. Lorsque j'entrai, les deux versions de la lettre étaient posées devant lui sur son bureau, non signées. Il ne me proposa pas de m'asseoir. Il m'inspecta du regard comme si j'étais une élève modèle surprise en train de sortir du dortoir après le couvre-feu. Ce que, d'une certaine manière j'étais bel et bien.

— Parlez-moi de votre situation personnelle, Kontent, dit-il au bout d'un moment.

— Excusez-moi, Mr Tate, mais qu'est-ce que vous voulez savoir ?

Il se renfonça dans son siège.

— Je vois que vous n'êtes pas mariée. Vous aimez les hommes ? Vous avez des enfants planqués quelque part ? Des frères et sœurs que vous élevez ?

— Oui, non, non.

Mr Tate esquissa un petit sourire.

— Comment qualifieriez-vous vos ambitions ?

— Elles sont en train d'évoluer.

Il hocha la tête, puis pointa le doigt vers le brouillon d'un article posé sur son bureau.

— Ceci est une sorte de portrait par Mr Cabot. Vous avez lu ses articles ?

— Quelques-uns.

— Comment les qualifieriez-vous ? Sur le plan stylistique, je veux dire.

Malgré leur côté verbeux, je voyais bien que Mr Tate appréciait les articles de Cabot. Cabot savait instinctivement mêler ragots et faits avérés et semblait être un interviewer d'une remarquable efficacité – le genre qui, en usant de son charme, amène les gens à répondre à des questions qu'il aurait mieux valu laisser sans réponse.

— Je pense qu'il a trop lu Henry James, répondis-je.

Tate hocha la tête d'un millimètre. Puis il me tendit le brouillon.

— Voyez si vous pouvez rapprocher son style de celui d'Hemingway.

17

Tout ! Vous saurez tout !

Deux nuits plus tard, une neige anormale pour la saison tomba dans mes rêves. Cendreuse, sereine, elle se posait sur une rue bordée de taudis, de manèges comme ceux de Coney Island, et de clochers multicolores semblable à celui de l'église où mes grands-parents s'étaient mariés. Postée sur les marches de l'église, je tendais le bras vers les portes – si bleues qu'on les aurait crues taillées dans des planches du paradis. Quelque part à la périphérie de la scène, âgée tout juste de vingt-deux ans, les cheveux retenus par des barrettes, une pince-monseigneur à la main, ma mère regardait à droite, puis à gauche avant de disparaître à un coin de rue. Je tendais le bras pour frapper à la porte, mais ce fut la porte qui cogna la première.

— Police, annonça une voix lasse. Ouvrez !

…

Le réveil indiquait deux heures du matin. J'enfilai une robe de chambre et entrouvris la porte. Sur le palier se tenait un flic poids lourd vêtu d'un uniforme marron.

— Désolé de vous réveiller, dit-il sans conviction. Je me présente : sergent Finneran. Et lui, c'est l'inspecteur Tilson.

Il m'avait certainement fallu un certain temps pour les entendre, puisque Tilson, assis sur les marches, inspectait ses ongles.

— Ça vous dérange si on entre ?

— Oui.

— Vous connaissez une certaine Katherine Kontent ?

— Bien sûr.

— Elle vit ici ?

Je serrai ma robe de chambre contre moi.

— Oui.

— Vous habitez ensemble ?

— Non. C'est moi-même.

Finneran adressa un regard à Tilson. L'inspecteur leva les yeux comme si j'avais finalement réussi à éveiller son intérêt.

— Qu'est-ce que vous me voulez ?

Le commissariat était silencieux. Tilson et Finneran me firent descendre jusqu'à un couloir étroit. Un jeune flic ouvrit une porte en acier menant aux cellules, qui sentaient le moisi et l'ammoniaque. Eve était avachie comme une poupée de chiffon sur un lit sans couverture. Par-dessus sa petite robe noire elle portait ma veste de garçonne, celle-là même qu'elle avait le soir de l'accident.

D'après Tilson, elle était tombée ivre morte dans une ruelle donnant sur Bleeker Street. Un policier en patrouille l'avait trouvée là, sans sac ni portefeuille. Par contre, ils avaient découvert dans la poche de la veste – je vous le donne en mille – ma carte de bibliothèque.

— C'est elle ? me demanda Tilson.

— Oui.

— Vous dites qu'elle habite les beaux quartiers. À votre avis, qu'est-ce qu'elle pouvait bien faire à Bleeker Street ?

— Elle aime le jazz.

— Comme tout le monde, dit Finneran.

J'attendis près de la porte que Tilson ouvre la cellule.

— Sergent, dit-il, demandez à une surveillante de la mettre sous la douche. Miss Kontent, si vous voulez bien me suivre.

Tilson me fit monter dans une petite pièce sans fenêtre meublée d'une table et de quelques chaises. Il s'agissait de toute évidence d'une salle d'interrogatoire. Une fois qu'on nous eut apporté à chacun du café dans un gobelet, Tilson se renfonça dans sa chaise.

— Alors, comment avez-vous connu cette…

— Eve.

— C'est cela. Evelyn Ross.

— Nous partagions une chambre.

— Tiens donc. C'était quand, ça ?

— Jusqu'en janvier.

Finneran entra, fit un signe de tête à Tilson, puis s'adossa au mur.

— Reprenons. Lorsque Mackey a réveillé votre amie qui était allongée dans l'allée, poursuivit Tilson, elle a refusé de lui dire son nom. Pourquoi, à votre avis ?

— Peut-être n'avait-il pas demandé poliment.

Tilson sourit.

— Que fait votre amie dans la vie ?

— Elle ne travaille pas en ce moment.

— Et vous ?

— Je suis dactylo.

Tilson leva les mains en faisant semblant de taper à la machine.

— C'est ça.

— Alors, qu'est-ce qui lui est arrivé, à votre amie ?

— Comment ça ?

— Vous savez bien. Les cicatrices.

— Elle a eu un accident de voiture.

— Elle devait rouler très vite.

— On nous est rentré dedans par-derrière. Elle est passée à travers le pare-brise.

— Ah bon, vous aussi vous étiez dans la voiture ?

— En effet.

— Si je vous dis Billy Bowers. Le nom vous rappelle quelque chose ?

— Non. Il devrait ?

— Et Geronimo Schaffer ?

— Non.

— OK, Kathy. Je peux vous appeler Kathy ?

— Tout, sauf Kathy.

— Va pour Kate, alors. Vous avez l'air intelligente.

— Merci.

— Ce ne sera pas la première fois que je verrai une fille finir comme votre amie.

— Bourrée, vous voulez dire ?

— Parfois, elles se font cogner dessus. Parfois, elles se retrouvent avec le nez cassé. Parfois…

Il laissa sa phrase en suspens pour accentuer son effet. Je souris.

— Vous faites fausse route, monsieur l'inspecteur.

— Peut-être bien. Mais il arrive qu'une fille se laisse entraîner. Je peux comprendre. Tout ce qu'elle veut, c'est gagner de l'argent. Comme nous tous. Elle ne pensait pas finir comme ça. Mais bon, on ne s'imagine jamais qu'on va finir comme ça, pas vrai ? Si on appelle ça des rêves, il y a bien une raison, non ?

Finneran grommela, manière d'approuver la formule de Tilson.

Lorsqu'ils me ramenèrent dans la salle d'accueil du commissariat, Eve était là, affalée sur un banc. La surveillante se tenait près d'elle, vêtue de son uniforme. Elle m'aida à la faire monter à l'arrière du taxi tandis que Tilson et Finneran observaient la scène les mains dans les poches. Le taxi démarra. Les yeux fermés, Eve se mit à imiter le bruit d'une trompette.

— Evey, qu'est-ce qui te prend ?

Elle partit d'un rire enfantin.

— En exclusivité ! Tout ! Vous saurez tout !

Puis elle s'effondra sur mon épaule et s'endormit en ronronnant.

Visiblement, elle avait eu son compte. Je lui caressai les cheveux comme si elle était une petite fille. Ils étaient encore humides après la douche au commissariat.

Arrivée à 11th Street, je donnai au chauffeur de taxi un dollar pour qu'il m'aide à porter Eve dans les escaliers. Nous la jetâmes sur mon lit. Ses jambes dépassaient du matelas. J'appelai l'appartement du Beresford mais personne ne répondit. Alors je pris une casserole d'eau chaude dans la cuisine et lui lavai les pieds. Puis je lui retirai sa robe et la mis sous les draps. Elle portait une combinaison qui coûtait plus cher que ma tenue complète, chaussures incluses.

Après m'avoir fait signer un document pour les objets appartenant à Eve, le sergent de service à l'accueil du commissariat avait ouvert une grande enveloppe en papier kraft. Un objet était tombé sur le bureau en faisant un petit bruit délicat – une bague de fiançailles, sertie d'un diamant sur lequel on aurait pu faire du patin à glace. À la seconde même où je le pris, mes paumes de main devinrent moites. De retour dans ma cuisine, je le sortis de ma poche et le posai sur la table. Quant à la veste de garçonne, je la mis à la poubelle.

Regardant Eve endormie, je me demandai ce qui pouvait bien se passer. Que faisait-elle ivre morte dans une ruelle ? Qu'était-il arrivé à ses chaussures ? Et où était Tinker ? Quoi qu'il en soit, Eve respirait paisiblement à présent – momentanément loin de tout cela, vulnérable, apaisée.

Le fait qu'on ne se voie jamais dans cet état est, je suppose, une ironie voulue par la vie. Nous ne sommes témoins que de notre reflet éveillé, lequel est toujours plus ou moins en train de s'agiter ou de s'inquiéter. Peut-être est-ce pour cela que les jeunes parents ne peuvent pas résister à l'envie d'espionner leurs enfants quand ils sont profondément endormis.

Le matin, pendant que nous buvions notre café et mangions des œufs au plat avec du tabasco, Eve se comporta avec son entrain habituel – elle me raconta à quel point elle avait trouvé le sud de la France barbant avec ses maisons vieillottes, ses plages surpeuplées et cette façon qu'avait Glyss de faire tout un plat quand elle repérait un De Trucmuche ou De Machinchose. S'il n'y avait pas eu les croissants et les casinos, déclara Eve, elle serait rentrée en Amérique – à pied s'il avait fallu.

Je la laissai papoter quelques minutes, puis, lorsqu'elle me demanda comment ça se passait au boulot, poussai la bague vers elle.

— Oh, dit-elle. C'est de ça qu'il s'agit.

— Je crois.

Elle hocha la tête, puis haussa les épaules.

— Tinker m'a demandé de l'épouser.

— C'est super, Eve. Félicitations.

Elle me regarda, interloquée.

— Tu plaisantes ? Mais bon sang, Katey ! J'ai refusé !

Alors elle me raconta tout. Les choses s'étaient passées exactement comme Generous l'avait dit : Tinker l'avait emmenée sur le yawl avec le champ et le poulet. Après déjeuner, ils s'étaient baignés, séchés, puis Tinker avait mis un genou à terre et sorti la bague cachée dans la salière. Eve lui avait immédiatement répondu non. Plus précisément, elle lui avait dit : *Pourquoi tu ne me fais pas de nouveau passer par le pare-brise, tant qu'on y est ?*

Lorsque Tinker lui tendit la bague, elle ne voulut même pas la toucher. Il fut obligé de la lui mettre de force dans la main en insistant pour qu'elle réfléchisse. Ce dont elle n'avait pas besoin. Elle dormit comme un bébé, se réveilla à l'aube, fourra ses affaires dans un sac et se faufila par la porte de derrière pendant que Tinker dormait.

Ambitieuse, déterminée, pragmatique, on pouvait penser ce que l'on voulait d'elle, Eve surprenait toujours. Je me souvins d'elle six mois auparavant, vêtue de blanc, allongée sur le sofa dans l'appartement de Tinker, en train de dissoudre ses barbituriques dans son gin. Elle s'était réveillée de cette langueur de mangeuse d'opium pour épuiser la ville sous nos regards admiratifs, envieux, méprisants. Nous pensions qu'elle manœuvrait pour se faire épouser, alors qu'elle jouait avec nos opinions pleines de suffisance, telle une chatte tapie dans l'herbe.

— Si seulement tu avais vu ça, dit-elle avec un sourire nostalgique. Tu en aurais pissé dans ta culotte. Imagine : il passe une semaine à préparer ce petit scénario et à peine je lui dis non, il échoue le yawl de son pote sur un banc de sable. Il ne savait pas quoi faire de lui-même. Il est entré et sorti de cette cabine au moins une centaine de fois pour chercher une fusée éclairante. Il a réduit les voiles. Escaladé le mât. Il est même descendu du bateau pour pousser.

— Et toi, tu faisais quoi ?

— J'étais allongée sur le pont avec le reste du champagne. À écouter le sifflement du vent, le claquement des voiles, le clapotis des vagues.

Eve beurrait une tartine, plongée dans ses souvenirs, l'air presque rêveuse.

— C'était la première fois depuis six mois que je passais trois heures tranquille, dit-elle.

Puis elle planta le couteau dans le beurre comme on plante une banderille dans le dos d'un taureau.

— Le plus drôle, c'est qu'on ne s'aime pas.

— Arrête.

— Tu sais ce que je veux dire. On a eu de bons moments. Mais la plupart du temps, il dit blanc et moi je dis noir. On n'a rien en commun.

— Tu penses que c'est comme ça qu'il voyait les choses ?

— Oui. En pire, même.

— Alors pourquoi est-ce qu'il t'a demandée en mariage ?

Elle but une gorgée de café et fixa sa tasse, l'œil sombre.

— Et si on relevait un peu ce café ?

— Fais comme tu veux. Moi, je travaille dans une demi-heure.

Elle dénicha un fond de whisky dans un placard et se fit un irish coffee. Elle se rassit, et tenta de changer de sujet.

— Ils sortent d'où, tous ces livres ?

— Minute, papillon. Je suis sérieuse. S'il disait blanc quand tu disais noir, pourquoi t'a-t-il demandée en mariage ?

Elle posa sa tasse en haussant les épaules.

— C'est de ma faute. Je suis tombée enceinte et le lui ai annoncé quand on est arrivés en Angleterre. J'aurais dû fermer ma gueule. Déjà qu'il était rasoir quand je suis sortie de l'hôpital, tu imagines ce que ça a donné avec cette histoire.

Eve alluma une cigarette. Elle pencha la tête en arrière et souffla la fumée vers le plafond. Puis elle secoua la tête.

— Méfie-toi des types qui pensent qu'ils te doivent quelque chose. C'est eux qui te rendront vraiment folle.

— Alors qu'est-ce que tu comptes faire ?

— Tu veux dire, de ma vie ?

— Non. Du bébé.

— Oh. J'ai réglé tout ça à Paris. Mais je n'avais pas encore trouvé le moyen de le lui dire. Je voulais faire ça en douceur. Au bout du compte, j'ai été obligée d'être brutale.

Nous restâmes silencieuses quelques instants. Je me levai pour desservir.

— Je n'avais pas le choix, expliqua Eve. Il m'avait coincée. On était en pleine mer.

J'ouvris le robinet.

— Katey, si tu te mets à faire la vaisselle comme ma mère, je me jette par la fenêtre.

Je revins m'asseoir. Elle se pencha et me prit la main.

— Ne fais pas cette mine déçue. Je ne le supporte pas – pas de ta part à toi.

— C'est juste que tu me prends au dépourvu.

— Je vois ça. Mais il faut que tu comprennes. J'ai été élevée pour avoir des enfants, des cochons et des champs de blé et pour remercier le Seigneur de m'accorder ces privilèges. Mais depuis l'accident, j'ai appris deux ou trois choses. Et je préfère nettement rester de ce côté-ci du pare-brise.

C'était exactement comme elle l'avait toujours dit : elle était prête à supporter beaucoup de choses, mais pas à être dominée.

Elle pencha la tête pour étudier mon visage.

— Tu n'es pas choquée par tout ça, dis-moi.

— Mais non.

— Parce que c'est moi, la putain de catholique, OK ?

J'éclatai de rire.

— Ouais, c'est toi la putain de catholique.

Elle écrasa sa cigarette et ouvrit le paquet. Il en restait une. Elle la prit, jeta l'allumette par-dessus son épaule, puis elle me la tendit comme un calumet de la paix. Je tirai une bouffée avant de la lui rendre. Silencieuses, nous continuâmes à partager le tabac.

— Qu'est-ce que tu comptes faire maintenant ? lui demandai-je au bout d'un moment.

— Je ne sais pas. J'ai le Beresford pour moi toute seule quelque temps, mais je n'ai pas l'intention de rester. Mes parents me harcèlent pour que je vienne les voir. Peut-être que je vais y aller.

— Et Tinker, qu'est-ce qu'il va faire ?

— Peut-être retourner en Europe, d'après ce qu'il dit.

— Pour combattre les fascistes en Espagne ?

Eve me regarda, l'air incrédule, puis éclata de rire.

— Tu parles, ma vieille ! Il va combattre les vagues sur la Côte d'Azur !

Trois jours plus tard, alors que je me préparais à aller me coucher, le téléphone sonna.

Depuis que j'avais vu Eve, je l'attendais, ce coup de fil – tard dans la nuit, au moment où New York était plongée dans le noir et où, à des milliers de kilomètres, le soleil se levait sur une mer bleu cobalt. Un appel qui, sans une certaine plaque de verglas sur Park Avenue, serait venu six mois plus tôt – autant dire une éternité. Je sentis mes battements de cœur s'accélérer. Je me rhabillai et répondis.

— Allô ?

Une voix patricienne et lasse se fit entendre :

— Katherine ?

— Mr Ross ?

— Désolé de vous déranger si tard, Katherine. Je voulais juste savoir si par chance…

Il y eut un long silence tandis que vingt ans de paternité et quelques centaines de kilomètres carrés d'Indiana tentaient de contenir leurs émotions.

— Mr Ross ?

— Désolé. Il vaut mieux que je vous explique. D'après ce que j'ai compris, les relations entre Eve et ce Tinker sont terminées.

— En effet. J'ai vu Eve il y a quelques jours et c'est ce qu'elle m'a dit.

— Ah. Bon. Je… C'est-à-dire, Sarah et moi… avons reçu un télégramme d'elle annonçant qu'elle rentrait à la maison. Mais quand nous sommes allés la chercher à la gare, elle n'était pas là. Au début, nous avons cru que nous l'avions manquée sur le quai. Mais elle n'était ni dans le restaurant ni dans la salle d'attente. Alors nous sommes allés voir le chef de gare pour vérifier si elle était sur la liste des passagers. Il n'a pas voulu nous le dire. C'est contraire à leur règlement ou je ne sais quoi. Bref. Il a quand même fini par nous dire qu'elle était bien montée dans le train à New York. Ce n'était pas qu'elle n'avait pas pris le train. Simplement, elle n'était pas descendue à Chicago. Il nous a fallu plusieurs jours pour avoir le contrôleur au bout du fil. Il se trouvait à Denver et faisait route vers l'est. Mais il se souvenait d'elle – à cause de la cicatrice. Il nous a raconté qu'au moment où le train arrivait à Chicago, elle avait payé un supplément. Pour aller jusqu'à Los Angeles.

Mr Ross se tut un instant pour rassembler ses esprits.

— Vous comprenez, Katherine, pourquoi nous sommes assez inquiets. J'ai tenté de contacter Tinker, mais visiblement, il est parti à l'étranger.

— Mr Ross, je ne sais pas quoi vous dire.

— Katherine, je ne vous demanderai jamais de révéler un secret qu'on vous aurait confié. Si Eve ne souhaite pas que nous sachions où elle est, je l'accepte. C'est une adulte. Elle est libre de prendre ses décisions. Simplement, nous sommes des parents. Un jour, vous comprendrez. Nous ne voulons pas nous mêler de ses histoires. Nous voulons simplement nous assurer qu'elle va bien.

— Mr Ross, si je savais où Eve se trouve, je vous le dirais – même si elle m'avait fait jurer de me taire.

Mr Ross étouffa un soupir, qui n'en devint que plus bouleversant.

J'imaginais la scène : les Ross, réveillés aux aurores, prennent la route de Chicago, sans doute avec la radio éteinte. Ils n'échangent que de rares paroles. Non qu'ils fassent partie de ces couples caricaturaux dont le temps a fait des inconnus, mais dans cet instant d'intimité émotionnelle ils se laissent porter par un sentiment d'amertume adoucie : leur fille, férocement indépendante, brisée par New York, rentre enfin à la maison. Habillés comme pour la messe du dimanche, ils passent les portes à tambour, se frayent un chemin à travers la mêlée démocratique des arrivées et des départs, un brin inquiets mais surtout heureux à l'idée de remplir cette mission essentielle non seulement pour leur famille mais aussi pour l'espèce. Comme il a dû être terrible, ce moment où ils ont commencé à se dire que finalement, leur fille n'était peut-être pas là.

Pendant ce temps, dans une autre gare à des milliers de kilomètres de là – un bâtiment empli de couleurs et de lumière, dont l'architecture reflète l'optimisme du style moderne de l'Ouest plutôt que la tristesse industrieuse des immenses gares américaines du XIXe siècle –, Eve sort du train. Elle n'a pas de grosse valise à récupérer et débouche en boitant sur une rue bordée de palmiers, sans être fixée sur l'endroit où elle va. Elle ressemble à une starlette venue d'une contrée plus dure et plus impitoyable.

Une immense vague de compassion pour Mr Ross me submergea.

— J'envisage de faire appel à un détective privé pour la trouver, dit-il, doutant manifestement que ce fût la solution. Est-ce qu'elle connaît quelqu'un à Los Angeles ?

— Non, Mr Ross. Je ne crois pas qu'elle connaisse une seule personne en Californie.

Mais si Mr Ross voulait engager un détective, j'avais un conseil à lui donner : faire le tour de tous les prêteurs sur gages installés dans le quartier de la gare à la recherche d'une bague de fiançailles avec un gros diamant et d'un pendant d'oreille auquel il manquait son alter ego – parce que c'était là que venait de commencer l'avenir d'Evelyn Ross.

Le lendemain, Mr Ross rappela. Cette fois, il ne me posa aucune question. Il voulait juste me mettre au courant des dernières nouvelles. Plus tôt dans la journée, il avait contacté quelques-unes des filles de chez Mrs Martingale – aucune n'avait eu de nouvelles d'Eve. Il avait appelé le bureau des personnes disparues à Los Angeles, mais dès qu'ils avaient su qu'Evelyn était majeure et avait payé son billet, ils lui avaient expliqué qu'elle ne correspondait pas à ce que la loi appelait une personne disparue. Pour rassurer Mrs Ross, il avait aussi vérifié dans les hôpitaux et les cliniques.

Comment Mrs Ross prenait-elle la chose ? Comme quelqu'un qui est deuil, mais en pire. Lorsqu'une mère perd sa fille, elle pleure l'avenir que son enfant n'aura jamais, mais peut se consoler dans le souvenir des jours passés ensemble. Mais lorsque votre fille s'enfuit, ce sont ces souvenirs heureux qui meurent ;

et l'avenir de votre enfant, pourtant bien vivante, vous abandonne comme la vague abandonne la plage.

La troisième fois que Mr Ross m'appela, il n'avait pas grand-chose à m'apprendre. En parcourant des lettres d'Eve (pour y chercher des noms de gens susceptibles de l'aider), il avait trouvé celle où Eve racontait notre première rencontre : *Hier soir, j'ai renversé une assiette de nouilles sur les genoux d'une des filles. En fait, c'est une fille épatante.* Mr Ross et moi rîmes tous les deux de bon cœur.

— J'avais oublié qu'Eve avait une chambre seule en arrivant là-bas. Vous vous êtes installées ensemble à quel moment ?

Je compris alors dans quel pétrin je m'étais fourrée.

Mr Ross était lui aussi en deuil, mais il devait se montrer fort pour sa femme. Alors il cherchait une personne avec laquelle il pourrait se souvenir, quelqu'un qui connaîtrait Eve tout en se trouvant à une distance rassurante. Et je remplissais parfaitement ces conditions.

Il n'était pas question pour moi de faire preuve de froideur. En outre, cette petite conversation ne me dérangeait pas tant que ça. Mais combien d'autres suivraient ? Pour ce que j'en savais, il était du genre à guérir lentement. Ou pire, à savourer son chagrin plutôt que de l'oublier. Comment allais-je me tirer de cette situation le moment venu ? Je n'allais pas renoncer à répondre au téléphone. Serais-je obligée de me montrer un peu grossière jusqu'à ce qu'il pige ?

Lorsque le téléphone sonna quelques jours plus tard, je pris la voix d'une jeune femme en train d'enfiler son manteau et s'apprêtant à partir.

— Allô ?

— C'est toi, Katey ?

…

— Tinker ?

— Pendant une seconde j'ai cru que je m'étais trompé de numéro, dit-il. Ça fait du bien d'entendre ta voix.

…

— J'ai vu Eve, dis-je.

…

— C'est ce que je me disais, en effet.

Il eut un petit rire forcé.

— On peut dire que j'ai complètement raté 1938.

— Comme le reste du monde.

— Non. Moi particulièrement. Depuis la première semaine de janvier, j'ai systématiquement pris les mauvaises décisions. Je crois qu'Eve en avait marre de moi depuis plusieurs mois.

Pour illustrer son propos par une triste parabole, il me raconta qu'en France il avait pris l'habitude de se coucher tôt pour se lever avec le soleil et aller nager. L'aube était tellement belle, dit-il, et si différente du coucher du soleil, qu'il avait proposé à Eve de la regarder avec lui. Pour toute réponse, elle s'était mise à porter des lunettes de soleil et à faire la grasse matinée jusqu'à midi. Enfin, le dernier soir, alors que Tinker se couchait, elle était allée seule au casino pour jouer à la roulette jusqu'à cinq heures du matin – et était rentrée, ses chaussures à la main, juste à temps pour le rejoindre sur la plage.

Tinker me raconta cela comme si l'anecdote était embarrassante pour tous les deux. Je ne voyais pas les choses ainsi. Si limitée, facile, imparfaite et ténue qu'ait été leur relation, cette petite histoire n'avait rien d'humiliant, ni pour elle ni pour lui. Pour ma part, l'image de Tinker se levant seul pour profiter d'un lever de soleil qu'il voulait partager et celle d'Eve débarquant à la toute dernière minute de l'autre bout de la ville illustraient ce qu'il y avait de meilleur en eux.

Dans chacune de mes conversations téléphoniques imaginaires avec Tinker, il avait une voix différente. Parfois, il paraissait brisé. D'autres fois, perdu. Ou encore contrit. Mais chaque fois déboussolé, piégé dans une situation qu'il avait lui-même créée. Pourtant, maintenant que je l'avais au bout du fil, il ne semblait pas du tout déboussolé. Bien que clairement calmé par ses déconvenues, il parlait sur un ton égal et aisé, qui avait quelque chose d'ineffable, de presque enviable. Il me fallut un certain temps pour comprendre qu'il exprimait du soulagement. Tinker avait la voix de quelqu'un qui, assis sur le trottoir d'une ville inconnue après l'incendie de son hôtel, n'a pour ainsi dire rien perdu, sauf la vie.

Mais qu'elle soit brisée, bouleversée, détendue, ou soulagée, la voix de Tinker ne venait pas de l'autre côté de l'océan. Elle était aussi claire que celles qu'on entendait à la radio.

— Tinker ? Tu es où ?

Il était seul au camp Wolcott des Adirondacks. Il avait passé la semaine à marcher dans la forêt et à ramer sur le lac en songeant aux événements des six derniers mois. Mais à présent il craignait de devenir fou s'il ne parlait à personne. Alors il me demandait si cela me dirait de venir passer une journée avec lui. Ou de prendre le train le vendredi après le travail pour rester le week-end. La maison, dit-il, était incroyable et le lac superbe et…

— Tinker, dis-je, tu n'as pas besoin de me donner de raisons.

Après avoir raccroché, je restai un moment à regarder par la fenêtre en me demandant si j'aurais dû lui dire non. Dans la cour morne derrière mon immeuble, un patchwork de fenêtres était tout ce qui me séparait d'une centaine de vies muettes et dépourvues de mystère, de menace ou de magie. À vrai dire, je crois que je connaissais Tinker Grey à peine plus que ces gens-là ; pourtant, bizarrement, j'avais l'impression de le connaître depuis toujours.

Je traversai la pièce.

De sous une pile d'auteurs anglais, je tirai *Les Grandes Espérances*. Là, coincée entre les pages du vingtième chapitre, se trouvait la lettre de Tinker où il décrivait la petite église près de la mer, la veuve de pêcheur, le lutteur qui mangeait des mûres, les écolières qui riaient comme des mouettes – hommage implicite à l'ordinaire. Je tentai de lisser les rides du papier fin. Puis, m'asseyant, je lus la lettre pour la énième fois.

18

L'instant présent

Le « camp » des Wolcott était une maison à un étage décorée dans le style Arts & Crafts[1]. Je la découvris à une heure du matin, dressée dans les ténèbres comme une bête élégante venue se désaltérer au bord de l'eau.

Nous gravîmes les marches en bois de la véranda et pénétrâmes dans un immense salon avec une cheminée en pierre dans laquelle on pouvait se tenir debout. Le plancher de pin noueux était couvert de tapis navajos dans toutes les teintes de rouge imaginables. De solides chaises en bois étaient disposées par petits groupes pour permettre à la haute saison aux différentes générations de Wolcott de jouer aux

1. Arts & Crafts : mouvement artistique anglais, surtout actif entre 1880 et 1910, caractérisé par la valorisation du travail de l'artisan, et qui s'est exprimé dans la fabrication d'objets usuels (lampes, tables, tapis, argenterie). Parmi ses représentants figurent Edward Burne-Jones, William Morris et Charles Rennie Mackintosh.

cartes, de lire ou de faire des puzzles en restant à la fois dans leur coin et en famille. L'ensemble baignait dans la lumière chaude et jaune des lampes à abat-jour. Je me souvins de ce que Wallace m'avait dit : même s'il ne passait que quelques semaines par an dans les Adirondacks, il avait toujours l'impression d'y être chez lui – et ce n'était pas difficile de comprendre pourquoi. On devinait déjà l'endroit où le sapin de Noël serait installé en décembre.

Tinker commença à me raconter avec enthousiasme l'histoire de la maison, évoquant la présence des Indiens dans la région, la formation esthétique de l'architecte. Mais j'avais entamé ma journée à six heures du matin et travaillé dix heures à *Gotham*. Si bien que mes paupières se laissaient bercer par l'odeur de fumée et le grondement lointain du tonnerre comme la proue d'un navire par l'onde.

— Désolé, dit Tinker en souriant. C'est juste que je suis tellement content de te voir. On continuera ça demain matin.

Prenant mon sac, il m'emmena à l'étage. Je découvris un couloir ponctué de portes. Cette maison devait pouvoir héberger au moins vingt personnes.

— Tu n'as qu'à prendre celle-ci, dit Tinker en entrant dans une petite pièce meublée de deux lits jumeaux.

Il posa mon sac sur le bureau à côté d'une cuvette en porcelaine. Fixées au mur, les anciennes lampes à gaz reconverties illuminaient la pièce, mais Tinker alluma quand même la lampe à huile posée sur la table de chevet.

— Il y a de l'eau fraîche dans la cruche. Si jamais tu as besoin de quelque chose, ma chambre est au bout du couloir.

Il me serra les mains en me disant qu'il était vraiment content que je sois venue. Puis il se retira.

Tout en défaisant mon sac, je l'entendis descendre l'escalier, verrouiller la porte principale, disperser les braises dans la cheminée, éteindre les lampes. Puis, du fond de la maison me parvint le bruit sec d'un commutateur qu'on coupait. Le grondement lointain que j'avais pris pour celui du tonnerre cessa et toutes les lumières s'éteignirent. Les pas de Tinker résonnèrent sur les marches et s'enfoncèrent vers l'aile ouest de la maison.

Je me déshabillai à la lumière de la lampe du XIXe siècle. Sur le mur, mon ombre fit les gestes de plier mon chemisier et de brosser mes cheveux. Je posai mon livre sur la table de chevet sans la moindre intention de l'ouvrir et me glissai sous les couvertures. Le lit devait dater d'une époque où les Américains étaient plus petits : je touchais carrément le bout. Il était étonnement froid, si bien que je dépliai la couette qui en ornait le pied. Puis je finis quand même par ouvrir mon livre.

En arrivant à Penn Station le soir, je m'étais rendu compte que je n'avais rien à lire ; alors, après avoir parcouru les titres des livres de poche vendus au kiosque à journaux (romans à l'eau de rose, westerns, romans d'aventures), j'avais choisi un Agatha Christie. À l'époque, j'avais lu très peu de romans policiers. Appelons cela du snobisme. Mais une fois dans le train, quand, lassée de regarder par la fenêtre, je m'aventurai dans l'univers de Mrs Christie, je découvris à ma grande surprise que le livre était très divertissant. Le crime dont il s'agissait avait pour cadre une grande demeure britannique et l'héroïne était une héritière adepte de la chasse au renard qui, à la page 45, avait déjà frôlé deux fois la mort.

Je passai directement au chapitre 8. Quelques personnages vaguement suspects prenaient le thé dans un salon. Ils parlaient d'un jeune homme du coin qui était parti se battre contre les Boers et n'était jamais revenu. Des lys envoyés par un admirateur secret trônaient dans un vase sur le piano. La scène était suffisamment éloignée dans l'espace et le temps pour que je sois obligée de lire le début du septième paragraphe une deuxième, puis une troisième fois. Au bout de la quatrième tentative, je baissai la mèche de ma lampe et la pièce fut plongée dans l'obscurité.

La poitrine écrasée par le poids de la couette, je sentais les battements de mon cœur – comme si celui-ci continuait à marquer le tempo, mesurant les jours comme un métronome réglé sur une échelle finement graduée quelque part entre impatience et sérénité. Je restai allongée un moment à écouter les bruits de la maison, le vent, le hululement de ce qui devait être une chouette. Je finis par m'endormir en guettant des bruits de pas qui ne viendraient pas.

— Debout là-dedans !

Tinker se tenait dans l'embrasure de la porte.

— Quelle heure est-il ?

— Huit heures.

— La maison est en feu ou quoi ?

— C'est tard pour des campeurs.

Il me lança une serviette.

— J'ai mis le petit-déjeuner en route. Descends quand tu seras prête.

Je me levai et m'aspergeai le visage. En regardant par la fenêtre, je vis que la journée s'annonçait fraîche, ensoleillée, idéalement automnale. J'enfilai donc ce qui me tenait lieu de tenue de chasse au renard et pris mon livre, persuadée que la matinée se déroulerait au coin du feu.

Des photos de famille couvraient les murs du couloir du sol au plafond, exactement comme dans l'appartement de Tinker. Il me fallut quelques minutes, mais je finis par repérer des photos de Wallace enfant : sur la première, il posait à six ans dans un regrettable costume marin ; mais sur la seconde, il avait dix ou onze ans, se trouvait avec son grand-père dans un canoë en écorce de bouleau et tous deux brandissaient les prises du jour. À en juger par leurs visages, on avait l'impression qu'ils tenaient le monde entier par les ouïes.

Attirée par d'autres photos, je passai l'escalier et poursuivis mon exploration vers l'autre aile de la maison. Tout au fond du couloir se trouvait la chambre que Tinker avait choisie, meublée de deux lits superposés. Il dormait sur le petit lit du bas. Il y avait un livre sur la table de chevet. Hercule Poirot me chuchota à l'oreille d'entrer sur la pointe des pieds et de prendre le livre. C'était *Walden*. Un cinq de trèfle indiquait la page où était arrivé le lecteur – même si, au vu des couleurs utilisées pour souligner certains passages, il en était au moins à sa deuxième lecture.

Simplicité, simplicité, simplicité ! Je vous le dis, contentez-vous de deux ou trois, et non de cent ou de mille ; au lieu d'un million, comptez par demi-douzaines, et maîtrisez vos dépenses. Au milieu de cette mer agitée qu'est la vie civilisée, il y a tant de nuages et de tempêtes et de sables mouvants et de milliers de choses à prendre en compte qu'un homme doit, s'il ne veut pas couler et toucher le fond avant d'arriver au port, vivre au jugé, et il lui faut être un calculateur hors pair pour parvenir…

Le fantôme de Henry David Thoreau m'adressa un regard sévère – et bien mérité. Je reposai le livre, sortis discrètement de la pièce et descendis les escaliers.

Dans la cuisine, Tinker faisait cuire des œufs et du jambon dans un grand poêlon noir. Deux couverts étaient dressés sur une petite table de cuisine dont le dessus était en émail blanc. Quelque part dans la maison, il devait bien y avoir une table en chêne pour douze, celle de la cuisine ne pouvant accueillir tout au plus qu'une cuisinière, une gouvernante, et trois des petits-enfants Wolcott.

La tenue de Tinker ressemblait de manière gênante à la mienne – pantalon en toile, chemise blanche – sauf que lui portait de grosses bottes en cuir. Après avoir posé les assiettes sur la table, il versa le café et s'installa en face de moi. Il avait l'air en forme. Sa peau avait perdu son impeccable bronzage méditerranéen, pris un aspect plus rugueux, et ses cheveux ondulaient sous l'effet de l'humidité estivale. Sa barbe d'une semaine l'avantageait – elle était suffisamment fournie pour éviter l'effet gueule de bois sans pour autant lui donner l'allure d'un ermite. Tout en lui reflétait cette nonchalance que j'avais perçue au téléphone. Il m'adressa un large sourire.

— Qu'est-ce qu'il y a ? lui demandai-je.

— J'essayais juste de t'imaginer en rouquine.

— Désolée, dis-je en éclatant de rire. Les cheveux roux, c'est fini pour moi.

— Dommage que je n'aie pas vu ça. C'était comment ?

— Je crois que ça a révélé la Mata Hari qui sommeille en moi.

— Il faudra qu'on la fasse ressortir de sa cachette.

Une fois le petit-déjeuner fini, la table débarrassée et la vaisselle faite, Tinker claqua dans ses mains.

— Une petite randonnée, ça te dit ?

— Je ne suis pas du genre à randonner.

— Moi, je suis persuadé du contraire. Mais tu ne le sais pas encore. Tu verras, depuis Pinyon Peak, on a une vue extraordinaire du lac.

— J'espère que tu ne vas pas être guilleret comme ça tout le week-end.

Il partit d'un grand rire.

— Il y a un risque que si.

— En plus, je n'ai pas apporté de bottes.

— Ah ! C'est donc ça, le problème ?

Me faisant signe de le suivre, il m'entraîna jusqu'à l'autre bout du salon, où un couloir menait à une salle de billard. Là, il ouvrit une porte d'un grand geste théâtral, révélant une sorte de débarras avec des imperméables accrochés à des patères, des chapeaux posés sur des étagères et des bottes de toutes formes et de toutes tailles alignées le long de la plinthe. Sur son visage se lisait la fierté d'Ali Baba révélant les trésors des quarante voleurs.

Derrière la maison, une piste menait à travers un bosquet de pins à une dense forêt de chênes ou d'ormes, bref, d'arbres américains gigantesques. Pendant la première heure, la montée fut progressive. Nous marchâmes d'un pas tranquille dans la pénombre, épaule contre épaule, en devisant comme des amis d'enfance pour lesquels chaque conversation est, malgré le temps qui passe, un prolongement de la précédente.

Nous parlâmes de Wallace, de l'affection que nous éprouvions tous les deux pour lui. Nous parlâmes également d'Eve. Je lui racontai sa fuite en Californie. Il déclara en riant qu'il ne s'attendait pas à celle-là, mais que finalement il n'était pas si surpris que ça. Hollywood, ajouta-t-il, n'avait aucune idée de ce qui l'attendait : dans moins d'un an, Eve serait devenue soit star, soit directrice d'un studio.

À l'entendre ainsi parler de la future vie d'Eve, jamais on n'aurait soupçonné ce qui s'était passé entre eux. On les aurait pris pour des camarades de longue date éprouvant l'un pour l'autre une affection intacte. Peut-être était-ce d'ailleurs le cas. Peut-être leur relation était-elle redevenue pour Tinker ce qu'elle était le 3 janvier. Peut-être la deuxième moitié de l'année avait-elle été coupée au montage, comme une scène mal écrite.

À mesure que nous avancions, notre conversation devint intermittente, à l'image du soleil à travers les branches. Des écureuils se sauvaient à notre approche et des oiseaux à queue jaune voletaient de branche en branche. L'air sentait le sumac, le sassafras, et d'autres plantes aux sonorités douces. Je me pris à croire que Tinker avait peut-être raison, que j'étais faite pour la randonnée.

Puis la pente devint de plus en plus forte, jusqu'à être aussi raide qu'un escalier. Nous grimpâmes en silence, l'un derrière l'autre. Une heure passa, ou peut-être quatre. Mes bottes rétrécirent d'une taille et mon talon gauche devint douloureux, comme si j'avais marché sur une poêle bouillante. Je tombai deux fois, salissant mon beau pantalon. Quant à ma chemise blanche, cela faisait un bon moment qu'elle était trempée de sueur. Je commençais à me demander s'il me restait suffisamment de sang-froid pour m'enquérir : *C'est encore loin ?* avec un détachement négligent et désinvolte. C'est alors que les arbres commencèrent à s'espacer et que la pente s'adoucit. Tout d'un coup, nous nous retrouvâmes sur un pic rocheux en plein ciel d'où l'horizon s'étalait, vierge de toute marque humaine.

Tout en bas, large de près de deux kilomètres et long de huit, le lac ressemblait à un reptile noir géant qui aurait traversé en rampant les régions reculées de l'État de New York.

— Et voilà, dit Tinker. Tu comprends ?

En effet, je comprenais. Je comprenais pourquoi, sentant que sa vie sombrait dans le chaos, Tinker avait choisi de venir ici.

— Le paysage est exactement tel qu'il est apparu à Œil-de-Faucon, dis-je en m'installant sur la pierre.

Tinker sourit en constatant que je me souvenais du personnage qu'il aurait voulu être l'espace d'une journée.

— En effet, convint-il en sortant les sandwiches d'une boîte qui était dans son sac à dos.

Puis il s'assit à quelques mètres de moi – en vrai gentleman.

Pendant que nous mangions, il évoqua l'époque où sa famille passait le mois de juillet dans le Maine et où son frère et lui randonnaient dans les Appalaches pendant parfois plusieurs jours de suite – équipés d'une tente, d'une boussole et de couteaux de poche que leur mère leur avait offerts pour Noël et qu'ils avaient attendu six mois pour utiliser.

Nous n'avions pas mentionné Saint-George ou le changement de situation subi par Tinker quand il y étudiait. Il était hors de question pour moi d'aborder le sujet. Mais à sa façon de parler de ces randonnées dans le Maine avec son frère, il me fit comprendre qu'il s'agissait d'une période heureuse suivie de jours moins favorables.

Le déjeuner fini, je m'allongeai en plaçant le sac de Tinker sous ma tête pendant qu'il cassait des bâtons et essayait de les lancer sur un petit lit de mousse à sept mètres de distance, à la façon d'un petit garçon pour qui il n'y a pas de promenade sans son championnat du monde personnel. Ses manches étaient relevées et à force de s'exposer au soleil de l'été, il avait des taches de rousseur sur les avant-bras.

— Alors comme ça, tu étais un fan de Fenimore Cooper ? lui demandai-je.

— Oh, j'ai dû lire *Le Dernier des Mohicans* et *Le Tueur de daims* trois fois. Mais à l'époque, j'aimais tous les romans d'aventure : *L'Île au trésor*, *Vingt Mille Lieues sous les mers*, *L'Appel de la forêt*…

— *Robinson Crusoé*.

Il sourit.

— Tu sais, j'ai acheté *Walden* après que tu as dit que tu l'emporterais sur une île déserte.

— Qu'est-ce que tu en as pensé ?

— Oh, au début je n'étais pas sûr d'aimer. Quatre pages avec un type seul dans une cabane qui philosophe sur l'histoire humaine et essaie de ne garder de la vie que l'essentiel…

— Et finalement ?

Tinker cessa de casser ses bâtons et regarda au loin.

— Finalement, j'ai trouvé que c'était la plus extraordinaire de toutes les aventures.

À environ trois heures, un front de nuages bleu-gris apparut à l'horizon et la température commença à baisser. Tinker tira de son sac un gros pull irlandais qu'il me donna. Nous reprîmes le chemin en sens inverse en essayant de ne pas nous laisser rattraper par le mauvais temps. Au moment où nous entrions dans la forêt, il se mit à pleuvoir, et les premiers coups de tonnerre retentirent pile quand nous montions les marches de la véranda.

Tinker fit un grand feu dans la cheminée. Nous nous installâmes sur le tapis navajo posé devant le foyer. Tinker prépara du porc, des haricots et du café directement sur les braises, et la chaleur fit apparaître les constellations rouges sur ses joues. Au moment où je faisais passer par-dessus ma tête le pull qu'il m'avait prêté, la laine humide répandit une odeur chaude et terreuse qui me rappela un autre moment. Il me fallut plusieurs minutes pour comprendre qu'il s'agissait de cette nuit de neige où nous étions entrés sans billets au Capitol Theatre et où je m'étais retrouvée lovée dans le manteau laineux de Tinker.

Pendant que je buvais une deuxième tasse de café, Tinker remua le feu avec un bâton, soulevant des étincelles.

— Dis-moi quelque chose que personne ne sait sur toi, dis-je.

Il se mit à rire, comme si je plaisantais, avant de réfléchir.

— D'accord, répondit-il en se tournant légèrement vers moi. Tu te souviens du jour où nous nous sommes rencontrés par hasard dans ce petit *diner* en face de Trinity Church ?

— Oui…

— Je t'avais suivie.

Je lui donnai une bourrade exactement comme Fran l'aurait fait.

— Je ne te crois pas !

— Je sais, ce n'est pas bien. Mais c'est vrai ! Eve avait mentionné le nom de ta boîte, si bien qu'un peu avant midi, je me suis caché derrière un kiosque à journaux juste en face de ton bureau pour essayer de te rattraper au moment où tu allais déjeuner. J'ai attendu quarante minutes. Et il faisait un froid !

Le souvenir de ses oreilles toute rouges me fit éclater de rire.

— Qu'est-ce qui t'avait donné une idée pareille ?

— Je n'arrêtais pas de penser à toi.

— Tu parles !

— Je t'assure.

Il me regarda en souriant tendrement.

— Dès le départ, j'ai perçu en toi un calme – comme cette sorte de tranquillité intérieure dont on parle dans les livres, mais que personne ne semble posséder. Je me suis demandé : *Comment fait-elle ?* Et j'en ai conclu que ce calme ne pouvait être dû qu'à l'absence de regrets – qu'au fait d'avoir effectué des choix avec… une telle assurance, une telle détermination. J'en suis resté un peu interloqué. Et j'ai vraiment eu envie de revoir ça.

Quand nous montâmes nous coucher après avoir éteint les lumières et dispersé les braises, nous semblions tous les deux prêts pour une bonne nuit de sommeil. Sur les marches, nos ombres tanguaient avec le mouvement des lampes que nous portions. En arrivant sur le palier, nous nous rentrâmes dedans. Il s'excusa. Nous restâmes là un instant, gênés, puis il déposa sur ma joue un baiser amical et prit la direction de l'ouest tandis que j'allais vers l'est. Nous fermâmes nos portes et nous déshabillâmes. Nous grimpâmes dans nos petits lits et lûmes distraitement quelques pages avant d'éteindre nos lampes.

En remontant la couette dans la pénombre, je pris conscience du vent. Dévalant Pinyon Peak, il secouait les arbres et les vitres comme si lui aussi était trop agité pour se décider.

Il y a dans *Walden* un passage souvent cité dans lequel Thoreau nous exhorte à trouver notre étoile Polaire et à la suivre scrupuleusement comme le ferait un marin ou un esclave fugitif. C'est un sentiment exaltant, un sentiment clairement digne de nos aspirations. Mais même quand on est suffisamment discipliné pour garder le cap, le vrai problème, ai-je toujours pensé, est de savoir dans quelle partie des cieux notre étoile réside.

Un autre passage de *Walden* m'a marquée. Thoreau y dit que les hommes pensent à tort que la vérité se trouve loin d'eux – derrière l'étoile la plus éloignée, avant Adam, après le Jugement dernier. Alors qu'en fait *ces heures, ces endroits et ces circonstances sont contenus dans l'instant présent.* D'une certaine manière, cette valorisation de l'instant présent semble contredire l'exhortation à suivre notre étoile. Mais elle est tout aussi convaincante. Et ô combien plus accessible.

Je remis le pull de Tinker, descendis le couloir sur la pointe des pieds et me postai devant sa porte.

J'épiai les craquements de la maison, le bruit de la pluie sur le toit, la respiration de l'autre côté de la porte. Prenant soin de ne pas faire de bruit, je posai la main sur la poignée. Dans soixante secondes nous serions à mi-chemin entre le début et la fin des temps. Et à ce moment précis, nous aurions une chance de voir, de vivre l'instant présent, d'y succomber.

Dans exactement soixante secondes.
Cinquante. Quarante. Trente.
À vos marques
Prêts
Partez

Lorsque Tinker m'emmena à la gare le dimanche après-midi, je ne savais pas quand je le reverrais. Pendant le petit-déjeuner, il m'avait dit qu'il allait rester un peu plus longtemps chez les Wolcott pour réfléchir. Il n'indiqua pas combien de temps cela lui prendrait et je ne lui posai pas la question. Je n'étais pas une petite fille.

Je montai dans le train, avançai de quelques wagons, et m'assis du côté qui donnait sur la forêt pour que nous ne nous sentions pas obligés de nous faire des signes de main. Une fois le train parti, j'allumai une cigarette et plongeai la main dans mon sac pour prendre l'Agatha Christie. Je n'étais guère allée plus loin que le septième paragraphe du chapitre 8 et avais vraiment envie d'avancer. Or, en sortant le livre, j'aperçus quelque chose qui dépassait entre deux pages. Il s'agissait d'une carte à jouer déchirée en deux – l'as de cœur. Sur le verso était écrit : *Mata Hari – Retrouve-moi au Stork Club lundi 26 à 21 heures. Viens seule.*

Je mémorisai le message puis, le plaçant au-dessus d'un cendrier, y mis le feu.

19

La route du Kent

Le lundi 26 septembre, je téléphonai au bureau pour dire que j'étais malade.

La semaine précédente avait été éprouvante. Le 20, les brouillons de quatre articles se disputant la couverture du premier numéro étaient arrivés. Mason Tate les détesta tous les quatre. Il balança les pages à travers le bureau paysager un peu comme les Russes utilisaient les canons du Kremlin pour projeter les morceaux des corps des envahisseurs en direction de leur terre natale. Les trois jours suivants, il obligea tout le monde à rester au bureau jusqu'à 22 heures passées, histoire de bien faire comprendre qu'il était mécontent. De surcroît, Alley et moi travaillâmes la moitié du sabbat.

Bref. J'aurais été bien avisée, après m'être fait porter pâle, de retourner immédiatement au lit. Mais vu que le ciel était bleu, l'air vif, et que cette journée de septembre promettait d'être longue, je décidai de la gaspiller jusqu'à la dernière minute.

Après m'être douchée et habillé, je me rendis dans une cafétéria du Village où je bus trois tasses de café italien agrémenté de lait fumant et de copeaux de chocolat. Je pris au distributeur une pâtisserie que je coupai en morceaux, puis lus le journal de la première à la dernière page. Je remplis toutes les cases de la grille de mots croisés.

Les mots croisés sont une distraction suprême. Un mot de quatre lettres voulant dire *solo*, commençant et finissant par A. Un mot de quatre lettres signifiant vitesse, commençant et finissant par E. Un mot de quatre lettres signifiant livret, commençant et finissant par O. ARIA, ERRE, ORDO – si résiduels que soient ces mots dans le corpus de la langue, en les voyant s'insérer aussi parfaitement dans la grille, on se sentait comme un archéologue assemblant un squelette – l'extrémité du fémur se loge avec tellement de précision dans l'articulation de la hanche que cela ne peut que confirmer l'existence d'un ordre universel, voire d'une intention divine.

Les dernières cases à remplir étaient HEUR – mot de quatre lettres signifiant *bonne fortune*. Décidant que c'était un signe favorable, je sortis de la cafétéria, tournai au premier carrefour et entrai chez Isabella's.

— Quel genre de coupe désirez-vous ? demanda Luella, la nouvelle coiffeuse.

— Le genre vedette de cinéma.

— Lana Turner ou Greta Garbo ?

— Peu importe. Du moment qu'elle est rousse.

Depuis toujours, chaque fois que je me retrouvais entre les mains d'une coiffeuse, je faisais tout pour éviter la conversation : grimacer, dormir, regarder dans le miroir ; un jour, j'avais fait semblant de ne pas comprendre l'anglais. Je n'étais tout simplement pas douée pour les cancans. Pourtant, ce jour-là, lorsque Luella commença à raconter n'importe quoi sur les stars et leurs histoires d'amour, je me pris à la corriger. Non, Carole Lombard n'était pas retournée avec William Powell ; elle était toujours avec Clark Gable. Et Marlene Dietrich n'avait pas traité Gloria Swanson de vieille peau ; c'était le contraire. Je fus tout aussi surprise que Luella par l'étendue de mes connaissances. À croire que je lisais les potins depuis des années. Mais il s'agissait simplement d'histoires croustillantes que j'avais absorbées au bureau sans le vouloir. Quand on corrigeait un article, ces détails de la grosse machine hollywoodienne ne paraissaient pas si croustillants. Mais ils l'étaient pour Luella. À un moment, elle alla jusqu'à appeler deux collègues pour que je leur raconte ce que je savais sur Katharine Hepburn et Howard Hughes – estimant qu'elles ne le croiraient jamais si elles ne l'entendaient pas de source sûre. C'était la première fois de ma vie qu'on me qualifiait de source sûre, et c'était plutôt agréable. Je commençai à me dire que finalement, je savais cancaner. Randonner et cancaner ! J'en découvrais des choses sur moi ces temps-ci !

Une fois sous le sèche-cheveux, je sortis Agatha Christie de mon sac et avançai tranquillement vers le dénouement.

Poirot s'était levé exceptionnellement tôt. Il était monté jusqu'à l'ancienne chambre d'enfant, au deuxième étage du manoir. Il avait passé un doigt sur le rebord des fenêtres, ouvert celle qui donnait sur l'ouest, sorti un presse-papier en laiton de sa veste (subtilisé dans la bibliothèque au chapitre 14) et l'avait lancé sur le toit en ardoises du chien-assis qui se trouvait juste à côté de la fenêtre. Telle une bille, le presse-papier avait rebondi, roulé sur le toit, touché le chien-assis de la chambre de maître puis survolé le salon, dévalé le toit du jardin d'hiver pour finalement disparaître dans les fourrés.

Pour quelles raisons Poirot se livrait-il à ce genre d'expérience ?

À moins que…

À moins qu'il ne soupçonne quelqu'un d'avoir tué le fiancé de l'héritière puis d'être monté jusqu'à la chambre d'enfant pour jeter l'arme depuis cette fenêtre-là afin qu'elle rebondisse et tombe dans le jardin, faisant ainsi croire à tout le monde que le tireur l'avait lâchée pendant sa fuite. Ce qui permettait au meurtrier de descendre les escaliers à l'autre bout de la maison en demandant innocemment ce qui causait tout ce vacarme.

Mais pour exécuter ce plan, il fallait une bonne connaissance de la configuration du toit – le genre de connaissance qu'un enfant pouvait acquérir en jouant avec une balle. Et la seule personne qui avait descendu les escaliers après les coups de feu était… notre héroïne-héritière en personne.

Tiens tiens.

— Voyons voir ce que ça donne, dit Luella.

En sortant de chez Isabella's, je me souvins de Bitsy et de sa promesse qu'on serait grandes copines. Je décidai de lui passer un coup de fil.

— On peut se voir pour déjeuner ?

— Tu appelles d'où ? murmura-t-elle instinctivement.

— D'une cabine dans le Village.

— Tu fais l'école buissonnière ?

— Plus ou moins.

— Dans ce cas, j'arrive.

Sans hésiter, elle proposa qu'on se retrouve dans Chinatown, au restaurant Chinoiserie.

— Ça me prendra vingt minutes, dit-elle hardiment depuis l'autre bout de la ville.

Je calculai qu'il lui en faudrait trente, et dix à moi. Alors, pour lui donner une chance, j'entrai chez un bouquiniste tout près du salon de coiffure.

L'endroit portait le nom judicieux de Calypso. C'était une petite boutique ensoleillée avec des allées étroites, des étagères de travers et un libraire qui traînait les pieds et paraissait avoir fait naufrage dans MacDougal Street cinquante ans auparavant. Il me rendit mon bonjour avec réticence et fit un geste en direction des livres comme pour dire : *Jetez-y un œil, si vous y tenez vraiment.*

Je choisis une allée au hasard et avançai suffisamment pour être hors de sa ligne de mire. Sur les étagères s'entassaient des livres prétentieux aux dos cassés et aux couvertures en lambeaux – le genre de marchandise qu'on trouve chez les bouquinistes. L'allée où je me trouvais contenait les biographies, les correspondances et divers ouvrages historiques. Tout d'abord, je crus que les livres avaient été mis sur les étagères au petit bonheur la chance, étant donné que ni les auteurs, ni les sujets n'étaient classés par ordre alphabétique. Puis je me rendis compte qu'ils étaient rangés par ordre chronologique (bien sûr). À ma gauche se trouvaient les sénateurs romains et les premiers saints. À ma droite, les généraux de la guerre de Sécession et les Napoléons d'aujourd'hui. En regardant droit devant, je me retrouvai pile au milieu des Lumières. Voltaire, Rousseau, Locke, Hume. Je penchai la tête pour lire leurs titres rationnels. Traité sur ceci. Discours de cela. Enquêtes et Comptes rendus.

Vous croyez au destin ? Moi, non. Dieu sait que Voltaire, Rousseau, Locke et Hume non plus. Mais là, sur l'étagère placée devant mes yeux, à l'endroit où les années 1750 laissaient place à la fin du XVIIIe siècle, se trouvait un petit livre couvert de cuir rouge avec une étoile dorée sur le dos. Je le sortis en me disant que c'était peut-être mon étoile Polaire. Ô surprise, il s'agissait des *Écrits du Père de la République*. Après la page de titre et le sommaire venaient ses cent dix maximes adolescentes au grand complet. J'achetai le volume au vieux propriétaire pour la somme de quinze cents. Il parut aussi triste de s'en séparer que j'étais ravie d'en avoir fait l'acquisition.

Chinoiserie était un restaurant de Chinatown récemment devenu à la mode. À l'intérieur explosait un orientalisme qui n'allait pas tarder à devenir galvaudé, avec d'immenses vases en porcelaine, des bouddhas en cuivre, des lanternes rouges et la déférence silencieuse et raide de serveurs orientaux (la dernière ethnie servile parmi les immigrants du XIXe siècle). Au fond de la salle de restaurant, deux larges portes battantes en zinc offraient à la clientèle une vue directe sur la cuisine. Il régnait une ambiance si trépidante que l'endroit ressemblait davantage à un marché qu'à une cantine – il y avait même des sacs de riz en toile de jute par terre et des cuisiniers qui, armés d'un couperet, tenaient par le cou des poulets vivants. Les New-Yorkais nantis adoraient Chinoiserie.

L'entrée du restaurant était en partie séparée de la salle par un grand paravent rouge sur lequel dansaient des dragons. Devant moi, un homme large d'épaules avec le type d'accent qu'on entend dans certain État producteur de pétrole tentait de communiquer avec le maître d'hôtel, un Chinois à l'allure extrêmement soignée et vêtu d'une queue-de-pie. Même si les deux hommes auraient pu neutraliser leurs accents respectifs pour se faire comprendre d'un New-Yorkais éduqué, ils n'arrivaient pas vraiment à neutraliser les différences entre leurs patries respectives.

Le maître d'hôtel expliquait poliment que sans réservation, il ne pourrait pas trouver une table pour le monsieur et ses amis. Le Texan tentait de lui faire comprendre que n'importe quelle table conviendrait. Le maitre d'hötel suggéra alors une table pour un autre jour de la semaine, à quoi le Texan répondit que même une table juste à côté de la cuisine irait. Le Chinois posa sur le Texan un long regard typiquement indéchiffrable. Alors, tout aussi typiquement, le Texan s'avança et déposa un billet de dix dollars dans la main du maître d'hôtel en disant :

— Conficus a dit : Piti selvice en vaut un autle.

Le maître d'hôtel, qui avait visiblement compris le message, aurait levé un sourcil s'il en avait eu. Au lieu de cela, exprimant toute la résignation digne d'un peuple qui-a-inventé-le-papier-il-y-a-mille-ans, il ouvrit avec raideur le bras en direction de la salle de restaurant et invita les Texans à le suivre.

Pendant que j'attendais le retour du maître d'hôtel, je vis Bitsy qui déposait son manteau au vestiaire. Elle avait dû faire le trajet à pied pour arriver aussi vite. Nous nous dîmes bonjour et nous tournâmes vers la salle.

C'est à ce moment-là que je vis Anne Grandyn assise seule à une table avec des assiettes vides. Elle paraissait à l'aise, comme à son habitude. Elle avait les cheveux courts et était habillée avec classe. Elle portait ses boucles d'oreilles en émeraude. Elle ne me remarqua pas parce qu'elle avait les yeux fixés sur le couloir menant aux toilettes, d'où Tinker émergeait.

Il était superbe. Il avait remis l'un de ses costumes sur mesure – brun clair, avec des revers étroits. Sa chemise était d'un blanc impeccable et, ayant (Dieu merci) renoncé à laisser son col ouvert, il portait une cravate bleu vif. Il s'était rasé et fait couper les cheveux, adoptant à nouveau l'allure sobre et élégante de celui qui a réussi à Manhattan.

Je reculai pour me cacher derrière le paravent.

Mon rendez-vous avec Tinker n'était qu'à 21 heures au Stork Club. J'avais prévu d'arriver à 20 h 30 et de me dissimuler derrière mes lunettes de soleil et mes cheveux roux. Hors de question de gâcher mon effet. Bitsy était restée près des tables. Si jamais Tinker la voyait, je risquais d'être grillée.

— Psitt ! lui soufflai-je.

— Quoi ? murmura-t-elle.

Je fis un signe en direction de la table d'Anne.

— Tinker est ici avec sa marraine. Je ne veux pas qu'ils me voient.

Bitsy prit un air perplexe. Alors, l'attrapant par le bras, je l'attirai derrière le paravent.

— C'est d'Anne Grandyn que tu parles, c'est ça ?

— Oui.

— Je croyais qu'il était son courtier.

Je dévisageai Bitsy quelques instants, puis la poussai derrière le paravent pour glisser un œil. Un serveur tirait la table afin que Tinker puisse se rasseoir. Il s'installa sur la banquette à côté d'Anne. Juste avant que le serveur ne replace la table, je vis Anne glisser discrètement la main le long de la cuisse de Tinker.

Tinker fit un signe de tête au maître d'hôtel, qui se tenait non loin d'eux, pour demander l'addition. Mais lorsque le petit plateau rouge laqué fut posé sur la table, ce fut Anne qui leva la main pour le prendre. Et Tinker ne broncha pas.

Anne parcourut l'addition tandis que Tinker finissait son verre. Puis elle fouilla dans son sac et en sortit l'habituelle liasse de billets neufs attachés par un trombone. Le trombone, en argent, avait la forme d'une chaussure à talon haut – l'œuvre de celui-là même qui fabriquait des shakers fantaisie, des étuis à cigarettes et autres accessoires raffinés. Comme disait le Texan : Piti selvice en vaut un autle.

Une fois l'addition payée, Anne leva les yeux et m'aperçut. Toujours aussi audacieuse, elle me fit un signe. Elle ne se cachait pas derrière un paravent ou un palmier, elle.

Tinker suivit le regard d'Anne. En me voyant, il parut se vider de ses charmes. Son visage devint gris, ses muscles s'affaissèrent – la façon qu'a la nature de vous aider à voir un peu plus clairement les gens pour ce qu'ils sont.

Quand on est humilié, la seule consolation, c'est d'avoir la présence d'esprit de s'en aller sur-le-champ. Sans un mot pour Bitsy, je pris le couloir et retrouvai l'air automnal de la rue. En face de moi, un nuage était accroché comme un zeppelin au sommet de l'immeuble d'une banque. Avant qu'il ait eu le temps de se libérer, Tinker était à mes côtés.

— Katey…

— Tu me dégoûtes !

Il me prit par le coude. Je libérai mon bras, faisant tomber mon sac, qui se vida sur le trottoir. Tinker répéta mon nom. Je m'agenouillai pour ramasser mes affaires. Il voulut m'aider.

— Arrête !

Nous nous redressâmes tous les deux.

— Katey…

— C'est pour ça que j'ai attendu ? dis-je.

Ou peut-être l'ai-je hurlé.

Quelque chose glissa de ma mâchoire sur ma main. Une larme. Le comble. Alors je giflai Tinker.

La claque me rendit mon sang-froid. Et déstabilisa Tinker.

— Katey, supplia-t-il.

Décidément, il avait peu d'imagination.

— Qu'on te coupe la tête ! décrétai-je.

J'avais parcouru presque une centaine de mètres lorsque Bitsy me rattrapa, pour une fois hors d'haleine.

— C'était quoi, cette histoire ?

— Désolée, dis-je. J'ai un peu perdu la tête.

— C'est plutôt Tinker qui a perdu la sienne.

— Ah. Tu as vu ce qui s'est passé ?

— Non. Mais j'ai relevé une marque sur son visage et ça avait la taille de ta main. Qu'est-ce qui se passe ?

— Des bêtises. Rien. Un malentendu.

— La guerre de Sécession, c'était un malentendu, oui. Mais ça, c'était une querelle d'amoureux.

Bitsy avait la chair de poule dans sa robe sans manches.

— Où est ton manteau ?

— Tu es partie si vite que j'ai dû le laisser au restaurant.

— On va retourner le chercher.

— Hors de question.

— Pourtant, il faudrait.

— Ne t'inquiète pas pour mon manteau. Il me retrouvera. C'est pour cela que je laisse toujours mon portefeuille dans ma poche. Alors, quel est le problème ?

— C'est une longue histoire.

— Longue comme le Lévitique ? Comme le Deutéronome ?

— Comme l'Ancien Testament.

— Alors, pas un mot de plus.

Elle se tourna vers la chaussée et leva la main. Un taxi apparut immédiatement, comme si elle détenait des pouvoirs magiques.

— Chauffeur, ordonna-t-elle, trouvez-nous Madison Avenue et remontez-la.

Bitsy se renfonça dans son siège et se tut. Je compris que j'étais censée faire de même. Un peu comme quand le docteur Watson se tait afin que Sherlock Holmes puisse réfléchir. Au niveau de 52nd Street, elle demanda au chauffeur de se garer.

— Surtout, ne bouge pas, m'ordonna-t-elle.

Elle sortit d'un bond et s'engouffra dans le building de la Chase Manhattan Bank. Lorsqu'elle en sortit dix minutes plus tard, elle avait un pull sur les épaules et une enveloppe à la main – remplie de billets.

— Où as-tu trouvé ce pull ?

— Ils feraient n'importe quoi pour moi à la Chase.

Elle se pencha vers le chauffeur.

— Conduisez-nous au Ritz.

La salle à manger du Ritz, pratiquement vide, ressemblait à un morne salon versaillais. Alors, retraversant le vestibule, nous entrâmes dans le bar. L'endroit était plus sombre, plus petit, moins louis-quatorzien. Bitsy hocha la tête.

— Voilà ce qu'il nous faut.

Elle nous trouva une table dans un coin tranquille, commanda des hamburgers, des frites et des whiskys. Puis elle m'adressa un regard impatient.

— Je ne devrais certainement pas t'en parler, dis-je.

— Ça c'est ma phrase préférée, Kay-Kay.

Alors je lui racontai tout.

Je lui racontai notre rencontre avec Tinker au Hotspot le jour de l'An, nos virées au Capitol Theatre et au Chernoff's. Je lui racontai le jour où Anne Grandyn s'était présentée comme la marraine de Tinker. Je lui racontai l'accident de voiture, la convalescence d'Eve, la nuit où j'avais fait des œufs « porte fermée », où nous avions échangé ce malheureux baiser devant l'ascenseur. Je lui racontai le voyage en Europe, la lettre envoyée de Brixham. Je lui racontai comment j'avais décroché un nouveau boulot et m'étais introduite dans les vies étincelantes de Dicky Vanderwhile et Wallace Wolcott et Bitsy Houghton née Van Heuys.

Pour finir, je lui racontai comment j'avais reçu un appel en pleine nuit après la disparition d'Eve et comment, mon pyjama dans un sac, j'avais d'un pas guilleret pris le train à Penn Station pour me retrouver près d'une cheminée en pierre à manger du porc et des haricots sur fond de hululement de chouette.

Bitsy vida son verre.

— C'est le Grand Canyon, ton histoire, dit-elle. Deux kilomètres de profondeur et quatre de largeur.

La métaphore était bien choisie. Un millénaire de conventions sociales avait creusé ce gouffre, si bien qu'à présent il fallait préparer toute une expédition pour descendre en explorer le fond.

Je suppose que je m'attendais à ce qu'on me manifeste une compassion de consœur, ou qu'au moins on s'indigne. Bitsy ne fit ni l'un, ni l'autre. Telle une conférencière aguerrie, elle parut considérer que nous avions couvert suffisamment de terrain pour la journée, fit un signe au serveur et paya l'addition.

Lorsque nous nous retrouvâmes dehors, au moment de nous séparer je ne pus m'empêcher de lui demander :

— Alors ?

— Alors quoi ?

— Alors, à ton avis, qu'est-ce que je dois faire ?

Elle prit un air un peu surpris.

— Ce que tu dois faire ? Continuer, quelle question !

Il était cinq heures passées quand j'arrivai chez moi. J'entendis dans l'appartement voisin les Zimmer qui affûtaient leurs sarcasmes. Au dîner, ils s'attaquaient les uns aux autres, se taillant des costards comme autant de petits Michel-Ange taillant dans des blocs de marbre en calculant soigneusement et avec dévotion chaque coup de maillet.

Je balançai mes chaussures contre le frigidaire, me versai un verre de gin et m'affalai sur une chaise. Le fait d'avoir tout raconté à Bitsy m'avait aidée à prendre un peu de recul, plus que la bonne gifle que j'avais donnée à Tinker. Je me trouvais à présent dans une humeur scientifique, qui contenait sa part de fascination morbide – sans doute comme un pathologiste qui découvrirait une éruption virale sur sa propre peau.

Vous connaissez peut-être ce vieux jeu de société qu'on appelle *Sur la route du Kent*. Le joueur doit décrire le trajet qu'il a fait sur cette route et tout ce qu'il y a vu en chemin : les magasins, les charrettes et les diligences, la lande et les bruyères, les engoulevents, les moulins à vent, la pièce d'or abandonnée par le Père supérieur dans le fossé. Lorsque le voyageur a fini son récit, il le recommence, mais en oubliant certains détails et en en ajoutant d'autres. Le but du jeu est d'identifier les changements. Ce jour-là, je me retrouvai à jouer une version de ce jeu dans laquelle la route était celle que j'avais parcourue avec Tinker depuis le jour de l'An.

Dans ce jeu, la capacité à visualiser est plus utile que la mémoire. La personne qui gagne, c'est celle qui se glisse dans la peau du voyageur et utilise son imagination pour voir exactement ce qu'il a vu, afin que les différences lui sautent aux yeux lorsqu'elle refait le même voyage. Je parcourus donc 1938 une deuxième fois, partant du Hotspot et traversant ce magnifique spectacle qu'offre Manhattan jour après jour, m'immergeant dans le paysage, réexaminant les petits détails, les remarques désinvoltes, les actions périphériques – tout cela à travers la nouvelle perspective de la relation de Tinker avec Anne. Et j'en découvris, des changements fascinants…

Je me souvins de la nuit où Tinker m'avait fait venir au Beresford – comment il était rentré du bureau à minuit, bien peigné, bien rasé, impeccablement cravaté. Bien sûr, il n'était pas du tout allé au bureau. Après m'avoir versé un martini tiède et s'être dirigé à reculons et tout penaud vers la porte, il avait pris un taxi pour le Plaza Hotel – où, après quelques exercices sur lesquels je ne m'étendrai pas, il s'était refait une beauté dans la petite salle de bains fort commode d'Anne.

Et cette soirée au pub irlandais de 7th Street, quand j'avais rencontré Hank et qu'il avait parlé de cette « salope manipulatrice ». Il ne parlait pas d'Eve. Il ne la connaissait certainement pas. Il pensait à Anne, la main cachée qui avait donné vie à Tinker de A à Z.

Et je ne pouvais pas ne pas penser à la subtilité dont Tinker avait fait preuve dans les Adirondacks – son intelligence, son ingéniosité, cette façon qu'il avait eue de me surprendre, de me plier, de me retourner, de m'explorer. Dieu du ciel ! Je n'étais pas née de la dernière pluie, loin de là, et pourtant jamais je ne m'étais autorisée à voir l'évidence – que tout cela, il l'avait appris de quelqu'un d'autre, d'une personne un peu plus audacieuse, un peu plus expérimentée, un peu plus éhontée.

Et l'apparence extérieure si habilement préservée avait été celle d'un homme du monde : bien élevé, bien éduqué, bien habillé – bien affûté.

Je me levai et allai prendre mon sac. J'en tirai le petit volume des écrits de Washington que le sort avait déposé entre mes mains. L'ouvrant, je commençai à parcourir la liste des aspirations du jeune George :

1. Tout ce que l'on fait dans le monde doit être accompagné de Signes de Respect envers les Personnes présentes.

15. Garde tes Ongles propres et courts, et tes Mains et tes Dents également propres, sans toutefois leur accorder une Attention excessive.

19. Que ton maintien soit agréable mais empreint d'une certaine Gravité pour les affaires Sérieuses.

25. Compliments superflus et Cérémonies affectées doivent être évités, mais non Négligés lorsqu'ils sont mérités.

Brusquement, je compris à quoi tout cela servait. Pour Tinker Grey, ce petit livre n'était pas une liste d'aspirations morales – c'était un manuel d'avancement social. Un cours pour apprendre tout seul à user de son charme. Une sorte de *Comment se faire des amis*[1] avec cent cinquante ans d'avance.

Je secouai la tête comme une grand-mère du Middle West.

Vraiment, cette Katey Kontent, quelle péquenaude !

De Teddy à Tinker, d'Eve à Evelyn, de Katya à Kate : à New York City, ce genre de retouches est gratuit – du moins, c'était ce que je m'étais dit au début de l'année. Mais les circonstances auraient dû me faire penser aux deux versions du *Voleur de Bagdad*.

Dans la version originale, un Douglas Fairbanks désargenté et amoureux de la fille du calife se déguise

---

1. Titre original : *How to Win Friends and Influence People*. Cette méthode de développement personnel écrite par Dale Carnegie et publiée en 1936 fut un immense succès de librairie.

en prince pour entrer dans le palais. Tandis que dans le remake en Technicolor, l'acteur principal joue le rôle d'un prince qui, las de la pompe royale, se déguise en paysan pour pouvoir goûter aux splendeurs du bazar.

Pas besoin de beaucoup d'imagination pour comprendre ou mettre en place de telles mascarades ; on en voit de semblables tous les jours. Par contre, croire qu'elles augmenteront la probabilité d'une fin heureuse suppose cette mise en suspens de la raison qui caractérise les deux versions du *Voleur de Bagdad*, à savoir, la conviction que les tapis volent.

Le téléphone sonna.

— Ouais ?

— Katey ?

Je ne pus m'empêcher de rire.

— Devine ce que je suis en train de regarder.

— Katey.

— Allez, devine. Tu ne me croiras jamais.

...

— Les *Règles de bienséance et de bonne conduite dans le monde !* Tu t'en souviens ? Attends, je vais t'en lire une.

Je calai le téléphone contre ma joue.

— Tiens ! *Ne tourne en ridicule aucune chose importante*. Elle est bonne, celle-là. Et celle-ci, la numéro 66 : *Ne sois pas trop empressé, mais amical et courtois*. Ça alors, mais c'est toi tout craché !

— Katey.

Je raccrochai, puis me rassis et examinai la liste de Mr Washington un peu plus attentivement. Il fallait reconnaître cela à ce gosse précoce : certaines de ses maximes étaient très sensées.

Le téléphone se remit à sonner. Il sonna, sonna, sonna, puis se tut.

À l'adolescence, je n'étais pas vraiment contente de mes longues jambes. À l'instar de celles d'un poulain, elles semblaient conçues pour me faire tomber. Billy Bogadoni, qui vivait juste à côté de chez nous avec ses huit frères et sœurs, m'appelait Criquet, et dans sa bouche ça n'était pas un compliment. Mais comme souvent pour ce genre de choses, je finis par me faire à mes jambes et même par y tenir. Je me rendis compte que j'aimais être plus grande que les autres filles. À dix-sept ans, je dépassais Billy Bogadoni. Les premiers jours où je logeais chez Mrs Martingale, elle me répétait de sa voix doucereuse que je ne devrais vraiment pas porter de talons parce que les garçons n'aimaient pas danser avec des filles plus grandes qu'eux. Peut-être précisément à cause de ce genre de remarque, mes talons avaient augmenté de quatre centimètres à mon départ de chez Mrs Martingale.

J'ajouterai que mes longues jambes présentaient un autre avantage. Calée au fond du fauteuil de mon père, le pied tendu et les orteils pointés vers l'avant, j'arrivais à faire pencher la table basse afin que le téléphone chavire par-dessus bord, comme une chaise longue sur le *Titanic*.

Je lus la liste jusqu'au bout sans m'arrêter. J'ai dit plus haut qu'elle contenait cent dix règles. Vous en aurez peut-être conclu qu'il y en avait trop. Alors sachez que Mr Washington avait gardé le meilleur pour la fin :

110. Efforce-toi de conserver dans ta Poitrine cette petite étincelle de feu Céleste nommée Conscience.

Visiblement, Tinker avait lu attentivement un bon nombre des *Règles* de Mr Washington. Simplement, il n'était peut-être pas allé jusque-là.

Le mardi matin, je me réveillai tôt et, avec l'allure énergique d'une Bitsy Houghton, me rendis à pied au travail. Le ciel était d'un bleu automnal et les rues emplies d'honnêtes hommes qui allaient honnêtement gagner leur vie. Les gratte-ciel de 5th Avenue chatoyaient sous le regard envieux des quartiers périphériques. À l'angle de la 42nd Street, je donnai au petit vendeur de journaux qui sifflotait vingt-cinq cents en échange du *Times* (garde la monnaie, mon garçon). Puis l'ascenseur Condé Nast m'emporta au vingt-cinquième étage en moins de temps qu'il n'en faudrait pour en tomber.

Alors que je traversais le bureau paysager avec mon journal coincé sous mon bras et la chansonnette du vendeur de journaux sur les lèvres, je remarquai du coin de l'œil que Fesindorf, l'heureux destinataire du fameux télégramme chanté, se levait à mon passage. Puis ce fut le tour de Cabot et Spindler. À l'autre bout de la pièce, je vis Alley à son bureau taper sur son clavier comme une dératée. Elle m'adressa du regard ce qui ressemblait à un avertissement. Derrière la cloison vitrée, j'aperçus Mason Tate qui trempait son chocolat dans son café.

Devant mon bureau, à la place de ma chaise, trônait un fauteuil roulant avec une énorme croix rouge sur le dossier.

30 SEPTEMBRE

En traversant 1st Avenue, il croisa le regard de deux jeunes Antillaises sous le faisceau d'un lampadaire. Elles interrompirent leur conversation pour lui adresser un sourire de professionnelles. En guise de réponse, il secoua la tête. Il regarda devant lui, vers 22nd Street, et accéléra le pas. Elles reprirent leur conversation là où elles l'avaient laissée.

Il se remit à pleuvoir.

Il retira son chapeau et le coinça sous sa veste tout en regardant défiler les numéros des immeubles. 242. 244. 246.

Au téléphone, son frère s'était montré peu désireux de le retrouver dans les beaux quartiers, de le retrouver dans un restaurant, de le retrouver à une heure convenable. Il avait insisté pour qu'ils se donnent rendez-vous dans le quartier mal famé de Gashouse à 23 heures parce qu'il y avait un truc à faire. Il le trouva assis sur les marches du numéro 254, une cigarette aux lèvres, le visage aussi pâle que celui d'un mineur.

— Salut, Hank.

— Salut, Teddy.

— Ça va ?

Hank ne se donna pas la peine de répondre, de se lever ou de lui demander de ses nouvelles. Il avait cessé de lui demander comment il allait depuis longtemps.

— Qu'est-ce que tu caches là-dessous ? demanda Hank en désignant du menton la bosse sous sa veste. La tête de saint Jean-Baptiste ?

Il sortit son chapeau.

— C'est un panama.

Hank hocha la tête avec un sourire narquois.

— Un panama !

— La pluie le fait rétrécir, expliqua-t-il.

— C'est vrai. Suis-je bête.

— Le travail, ça se passe comment ? demanda-t-il à Hank, histoire de changer de sujet.

— Ça dépasse ce que j'imaginais.

— Tu peins toujours des auvents ?

— Tu ne savais pas ? J'ai tout vendu au Museum of Modern Art. Juste à temps pour éviter l'expulsion.

— Justement, c'est une des raisons pour lesquelles je voulais te voir. Je viens de recevoir une somme inespérée. Et j'ignore quand la chose se reproduira. Tu pourrais en utiliser une partie pour payer le loyer…

Il sortit l'enveloppe de sa poche.

Le visage d'Hank se ferma.

Une voiture s'arrêta en face de l'immeuble. La police. Avant de se retourner, il remit l'enveloppe dans sa poche.

Le policier assis sur le siège passager baissa sa vitre. Il avait les sourcils noirs et la peau olivâtre.

— Tout va bien ? demanda-t-il avec obligeance.

— Oui. C'est gentil de vous arrêter.

— C'est rien. Mais soyez prudents. Vous êtes dans un quartier noir.

— C'est bon, lança Hank par-dessus son épaule. Et vous, soyez prudents sur Mott Street. C'est un quartier rital.

Les deux policiers sortirent de la voiture. Le conducteur avait déjà sa matraque à la main. Hank se dressa, prêt à les retrouver au bord du trottoir.

Il dut s'interposer entre son frère et les policiers. Levant les mains devant la poitrine, il prit la parole d'une voix calme et désolée.

— Il plaisantait, messieurs. Il a bu. C'est mon frère. Je le ramène à la maison tout de suite.

Les policiers l'étudièrent. Ils étudièrent son costume, sa coupe de cheveux.

— Bon, dit le flic qui ne conduisait pas. Mais qu'on ne retombe pas sur vous dans ce quartier.

— Ni plus tard, ni jamais, dit son collègue.

Ils remontèrent dans la voiture et s'en allèrent.

Il se tourna vers Hank.

— Qu'est-ce qui t'a pris ?

— Ce qui m'a pris ? Je vais te dire : occupe-toi de tes oignons !

Tout allait de travers. Il plongea la main dans sa poche et ressortit l'enveloppe. Ils se tenaient à présent l'un en face de l'autre.

— Tiens, dit-il d'un ton qui se voulait conciliant. Prends. Et allons-nous-en. Allons boire un verre.

Hank n'eut pas un regard pour l'argent.

— Je n'en veux pas.

— Prends-le, Hank.

— Tu l'as gagné. Garde-le.

— Allez, Hank. Je l'ai gagné pour nous deux.

À peine les mots sortis de sa bouche, il sut qu'il n'aurait pas dû les prononcer.

Ça y est, pensa-t-il. Il vit le torse d'Hank pivoter et son bras se tendre. Le coup le fit partir à la renverse.

La pluie s'intensifia.

Hank a toujours eu un bon direct, songea-t-il en sentant le goût métallique sur ses lèvres.

Hank se pencha vers lui, mais pas pour l'aider. Pour lui crier dessus.

— N'essaie pas de me refourguer ce fric ! Ce n'est pas moi qui t'ai dit de le gagner ! Je ne vis pas dans les beaux quartiers, moi ! C'est tes oignons, mon vieux !

Il se redressa et essuya le sang sur ses lèvres.

Hank fit quelques pas, puis se pencha pour ramasser quelque chose. Il crut qu'il s'agissait de l'argent, qui s'était échappé de l'enveloppe. Mais non. C'était le chapeau.

Hank s'éloigna, le laissant sur 22nd Street, assis sur le béton sous la pluie battante, coiffé de son panama qui rétrécissait.

AUTOMNE

20

La fureur de la femme bafouée

J'ai lu beaucoup de romans d'Agatha Christie à l'automne 1938 – peut-être même tous. Les Hercule Poirot, les Miss Marple. *Mort sur le Nil. La Mystérieuse Affaire de Styles.* Et tous ces meurtres… *en Mésopotamie… au champagne… de Roger Ackroyd.* Je les dévorais dans le métro, au café, seule dans mon lit.

Vous pouvez dire ce que vous voulez sur la finesse psychologique de Proust ou la puissance narrative de Tolstoï, mais vous ne pourrez pas soutenir que Mrs Christie déçoit. Ses livres procurent un plaisir immense.

Certes, ils sont stéréotypés. Mais c'est précisément l'une des raisons pour lesquelles ils sont si plaisants. Avec tous ces personnages, lieux et armes du crime qui nous semblent à la fois créés de toutes pièces et bien connus (le rôle de l'oncle post-impérialiste débarquant d'Inde étant tenu dans un autre roman par la vieille fille du sud du pays de Galle, tandis que les presse-livres dépareillés remplaceront le bocal de poison antirenard sur l'étagère du haut dans la cabane à outils), Mrs Christie dispense ses petites surprises au rythme soigneusement réglé d'une nurse distribuant des bonbons aux enfants dont elle a la charge.

Mais autre chose, me semble-t-il, explique le succès de ses livres – une raison au moins tout aussi importante, voire plus : dans l'univers d'Agatha Christie, au bout du compte, tout le monde n'a que ce qu'il mérite.

Que ce soit un héritage ou la ruine, l'amour ou la perte, un coup sur la tête ou la corde du pendu, dans les pages des romans d'Agatha Christie, hommes et femmes indépendamment de leur âge ou de leur caste sont placés face à un destin taillé pour eux. Poirot et Marple ne sont pas des personnages centraux au sens traditionnel du terme. Ils sont simplement les agents d'un équilibre moral subtil établi par le Grand Horloger à l'aube des temps.

En général, dans nos vies quotidiennes, nous devons accepter les preuves, abondantes, de l'absence d'une telle justice universelle. Comme un cheval attelé à une charrette, nous tirons péniblement les marchandises de notre maître à travers les rues pavées, tête baissée et œillères bien en place, et attendons patiemment le prochain morceau de sucre. Mais parfois, le hasard permet brusquement que soit rendue le genre de justice promise par les livres d'Agatha Christie. En observant les personnages auxquels un rôle a été attribué dans notre propre vie – nos héritières et nos jardiniers, nos pasteurs et nos nurses, nos invités retardataires qui ne sont pas exactement ce qu'ils semblent être – nous nous apercevons qu'avant la fin du week-end tous seront récompensés ou punis comme ils le méritent.

Mais ce faisant, nous oublions généralement de nous compter parmi eux.

Ce mardi matin du mois de septembre, lorsque Mason exprima son inquiétude au sujet de ma santé, je ne pris pas la peine d'essayer de m'excuser. Je pris encore moins la peine de tenter de me justifier. Je me contentai de m'installer sur mon fauteuil roulant et de commencer à taper. Parce que je savais exactement où je me trouvais – à un mètre de la trappe ouvrant sur les oubliettes.

Dans le monde de Mason Tate, il n'y avait pas de place pour les circonstances atténuantes ou la loyauté tiède ; on n'y ferait donc pas preuve de beaucoup de patience avec ceux qui afficheraient leur désinvolture, leur intelligence, bref, tout ce qui signalerait une certaine assurance. J'allais devoir courber l'échine et accepter les autres humiliations que le patron me réservait, jusqu'à ce que j'aie regagné ses faveurs.

Et c'est ce que je fis. Je pris l'habitude d'arriver un peu plus tôt. J'évitai le distributeur d'eau. Je m'abstins de sourire lorsque Mr Tate critiquait une autre personne. Et le vendredi soir, lorsque Alley se rendait à la cafétéria, je rentrais chez moi comme une pénitente du Moyen Âge pour recopier des règles de grammaire et d'orthographe :

- *Le sot apporta un seau en faisant des sauts.*
- *Honoraires et ténèbres sont toujours au pluriel.*
- *La vérité est tout entière mais toute nue.*
- *Le point-virgule et le pronom impersonnel « on » s'utilisent avec parcimonie.*

C'est alors que, comme par un fait exprès, *On frappa à la porte.*

Trois coups légers, trop raffinés pour annoncer l'inspecteur Tilson ou le messager de la Western Union. En ouvrant la porte, je découvris le secrétaire d'Anne Grandyn sur mon palier. Il portait un costume trois-pièces soigneusement boutonné.

— Bonjour, miss *Kon*tent, dit-il en appuyant sur la première syllabe.

— Kon*tent*, rétorquai-je.

— Oui. Bien sûr. Kon*tent*.

Bien qu'aussi discipliné qu'un soldat prussien, Bryce ne put s'empêcher de reluquer mon appartement par-dessus mon épaule. La somme du peu qu'il y découvrit colora son petit sourire laconique d'un soupçon de satisfaction.

— C'est à quel sujet ?

— Je m'excuse de vous déranger dans votre humble demeure…

Il appuya sur le mot *humble* juste assez pour signifier sa compassion.

— Mais Mrs Grandyn tenait à vous faire remettre ceci le plus vite possible.

D'un geste rapide de deux doigts, il me tendit une petite enveloppe. Je la pris et la soupesai.

— Trop importante pour être confiée à la poste ?

— Mrs Grandyn espère une réponse immédiate.

— Et elle ne pouvait pas téléphoner ?

— C'est ce que nous avons tenté. Plusieurs fois. Mais visiblement…

Bryce fit un geste en direction du téléphone débranché.

— Ah.

J'ouvris l'enveloppe. À l'intérieur se trouvait un message écrit à la main. *Je vous en prie, venez me voir demain à quatre heures. Il faut absolument que nous parlions.* Elle avait signé : *Respectueusement, A. Grandyn*, et ajouté un post-scriptum : *J'ai commandé des olives.*

— Puis-je dire à Mrs Grandyn que vous viendrez ? me demanda Bryce.

— Désolée, mais il va falloir que je réfléchisse.

— Si je puis me permettre, miss Kontent, cela risque de vous prendre combien de temps ?

— La nuit. Mais vous pouvez rester si vous voulez.

Bien sûr, j'aurais dû jeter la convocation d'Anne à la poubelle. Les convocations méritent pour la plupart une fin abjecte. Anne étant une femme intelligente et volontaire, une convocation émanant d'elle aurait dû faire l'objet d'une méfiance accrue. Pour couronner le tout, elle présumait que ce serait moi qui me déplacerais ! *Quelle effronterie*, comme on dit partout sauf à New York.

Je déchirai la lettre en mille morceaux que je lançai contre le mur, là où il aurait dû y avoir une cheminée. Puis je réfléchis à ma tenue.

En effet, quel intérêt de faire des manières à présent ? N'avions-nous pas largement dépassé le stade où l'on joue pour la galerie ? Hercule Poirot n'aurait certainement pas décliné l'invitation d'Anne. Il l'aurait même espérée, aurait pratiquement compté dessus, et vu là l'occasion d'un rebondissement inattendu qui accélérerait la marche inexorable de la justice.

En outre, je n'avais jamais pu résister à la formule de courtoisie *Respectueusement* ou aux personnes qui se souvenaient avec autant d'exactitude de mes préférences en matière de cocktail.

La sonnette de la suite 1801 fit apparaître un Bryce au sourire flagorneur.

— Bonjour, Bryce, dis-je en prolongeant la sibilante juste assez pour qu'elle siffle.

— Miss Kon*tent*, rétorqua-t-il, vous êtes *très* attendue.

Il me fit signe d'avancer. Passant devant lui, j'entrai carrément dans le salon.

Anne était installée à son bureau. Détail charmant, elle portait des lunettes, des demi-lunes comme celles que mettent les saintes-nitouches. Elle leva les yeux de son courrier et haussa un sourcil pour montrer qu'elle avait relevé ma façon de me dispenser des formalités habituelles. Pour égaliser le score, elle agita vaguement la main en direction de son canapé tout en continuant à écrire. Je passai devant elle et allai me poster près d'une fenêtre.

Isolés comme des banlieusards sur un quai de métro avant l'heure de pointe, les plus grands immeubles de Central Park West dépassaient largement les cimes des arbres. Le ciel était bleu Tiepolo. Après une semaine de froid soudain, les feuilles avaient changé de couleur, formant une canopée orange vif qui s'étendait jusqu'à Harlem. Pour un peu, on aurait dit que Central Park était une boîte à bijoux, et le ciel son couvercle. Il fallait reconnaître à Olmstead ce mérite : il avait eu tout à fait raison de raser au bulldozer les maisons des pauvres pour faire de la place pour son parc.

J'entendis derrière moi Anne plier la lettre, cacheter l'enveloppe, écrire l'adresse en raclant le papier avec la pointe de son stylo. Une autre convocation certainement.

— Merci, Bryce, dit-elle en tendant l'enveloppe à son secrétaire. Ce sera tout.

Je me retournai au moment où il quittait la pièce. Anne m'adressa un sourire affable. Plus impressionnante que jamais, elle respirait l'opulence, l'absence de doute.

— Votre secrétaire est un petit prétentieux, remarquai-je en m'installant sur le canapé.

— Vous voulez dire Bryce ? Oui, c'est possible. Mais il est très capable, et c'est plus un protégé qu'un secrétaire.

— Un protégé. Waouh. Vous avez conclu un pacte faustien avec lui ou quoi ?

Anne leva un sourcil ironique et s'avança vers le bar.

— Vous êtes plutôt cultivée pour une fille d'ouvrier, remarqua-t-elle le dos tourné vers moi.

— Vous trouvez ? Moi, je me suis rendu compte que tous mes amis cultivés venaient de la classe ouvrière.

— Vous m'en direz tant. D'après vous, quelle en est la raison ? La pureté de la pauvreté ?

— Non. C'est juste que la distraction la moins chère, c'est la lecture.

— La distraction la moins chère, c'est le sexe.

— Pas ici.

Anne partit d'un rire de matelot et se tourna vers moi, deux martinis dans les mains. Elle s'installa sur la chaise, de biais par rapport à moi, puis posa les verres d'un geste sec. Au milieu de la table se trouvait une coupe contenant des fruits si raffinés que je ne les avais pour la moitié jamais vus auparavant. Il y avait une petite sphère verte toute poilue. Ou encore une plante grasse jaune qui ressemblait à un ballon de foot miniature. Pour atterrir sur la table d'Anne, elles avaient dû parcourir plus de kilomètres que je n'en avais fait dans toute ma vie.

Le plat d'olives promises faisait le guet à côté de la coupe de fruits. Anne le prit et en versa la moitié dans mon verre, si bien que les olives crevèrent la surface du gin comme une île volcanique.

— Kate, dit-elle, évitons le crêpage de chignon. Je sais que c'est tentant, délicieusement tentant même. Mais ce n'est pas digne de nous.

Levant son verre, elle le tendit vers moi.

— Alors, on fait la paix ?

— OK, dis-je.

Je trinquai avec elle et nous commençâmes à boire.

— Bon. Et si vous me disiez pourquoi vous m'avez fait venir ?

— Enfin nous y voilà ! dit-elle.

Elle se pencha en avant et prit l'olive qui couronnait mon île. Elle la mit dans sa bouche et se mit à mâcher pensivement. Puis elle secoua la tête en riant.

— Vous allez trouver ça drôle, mais je n'avais pas la moindre idée de ce qui se passait entre Tinker et vous. Si bien que quand vous êtes sortie comme une tornade de Chinoiserie, j'ai cru un instant que vous étiez scandalisée. Par le spectacle d'une femme d'un certain âge en compagnie d'un jeune homme, ou que sais-je encore. C'est seulement en voyant l'expression sur le visage de Tinker que j'ai compris.

— La vie est pleine de signes trompeurs.

Elle eut un sourire de conspiratrice.

— En effet. Pleine de rébus et de labyrinthes. Il est rare que nous ayons conscience de notre position par rapport à une autre personne, pour ne rien dire de la nature des relations qu'entretiennent deux complices. Il n'en reste pas moins que la somme des angles d'un triangle fait toujours cent quatre-vingts degrés – n'est-ce pas.

— Ma foi, je crois que je comprends un peu mieux quel genre de relations vous entretenez, Tinker et vous.

— J'en suis ravie, Kate. Il est normal que vous sachiez. Je me suis amusée quelque temps. Mais notre relation n'est pas vraiment un secret. Et elle n'est pas si compliquée que cela. Elle est beaucoup moins compliquée que celle que vous avez avec lui ou que celle que j'ai avec vous. Tinker et moi sommes sur la même longueur d'onde.

Joignant le pouce et l'index, Anne traça en l'air une onde à la courbe parfaite.

— Il y a une différence très nette entre besoins physiques et besoins émotionnels, poursuivit-elle. Les femmes comme vous et moi comprennent cela. Les autres, pour la plupart, non. Ou bien elles refusent de l'admettre. Généralement, en matière d'amour, les femmes veulent que les aspects émotionnel et physique d'une relation soient inextricablement liés. Leur suggérer qu'il peut en être autrement, c'est comme tenter de les convaincre que peut-être un jour leurs enfants ne les aimeront plus. Pour survivre, elles ont besoin d'y croire, en dépit de ce que l'expérience nous enseigne. Bien sûr, il y en a des tas qui ferment les yeux sur les infidélités de leur mari, mais cela les rend en général malheureuses. Elles y voient une fissure dans l'édifice de leur vie. Pourtant, si elles examinaient leurs sentiments avec détachement, elles verraient que quand leur mari arrive au restaurant avec un retard d'une demi-heure en sentant le Chanel *N° 5*, c'est davantage le fait qu'il les ait fait attendre que l'odeur de parfum sur son col qui les rend furieuses. Mais comme je dis, je pense que nous sommes d'accord là-dessus. Et c'est pourquoi c'est à vous que j'ai demandé de venir, pas à Tinker. Je pense que vous et moi pouvons parvenir à un accord qui aidera beaucoup Tinker. Un accord qui nous permettra à tous d'obtenir ce que nous voulons.

Pour bien marquer sa volonté de coopérer, Anne se pencha en avant et prit une autre olive sur mon tas. Alors, plongeant trois doigts dans mon verre, j'en sortis la moitié des olives, que je laissai tomber dans le sien.

— Je doute d'être aussi habile que vous quand il s'agit d'utiliser les gens, dis-je.

— Parce que vous pensez que c'est ce que je suis en train de faire ?

Anne prit une pomme et la tint en l'air comme s'il s'agissait d'une boule de cristal.

— Vous voyez cette pomme ? Sucrée. Croquante. Rouge rubis. Il n'en a pas toujours été ainsi, vous savez. Les premières pommes américaines étaient marbrées et trop amères pour être consommées. Mais au bout de plusieurs générations de greffes, elles sont maintenant toutes comme celle-ci. La plupart des gens y voient la victoire de l'homme sur la nature. Mais c'est l'inverse. Sur le plan de l'évolution, c'est la victoire de la pomme.

Elle désigna d'un geste dédaigneux les fruits exotiques dans la coupe.

— C'est la victoire de la pomme sur des centaines d'autres espèces se disputant les mêmes ressources – la même lumière, la même eau, le même sol. En parlant aux sens et aux besoins physiques des êtres humains – de ces animaux que le hasard a équipés de haches et de bœufs, la pomme a conquis le globe à une allure qu'en termes d'évolution on peut qualifier de folle.

Anne se pencha pour reposer la pomme.

— Je n'utilise pas Tinker, Katherine. Tinker est la pomme. Là où certains végètent, il a assuré sa survie en apprenant à séduire des personnes comme vous et moi. Et certainement d'autres avant nous.

Certains m'appelaient Katey, d'autres Kate, d'autres encore Katherine. Anne passait de l'un à l'autre comme si elle était à l'aise avec toutes mes incarnations. Elle s'enfonça dans son siège en adoptant une pose presque académique.

— Entendons-nous bien, je ne dis pas cela pour discréditer Tinker. Tinker est un être extraordinaire. Peut-être plus que vous ne le croyez. J'ajouterai que je ne suis pas fâchée contre lui. Je suppose que vous avez couché ensemble et que vous êtes peut-être amoureux. Mais cela ne m'inspire ni jalousie, ni haine. Je ne vous vois pas comme une rivale. Je savais dès le départ qu'il finirait par rencontrer quelqu'un. Je ne veux pas dire un feu follet comme votre amie, mais une personne aussi intelligente et raffinée que moi, et qui serait davantage sa contemporaine. Bref, sachez tous les deux que pour moi, ce n'est pas tout ou rien. Je me contenterai de quelque chose d'intermédiaire. Tout ce que j'exige, c'est qu'il soit ponctuel.

Pendant qu'elle expliquait sa position, je commençai à y voir clair. Je compris pourquoi elle m'avait convoquée : elle pensait que Tinker était avec moi. Il avait dû la quitter, et elle avait immédiatement conclu que je le cachais quelque part. L'espace d'un instant, je fus prise de l'envie d'entretenir cette idée, ne serait-ce que pour lui gâcher son après-midi.

— J'ignore où il se trouve, dis-je finalement. Si Tinker ne répond plus quand vous le sifflez, cela n'a rien à voir avec moi.

Anne me toisa d'un œil prudent.

— Je vois, dit-elle.

Pour gagner du temps, elle s'avança d'un pas désinvolte vers le bar et versa du gin dans le shaker. Contrairement à Bryce, elle ne s'embêta pas avec les pincettes en argent. Enfonçant la main dans le seau, elle en sortit une poignée de glaçons qu'elle lâcha dans le shaker. Tout en secouant le shaker d'une main, elle revint vers moi et s'assit sur le bord de son siège. Elle semblait plongée dans ses pensées, comme si elle évaluait les possibilités, les recalibrait – signe chez elle d'un manque d'assurance inhabituel.

— Je vous ressers ? me demanda-t-elle.

— Non, merci.

Elle commença à remplir son propre verre, puis s'arrêta. Elle regarda le gin d'un air chagrin, comme s'il n'était pas suffisamment translucide.

— Chaque fois que je bois avant 17 heures, je me souviens pourquoi j'évite de le faire.

Je me levai.

— Merci pour le verre, Anne.

Elle me suivit jusqu'à la porte sans essayer de me retenir. Mais lorsqu'elle me serra la main, elle la garda un peu plus longtemps que ne l'exigeait la politesse.

— N'oubliez pas ce que je vous ai dit, Katey. Au sujet de l'accord que nous pourrions conclure.

— Anne…

— Je sais. Vous ignorez où il se trouve. Mais quelque chose me dit que vous aurez de ses nouvelles avant moi.

Elle lâcha ma main. Je me tournai vers l'ascenseur. Les portes étaient ouvertes. L'employé croisa brièvement mon regard. C'était le même charmant garçon qui nous avait fait monter, moi et le couple de jeunes non-mariés, en juin.

— Kate.

— Oui.

— La plupart des gens ont plus de besoins que de manques. Ce qui explique le genre de vie qu'ils mènent. Mais le monde est dirigé par ceux dont les manques dépassent les besoins.

Je retournai la phrase dans ma tête. La conclusion s'imposa :

— Vous êtes très bonne pour la réplique finale, Anne.

— Oui, dit-elle. C'est une de mes spécialités.

Puis elle ferma doucement la porte.

Lorsque je sortis du Plaza, le portier me fit un signe de tête mais, comme la dernière fois, n'appela pas de taxi pour moi. Lui concédant le point, je commençai à descendre 6th Avenue. N'étant vraiment pas d'humeur à rentrer chez moi, j'entrai au cinéma Ambassador, qui passait un film de Marlene Dietrich. La séance avait commencé depuis une heure, si bien que je regardai la seconde moitié du film, puis restai pour voir le début. Comme généralement au cinéma, la situation, désespérée au milieu, finissait par s'arranger. Vu dans l'ordre inverse, le film me sembla un peu plus vraisemblable.

En sortant du cinéma, je hélai un taxi, histoire de donner rétroactivement tort au portier. Une fois installée dans le véhicule, je réfléchis à quoi j'allais me soûler chez moi. Au vin rouge ? Au vin blanc ? Au whisky ? Au gin ? Comme les gens qui peuplaient le monde de Mason Tate, ces breuvages avaient chacun leurs vertus et leurs vices. Je pouvais peut-être laisser le hasard décider. Me bander les yeux, tourner sur moi-même et ouvrir la première bouteille sur laquelle je tomberais. Rien qu'en pensant à ce petit jeu, je me sentis ragaillardie. Mais lorsque je sortis du taxi à 11th Street, sur qui tombai-je ? Sur Theodore Grey ! Il émergea d'un pas de porte tel un fugitif. Sauf qu'il portait une chemise blanche propre et un caban qui n'avait jamais vu la mer.

À ce stade de mon récit, je voudrais souligner brièvement que lorsque l'on est sous l'emprise d'une grande émotion – qu'il s'agisse de colère, de jalousie, d'humiliation ou de rancœur –, si jamais ce que l'on dit sur le coup nous soulage, alors c'est certainement ce qu'il ne fallait surtout pas dire. Voilà l'une des maximes les plus utiles que j'aie jamais découverte. Et vous pouvez la garder, puisqu'elle ne m'a été d'aucune utilité.

— Bonjour, Teddy.

— Katey, je voudrais te parler.

— J'ai rendez-vous.

Il grimaça.

— Je te demande cinq minutes, pas plus.

— D'accord. Vas-y.

Il regarda autour de lui.

— On ne pourrait pas s'asseoir quelque part ?

Je l'emmenai dans une cafétéria à l'angle de 12th et 2nd, qui faisait trente mètres de long et trois de large. Un flic installé au comptoir construisait l'Empire State Building avec des morceaux de sucre tandis qu'au fond deux jeunes Italiens mangeaient des steaks et des œufs. Nous prîmes la table de devant. Lorsque la serveuse nous demanda si nous voulions commander, Tinker leva la tête avec l'air de celui qui ne comprend pas.

— Apportez-nous donc deux cafés, dis-je.

Elle leva les yeux au ciel.

Tinker la regarda s'éloigner. Puis il se tourna vers moi comme s'il devait se forcer. Sa peau avait une teinte grisâtre réjouissante et ses yeux étaient cernés, comme chez quelqu'un qui a des problèmes de sommeil ou d'appétit. Du coup, ses vêtements semblaient ne pas lui appartenir, ce qui, dans un sens, était vrai.

— Je voudrais t'expliquer.

— Qu'est-ce qu'il y a à expliquer ?

— Tu as toutes les raisons du monde d'être en colère.

— Je ne suis pas en colère.

— Cette relation avec Anne, je ne l'ai pas voulue.

D'abord, Anne veut m'expliquer ses relations avec Tinker. Et maintenant, c'est Tinker qui veut m'expliquer ses relations avec Anne. Je suppose qu'il y a toujours deux versions d'une même histoire. Et comme d'habitude, celles-ci étaient toutes les deux des excuses.

— J'ai une petite anecdote épatante à te raconter, dis-je en interrompant Tinker. Tu vas trouver ça tordant. Mais avant, j'aimerais te poser deux ou trois questions.

Il leva vers moi un regard sombre et résigné.

— Est-il vrai qu'Anne était une vieille amie de ta mère ?

…

— Non. Je travaillais pour Providence Trust quand nous nous sommes rencontrés. Le directeur de la banque m'avait invité à une fête à Newport…

— Et cet arrangement exclusif que vous aviez – cette concession pour vendre des actions d'une compagnie de chemin de fer – c'est avec son argent à elle ?

…

— Oui.

— Tu es devenu son courtier avant ou après le début de votre relation ?

…

— Je ne sais pas. Quand nous nous sommes rencontrés, je lui ai dit que je voulais m'installer à New York. Elle a proposé de me présenter à certaines personnes. Pour m'aider à me lancer.

J'émis un sifflement admiratif.

— Waouh. Et l'appartement ?

…

— Il lui appartient.

— À propos, c'est joli, ce manteau. Tu en as encore beaucoup comme ça ? Au fait, qu'est-ce que je voulais te dire ? Ah oui. Tu devrais trouver ça drôle. Quelques jours après t'avoir laissé tomber, Eve a fait une telle bringue qu'on l'a retrouvée ivre morte dans une ruelle. Les flics ont découvert mon nom dans sa poche et m'ont demandé de venir l'identifier. Mais avant de nous laisser partir, un gentil inspecteur m'a proposé une tasse de café et a essayé de nous persuader de changer de mode de vie. Parce qu'il pensait qu'on était des prostituées. En voyant les cicatrices d'Eve, il avait cru que son maquereau l'avait tabassée.

Haussant les sourcils, je levai ma tasse de café vers Tinker, comme pour trinquer.

— Ironique, non ?

— Tu es injuste.

— Vraiment ?

Je bus une gorgée de café. Comme il ne se donnait pas la peine de se défendre, je poursuivis sur ma lancée :

— Eve savait ? Je veux dire, à propos d'Anne et toi.

Il fit mollement non de la tête, d'un mouvement qui était l'apothéose même de la mollesse.

— Elle devait soupçonner l'existence d'une autre femme. Mais je ne crois pas qu'elle ait compris qu'il s'agissait d'Anne.

En regardant par la fenêtre, je vis un camion de pompiers s'arrêter au feu avec, debout sur les garde-boues, accrochés aux poignées ou aux échelles, tous les pompiers en tenue d'incendie. Un petit garçon qui tenait la main de sa mère leur fit un signe de la main. Ils lui répondirent – que Dieu les bénisse.

— Je t'en prie, Katey. C'est fini entre Anne et moi. Je suis revenu de chez Wallace pour le lui dire. C'est pour cette raison que nous déjeunions ensemble.

Je me tournai vers Tinker en pensant à voix haute :

— Je me demande si Wallace savait.

Tinker grimaça à nouveau. Il n'arrivait tout simplement pas à se défaire de cet air blessé. Il devint brusquement inconcevable qu'il m'ait paru aussi attirant. Rétrospectivement, je compris qu'il était une fiction, que cela crevait les yeux : tous ces monogrammes, ou encore cette flasque en argent avec son étui en cuir qu'il avait dû remplir dans sa cuisine immaculée grâce à un tout petit entonnoir. Alors qu'à Manhattan vous pouviez à chaque coin de rue acheter du whisky dans une bouteille adaptée à la taille de votre poche.

Comparé à Wallace, à son costume gris tout simple et à sa façon de conseiller tranquillement les amis grisonnants de son père, Tinker faisait figure d'acteur de vaudeville. Je suppose qu'on ne se fie pas assez aux comparaisons pour savoir exactement à qui on a affaire. On accorde aux autres la liberté de façonner leur image à un moment précis – sur une durée bien plus facile à gérer, à mettre en scène et à contrôler qu'une vie entière.

C'est drôle. Cette rencontre, je l'avais tellement redoutée. Pourtant, maintenant que nous étions face à face, je trouvais cela presque intéressant, utile, encourageant même.

— Katey, dit-il – implora-t-il, plus exactement. Je voudrais que tu comprennes. Cette partie de ma vie est terminée.

— Idem pour moi.

— Je t'en prie, ne dis pas ça.

— Au fait, poursuivis-je gaiement en lui coupant à nouveau la parole, une question : tu as déjà fait du camping ? Je veux dire, dans les bois, avec les couteaux de poche et les boussoles ?

Visiblement, j'avais visé juste. Je vis sa mâchoire se contracter.

— Katey, tu vas trop loin.

— Ah bon ? Trop loin ? Je ne connais pas. C'est où ?

Il baissa les yeux.

— Mon Dieu, dis-je. Si seulement ta mère pouvait te voir maintenant.

Tinker se leva brusquement, cognant ses cuisses contre l'angle de la table et déstabilisant le lait qui reposait tranquillement dans son pot. Il laissa un billet de cinq dollars à côté du sucre, marque d'une attention appropriée envers notre serveuse.

— C'est Anne qui paie le café ? demandai-je.

Il tituba jusqu'à la porte comme un poivrot.

— Là aussi, je vais trop loin ? lui lançai-je. Pourtant, ça n'a rien de méchant !

Je laissai un autre billet de cinq dollars et me levai. Je marchai jusqu'à la porte en titubant un peu moi aussi. En débouchant sur 2nd Avenue, je jetai un coup d'œil à droite et à gauche, comme un loup qui vient de s'échapper de sa cage. Je vérifiai l'heure à ma montre. Les aiguilles étaient l'une sur le neuf, l'autre sur le trois, comme deux duellistes qui ont compté les pas et s'apprêtent à se retourner pour tirer.

La nuit ne faisait que commencer.

Il fallut à Dicky cinq minutes pour répondre aux coups redoublés sur sa porte. Nous ne nous étions pas vus depuis le jour où notre bande s'était incrustée dans cette fête à Whileaway.

— Katey ! Quelle surprise ! Fantastique et… énigmatique.

Il portait un pantalon de soirée et une chemise très habillée. Il devait être en train de nouer sa cravate au moment où je commençais à frapper à la porte, parce qu'elle pendait autour de son cou. Cela lui donnait belle allure, dans un style mi-chic, mi-débraillé.

— Je peux entrer ?

— Bien sûr !

En sortant du métro, j'étais allée boire un verre ou deux dans un bar irlandais sur Lexington Avenue, si bien qu'en passant devant lui pour entrer dans le salon, j'étais un peu comme un feu follet. Jusque-là, j'avais toujours vu l'appartement de Dicky bondé. Maintenant que je le découvrais désert, je comprenais à quel point Dicky était ordonné sous ses dehors fantaisistes. Tout, mais vraiment tout, était à sa place, les chaises alignées avec la table basse, les livres sur les étagères classés par auteur. Le cendrier se trouvait à droite du fauteuil-poste de lecture et la lampe d'architecte nickelée à gauche.

Dicky me regarda d'un air ébahi.

— Ça alors ! À nouveau rousse ?

— Pas pour longtemps. Si on prenait un verre ?

Visiblement attendu ailleurs, Dicky fit un geste vers la porte en ouvrant la bouche. Je haussai le sourcil gauche.

— Bon, d'accord, dit-il. Un verre, c'est pile ce qu'il nous faut.

Il se dirigea vers un meuble en ébène de Macassar qui s'ouvrait sur le devant comme un secrétaire.

— Whisky ?

— C'est comme tu veux, répondis-je.

Il nous en versa à tous les deux un fond. Nous trinquâmes. Je vidai mon verre d'un coup et le levai en l'air. Dicky ouvrit à nouveau la bouche comme pour dire quelque chose, et vida son verre au lieu de parler. Puis il nous servit à nouveau, mais plus généreusement. Je bus une bonne gorgée puis fis un tour complet sur moi-même comme pour me repérer.

— C'est charmant, ici, dis-je. Mais je crois que je n'ai pas tout vu.

— C'est vrai ! Que sont devenues mes bonnes manières ? Suivez le guide.

Il désigna une porte. Elle menait à une petite salle à manger éclairée par des appliques en forme de bougies. La table devait déjà être dans la famille à l'époque où New York était une colonie.

— Voici le réfectoire. La table est prévue pour six, quatorze en se serrant un peu.

À l'autre bout de la salle à manger se trouvait une porte battante avec un hublot. Derrière, je découvris une cuisine aussi propre et blanche que le paradis.

— La cuisine, dit-il en faisant un grand geste de la main.

Une autre porte donnait sur un couloir. Nous arrivâmes dans une chambre d'amis visiblement non occupée. Posés sur le lit, des vêtements d'été soigneusement pliés attendaient d'être rangés pour l'hiver. De là, nous passâmes dans la chambre de Dicky. Le lit était fait au cordeau et le seul vêtement visible était sa veste de smoking, posée sur le dossier d'une chaise face à un petit bureau.

— Et là, qu'est-ce qu'il y a ? demandai-je en poussant une porte.

— Euh. Le lavatorium ?

— Ah !

La réticence de Dicky à inclure l'endroit dans la visite était touchante. Pourtant, c'était une véritable œuvre d'art. De grands carreaux de faïence blancs brillants couvraient les murs du sol au plafond. Luxe suprême, il y avait deux fenêtres : l'une au-dessus du radiateur et l'autre au-dessus de la baignoire, un modèle pattes de lion de deux mètres de long trônant au milieu de la pièce, avec des robinets en nickel et des tuyaux sortant du sol. Sur une étagère étroite en verre, je crus reconnaître des lotions, des après-shampoings et des eaux de Cologne.

— Ma sœur a une affection particulière pour les cadeaux de Noël achetés au salon de coiffure, m'expliqua Dicky.

Je passai la main sur le bord de la baignoire comme on caresserait le capot d'une voiture.

— Elle est magnifique.

— La propreté du corps est parente de la propreté de l'âme, déclara Dicky.

Je vidai mon verre et le posai sur le rebord de la fenêtre.

— On l'essaie ?

— Pardon ?

Je fis passer ma robe par-dessus ma tête et me débarrassai de mes chaussures.

Dicky me regarda avec les yeux ronds d'un adolescent. Il vida son verre et le posa sur le bord du lavabo.

— Tu ne trouveras pas plus belle baignoire dans tout New York, déclara-t-il d'une voix excitée.

J'ouvris le robinet.

— La vasque a été fabriquée à Amsterdam, les pieds moulés à Paris sur le modèle des pattes de la panthère apprivoisée de Marie-Antoinette.

Dicky enleva sa chemise d'un geste brusque. Un bouton de col en nacre roula sur les carreaux noirs et blancs du sol. Il retira sa chaussure droite sans défaire les lacets. N'arrivant pas à enlever la gauche, il sautilla à cloche-pied et se cogna au lavabo. Son verre glissa et se brisa contre le tuyau d'évacuation. Dicky brandit la chaussure d'un air victorieux.

À présent nue, je m'apprêtais à grimper dans la baignoire.

— Attends ! La mousse ! s'écria Dicky.

Il se posta devant l'étagère de cadeaux de Noël et l'étudia frénétiquement, incapable de se décider pour un parfum. Alors il prit deux flacons, s'approcha de la baignoire et y versa leur contenu. Puis il plongea les mains dans l'eau et les remua jusqu'à ce que la mousse se forme. La vapeur prit une odeur entêtante de lavande et de citron.

Je me glissai sous les bulles. Il plongea juste après moi comme un gamin qui a fait l'école buissonnière et pique une tête dans un lac. Il ne se rendit pas compte qu'il avait gardé ses chaussettes tellement il était pressé. Il les enleva et les lança contre le mur, où elles s'aplatirent en faisant floc. Puis, se tournant, il sortit une brosse de je ne sais où.

— Qui commence ?

Je lui pris la brosse des mains et la jetai par terre. J'enroulai les jambes autour de sa taille et, les mains appuyées sur le rebord de la baignoire, me plaçai sur ses cuisses en chuchotant :

— La propreté du corps, tu disais ?

21

Donne-moi tes pauvres, tes exténués[1]

Le lundi matin, assis sur la banquette arrière d'une limousine, Mason Tate et moi nous rendions dans l'Upper West Side pour interviewer une *grande dame*[2]. Tate était d'une humeur massacrante. Il n'avait toujours pas de grand article pour le premier numéro, et à mesure que les semaines passaient, son seuil de tolérance semblait baisser encore plus. Pendant que nous remontions Madison Avenue, il s'était plaint de son café – trop froid –, de l'air – trop chaud –, et du chauffeur – trop lent. Pour ne rien arranger, cette interview, organisée par l'éditeur, était selon lui une perte de temps colossale. La vénérable vieille dame avait une éducation trop raffinée, une intelligence trop moyenne et une vue trop faible pour laisser espérer le moindre petit ragot intéressant. Être

1. Vers du poème d'Emma Lazarus inscrit sur le socle de la statue de la Liberté (*Give me your poor, your tired…*).

2. En français dans le texte.

invitée à accompagner Tate pour une interview était généralement une faveur, mais aujourd'hui, cela prenait la forme d'une sanction. Je n'étais pas encore revenue en odeur de sainteté.

Nous nous engageâmes dans 59th Street en silence. Les capitaines zélés du Plaza posaient sur les marches de l'hôtel dans leurs longs manteaux rouges à gros boutons brillants, formant un net contraste avec le bleu de la tenue des officiers à épaulettes de l'Essex House, situé à une cinquantaine de mètres de là. Voilà qui faciliterait grandement les choses si jamais les deux hôtels se déclaraient la guerre.

Nous prîmes Central Park West, passâmes devant les portiers du Dakota et du San Remo, puis nous arrêtâmes sur 79th Street, en face du Muséum d'histoire naturelle. De là, j'aperçus la marquise du Beresford et Peter qui ouvrait la portière arrière d'un taxi. Il offrait sa main à la passagère, exactement comme il l'avait fait pour moi – par exemple cette nuit de mars où Tinker avait dû aller au « bureau », ou cette autre soirée en juin où, vêtue de mes pois mal acquis, je m'étais fait ramener par les Doran.

C'est alors qu'il me vint une idée.

Une petite voix raisonnable me souffla de ne rien dire. Ce n'est certainement pas le bon endroit, objecta-t-elle, et en tout cas pas le bon moment. Il est *persona furiosa* et toi *persona non grata*. Mais du haut de son piédestal en marbre qui dominait les marches menant au musée, Teddy Roosevelt faisait cabrer son cheval de bronze en criant : *À la charge !*

— Mr Tate.

— Oui ? (*Ton agacé.*)

— Vous savez, cet article que vous cherchez pour le premier numéro ?

— Oui ? Eh bien ? (*Il s'impatiente.*)

— Et si, au lieu des doyennes, vous alliez interviewer les portiers ?

— Pardon ?

— Aucun n'a eu d'éducation raffinée, de fait, mais la plupart sont intelligents et ils voient absolument tout.

Mason Tate regarda droit devant lui quelques instants. Puis il baissa sa vitre et jeta son café dehors. Enfin, pour la première fois depuis un kilomètre, il se tourna vers moi.

— Quelle raison auraient-ils de nous parler ? Si nous publions quelque chose qu'ils nous ont révélé, ça leur retombera dessus un jour ou l'autre.

— On pourrait aller voir les anciens employés – ceux qui sont partis ou ont été renvoyés.

— Et nous les dénicherions comment ?

— En publiant une annonce dans les journaux offrant une grosse somme d'argent à des portiers ou des garçons d'ascenseur ayant au moins un an d'expérience dans cinq des immeubles les plus huppés de New York.

Mason Tate se tourna vers sa fenêtre, sortit une plaquette de chocolat de la poche de sa veste, cassa deux carrés et commença à mâcher méthodiquement, comme si son but était d'en tirer toute la saveur.

— Si je vous laisse vous occuper de cette annonce, vous pensez vraiment que vous pourriez trouver quelque chose qui présenterait de l'intérêt ?

— Je parie un mois de salaire, dis-je d'une voix détachée.

Il hocha la tête.

— Pariez votre carrière et l'affaire est conclue.

Le vendredi, je me levai un peu plus tôt et allai au travail à pied.

L'annonce était dans le *New York Times*, le *Daily News* et le *Post Dispatch* depuis trois jours, invitant les candidats à se présenter au building Condé Nast aujourd'hui à 9 heures du matin. La nouvelle de mon pari avec Tate avait rapidement circulé, et quelques-uns des journalistes de l'équipe avaient pris l'habitude de siffler à mon passage. Étant donné les circonstances, on ne pouvait guère leur en vouloir.

À l'époque, les gratte-ciel de 5th Avenue donnaient encore l'impression d'être sortis de terre en une nuit et de s'enfoncer dans les nuages comme des tiges de haricot géant.

En 1936, Le Corbusier, le grand architecte français, publia un petit livre intitulé *Quand les cathédrales étaient blanches*, dans lequel il décrit son premier voyage à New York. Il y raconte l'excitation qu'il a ressentie en découvrant la ville. Comme Walt Whitman, il chante l'humanité et le tempo, mais également les gratte-ciel et les ascenseurs et l'air conditionné et l'acier poli et le verre-miroir. *New York a tellement de courage et d'enthousiasme*, écrit-il, *que tout peut être recommencé, renvoyé au chantier et transformé en quelque chose d'encore plus immense…*

Si on se promène sur 5th Avenue après avoir lu ce livre et qu'on lève les yeux vers ces grands immeubles, on a l'impression que chacun d'eux dissimule un trésor.

Pourtant, au début de l'été était arrivé à New York un visiteur au point de vue légèrement différent. Il s'agissait d'un jeune homme du nom de John William Warde. À 11 h 30 environ, il grimpa sur le rebord d'une fenêtre au dix-septième étage du Gotham Hotel. Il ne tarda pas à être remarqué, si bien qu'une foule conséquente s'amassa sur le trottoir, les hommes la veste sur l'épaule, les femmes s'éventant avec leur chapeau, les reporters recueillant des témoignages. Les policiers firent évacuer le trottoir, pressentant qu'à n'importe quel moment…

Mais Warde resta là sur le rebord de la fenêtre, mettant à rude épreuve la patience de tous, journalistes, policiers et passants confondus, et faisant dire aux sceptiques dans la foule qu'il n'avait ni le courage de vivre, ni celui de mettre un terme à ses souffrances. Du moins, c'est ce qu'ils affirmèrent – jusqu'à ce qu'il saute, à 22 h 38.

Peut-être les toits de New York inspirent-ils aussi ce genre de choses.

Le vestibule de l'immeuble Condé Nast était encore vide, promettant une montée rapide et anonyme. Alors que je m'approchais de l'ascenseur, Tony, l'agent de la sécurité, me fit signe.

— Salut, Tony. Qu'est-ce qu'il y a ?

Il fit un signe de tête vers l'autre côté du vestibule. Sur un canapé chrome et cuir étaient assis deux hommes en guenilles, le chapeau à la main. Mal rasés, le regard baissé, ils ressemblaient à ces oubliés de Dieu qui écoutent les sermons de la Bowery Mission[1] juste pour un bol de soupe. Ils paraissaient dotés de la vivacité d'esprit d'une huître. Jusqu'où devrais-je m'abaisser pour convaincre Miss Markham de me reprendre ?

— Ils attendaient dehors quand on a ouvert, dit Tony en ajoutant discrètement : Celui de gauche sent mauvais.

— Merci, Tony. Je vais les faire monter avec moi.

— OK, Miss K. Comme vous voulez. Mais je fais quoi des autres ?

— Les autres ?

Contournant son bureau, Tony alla ouvrir la porte menant à la cage d'escalier. Des dizaines d'hommes s'entassaient sur les marches, grands, petits, maigres, gros. Certains, comme ceux assis sur le canapé, donnaient l'impression d'être venus à Manhattan planqués dans un wagon de marchandises. D'autres ressemblaient à des domestiques britanniques à la retraite. Irlandais, Italiens, Noirs, ils avaient une allure sournoise, sophistiquée, sauvage ou servile. Assis deux par deux sur les marches, ils remplissaient l'escalier jusqu'au premier étage et bien au-delà.

En me voyant, un grand monsieur élégant installé sur la première marche se leva comme si j'étais un officier pénétrant dans une chambrée. Avec quelques secondes de décalage, tous les autres se mirent debout.

---

1. The Bowery Mission : organisation caritative fondée en 1879 dans le quartier de Bowery Street, une rue du sud de Manhattan longtemps pauvre et malfamée.

22
Le Pays imaginaire

Nous étions un samedi soir de mi-novembre. Dicky, Susie, Wellie et moi avions rejoint les autres dans un club de jazz du Village qui s'appelait le Lean-To. Dicky avait appris par le téléphone arabe que des musiciens s'y retrouvaient tard le soir pour des concerts improvisés, et il s'était dit que si les musiciens fréquentaient l'endroit, cela signalait à coup sûr qu'il n'était pas encore gâté par les aristos. La vérité, c'était que le propriétaire, un vieux juif au cœur large et à la peau sensible, prêtait de l'argent aux musiciens sans intérêt. Ils auraient joué au Lean-To même si on y avait retrouvé tout le Bottin mondain. Le résultat final était de toute façon le même : on avait le privilège d'y entendre quelque chose de nouveau à l'état brut, à condition de rester suffisamment longtemps.

Le club était devenu un peu plus sophistiqué que quand nous le fréquentions, Eve et moi. Il y avait à présent un vestiaire avec une demoiselle, et des petites lampes à abat-jour rouges sur les tables.

Mais il est vrai que moi aussi, je devenais un peu plus sophistiquée. Je portais un collier avec un diamant d'un carat que Dicky, à force de cajoleries, avait obtenu de sa mère pour fêter nos trois semaines ensemble. Je ne crois pas que la mère de Dicky m'appréciait particulièrement, mais depuis son enfance, Dicky s'était soigneusement façonné un personnage auquel il était singulièrement difficile de dire non. Il était d'un naturel généralement gai et dénué de toute méchanceté. Pourtant, quand on disait oui à l'une de ses requêtes, même la plus innocente (*Tu veux aller te promener ? Tu veux une glace ? Je peux m'asseoir à côté de toi ?*), son visage s'illuminait pendant quelques secondes comme s'il venait de gagner le gros lot. Je doute que Mrs Wanderwhile lui ait répondu *non* plus de trois fois dans sa vie. Moi-même, j'avais un peu de mal.

Nous étions tous les huit rassemblés autour de deux tables que Dicky, aidé de la serveuse, avait rapprochées. Pendant que nous attendions d'être resservis, Dicky dirigeait la conversation avec en guise de baguette le bâtonnet à olives qu'il m'avait piqué. Le sujet : les talents cachés.

Dicky : Wellie, à ton tour !

Wellie : Je suis d'un optimisme étonnant.

Dicky : Oui, c'est évident. Ça ne compte pas.

Wellie : Je suis ambidextre ?

Dicky : Pas mal.

Wellie : Voyons… Il m'arrive de…

Dicky : De… de… ?

Wellie : De chanter dans une chorale.

Regards horrifiés.

Dicky : Bravo, Wellie !

TJ : Dis-nous que ce n'est pas vrai.

Helen : Je l'ai vu. Dans la rangée du fond, à l'église Saint-Barth'.

Dicky : Expliquez-vous, jeune homme.

Wellie : Je chantais dans la chorale quand j'étais petit. Parfois, quand il leur manque un baryton, le chef de chœur me passe un coup de fil.

Helen : C'est charmant !

Moi : Tu voudrais bien nous faire entendre un échantillon, Howard ?

Wellie (droit comme un I) :

Ô Saint-Esprit, toi qui as survolé
Le chaos sombre et déchaîné,
Fait taire son tumulte enragé,
Régner la paix après la guerre,
Écoute aujourd'hui nos prières
Pour ceux qui risquent leur vie en mer.

Stupeur et applaudissements.

Dicky : Petit chenapan ! Regarde les filles. Elles sont en larmes. En extase. Tu nous as bien eus. (Se tournant vers moi.) Et toi, mon amour ? Tu as des talents cachés ?

Moi : Et toi, Dicky ?

Tous : Oui, Dicky. Et toi ?

Susie : Tu ne sais donc pas ?

Moi : Non, je ne crois pas.

Susie : Allez, Dicky. Dis-leur.

Dicky me regarda en rougissant.

Dicky : Les avions en papier.

Moi : Sapristi !

Comme pour venir à la rescousse de Dicky, le batteur expédia son solo à la Gene Krupa de six coups de timbale, et l'orchestre tout entier repartit de plus belle. On aurait dit qu'il avait forcé la porte et que les autres vidaient la maison. À présent, c'était Dicky qui s'extasiait. Lorsque le vibraphoniste accéléra le rythme, Dicky se balança sur sa chaise en agitant les pieds. Sa tête tourna dans tous les sens, comme s'il hésitait entre la secouer ou la hocher. Il me fila une petite claque sur les fesses.

Certaines personnes sont dotées dès la naissance de la capacité d'apprécier une musique sereine et rigoureusement structurée, comme celle de Bach ou de Haendel. Elles savent voir la beauté abstraite derrière les combinaisons mathématiques, les symétries et les motifs. Pas Dicky.

Deux semaines auparavant, pour m'impressionner, il m'avait emmenée au Carnegie Hall écouter des concertos pour piano de Mozart. Le premier morceau était une pastorale conçue pour faire éclore l'esprit dans une brise nocturne. Dicky trépignait sur sa chaise comme un étudiant pendant un discours interminable. À la fin du deuxième morceau, alors que le public commençait à applaudir et que le couple assis devant nous se levait, Dicky bondit quasiment de son siège. Il frappa dans ses mains avec enthousiasme et attrapa son manteau. Comme je lui expliquais que c'était juste l'entracte, il prit un air tellement effondré que je l'entraînai illico dehors pour prendre un hamburger et une bière sur 3rd Avenue, dans un petit restaurant que je connaissais et où le propriétaire jouait du jazz au piano accompagné par un contrebassiste et un tout jeune percussionniste.

Cette modeste introduction aux petites formations de jazz fut pour Dicky une révélation. Il en comprit instinctivement le côté improvisé. Cette musique non planifiée, désordonnée et dénuée de toute inhibition était presque un prolongement de sa propre personnalité. Elle rassemblait tout ce qu'il aimait au monde : on pouvait fumer, boire, papoter en l'écoutant. Et elle ne vous culpabilisait pas si vous ne lui accordiez pas toute votre attention. Les soirées qui suivirent, Dicky découvrit avec joie plusieurs petits groupes de jazz et m'en remercia – pas toujours en public, mais au bon moment, et souvent.

— Irons-nous un jour sur la lune ? demanda-t-il tandis que le vibraphoniste hochait la tête pour remercier le public de ses applaudissements. Ce serait merveilleux de poser le pied sur une autre planète.

— Je croyais que la lune était un satellite, dit Helen, dont l'érudition était tempérée par un manque de confiance innée.

— J'aimerais vraiment y aller, déclara Dicky.

Les mains coincées sous les cuisses, il réfléchit à cette éventualité. Puis, se penchant sur le côté, il m'embrassa sur la joue en ajoutant :

— Et j'aimerais que tu viennes.

Plus tard, Dicky alla s'asseoir à l'autre bout de la table pour discuter avec TJ et Helen. C'était une façon attendrissante d'afficher sa confiance en lui, puisqu'il ne ressentait plus le besoin de me distraire ou d'affirmer ses droits sur mes attentions. Preuve s'il en est que même un homme qui a besoin d'approbation constante peut gagner de l'assurance grâce à quelques séances de batifolage.

Au moment où j'adressais un clin d'œil à Dicky pour répondre au sien, j'aperçus un groupe de loqueteux de la WPA[1] qui s'installaient autour d'une table derrière lui. Parmi eux se trouvait Henry Grey. Il me fallut un bon moment pour le reconnaître parce qu'il était mal rasé et avait perdu du poids. Lui en revanche n'eut aucun mal à m'identifier. Il vint vers moi tout de suite et dit en s'appuyant sur le dossier de la chaise que Dicky avait laissée vide :

— Tu es l'amie de Teddy, hein ? Celle qui a des opinions bien tranchées.

— Exact. Katey. Alors, la poursuite de la beauté, ça donne quoi ?

— Rien du tout.

— Désolée.

Il haussa les épaules.

— Rien à dire, et rien pour le dire.

Hank se tourna pour observer l'orchestre un instant. Ses hochements de tête signifiaient plus son approbation que son désir de suivre le rythme.

— T'aurais pas une clope ? me demanda-t-il.

---

1. WPA (Work Projects Administration) : agence fédérale créée en 1935 dans le cadre du New Deal pour fournir du travail à des chômeurs, elle employa des millions de personnes, dont le photographe Walker Evans, à travers le pays et permit la construction de bâtiments publics, de routes, et le financement de projets artistiques. Parmi les travaux réalisés grâce à la WPA, notons le Golden Gate Bridge à San Francisco.

Sortant un paquet de mon sac, je le lui tendis. Il prit deux cigarettes et m'en donna une. Il tassa la sienne en la tapant dix fois contre la nappe, puis la coinça derrière son oreille. La pièce était chaude. Il commençait à transpirer.

— Dis, tu voudrais pas sortir ?

— Bien sûr, répondis-je. Une seconde s'il te plaît.

J'allai voir Dicky.

— C'est le frère d'un vieil ami. On va fumer dehors. D'accord ?

— Pas de problème, dit-il, affichant ainsi sa confiance naissante.

Ce qui ne l'empêcha pas de couvrir mes épaules avec sa veste, au cas où.

Hank et moi sortîmes sous la marquise. Ce n'était pas encore l'hiver, mais le froid était vivifiant. Pile ce qu'il me fallait, après la chaleur douillette du club. Par contre, Hank paraissait aussi physiquement mal à l'aise qu'à l'intérieur. Il alluma sa cigarette bien tassée et inspira la fumée avec un plaisir éhonté. Je commençais à me dire que sa maigreur et son agitation n'étaient peut-être pas les signes d'une lutte avec les couleurs et les formes.

— Alors, comment va mon frère ? demanda-t-il en jetant son allumette dans la rue.

Je lui expliquai que je n'avais pas vu Tinker depuis deux mois et ne savais même pas où il était – sur un ton sans doute un peu plus sec que je ne l'aurais voulu, puisque Hank tira sur sa cigarette en m'observant avec intérêt.

— On s'est engueulés, expliquai-je.

— Vraiment ?

— Disons que j'ai finalement compris qu'il ne correspondait pas tout à fait à l'image qu'il voulait donner de lui-même.

— Parce que c'est ton cas ?

— Je n'en suis pas loin.

— Tu es un oiseau rare.

— Au moins je ne laisse pas croire à tout le monde que je suis passée directement du berceau à l'Ivy League.

Hank laissa tomber sa cigarette et l'écrasa avec un rictus.

— Tu te goures, cocotte. Ce qu'il y a de scandaleux, ce n'est pas que Teddy se fasse passer pour un étudiant de l'Ivy League. C'est qu'on attache de l'importance à ce genre de connerie. En oubliant qu'il parle cinq langues et qu'il arriverait à retrouver son chemin n'importe où, même au fin fond du Congo. Ce qu'il a, ça ne s'apprend pas à l'école. On peut le détruire, mais certainement pas l'enseigner.

— C'est quoi, alors ?

— L'émerveillement.

— L'émerveillement ?

— Exact. N'importe qui peut acheter une bagnole ou s'offrir une nuit de folie. En général, on gaspille notre temps à des bêtises. Il n'y a qu'une personne sur mille qui sait regarder le monde avec stupéfaction. Par là, je ne veux pas dire rester baba devant le Chrysler Building. Je veux dire, s'intéresser à l'aile d'une libellule. À l'histoire du cireur de chaussures. Vivre des heures pures avec un cœur pur.

— Si j'ai bien compris, Tinker a l'innocence d'un enfant.

Il me saisit par le bras comme si je n'avais rien pigé. Je sentis ses doigts s'imprimer sur ma peau.

— *Quand j'étais un enfant, je parlais comme un enfant, je jugeais comme un enfant, je raisonnais comme un enfant ; mais lorsque je suis devenu un homme*[1]...

Il lâcha mon bras.

— ... C'est fort dommage.

Il détourna les yeux. Pour la deuxième fois, il leva le bras vers son oreille pour chercher la cigarette qu'il avait déjà fumée.

— Qu'est-ce qui s'est passé ? voulus-je savoir.

Hank posa sur moi ce regard perçant qu'il avait – comme s'il se demandait toujours si la question méritait une réponse.

— Ce qui s'est passé ? Je vais te le dire, ce qui s'est passé : mon vieux a perdu tout ce que nous possédions, petit à petit. Quand Teddy est né, on vivait à quatre dans une maison de quatorze pièces. Chaque année, on perdait une pièce – et on déménageait un peu plus près des quais. Quand j'avais quinze ans, on logeait dans une pension carrément penchée au-dessus de l'eau.

Il inclina sa main à quarante-cinq degrés pour me donner une idée.

— Ma mère avait décidé que Teddy irait dans la prep school qu'avait fréquentée notre arrière-grand-père – avant la Boston Tea Party. Alors elle a mis de l'argent de côté, pomponné Teddy et lui a obtenu une place. Il était là-bas depuis six mois quand elle

1. Épître aux Corinthiens I, 13,11.

s'est retrouvée au service des cancéreux. Mon paternel a découvert le magot et ça a été la fin.

Il secoua la tête. Visiblement, Hank Grey ne confondait jamais les moments où il fallait secouer la tête et ceux où il fallait la hocher.

— Depuis, c'est comme si Teddy n'avait qu'une seule idée en tête : se faire réadmettre dans cette putain de prep school.

Un homme et une femme noirs, grands tous les deux, avançaient vers nous. Hank enfonça les mains dans les poches et donna un coup de menton en direction de l'homme.

— Salut, mec. T'aurais une clope ?

Il avait dit ça sur un ton abrupt et hostile. Visiblement pas déconcerté, le Noir lui donna une cigarette et alla jusqu'à gratter une allumette en protégeant la flamme avec sa grosse main noire. Hank regarda le couple s'éloigner avec révérence – à croire qu'il avait retrouvé espoir dans le genre humain. Lorsqu'il se tourna vers moi, il transpirait comme s'il avait la malaria.

— Tu t'appelles Katey, c'est ça ? T'as du fric ?

— Je ne sais pas.

En fouillant dans les poches de la veste de Dicky, je trouvai une liasse de billets attachés avec un trombone. Je fus tentée de donner le tout – plusieurs centaines de dollars – à Hank, mais finis par me limiter à deux billets de dix. Pendant que je retirais les billets de la liasse, il se lécha inconsciemment les lèvres. On aurait dit qu'il savourait déjà ce en quoi l'argent se transformerait. Lorsque je lui tendis les billets, son poing se referma dessus comme s'il essorait une éponge.

— Tu rentres ? lui demandai-je, tout en sachant qu'il dirait non.

En guise de réponse, il fit un geste vers l'East Side, un geste qui avait quelque chose de définitif, le geste de celui qui savait que nous ne nous reverrions pas.

— Cinq langues ? dis-je avant qu'il ne s'éloigne.

— Ouais. Cinq langues. Et il arrive à se mentir à lui-même dans les cinq.

Dicky, la bande et moi restâmes jusqu'à une heure avancée et fûmes récompensés en conséquence. Juste après l'heure du crime, des musiciens débarquèrent, leurs instruments sous le bras. Certains s'installèrent sur scène tandis que d'autres tenaient le mur. D'autres encore prirent position au bar, donnant ainsi à la clientèle l'occasion de faire preuve de charité. Vers une heure, un groupe de huit musiciens, dont trois trompettes, entama « Begin the Beguine » de Cole Porter.

Plus tard, au moment où nous partions, le grand Noir qui jouait du saxo m'arrêta au passage. Je fis celle qui n'était pas surprise.

— Salut, dit-il sur un ton austère.

Dès que j'entendis sa voix, je sus qui il était – le saxophoniste que nous avions vu jouer au Hotspot le jour de l'An.

— Toi, t'es la copine d'Eve, dit-il.

— En effet. Je m'appelle Katey.

— Ça fait longtemps qu'on ne la voit plus.

— Elle est partie à LA.

Il hocha gravement la tête, comme si, en s'installant à Los Angeles, Eve s'était montrée en avance sur son temps. Ce qu'elle était peut-être.

— Cette fille, elle a de l'oreille.

Il prononça ces mots sur le ton de celui qui est trop souvent incompris.

— Si tu la vois, dis-lui qu'elle nous manque.

Puis il retourna vers le bar.

Je partis d'un rire incontrôlable.

Parce que, en 1937, quand Eve insistait pour que nous passions des soirées entières dans des clubs de jazz et coinçait les musiciens pour leur taper des cigarettes, je n'avais perçu là que la manifestation de ses impulsions les plus superficielles – de son désir de se débarrasser de sa sensibilité de provinciale et de se mêler au milieu noir. Alors qu'en fait, Evelyn Ross était une amatrice de jazz à la subtilité telle que les musiciens se souvenaient d'elle bien après son départ.

Je rattrapai les autres dehors, en adressant au ciel de fervents remerciements. Parce que lorsqu'un incident jette une lumière favorable sur une vieille amie absente, il faut s'estimer heureux que le hasard vous ait fait ce cadeau.

Dicky ne plaisantait pas quand il parlait d'avions en papier.

Comment nous étions rentrés tard du Lean-To, le lendemain nous nous offrîmes le plus délicieux de tous les luxes que New York peut proposer : un dimanche soir à la maison sans rien à faire. Dicky appela le service restauration pour qu'on nous monte un plateau de canapés. Au lieu d'ouvrir une bouteille de gin, il nous servit un bon vin blanc. Et comme la température était anormalement douce, nous emportâmes notre petit pique-nique sur la terrasse de quinze mètres carrés surplombant 83rd Street et nous amusâmes à regarder autour de nous avec des jumelles.

De l'autre côté de la rue, au dix-neuvième étage du n° 42 d'East 83rd, se déroulait un dîner guindé où des Messieurs Je-sais-tout vêtus de vestes d'intérieur portaient à tour de rôle des toasts solennels. Pendant ce temps, au dix-septième étage du n° 44, trois enfants qu'on avait mis au lit avaient discrètement rallumé leur lumière, construit des barricades avec leurs matelas, attrapé leurs oreillers et entamé une reconstitution de la bataille de rue des *Misérables*. Par contre, pile en face de nous, dans le penthouse du n° 46, un monsieur obèse vêtu d'un kimono de geisha jouait sur un Steinway, plongé dans un état d'extase. Les portes menant à sa terrasse étaient ouvertes et, couvrant le léger bruit de la circulation dominicale, parvenaient à nos oreilles les accords de ses mélodies sentimentales : « Blue Moon », « Pennies from Heaven », « Falling in Love with Love ». Il jouait les yeux fermés, en se balançant d'avant en arrière et en faisant passer ses mains potelées l'une par-dessus l'autre dans un élégant crescendo d'octaves et d'émotions. L'effet était hypnotisant.

— J'aimerais bien qu'il joue « It's De-Lovely », soupira Dicky avec nostalgie.

— Pourquoi tu n'appelles pas le portier de son immeuble pour lui transmettre la demande ?

Dicky leva un doigt en l'air : il avait une meilleure idée.

Il retourna à l'intérieur, puis ressortit avec une boîte dont il renversa le contenu sur la table – du papier fin, des feutres, des agrafes, du scotch, une règle et un compas –, le visage empreint d'une détermination inhabituelle.

Je pris le compas.

— Tu plaisantes.

Il me reprit le compas des mains avec un air légèrement vexé.

— Pas le moins du monde.

Il s'assit et aligna ses outils comme une infirmière les bistouris d'un chirurgien.

— Tiens, me dit-il en me tendant une pile de feuilles.

Il mâchonna la gomme au bout de son crayon noir avant de se mettre à écrire.

Cher Monsieur,

Auriez-vous la gentillesse de nous jouer votre interprétation de « It's De-Lovely » ? Cette soirée de Di-manche n'est-elle pas en effet Dé-licieuse ?

Vos voisins un peu fous.

En rafales, nous préparâmes vingt requêtes. « Just One of Those Things », « The Lady is a Tramp ». Puis Dicky se mit au travail, en commençant par « It's De-Lovely ».

Dégageant son front, il se pencha en avant et planta la pointe du compas dans l'angle inférieur droit de la feuille. Il traça adroitement un arc puis, avec la précision d'un dessinateur, fit pivoter le compas sur la mine du crayon et replanta la pointe au centre de la feuille afin de tracer un cercle tangentiel. Au bout de quelques minutes, il avait une série de cercles et d'arcs s'entrecroisant. Plaquant sa règle sur la feuille, il dessina des lignes diagonales à la façon d'un navigateur établissant sa route sur le pont du navire. Une fois le brouillon terminé, il commença à plier la feuille le long des différentes diagonales, se servant de son ongle pour marquer chaque pli avec un petit *ffuitt* des plus agréables.

Il était absorbé, le bout de sa langue pointant entre ses lèvres. Je crois que jamais en quatre mois je ne l'avais vu silencieux si longtemps. Ce qui est sûr, c'est que je ne l'avais jamais vu aussi concentré sur une seule et unique tâche. Ce qui rendait Dicky si joyeux, c'était sa capacité à voleter d'un instant à l'autre et d'un sujet à un autre comme un moineau attrapant des miettes de pain à la volée. Pourtant, à ce moment précis, il faisait preuve d'une concentration tranquille qui paraissait plus propre à un démineur ; et c'était vraiment touchant. Après tout, quel homme sain d'esprit aurait pris autant de soin à fabriquer un avion en papier dans le simple but d'impressionner une femme ?

— *Voilà*, dit-il enfin en présentant l'avion sur ses paumes ouvertes.

J'avais certes pris du plaisir à observer Dicky au travail. Par contre, je ne me fiais pas vraiment à ses connaissances en matière d'aérodynamique. Son avion ne ressemblait à rien de ce que je connaissais. Là où les appareils de l'époque avaient des nez en titane lisse, des ventres ronds et des ailes droites comme les bras de la croix, l'œuvre de Dicky était un triangle en cantilever, avec le nez pointu d'un opossum, la queue d'un paon et des ailes plissées comme un rideau.

Dicky se pencha par-dessus le balcon, se lécha le doigt et le tendit en l'air.

— Dix-huit degrés ; vent d'un demi-nœud ; visibilité de deux miles. C'est une nuit parfaite pour voler.

Voilà qui était incontestable.

— Tiens ça, dit-il en me tendant les jumelles.

Je les posai sur mes genoux en riant. Il était trop préoccupé pour partager mon hilarité.

— Allons-y, dit-il.

Il jeta un dernier coup d'œil à sa création, puis s'avança et tendit le bras dans un mouvement qui ressemblait à celui d'un cygne tendant le cou.

Eh bien, si vous tenez à le savoir, le fuselage triangulaire et profilé de l'avion de Dicky n'imitait peut-être pas les avions de l'époque, mais il annonçait parfaitement les jets supersoniques du futur. Il s'envola au-dessus de 83rd Street sans un tremblement, s'éleva légèrement pendant quelques secondes, se stabilisa, puis commença à se laisser emporter lentement vers sa cible. Je me jetai sur les jumelles. Il me fallut quelques secondes pour le localiser. Il dérivait vers le sud, emporté par un courant dominant. Pris d'un léger frémissement, il amorça sa descente, pour disparaître dans l'ombre d'un balcon au dix-huitième étage du n° 50 – deux adresses à l'ouest de notre cible et trois étages plus bas.

— Sapristi ! s'exclama Dicky d'un ton enthousiaste.

Il se tourna vers moi avec ce qui ressemblait à une inquiétude de père.

— Ne te décourage pas.

— Moi ? Me décourager ?

Me redressant, je l'embrassai à pleine bouche. Il sourit.

— Allez, on reprend le boulot ! déclara-t-il.

Dicky n'avait pas un modèle d'avion en papier – il en avait cinquante. À trois, quatre, cinq plis, repliés, puis retournés et repliés à nouveau, ce qui permettait de créer des formes d'ailes qui auraient paru impossibles à obtenir sans déchirer le papier en deux. Certains avions avaient des ailes tronquées et un nez pointu, d'autres des ailes de condor et des carlingues étroites comme des sous-marins et lestées d'agrafes.

Au fur et à mesure que nous lancions nos requêtes de l'autre côté de 83rd Street, je compris que les talents de Dicky ne se limitaient pas à la conception des avions, mais s'étendaient à la technique de lancement. Selon la structure de l'avion, il utilisait plus ou moins de force, changeait d'angle de projection, trahissant le savoir de celui qui avait lancé un millier de vols en solitaire de l'autre côté de 83rd Street dans un millier de conditions météo différentes.

À 22 heures, les convives solennels s'étaient retirés ; les jeunes révolutionnaires s'étaient endormis les lumières allumées ; et nous avions fait atterrir, à l'insu de notre pianiste grassouillet (qui était allé se laver les dents en dandinant du popotin), quatre requêtes musicales sur les dalles de sa terrasse. Une fois le dernier avion posé, nous décidâmes nous aussi d'en rester là. Mais lorsque Dicky se pencha pour prendre le plateau à canapés, il découvrit une dernière feuille. Il se leva et regarda par-dessus le balcon.

— Attends, me dit-il.

Se penchant sur la feuille, il rédigea un message en écriture cursive soignée. Sans l'aide de ses outils, il plia le papier jusqu'à obtenir l'un de ses modèles les plus effilés. Puis, visant soigneusement, il le lança en direction de la chambre d'enfants du n° 44. En s'envolant, l'avion parut prendre de l'élan. Les lumières de la ville clignotèrent comme pour le soutenir, de la même manière que l'eau phosphorescente semble soutenir le nageur nocturne. L'avion entra dans la chambre et atterrit silencieusement sur le sommet d'une barricade.

Dicky ne m'avait pas montré le message, mais je l'avais lu par-dessus son épaule.

Nos bastions sont attaqués de toutes parts.
Nos réserves de munitions sont presque épuisées.
Notre salut est entre vos mains.

Avec un bel à-propos, il avait signé *Peter Pan*.

23

Le dessous des cartes

Le premier vent de l'hiver new-yorkais est mordant et impitoyable. Chaque fois qu'il soufflait, mon père devenait un peu nostalgique de la Russie. Il mettait alors le samovar en route et préparait du thé noir en se souvenant d'un certain mois de décembre où la conscription avait momentanément cessé, où le puits n'avait pas gelé, où les récoltes n'avaient pas été perdues. Ce ne serait pas si embêtant que cela d'être né là-bas, disait-il, si seulement on n'était pas obligé d'y vivre.

La fenêtre de mon appartement qui donnait sur l'arrière-cour était si bancale qu'on pouvait glisser un crayon à l'endroit où elle était censée toucher le rebord. Calfeutrant l'interstice avec un vieux slip, je mis la bouilloire sur la cuisinière et pensai à certains de mes tristes mois de décembre. Je fus sauvée de mes souvenirs par un coup sur ma porte.

C'était Anne, en pantalon gris et chemise bleu layette.

— Bonjour, Katherine.

— Bonjour, Mrs Grandyn.

Elle sourit.

— Je suppose que je le mérite.

— Que me vaut l'honneur d'une visite un dimanche après-midi ?

— Eh bien, cela me coûte de l'admettre, mais il nous arrive à tous à un moment ou un autre de chercher à se faire pardonner par quelqu'un. Et aujourd'hui, je crois que c'est votre pardon à vous que j'aimerais obtenir. Je vous ai obligée à jouer les imbéciles, ce qu'une femme comme moi ne devrait jamais faire à une femme comme vous.

Vous voyez comme elle était bonne.

— Je peux entrer ?

— Bien sûr.

Et pourquoi pas ? Je savais qu'au final je serais incapable de lui en vouloir. Elle n'avait pas trahi ma confiance, pas plus qu'elle ne s'était particulièrement compromise. Comme tout New-Yorkais fortuné, elle avait identifié un besoin chez elle et payé pour l'obtenir. Avec une perversion qui lui était propre, son appropriation des faveurs d'un jeune homme s'accordait à la perfection avec cette insupportable maîtrise de soi qui la rendait tellement impressionnante. Cela dit, j'aurais aimé la voir un peu plus déstabilisée.

— Vous voulez boire quelque chose ? lui proposai-je.

— J'ai compris la leçon de l'autre jour. Par contre, c'est bien du thé que vous préparez ? Ça devrait m'aller.

Tandis que je préparais la théière, elle contempla mon appartement, mais sans dresser l'inventaire de son contenu comme l'avait fait Bryce. Elle paraissait plus intéressée par ses éléments architecturaux : le parquet déformé, les moulures craquelées, les tuyaux dénudés.

— Quand j'étais petite, dit-elle, j'habitais dans un appartement qui ressemblait beaucoup à celui-ci, pas loin d'ici.

Je ne pus dissimuler ma surprise.

— Vous êtes choquée ?

— Choquée n'est pas le terme exact, mais je pensais que vous étiez née dans une famille riche.

— Oui. C'est vrai. J'ai été élevée dans une maison près de Central Park. Mais à l'âge de six ans, on m'a envoyée dans le Lower East Side chez une nourrice. Mes parents m'avaient raconté des salades, comme quoi mon père était malade, alors qu'en fait leur couple était sans doute au bord de la rupture. D'après ce que j'ai compris, mon père était un séducteur invétéré.

Je haussai les sourcils. Elle sourit.

— Oui, je sais. Les chats ne font pas des chiens. Qu'est-ce que ma mère n'aurait pas donné pour que je tienne de sa famille à elle !

Nous restâmes un instant silencieuses, l'occasion idéale pour elle de changer de sujet. Pourtant, elle poursuivit. Peut-être les premiers vents de l'hiver rendent-ils les gens un peu nostalgiques des années qu'ils se félicitent d'avoir laissées derrière eux.

— Je me souviens du matin où mon père m'a amenée dans le Lower East Side. On m'a posée sans cérémonie dans une voiture à cheval avec une malle remplie de vêtements – dont la moitié ne me seraient d'aucune utilité à l'endroit où j'allais. Quand nous sommes arrivés sur 14th Street, la rue grouillait de colporteurs, de poivrots et de vendeurs des quatre-saisons. En voyant à quel point j'étais excitée par toute cette agitation, ma mère m'a promis qu'on me ferait passer par là chaque semaine quand j'irais la voir. Ce qui ne s'est pas produit avant une année.

Anne commença à porter la tasse à ses lèvres, avant d'interrompre son geste.

— En fait, dit-elle, je ne suis plus jamais repassée par 14th Street.

Elle éclata de rire.

Au bout de quelques secondes, je me mis moi aussi à rire. Pour le meilleur ou pour le pire, il y a peu de choses aussi désarmantes que quelqu'un qui rit sans retenue à ses propres dépens.

— À la vérité, 14th Street n'est pas le seul élément de ma jeunesse dont je me sois souvenue à cause de vous.

— L'autre, c'est quoi ?

— Dickens. Vous vous rappelez ce jour en juin où vous m'espionniez au Plaza ? Vous aviez l'un de ses romans dans votre sac et cela a fait remonter à la surface quelques souvenirs chéris. Alors j'ai retrouvé un vieil exemplaire des *Grandes Espérances*. Je n'avais pas ouvert ce livre depuis trente ans. Je l'ai lu en trois jours de la première à la dernière page.

— Vous en avez pensé quoi ?

— C'est un délice, bien sûr. Les personnages, la langue, les rebondissements. Mais je dois reconnaître que cette fois-ci, le livre m'a paru assez comparable à la salle à manger de Miss Havisham[1] : une pièce de réception hors du temps. Comme si le monde de Dickens s'était retrouvé abandonné devant l'autel.

La conversation se poursuivit. Anne exprima avec lyrisme sa préférence pour le roman moderne – Hemingway et Woolf –, nous bûmes deux tasses de thé, puis elle se leva pour partir avant que sa visite ne se prolonge indûment. Sur le seuil, elle se tourna pour regarder une dernière fois mon appartement.

— Au fait, dit-elle comme si elle venait de penser à quelque chose, mon appartement au Beresford ne sert plus à rien. Pourquoi ne le prenez-vous pas ?

— Oh, je ne pourrais pas, Anne.

— Pourquoi pas ? Woolf n'avait qu'en partie raison dans *Une chambre à soi*. Il y a chambre et chambre. Permettez-moi de vous prêter l'appartement pendant un an. Ce sera ma façon à moi de régler nos comptes.

— Merci, Anne, mais je suis contente là où je suis.

Elle plongea la main dans son sac et en sortit une clé.

— Tenez.

Témoignant de son incorrigible bon goût, la clé était attachée à un anneau en argent décoré d'un pendentif en cuir de la couleur d'un hâle d'été. Anne

1. Miss Havisham : personnage des *Grandes Espérances* qui a été abandonnée par son fiancé le jour même de son mariage et qui depuis vit recluse, vêtue de sa robe de mariée, dans sa maison aux fenêtres fermées, où les pendules sont arrêtées à neuf heures moins vingt.

la posa sur une pile de livres près de la porte. Puis elle leva les mains, coupant court à toute protestation.

— Je vous demande simplement d'y réfléchir. Un jour, pendant votre pause-déjeuner, allez jeter un coup d'œil à l'appartement. Pour voir s'il est à votre taille.

Je ramassai la clé et suivis Anne dans le couloir.

Tout cela prêtait vraiment à rire. Anne Grandyn me faisait penser à un harpon, en deux fois plus acéré : des excuses, suivies de souvenirs d'enfance dans le Lower East Side, puis d'un clin d'œil à ses racines séductrices. Je n'aurais pas été étonnée qu'elle ait lu l'œuvre complète de Dickens pour parfaire le glaçage de ce petit éclair.

— Vous êtes incroyable, Anne, dis-je d'un ton plaisant.

Elle se retourna vers moi. Son visage avait pris une expression sérieuse.

— C'est vous qui êtes incroyable, Katherine. Quatre-vingt-dix-neuf pour cent des femmes nées dans votre position seraient en train de récurer une baignoire à l'heure qu'il est. Je ne pense pas que vous ayez la moindre idée de l'exception que vous êtes.

Indépendamment de ce que je m'imaginais sur les intentions d'Anne, je n'étais pas prête à recevoir des compliments. Je baissai les yeux. Quand je les relevai, je vis par l'échancrure du col de sa chemise qu'elle avait la peau pâle et lisse et ne portait pas de soutien-gorge. Je n'eus pas le temps de me préparer. Nos regards se croisèrent. Elle m'embrassa. Nous portions toutes les deux du rouge à lèvres, si bien que la rencontre des deux surfaces cireuses produisit une étrange sensation de friction. Elle passa le bras droit autour de ma taille et m'attira vers elle. Puis elle se recula lentement.

— Revenez m'espionner un de ces jours, dit-elle.

Comme elle s'éloignait, je la rattrapai par le coude, l'obligeai à pivoter sur elle-même et la ramenai vers moi. À bien des égards, elle était la femme la plus belle que j'aie jamais vue. Nous étions pratiquement nez à nez. Elle entrouvrit les lèvres. Glissant la main à l'intérieur de son pantalon, j'y déposai la clé.

24

Que ta volonté soit faite

Nous étions le deuxième samedi de décembre et je me trouvais dans un appartement au cinquième étage sans ascenseur, entourée d'inconnus.

La veille, à Greenwich Village, j'étais tombée sur Fran, qui avait beaucoup de choses à me raconter. Elle avait enfin quitté la pension de Mrs Martingale et s'était installée chez Grubb, dans un appartement près de Flatbush avec des pièces en enfilade et un escalier de secours d'où on pouvait presque voir Brooklyn Bridge. Elle portait un gros sac débordant de mozzarella, d'olives, de boîtes de tomates et autres spécialités italiennes – c'était l'anniversaire de Grubb et elle allait lui préparer un vrai veau à la Pacelli. Elle avait même acheté un maillet comme celui qu'utilisait sa *nana*, pour pouvoir aplatir elle-même la viande. Le lendemain soir, ils faisaient la fête et je devais promettre de venir.

Elle portait un jean, un pull moulant, et paraissait dans les nuages. Un nouvel appartement avec Grubb, un marteau pour ses côtelettes…

— Tu m'as l'air aux anges, dis-je le plus sérieusement du monde.

Elle se contenta de rire en me donnant un petit coup dans l'épaule.

— Arrête tes salades, Katey.

— Je suis sérieuse.

— Si on veut, dit-elle en souriant.

Puis elle prit un air inquiet, comme si elle craignait de m'avoir choquée.

— Dis donc, ne va pas t'imaginer n'importe quoi. Tous ces mots doux, c'est bien joli, mais c'est quand même de la merde, on est d'accord ! Je suis peut-être arrivée quelque part, mais je n'ai pas atteint les sommets. On va se marier, et Grubb va peindre, et moi je lui donnerai cinq gosses et j'aurai les nichons qui pendouillent. Si tu savais comme je suis impatiente ! Les sommets ? C'est plus dans tes cordes. Et je compte sur toi pour y parvenir.

Les invités étaient un méli-mélo d'amis et connaissances. Des filles qui venaient des faubourgs catholiques de Jersey City et mâchonnaient du chewing-gum se mêlaient à des types du Queens poètes de jour et veilleurs de nuit. Deux gros bras des Transports Pacelli avaient été livrés en pâture à une Emma Goldman[1] en herbe. Tout le monde était en pantalon et au coude à coude, corps et

1. Emma Goldman (1869-1940) : anarchiste américaine née en Lituanie, arrivée aux États-Unis à l'âge de 16 ans, connue pour ses prises de position révolutionnaires et emprisonnée à plusieurs reprises, avant d'être expulsée du pays.

philosophies enchevêtrés, noyé dans un brouillard de fumée de cigarette. Par les fenêtres ouvertes, on voyait que certains invités, les plus malins, s'étaient répandus sur l'escalier de secours pour respirer l'air automnal et profiter de la quasi-vue sur Brooklyn Bridge. C'est là que notre hôtesse s'était installée, en équilibre précaire sur la rampe de l'escalier de secours, coiffée d'un béret, avec une cigarette pendant à ses lèvres à la manière de Bonnie Parker.

Une retardataire de Jersey City qui entrait derrière moi s'arrêta net en découvrant le mur du salon, entièrement couvert de portraits à la Hopper de demoiselles de vestiaire torse nu. Assises derrière leur comptoir, leurs visages exprimaient le désœuvrement, l'ennui, mais aussi une sorte d'agressivité – comme si elles nous mettaient au défi d'être aussi désœuvrées qu'elles. Certaines avaient les cheveux attachés, d'autres coincés sous une casquette, mais elles étaient toutes une version de Fran – jusqu'à ses mamelons couleur aubergine et larges comme des doublons. Je crois que la retardataire en eut le souffle coupé. Le fait que sa copine de lycée avait posé torse nu l'emplissait de peur et d'envie. On sentait qu'elle avait décidé de venir s'installer à New York dès le lendemain ; ou peut-être jamais.

Au centre, entouré par les demoiselles de Grubb, était accroché un tableau représentant la marquise d'un théâtre de Broadway ; un original d'Hank Grey qui devait beaucoup à Stuart Davis. Il doit être ici, me dis-je en me rendant compte que j'espérais voir sa silhouette de misanthrope. Au fond, Hank était un porc-épic, mais avec un côté sentimental et des piquants qui forçaient à réfléchir. Peut-être Tinker avait-il raison, après tout. Peut-être Hank et moi avions-nous des atomes crochus.

Comme on pouvait s'y attendre vu la dominante prolétarienne de l'assemblée, le seul alcool disponible était la bière – mais je ne trouvai que des bouteilles vides. S'accumulant aux pieds des fêtards, certaines se faisaient renverser telles des quilles et roulaient bruyamment sur le parquet. Heureusement, je repérai une blonde qui sortait de la cuisine en brandissant une bouteille tout juste ouverte comme la statue de la Liberté sa torche.

La cuisine était nettement moins bondée que le salon. Au milieu était placé un tub dans lequel un professeur et une écolière collés l'un contre l'autre et plongés dans une conversation intime pouffaient de rire. Je me dirigeai vers le frigo, placé contre le mur du fond. Sa porte était bloquée par un grand bohème avec une barbe de trois jours. Son nez pointu et son air de quasi-propriétaire le faisaient ressembler à cette créature mi-homme, mi-chacal qui gardait les tombes des pharaons.

— Je peux ?

Il me dévisagea un instant comme si je l'avais tiré d'un sommeil empli de rêves. Je compris alors qu'il planait complètement.

— Je t'ai déjà vue, dit-il sur un ton neutre.

— Vraiment ? De loin peut-être ?

— T'es une amie d'Hank. T'étais au Lean-To.

— Oh. Je vois.

Je me souvins vaguement de l'un des types de la WPA installés à la table voisine.

— Justement, j'aurais bien aimé voir Hank, dis-je. Il est ici ?

— Ici ? Non…

Il me regarda de pied en cap, puis passa la main sur sa barbe naissante.

— Je suppose que t'as pas été mise au courant.

— Au courant de quoi ?

Il me dévisagea longuement.

— Il est parti.

— Parti ?

— Parti pour de bon.

Je restai stupéfaite l'espace d'un instant, sous l'emprise de ce sentiment étrange de surprise qui nous déstabilise, ne serait-ce que brièvement, lorsque nous nous retrouvons face à l'inévitable.

— Quand ? demandai-je.

— Il y a une semaine environ.

— Qu'est-ce qui s'est passé ?

— Un truc de dingue. Après plusieurs mois au chômage, il s'est retrouvé avec du fric tombé du ciel. Pas quelques dollars. Une belle somme. De quoi repartir à zéro. S'acheter une baraque, une vraie. Mais Hank, lui, il a pris le paquet et il a fait une bringue d'enfer.

Le chacal regarda autour de lui comme s'il venait de se souvenir d'où il était. Sa bouteille de bière à la main, il désigna la pièce avec dégoût.

— Pas comme ici.

Le geste sembla lui rappeler que sa bouteille était vide. Il la jeta bruyamment dans l'évier, en prit une autre dans le frigo, ferma la porte et s'adossa dessus.

— C'était quelque chose, ça oui. Avec Hank à la tête des opérations, les poches pleines de billets de vingt. Il envoyait les gars chercher la schnouf et la choucroute. Et il allongeait les biftons. À deux heures du mat', il a dit aux autres de monter les tableaux sur le toit. Il les a tous empilés et arrosés d'essence et il y a foutu le feu.

Le chacal eut un sourire qui ne dura pas plus de deux secondes.

— Ensuite, il a chassé tout le monde. Depuis, on l'a pas revu.

Il but au goulot, puis secoua la tête.

— Morphine ? demandai-je.

— Comment ça, morphine ?

— Il a fait une overdose ?

Le chacal partit d'un brusque éclat de rire et me regarda comme si j'étais folle.

— Il s'est *engagé*.

— Engagé ?

— Il a rejoint l'armée. Son ancien régiment. Le 13e d'artillerie. Fort Bragg. Dans le comté de Cumberland.

Un peu sonnée, je m'apprêtais à tourner les talons.

— Hé, tu voulais une bière, non ?

Il prit une bouteille dans le frigo et me la tendit. J'ignore pourquoi je l'acceptai. Je n'en voulais plus.

— À un de ces jours, dit-il.

Puis il s'adossa contre le frigo et ferma les yeux.

— Oh ! dis-je, le tirant de nouveau de sa somnolence.

— Quoi ?

— Tu sais d'où ça venait ? Je veux dire, tout cet argent.

— Bien sûr. Il a vendu des tableaux.

— Tu plaisantes.

— Je ne plaisante jamais.

— S'il pouvait vendre ses tableaux, pourquoi s'est-il engagé ? Pourquoi a-t-il brûlé les autres ?

— C'est pas ses tableaux qu'il a vendus. C'est des Stuart Davis qu'il avait récupérés.

Lorsque j'ouvris la porte de mon appartement, j'eus l'impression de pénétrer dans un endroit inhabité. Il n'était pas vide. J'avais mon lot de possessions. Mais ces dernières nuits, je les avais passées chez Dicky, si bien que, lentement mais sûrement, l'appartement était devenu ordonné et propre. L'évier et la poubelle étaient vides. Rien ne traînait par terre. Les vêtements étaient pliés dans leur tiroir et les livres attendaient patiemment, chacun dans sa pile. On aurait dit l'appartement d'un veuf quelques années après sa mort, quand ses enfants se sont débarrassés de la camelote et qu'il leur reste à se partager les scories.

Cette nuit-là, Dicky et moi étions censés nous retrouver pour dîner. Par chance, je pus lui téléphoner avant qu'il ne sorte. Je lui expliquai que j'étais rentrée chez moi et que pour moi la journée était terminée. Il comprit que quelque chose avait gâché ma soirée, mais ne chercha pas à savoir quoi.

Dicky était probablement le premier homme avec lequel je sortais à être tellement bien élevé qu'il ne pouvait se résoudre à être indiscret. Et je crois avoir pris goût à ce trait de caractère – car il ne fut pas le dernier, loin de là.

Je me versai une dose de gin suffisamment généreuse pour que mon appartement paraisse moins déprimant et m'installai dans le fauteuil de mon père.

À mon avis, le chacal avait dû être quelque peu surpris qu'Hank dépense tout cet argent dans une fête. Pourtant, il n'était pas difficile de comprendre d'où venait Hank. Les billets étaient peut-être tout frais, mais on ne pouvait pas ne pas voir dans cet argent provenant de la vente des Stuart Davis une redistribution de la fortune d'Anne – et de l'intégrité de Tinker. Et Hank n'avait pas d'autre choix que de traiter cet argent avec mépris.

Le temps a une façon particulière de tromper l'esprit. Quand on regarde derrière soi, un ensemble d'événements concomitants paraissent parfois s'étaler sur un an tandis que des saisons entières se réduisent à une seule nuit.

Peut-être le temps m'a-t-il joué ce genre de tour. Toujours est-il que je me revois en train de penser à la bringue d'Hank lorsque le téléphone sonna. C'était Bitsy, la voix étranglée. Elle appelait pour me dire que Wallace Wolcott avait été tué. Visiblement, une balle l'avait fauché près de Santa Teresa, où un groupe de Républicains défendaient une petite ville à flanc de colline.

Lorsque je reçus cet appel, il était mort depuis déjà trois semaines. À l'époque, il fallait sans doute un bon moment pour récupérer les corps et les identifier et pour que la nouvelle parvienne à la famille.

Je remerciai Bitsy et raccrochai avant qu'elle ait fini de parler.

Mon verre était vide et j'avais besoin de boire, mais je fus incapable de me servir. Alors, éteignant les lumières, je m'assis par terre adossée contre la porte.

Saint-Patrick, à l'angle de 5th Avenue et 50th Street, est un exemple assez puissant de gothique américain du début du XIXe siècle. Construite en marbre blanc provenant d'une carrière du nord de l'État de New York, ses murs font au moins un mètre vingt d'épaisseur. Les vitraux ont été fabriqués par des artisans de Chartres. Deux des autels ont été conçus par Tiffany, et le troisième par un Medici. La Pietà située à l'angle sud-est est deux fois plus grande que celle de Michel-Ange. En fait, la cathédrale tout entière atteint un tel degré de perfection que lorsque le Seigneur veut voir comment se déroulent ses petites affaires, Il peut passer au-dessus de Saint-Patrick sans même S'arrêter, car Il est sûr que ceux qui s'y trouvent sauront parfaitement veiller sur eux-mêmes.

Nous étions le 15 décembre à 15 heures, la température était tiède et l'air plein de promesses. Cela faisait trois nuits que je travaillais jusqu'à deux ou trois heures du matin avec Mason sur « Les secrets de Central Park West », rentrant en taxi à la maison pour dormir un peu, me doucher, me changer, avant de revenir au bureau sans avoir le temps de réfléchir – un rythme qui me convenait parfaitement. Mais ce jour-là, sur les instances de Mason, j'étais partie plus tôt et m'étais retrouvée sur 5th Avenue à gravir les marches de la cathédrale.

À cette heure-là, sur les quatre cents bancs, trois cent quatre-vingt-seize étaient vides. Je m'installai et tentai de ne penser à rien. En vain.

Eve, Hank, Wallace.

Brusquement, toutes les personnes de valeur étaient parties. L'une après l'autre, elles avaient disparu dans un dernier scintillement, laissant derrière elles ceux qui ne pouvaient se libérer de leurs manques, des gens comme Anne, Tinker et moi.

— Je peux ? demanda une voix distinguée.

Je levai les yeux, un peu agacée qu'avec toute cette place quelqu'un ressente le besoin de venir se coller à moi. C'était Dicky.

— Qu'est-ce que tu viens faire ici ? chuchotai-je.

— Me repentir ?

Il se glissa sur le banc à côté de moi et posa mécaniquement les mains sur ses genoux, comme un enfant indiscipliné qui a bien appris sa leçon.

— Tu m'as trouvée comment ?

Il se pencha vers la droite sans détacher ses yeux de l'autel.

— Je suis passé à ton bureau pour pouvoir te tomber dessus par hasard. Ton absence a gâché mon petit plan. Une fille avec des lunettes immenses – un sacré numéro visiblement – m'a suggéré d'aller faire un tour dans les églises du quartier. D'après elle, il t'arrive d'y aller pendant ta pause café.

Il fallait reconnaître à Alley un certain mérite. Je ne lui avais jamais dit que j'aimais aller dans les églises et elle ne m'avait jamais laissé entendre qu'elle le savait.

Mais le fait qu'elle donne le tuyau à Dicky était peut-être bien le premier signe concret que nous serions amies pendant un bon bout de temps.

— Comment as-tu su dans quelle église j'étais ?

— Par déduction. Tu n'étais pas dans les trois premières.

Je serrai la main de Dicky sans rien dire.

Après avoir étudié l'autel, il leva les yeux vers les recoins du plafond.

— Tu connais Galilée ? me demanda-t-il.

— C'est lui qui a découvert que la Terre était ronde.

Il se tourna vers moi, l'air surpris.

— Vraiment ? C'était lui ? Eh bien, on en a fait des tours du monde grâce à cette découverte !

— Ce n'était pas à ça que tu pensais ?

— Je ne sais pas. Ce dont je me souviens à propos de ce Galilée, c'est qu'il a compris qu'un pendule met autant de temps à parcourir cinquante ou cinq centimètres. Ce qui, bien sûr, résout le mystère de l'horloge comtoise. Bref. Visiblement, il a fait cette découverte en observant un lustre qui se balançait dans une église. Il mesurait la durée de chaque balancement en prenant son pouls.

— Incroyable !

— N'est-ce pas ? Tout ça assis sur un banc d'église. J'ai appris ça tout petit et depuis, je laisse toujours mon esprit divaguer pendant le sermon. Mais je n'ai jamais eu la moindre révélation.

J'éclatai de rire.

— Chut ! dit-il.

Un chanoine sortit de l'une des chapelles latérales, s'agenouilla, se signa, se dirigea vers le chœur et alluma les bougies de l'autel pour préparer la messe de 16 heures. Il était vêtu d'un long vêtement noir. En le voyant, le visage de Dicky s'illumina, comme s'il venait d'avoir la révélation tant attendue.

— Tu es catholique !

J'éclatai à nouveau de rire.

— Non. Je ne suis pas particulièrement croyante, mais je suis née russe orthodoxe.

Dicky siffla. Suffisamment fort pour que le chanoine se retourne.

— Dit comme ça, ça a l'air redoutable.

— Je n'en sais trop rien. À Pâques, on passe la journée à jeûner et la nuit à manger.

Cela fit visiblement réfléchir Dicky.

— Ça, je crois que je pourrais.

— Sans doute.

Nous restâmes silencieux un moment. Puis il se pencha légèrement vers la droite.

— Cela fait des jours que je ne t'ai pas vue.

— Je sais.

— Tu comptes me dire ce qui se passe ?

Nos regards se croisèrent.

— C'est une longue histoire, Dicky.

— Alors sortons d'ici.

Nous nous installâmes sur les marches glaciales, coudes sur les genoux, et je lui livrai une version abrégée de ce que j'avais raconté à Bitsy au Ritz.

Avec un peu plus de distance, et peut-être de gêne, je m'entendis transformer l'histoire en vaudeville, exagérant les coïncidences et les rebondissements : Anne à l'hippodrome ! Eve qui refusait la proposition de mariage ! Anne et Tinker à Chinoiserie !

— Et tu n'as pas entendu le plus drôle, ajoutai-je.

Je lui racontai alors comment j'avais découvert *Les Règles de bienséance* et comment, gourde que j'étais, je n'avais pas compris qu'il s'agissait du guide de Tinker. Pour illustrer mon propos, je me mis à débiter quelques-unes des maximes de Washington.

Pourtant, soit parce que la scène se déroulait sur les marches d'une église en plein décembre, soit parce que je raillais le Père de la Nation, l'humour ne fit pas mouche. Je finis mon récit la voix bredouillante.

— Finalement, ce n'est pas si drôle, dis-je.

— Non, acquiesça Dicky

Sa voix était empreinte d'un sérieux inhabituel. Il joignit les mains et contempla les marches sans rien dire. Je commençais à trouver cela effrayant.

— Tu veux qu'on s'en aille ? proposai-je.

— Non. C'est bien ici. Restons encore un peu.

Il retomba dans son mutisme.

— Tu penses à quoi ? lui demandai-je d'un ton insistant.

Il se mit à taper du pied d'une manière étrangement posée.

— À quoi je pense ? marmonna-t-il. À quoi je pense ?

Puis il inspira et expira à fond. Il était prêt.

— Je pense que tu te montres peut-être un peu dure avec ce Tinker.

Il cessa de taper du pied et laissa filer son regard vers la statue Art déco d'Atlas soutenant le ciel devant le Rockefeller Center, sur le trottoir d'en face. Il me donna l'impression de ne pas se sentir encore tout à fait capable de me regarder.

— Pour résumer, ce Tinker, dit-il sur le ton de celui qui veut s'assurer qu'il a une bonne connaissance des faits, se fait virer de sa prep school parce que son père a dépensé l'argent destiné à payer sa scolarité. Il trouve du travail. À cette occasion, il tombe sur Lucrèce Borgia qui l'attire à New York en lui promettant de l'introduire dans la bonne société. Vous vous rencontrez tous par hasard. Il semble avoir le béguin pour toi mais finit par se mettre avec ta copine blessée dans l'accident de voiture. Ensuite elle le repousse. Puis c'est son frère qui le repousse, en quelque sorte…

Je me rendis compte que je regardais par terre.

— C'est bien ça ? demanda Dicky d'une voix bienveillante.

— Oui.

— Et avant même que tu saches tout ça, ces histoires avec Anne Grandyn, Fall River, les actions de chemin de fer et que sais-je encore, tu tombes amoureuse de ce type.

— Oui.

— Alors je suppose que la question, maintenant, en dehors de toute autre considération, c'est de savoir si tu es toujours amoureuse de lui.

Quand on rencontre par hasard quelqu'un avec qui la magie opère, peut-on vraiment se fier à cette impression de se connaître depuis toujours ? Après ces quelques premières heures de conversation, peut-on vraiment être sûr que notre relation est tellement singulière qu'elle échappe aux frontières du temps et des conventions ? Et si la réponse est oui, la personne en question a-t-elle le pouvoir aussi bien de défaire que de parfaire nos jours à venir ?

Ainsi, en dehors de toute autre considération, tu es toujours amoureuse de lui ? demandait Dicky avec un détachement surnaturel.

Ne le dis pas, Katey. Pour l'amour de Dieu, ne le reconnais pas. Bouge tes fesses et embrasse ce gros bêta. Persuade-le de ne plus jamais parler de ça.

— Oui, répondis-je.

Oui – ce mot censé exprimer le bonheur suprême. *Oui*, dit Juliette. *Oui*, dit Héloïse. *Oui*, *oui*, *oui*, dit Molly Bloom. L'aveu, l'affirmation, la délicieuse permission. Sauf que dans le contexte de cette conversation, c'était un poison.

J'eus l'impression que quelque chose mourait en lui. Et ce qui mourait en lui, c'était l'image rassurante, inconditionnelle, éternellement indulgente qu'il avait de moi.

— Je vois, dit-il.

Au-dessus de moi, les anges aux ailes noires volaient en décrivant des cercles comme des oiseaux de proie.

— … J'ignore, poursuivit Dicky, si cet ami dont tu me parles aspirait sincèrement à respecter ces Règles, ou s'il se contentait de les singer pour être mieux accepté par ses voisins ; mais quelle différence cela fait-il ? Ce que je veux dire, c'est que ce vieux

George ne les a pas inventées. Il les a recopiées dans le but de s'améliorer. Ce que je trouve plutôt admirable. Je ne crois pas être capable d'en suivre plus de cinq ou six en même temps.

Nous contemplions tous les deux la statue à la musculature exagérée. J'étais entrée dans la cathédrale un millier de fois, sans jamais voir à quel point il était étrange que ce soit justement Atlas qui se dresse de l'autre côté de la rue. Il était placé pile en face de Saint-Patrick, au point que quand on en sortait, sa silhouette imposante se dessinait dans l'encadrement de la porte, presque comme s'il nous attendait.

Aurait-on pu installer statue plus inappropriée juste en face de la plus grande des cathédrales d'Amérique ? Atlas, celui qui avait tenté de renverser les dieux de l'Olympe et avait été pour cela condamné à porter pour l'éternité les sphères célestes – Atlas, personnification même de l'orgueil et de la force à l'état brut. Alors que derrière, dans la pénombre de Saint-Patrick se trouvait son antithèse physique et spirituelle, la Pietà – représentant notre Sauveur, qui s'est déjà offert en sacrifice à la volonté de Dieu, étendu, brisé, décharné, sur les genoux de Marie.

Elles se trouvaient là, ces deux visions du monde séparées uniquement par 5th Avenue, dans un face-à-face qui se prolongerait jusqu'à la fin des temps, ou celle de Manhattan selon ce qui arriverait en premier.

Dicky me tapota gentiment le genou – je devais vraiment avoir l'air triste.

— Si nous ne tombions amoureux que des personnes qui sont parfaites pour nous, dit-il, alors on ne ferait pas tant d'histoires à propos de l'amour.

Anne avait sans doute raison quand elle me faisait remarquer que nous cherchons toujours à un moment ou à un autre à nous faire pardonner par quelqu'un. Quoi qu'il en soit, en rentrant chez moi je compris de qui je voulais me faire pardonner. Et après avoir dit pendant des mois que j'ignorais totalement où il était, brusquement je savais exactement où le trouver.

25

Où il vivait, et ce pour quoi il vivait

Les abattoirs Vitelli se trouvaient dans Gansevoort Street, au cœur du Meatpacking District. D'immenses camions étaient garés de travers sur le trottoir et une vague odeur de sang aigre montait des pavés. Offrant une version infernale de l'arche de Noé, les chauffeurs vidaient les camions, chargés de diverses carcasses d'animaux placées deux par deux sur leurs épaules : deux veaux, deux cochons, deux agneaux. Des bouchers vêtus de tabliers éclaboussés de sang profitaient de leur pause pour fumer dans l'air froid de décembre sous l'immense enseigne en forme de bœuf qu'Hank avait représentée sous forme stylisée dans son tableau. Ils me regardèrent négocier les pavés dans mes chaussures à talons avec l'indifférence qu'ils réservaient à la viande sortant des camions.

Un junkie vêtu d'un manteau de femme dodelinait de la tête sur le perron d'une maison. Son nez et son menton étaient couverts de croûtes, comme s'il avait amorti une chute avec son visage. En le cuisinant un peu, j'appris qu'Hank habitait au n° 7, ce qui m'épargna l'occasion de conduire une étude sociologique en frappant à toutes les portes. L'escalier était étroit et humide. Entre le premier et le deuxième étage se tenait un vieux Noir avec une canne, qui serait arrivé plus vite au paradis qu'au troisième étage. Je le dépassai et m'arrêtai au deuxième palier. La porte était entrouverte.

Étant donné tout ce qui était arrivé, je m'étais préparée à trouver Tinker au plus mal. Bon sang, je l'avais même espéré. Mais maintenant que j'allais le voir justement puni, je n'étais plus aussi certaine d'être prête.

— Il y a quelqu'un ? demandai-je timidement en poussant la porte de l'appartement.

Le mot ne convenait guère. Le n° 7, porte-bonheur, faisait six mètres carrés et contenait un lit en fer trapu avec un matelas gris, le genre de lit qu'on s'attend à voir dans une cellule de prison ou une caserne. Dans l'angle il y avait un poêle à charbon près d'une fenêtre – petite, mais qui avait le mérite d'exister. Mis à part quelques paires de chaussures et un sac en jute vide fourré sous le lit, les affaires d'Hank avaient disparu. Celles de Tinker s'alignaient par terre contre le mur : une valise en cuir, une couverture en flanelle roulée et attachée, une petite pile de livres.

— 'l est pas là.

En me retournant, je découvris le Noir à côté de moi sur le palier.

— Si vous cherchez le frangin de Mr Henry, l'est pas là.

Le vieux Noir dirigea sa canne vers le plafond.

— 'l est su' le toit.

Sur le toit. Là même où Hank avait fait un bûcher de ses tableaux – avant de tourner le dos à New York et au mode de vie de son frère.

Je trouvai Tinker assis sur une cheminée, les bras posés sur les genoux, le regard baissé vers l'Hudson et les cargos gris froid alignés le long des quais. Vu de derrière, on aurait dit que sa vie s'était embarquée sur l'un d'eux.

— Salut, dis-je en m'arrêtant à quelques pas de lui.

Au son de ma voix, il se retourna, se leva – et un instant, je vis qu'une fois de plus je m'étais trompée. Vêtu d'un pull noir, rasé de près et détendu, Tinker était loin d'être abattu.

— Katey ! s'exclama-t-il joyeusement.

Instinctivement, il s'avança, puis s'arrêta comme s'il se rattrapait au dernier moment – comme s'il pensait avoir perdu le droit à une accolade amicale. Ce qui, d'une certaine manière, était vrai. Son sourire exprima une contrition entendue, signalant qu'il était prêt à recevoir, voire qu'il accepterait volontiers une autre salve de reproches.

— Wallace s'est fait tuer, dis-je comme si je venais d'apprendre la nouvelle et n'arrivais pas à y croire.

— Je sais, répondit-il.

Alors je me laissai aller et ses bras m'enlacèrent.

Nous passâmes une heure ou deux sur le toit, assis sur le rebord d'une lucarne. Nous parlâmes un moment de Wallace. Puis nous nous tûmes. Puis je m'excusai pour ma conduite à la cafétéria. Tinker secoua la tête. J'avais été superbe ce jour-là, dit-il. J'avais dit ce qu'il fallait dire, c'était ce dont il avait besoin.

Nous restâmes assis pendant que le crépuscule tombait et que les lumières de la ville s'allumaient les unes après les autres comme jamais Edison ne l'aurait imaginé. Elles apparurent d'abord dans les immenses damiers des immeubles de bureaux, le long des câbles des ponts ; puis vint le tour des lampadaires et des marquises des théâtres, des phares des voitures et des signaux installés au sommet des antennes de radiodiffusion – chaque fanal témoignant d'une aspiration collective sûre d'elle-même et sans limites.

— Hank pouvait passer des heures ici, dit Tinker. Un temps j'ai essayé de le convaincre de déménager, de prendre un appartement avec salle de bains dans Greenwich Village. Mais il refusait de bouger. D'après lui, Greenwich Village était trop *bourgeois*. Moi, je suis persuadé qu'il restait à cause de la vue. C'est la même que celle avec laquelle nous avons grandi.

On entendit une sirène de cargo. Tinker ouvrit les bras comme si elle confirmait ce qu'il venait de dire. Je souris en hochant la tête.

…

— Je crois que je ne t'ai pas dit grand-chose de ma vie à Fall River, poursuivit-il.

— Non, en effet.

— Comment est-ce qu'on en arrive à ça ? À cesser de dire d'où on vient ?

— Petit à petit.

Tinker hocha la tête et se tourna à nouveau vers les embarcadères.

— Le plus drôle, c'est que j'ai adoré cette partie-là de ma vie – quand on habitait près des chantiers navals. C'était un quartier déshérité. À la fin des cours, on se précipitait tous vers les quais. On ne savait pas les scores des équipes de base-ball, mais par contre on connaissait le morse et les drapeaux des grandes compagnies maritimes et on regardait les équipages qui descendaient la passerelle, leurs sacs de marins sur l'épaule. C'était ça qu'on voulait faire plus tard : travailler dans la marine marchande. On voulait s'embarquer sur un cargo et accoster à Amsterdam, à Hong Kong, au Pérou.

Quand, avec le bénéfice de l'âge, on se souvient des rêves des enfants, ce qui en général les rend si touchants, c'est leur inaccessibilité – celui-ci voulait être pirate, celle-là princesse, celui-là président. Mais à la manière qu'avait Tinker d'en parler, on sentait que ces rêves d'enfant ébloui étaient encore à sa portée ; peut-être plus que jamais.

À la tombée de la nuit, nous regagnâmes la chambre d'Hank ; dans l'escalier, Tinker me demanda si je voulais manger un morceau. Je répondis que je n'avais pas faim. Il parut soulagé. Je crois que nous avions eu notre dose de restaurants pour l'année.

En l'absence de chaises, nous nous contentâmes de deux cageots retournés : Oignons Hallelujah et Citrons Aviator.

— Comment ça se passe au magazine ? demanda Tinker d'une voix pleine d'entrain.

Dans les Adirondacks je lui avais parlé d'Alley et de Mason Tate et de ce grand article que nous cherchions pour le premier numéro. Alors je lui fis part de l'idée que j'avais eue d'interviewer les portiers et lui racontai quelques-uns des petits secrets que nous avions déterrés. Tout en parlant, je me sentis pour la première fois un peu dégoûtée. D'une façon étrange, l'idée me semblait plus inconvenante ici, dans le taudis d'Hank, que sur la banquette arrière de la limousine de Mason Tate.

Tinker, lui, l'adora. Mais pas de la même manière que Mason. Pas parce qu'elle allait permettre de peler la patate new-yorkaise. Non, ce que Tinker adora, c'était l'ingéniosité de l'idée, son aspect comédie humaine, le fait que toutes ces histoires d'adultères, de naissances illégitimes, de biens mal acquis – des secrets jusque-là bien gardés – flottaient depuis toujours à la surface sans qu'on y prête attention, exactement comme ces petits bateaux que les gamins fabriquent avec des pages de journaux et qu'ils font naviguer sur les étangs de Central Park. Mais surtout, Tinker adora le fait que ce soit moi qui aie eu l'idée.

— Bien fait pour nous ! pouffa-t-il en se rangeant dans la même catégorie que ceux qui avaient des secrets.

— Oui, bien fait pour vous.

Notre fou rire terminé, j'entrepris de lui raconter une histoire que nous tenions d'un garçon d'ascenseur. Il m'interrompit immédiatement.

— C'est moi qui l'ai encouragée, Katey.

Je soutins son regard.

— Dès notre rencontre, j'ai encouragé Anne à me prendre. Je savais exactement ce qu'elle pouvait faire pour moi. Et ce que cela coûterait.

— Ce n'était pas ça le pire, Tinker.

— Je sais. Je sais. J'aurais dû t'en parler à la cafétéria ; ou dans les Adirondacks. J'aurais dû tout te dire le soir où nous nous sommes rencontrés.

Au bout d'un moment, Tinker remarqua que j'avais les bras serrés autour de la poitrine.

— Tu es gelée. Quel imbécile je fais.

Il se leva d'un bond, regarda autour de lui, déroula sa couverture et la posa sur mes épaules.

— Je reviens tout de suite.

Je l'entendis descendre les escaliers. La porte donnant sur la rue claqua.

La couverture toujours sur les épaules, je me mis à tourner en rond en tapant du pied. Le tableau d'Hank représentant la manifestation sur le quai était posé au milieu du matelas gris, laissant supposer que Tinker avait dormi par terre. Je m'arrêtai devant la valise de Tinker. L'intérieur du couvercle était doublé de poches en soie bleue de tailles variables prévues pour contenir différents objets – une brosse à cheveux, un blaireau, un peigne – vraisemblablement tous décorés des initiales de Tinker, mais tous disparus.

Je m'agenouillai pour regarder la pile de livres. Il s'agissait des ouvrages de référence que j'avais vus dans le bureau du Beresford et du recueil d'écrits de Washington que sa mère lui avait donné. Mais il y avait également l'édition de *Walden* que j'avais vue dans les Adirondacks. Les bords des pages étaient un peu plus abîmés, comme si on l'avait transportée dans la poche arrière d'un pantalon – jusqu'au sommet de Pinyon Peak, jusqu'au bout de 10th Avenue, jusqu'en haut de l'escalier étroit de ce taudis.

Les pas de Tinker résonnèrent sur le palier. Je m'assis sur son cageot.

Il entra avec un kilo de charbon enveloppé dans du papier journal. S'agenouillant devant le poêle, il entreprit d'allumer le feu en soufflant sur les flammes comme un boy-scout.

Je me fis la réflexion que là où il était le plus beau, c'était quand les circonstances exigeaient de lui qu'il soit à la fois un petit garçon et un homme.

Cette nuit-là, Tinker emprunta une couverture à un voisin et installa par terre deux lits à un mètre l'un de l'autre – maintenant la même distance respectueuse qu'il avait instaurée sur le toit à mon arrivée. Je me levai suffisamment tôt le lendemain pour pouvoir rentrer chez moi prendre une douche avant d'aller au travail. Lorsque je revins le soir, il bondit de son cageot comme s'il avait passé la journée entière assis dessus. Puis nous traversâmes 10th Avenue pour aller au petit restaurant sur les quais dont l'enseigne lumineuse bleue disait OUVERT TOUTE LA NUIT.

Je vais vous dire ce qu'il y a de drôle à propos de ce repas. Après toutes ces années, je me souviens des huîtres que j'ai mangées au 21 Club. Je me souviens de la soupe aux haricots noirs et au sherry lors de ce dîner au Beresford quand Eve et Tinker étaient rentrés de Palm Beach. Je me souviens de la salade prise avec Wallace au Park, avec le fromage bleu et le bacon. Et je me souviens, hélas, de ce poulet farci aux truffes à La Belle Époque. Par contre, je ne me souviens pas de ce que nous avons mangé cette nuit-là dans le petit restau d'Hank.

Ce que je me rappelle, c'est nos fous rires.

Au cours du dîner, pour une raison bête, je lui demandai ce qu'il comptait faire. Il devint tout à coup sérieux.

— En fait, dit-il, j'ai surtout réfléchi à ce que je n'allais pas faire. Quand je pense à ces dernières années, je suis hanté par le regret de ce qui s'est passé et la crainte de ce qui pourrait arriver. Par la nostalgie de ce que j'ai perdu, et le désir de ce que je n'ai pas. Je ne sais pas trop ce que je veux. Et ça m'épuise. Pour une fois, je vais essayer le présent.

— Tu vas te contenter de deux ou trois choses, au lieu de cent ou de mille ?

— Exactement. Tu es intéressée ?

— Qu'est-ce que ça me coûtera ?

— S'il faut en croire Thoreau, presque tout.

— Ça serait chouette d'avoir tout au moins une fois dans sa vie avant d'y renoncer.

Il eut un sourire.

— Je t'appellerai quand tu en seras là.

Lorsque nous rentrâmes chez Hank, Tinker alluma le poêle et nous nous racontâmes des histoires jusqu'au cœur de la nuit – certains détails en rappelant d'autres, qui eux-mêmes en rappelaient tout naturellement d'autres. Comme deux adolescents se liant d'amitié sur un transatlantique, nous nous hâtâmes d'échanger souvenirs, pensées et rêves avant que le paquebot n'arrive à destination.

Il déroula nos lits à distance respectueuse l'un de l'autre. Sauf que cette fois-ci, je déplaçai le mien jusqu'à ce qu'il n'y ait plus le moindre espace entre nous.

Le lendemain soir, lorsque je retournai à Gansevoort Street, il était déjà parti.

Il avait laissé la jolie valise en cuir. Elle était posée, vide, à côté de la pile de livres, tout contre le mur. Finalement, il avait entassé ses affaires dans le sac en jute de son frère. Je m'étonnai tout d'abord qu'il ait laissé les livres ; mais en inspectant la pile, je m'aperçus qu'il avait pris la petite édition tout abîmée de *Walden*.

Le poêle était froid. Dessus, je découvris un message écrit par Tinker sur un petit bout de papier.

Très chère Kate,

Tu ne peux pas imaginer ce que ces deux nuits ont représenté pour moi.

Mon seul regret aurait été de partir sans un mot, sans te dire la vérité.

Je suis tellement content de voir que tout se passe bien pour toi. Moi qui ai gâché ma vie, je sais à quel point c'est important de trouver sa place.

Cette année a été pourrie, par ma faute. Mais même dans les pires moments, tu m'as toujours permis de voir ce qu'elle aurait pu être.

Je ne sais pas trop où aller, concluait-il. *Mais quel que soit l'endroit où j'atterrirai, je commencerai chaque journée en prononçant ton nom.* Comme si en agissant de la sorte il pouvait rester plus fidèle à lui-même.

Et il signait : *Tinker Grey 1910 – ?*

Je ne m'attardai pas. Je descendis les escaliers et sortis. Arrivée sur 8th Avenue, je fis demi-tour, remontai Gansevoort Street, les rues pavées et les escaliers étroits. Revenue dans la chambre, je pris le tableau des dockers ainsi que les écrits de Washington. Un jour, il regretterait de les avoir laissés. Quel bonheur ce serait d'être en position de les lui rendre.

Vous verrez peut-être là un geste romantique. Mais à un autre niveau, ce qui m'avait poussée à retourner prendre les affaires de Tinker, c'était une certaine culpabilité. En effet, en découvrant la chambre vide après le travail, alors même que je luttais contre un sentiment de perte, une toute petite part de moi-même avait éprouvé un intense sentiment de soulagement.

26

Un fantôme des Noëls passés

Le vendredi 23 décembre, j'étais assise à ma table de cuisine en train de couper en tranches un jambon de cinq kilos et de boire du whisky au goulot. À côté de mon assiette se trouvait le projet du premier numéro de *Gotham*. Mason avait passé beaucoup de temps à réfléchir à la couverture. Il voulait qu'elle soit *Accrocheuse*, *Belle*, *Spirituelle*, *Scandaleuse*, et surtout *Surprenante*. Si bien qu'il n'existait que trois exemplaires du projet : celui de Mason, celui du directeur artistique et le mien.

Il s'agissait de la photo d'une femme nue placée derrière une maquette du San Remo Building haute de trois mètres. Sa peau apparaissait à travers les fenêtres, mais des rideaux avaient été placés à des endroits précis pour cacher les parties les plus délicates de son anatomie.

On m'avait confié l'un des exemplaires du projet de couverture parce que l'image était mon idée.

Enfin, presque.

En vérité, c'était une variation à partir d'un tableau de René Magritte que j'avais vu au Museum of Modern Art. Mason avait adoré l'idée et parié ma carrière que je ne trouverais personne pour poser. La photo était cadrée de sorte qu'on ne voyait pas le visage de la femme, mais si les rideaux du quinzième étage avaient été ouverts, on aurait aperçu deux aréoles couleur aubergine larges comme des doublons.

Cet après-midi-là, Mason m'avait convoquée dans son bureau et demandé de m'asseoir – quelque chose qu'il avait fait au maximum deux fois depuis qu'il m'avait embauchée. En fait, le plan d'Alley avait fonctionné à merveille : notre contrat à toutes les deux était prolongé d'un an.

Comme je me levais pour partir, Mason me félicita, joignant à ses paroles les épreuves avec le projet de couverture et, en bonus, le jambon cuit au miel que le maire lui avait envoyé. Je savais qu'il venait du bureau du maire parce que les vœux chaleureux de Son Excellence étaient écrits sur une carte dorée en forme d'étoile. Le jambon coincé sous un bras, je me retournai au moment de passer la porte pour remercier Mr Tate.

— Nul besoin de me remercier, répondit-il sans lever les yeux de son bureau. Vous l'avez mérité.

— Alors merci de m'avoir donné cette chance.

— Vous devriez plutôt remercier votre sponsor.

— J'appellerai Mr Parish.

Mason leva les yeux et me considéra avec curiosité.

— Vous feriez bien de vous préoccuper de savoir qui sont vos vrais amis, Kontent. Ce n'est pas Parish qui vous a recommandée à moi. C'est Anne Grandyn. C'est elle qui m'a forcé la main.

Je bus une autre gorgée de bourbon.

Je n'étais pas vraiment amatrice de bourbon, mais j'avais acheté la bouteille sur le chemin de la maison en me disant que ça irait bien avec le jambon. Ce qui était le cas. J'avais acheté aussi un petit sapin de Noël que j'avais installé près de la fenêtre. Comme il avait un air un peu tristounet sans les guirlandes, je pris l'étoile dorée du maire collée sur le jambon et la coinçai sur la plus haute branche. Ensuite, je me mis à l'aise et ouvris *Le Noël d'Hercule Poirot*, le dernier ouvrage de Mrs Christie. Je l'avais acheté en novembre et gardé pour cette soirée particulière. Mais avant que je puisse commencer ma lecture, on frappa à la porte.

Sans doute faut-il voir dans notre tendance à résumer les événements de l'année quand celle-ci tire à sa fin une loi immuable de la nature humaine. Entre autres choses, 1938 avait été une année où l'on avait beaucoup frappé à ma porte. Il y avait eu le messager de la Western Union qui m'avait apporté les vœux envoyés par Eve depuis Londres pour mon anniversaire ; ensuite Wallace avec sa bouteille de vin et les règles du bridge lune-de-miel. Puis l'inspecteur Tilson ; puis Bryce ; et enfin Anne.

Sur le moment, ces intrusions n'étaient en général pas bienvenues. Mais j'aurais sans doute dû y attacher plus de valeur. Parce que quelques années plus tard, je vivrais dans un immeuble avec portier – et une fois qu'on vit dans ce genre d'endroit, plus personne ne frappe à votre porte.

Ce soir-là, la personne qui frappa à ma porte était un jeune homme corpulent vêtu d'un costume à la Herbert Hoover. La montée des escaliers l'avait essoufflé et son front luisait de sueur.

— Miss Kontent ?

— Oui.

— Miss Katherine Kontent ?

— C'est bien moi.

Il parut grandement soulagé.

— Je me présente : Niles Copperthwaite. Je travaille pour le cabinet d'avocats Heavely & Hound.

— Vous plaisantez, dis-je en éclatant de rire.

Il prit un air outré.

— Pas le moins du monde, miss Kontent.

— Je vois. Bon. Un avocat qui vient vous rendre visite le vendredi précédant Noël. J'espère que je n'ai pas d'ennuis.

— Oh non, miss Kontent ! Vous n'avez pas le moindre ennui.

Il prononça ces paroles avec toute l'assurance de la jeunesse, ce qui ne l'empêcha pas d'ajouter quelques secondes plus tard :

— Du moins, pas d'ennuis dont Heavely & Hound aurait eu connaissance.

— Nuance tout à fait bienvenue, Mr Copperthwaite. Je m'en souviendrai. Que puis-je faire pour vous ?

— Vous avez déjà fait beaucoup en vous trouvant à l'adresse de votre domicile telle qu'elle apparaît sur nos listes. Je viens sur la demande d'un client.

Il se tourna et saisit, posé contre le montant de porte, un objet long enveloppé dans un papier blanc épais. Il était entouré d'un ruban à pois et accompagné d'une étiquette disant NE PAS OUVRIR AVANT NOËL.

— Ceci vous est livré, dit le jeune homme, sur les instructions de…

— D'un certain Wallace Wolcott.

— C'est cela.

Il hésita.

— Il s'agit de quelque chose d'un peu inhabituel, puisque…

— Puisque Mr Wolcott n'est plus de ce monde.

Un silence se fit.

— Si je puis me permettre, miss Kontent, je vois que vous ne vous attendiez pas à cela. J'espère qu'il ne s'agit pas d'une surprise déplaisante.

— Mr Copperthwaite, s'il y avait du gui accroché au-dessus de ma porte, je vous embrasserais.

— Ah. Oui. Enfin je veux dire… non.

Il glissa un œil au-dessus de la porte puis se redressa et dit sur un ton plus formel :

— Je vous souhaite un joyeux Noël, miss Kontent.

— Et moi aussi je vous souhaite un joyeux Noël, Mr Copperthwaite.

Je n'ai jamais été le genre de personne qui attend le matin du 25 pour ouvrir les cadeaux. Si un cadeau de Noël me tombe entre les pattes le 4 Juillet, je l'ouvre à la lumière du feu d'artifice. Je m'assis donc dans mon fauteuil et ouvris ce paquet qui avait attendu si patiemment le moment de venir frapper à ma porte.

C'était un fusil. Je l'ignorais à l'époque, mais il s'agissait d'une Winchester 1894 provenant d'un petit lot dont la fabrication avait été supervisée par John Moses Browning lui-même. Elle avait une crosse en noyer, un viseur en ivoire, et le cadre plaqué de cuivre poli était décoré de motifs floraux délicats. Le genre de fusil qu'on peut porter à son propre mariage.

Wallace Wolcott avait le don pour choisir le bon moment. On pouvait lui reconnaître ce mérite.

J'assurai ma prise sur le fusil comme Wallace me l'avait appris. Il ne devait pas peser plus de deux kilos. Baissant le levier de verrouillage, je glissai un œil dans la culasse vide. Je fermai le levier, plaçai le fusil contre mon épaule et visai le sommet de mon petit sapin de Noël. Et là, je fis sauter l'étoile du maire.

30 DÉCEMBRE

Vingt minutes avant le coup de sifflet, le contremaître se pointa pour leur ordonner d'y aller mollo.

Travaillant deux par deux, ils avaient formé une longue chaîne et déchargeaient des sacs de sucre d'un cargo des Caraïbes pour les mettre dans un entrepôt sur un quai de Hell's Kitchen. Avec le Noir que les autres appelaient King, il se trouvait au début de la chaîne. Si bien que lorsque le contremaître donna l'ordre, King modifia le tempo : un-mille-arrimer, deux-mille-soulever, trois-mille-pivoter, quatre-mille-au suivant.

Le lendemain de Noël, le syndicat des pilotes de remorqueurs s'était mis en grève sans prévenir et sans le soutien des dockers. Tout là-bas, quelque part au large de Sandy Hook et Breezy Point, une armada de cargos dérivaient en attendant d'accoster. Alors le mot avait circulé d'un bout à l'autre de la ligne qu'il fallait ralentir. Si Dieu le voulait, la grève serait terminée avant que les bateaux à quai soient vides, et alors ils pourraient conserver les équipes.

Comme il était le nouveau, il savait fort bien que s'ils commençaient à débaucher, il serait le premier à devoir partir.

Mais il était juste qu'il en soit ainsi.

Le rythme que King avait choisi était parfait. Il lui permettait de sentir la force de ses bras, de ses jambes et de son dos. Chaque fois qu'il balançait le bras tenant son crochet, cette force parcourait son corps telle une décharge électrique. C'était un sentiment qui avait été absent de sa vie pendant longtemps. Comme la sensation de faim avant le repas, ou d'épuisement avant le sommeil.

L'autre chose qu'il y avait de bien avec ce rythme, c'est qu'il donnait un peu plus de temps pour discuter :

(un-mille-arrimer)

— Alors tu viens d'où, King ?

— De Harlem.

(deux-mille-soulever)

— Tu habites là depuis combien de temps ?

— Depuis toujours.

(trois-mille-pivoter)

— Ça fait longtemps que tu travailles ici ?

— Depuis la nuit des temps.

(quatre-mille-au suivant)

— Et c'est pas trop dur ?

— Non, c'est le paradis : plein de gens bien qui s'occupent de leurs oignons.

Il sourit à King en attrapant le sac suivant avec son crochet. Parce qu'il comprenait ce qu'il voulait dire. C'était la même chose à Fall River. Le nouveau, personne ne l'aimait. Pour chaque type que le patron embauchait, il y avait vingt frères ou oncles ou copains d'enfance qui s'étaient fait recaler. Par conséquent, moins vous vous faisiez remarquer, mieux c'était. Ce qui voulait dire porter sa charge et fermer sa gueule.

Lorsque le coup de sifflet retentit, King s'attarda tandis que les autres gars se dirigeaient vers les bars de 10th Avenue.

Lui aussi traîna. Il proposa une cigarette à King et ils fumèrent, adossés à une caisse, en regardant les autres s'éloigner. Ils fumèrent tranquillement, en silence. Quand ils eurent fini leur cigarette, ils jetèrent les mégots dans l'eau et s'avancèrent vers le portail.

À mi-chemin entre le cargo et l'entrepôt ils tombèrent sur un tas de sucre par terre. L'un des gars avait dû déchirer la toile du sac avec son crochet. King s'arrêta un instant et secoua la tête. Puis, s'agenouillant, il prit une poignée de sucre et la fourra dans sa poche.

— Allez, dit-il. Tant qu'à faire, prends-en toi aussi. Sinon, ça va aller aux rats.

Alors il s'agenouilla lui aussi et se servit. Le sucre était ambré et cristallin. Il allait le mettre dans sa poche droite, quand il se souvint que c'était celle qui avait un trou. Alors il mit le sucre dans celle de gauche.

Quand ils arrivèrent au portail, il demanda à King si ça lui disait de marcher un peu. King donna un coup de menton dans la direction du métro aérien. Il rentrait chez lui retrouver une femme, des enfants. King n'en avait jamais mentionné l'existence, mais nul besoin. Ça se devinait.

La veille, après le boulot il avait longé le quai en direction du sud. Cette fois-ci, il se dirigea donc vers le nord.

Avec la tombée de la nuit, le froid était devenu mordant. Il regretta de ne pas porter son pull sous son manteau.

Les embarcadères au nord de 40th Street s'avançaient dans les eaux les plus profondes de l'Hudson et accueillaient les bateaux les plus gros. Celui amarré au n° 75, qui devait rejoindre l'Argentine, ressemblait à une forteresse impénétrable et grise. Il avait entendu dire qu'on y recherchait des membres d'équipage, et il se serait présenté si seulement il avait économisé assez d'argent. Il comptait rouler un peu sa bosse une fois arrivé au port. Mais les possibilités d'embarquer sur d'autres bateaux en partance pour d'autres lieux ne manqueraient pas.

Au n° 77, un paquebot Cunard attendait de pouvoir entamer sa traversée de l'Atlantique. Le lendemain de Noël, au moment où, au son de sa sirène, les confettis lancés depuis le pont supérieur pleuvaient sur le quai, la nouvelle de la grève était parvenue au poste de commandement. Cunard avait invité les passagers à rentrer chez eux en leur conseillant de laisser leurs valises à bord, la grève ne pouvant durer plus d'une journée. Cinq jours plus tard, dans chaque cabine de luxe, robes de cocktail et robes de soirée, gilets et ceintures de smoking patientaient dans un silence spectral – tels des costumes de scène dans les loges d'un théâtre.

Aucun bateau n'était amarré à l'embarcadère n° 80, le plus long de l'Hudson, qui s'enfonçait dans la rivière comme un tronçon de route. Il marcha jusqu'au bout.

Il sortit une autre cigarette du paquet et l'alluma avec son briquet. Puis il ferma le couvercle avec un bruit sec et, se tournant, s'appuya contre un pilier.

Depuis le bout de l'embarcadère il voyait toute la ligne des toits de New York, cet ensemble de maisons, d'entrepôts et de gratte-ciel qui s'étire depuis Washington Heights jusqu'à Battery. Pratiquement toutes les lumières des fenêtres des immeubles semblaient miroiter faiblement – comme si elles étaient nourries par les esprits animaux qui logeaient à l'intérieur, par les disputes et les espoirs, les caprices et les oublis. Pourtant, ici et là, dispersés à la surface de cette mosaïque, des fenêtres isolées semblaient brûler d'un feu plus vif et plus constant, des fenêtres allumées par ces quelques personnes qui agissent avec assurance et détermination.

Il écrasa sa cigarette et décida de rester dans le froid un peu plus longtemps.

Car, si hostile que soit le vent, de ce poste d'observation Manhattan était tout simplement si improbable, si merveilleux, si clairement plein de promesses qu'on aurait voulu passer le reste de sa vie à s'en approcher sans jamais tout à fait l'atteindre.

ÉPILOGUE

Peu sont élus

C'était la dernière nuit de 1940. La neige soufflait presque en tempête. Dans moins d'une heure, toute circulation cesserait dans Manhattan. Les voitures se retrouveraient ensevelies comme des rochers sous la neige. Mais pour l'instant, elles avançaient lentement, avec la détermination lasse de pionniers entêtés.

Notre petit groupe de huit venait de quitter précipitamment un bal à l'University Club où de toute façon nous n'avions pas été invités. La fête se déroulait au premier étage sous les plafonds richement décorés. Un orchestre de trente musiciens vêtus de blanc inaugurait 1941 dans le style tout nouveau et déjà démodé de Guy Lombardo. La fête avait un autre but : collecter des fonds pour les réfugiés estoniens. Mais cela, nous l'ignorions. Si bien que lorsqu'une Carry Nation[1] des temps modernes apparut

1. Carry Nation (1846-1911), membre de la *Women's Christian Temperance Union* (Union chrétienne féminine anti-alcool), se fit

aux côtés d'un ambassadeur sans pays, nous prîmes la sortie.

Entre-temps, Bitsy s'était retrouvée je ne sais comment en possession d'une trompette, et elle nous fit un petit concert assez impressionnant tandis que, rassemblés sous la lumière d'un lampadaire, nous réfléchissions à la suite des événements. Un regard rapide vers la rue, et nous comprîmes qu'aucun taxi ne viendrait nous secourir. Carter Hill déclara qu'il connaissait une planque parfaite à quelques pas d'ici, où nous trouverions de quoi manger et boire. Nous prîmes donc la direction de l'ouest, guidés par lui. Aucune des filles n'était équipée pour ce temps-là, mais j'avais la chance d'être placée sous l'aile protectrice du manteau à col en fourrure de Harrison Harcourt.

Cinquante mètres plus loin, un groupe de fêtards arrivant dans l'autre sens nous bombarda de boules de neige. Bitsy sonna la charge et nous contre-attaquâmes. Nous abritant derrière un kiosque à journaux et une boîte à lettres, nous les repoussâmes avec des hululements d'Indiens. Mais quand Jack fit « par mégarde » tomber Bitsy dans une congère, les filles attaquèrent les garçons. À croire que notre résolution pour la nouvelle année consistait à nous comporter comme des gosses de dix ans.

Le fait est que l'année 1939 avait certes apporté la guerre à l'Europe, mais en Amérique elle avait

---

connaître par ses actions spectaculaires, et notamment son utilisation de la hache pour détruire les bouteilles d'alcool dans les débits de boissons qu'elle visitait. De nombreuses photos la représentent une hache dans une main et une bible dans l'autre.

apporté la fin de la Dépression. Eux annexaient et pratiquaient la politique de l'apaisement tandis que nous faisions redémarrer les usines sidérurgiques, les chaînes de montage, et nous préparions à répondre à une demande mondiale d'armes et de munitions. En décembre 1940, alors que la France était déjà tombée et que la Luftwaffe bombardait Londres, en Amérique Irving Berlin remarquait dans sa chanson « White Christmas » que les cimes des arbres scintillaient et que les enfants guettaient le son des clochettes des traîneaux de Noël. Vous voyez, nous étions bien loin de la Seconde Guerre mondiale.

Les quelques pas de Carter se transformèrent en une interminable et pénible randonnée. Quand nous débouchâmes sur Broadway, le vent descendant de Harlem plaqua la neige contre nos dos. Le manteau de Harry me recouvrant la tête, je me laissai guider par un coude. Si bien que lorsque nous arrivâmes devant le restaurant, je ne voyais même pas à quoi il ressemblait. Harry me fit descendre les marches, retira son manteau, et *voilà !* Je me retrouvai dans un restaurant immense servant des plats italiens, du vin italien et du jazz italien, si tant est que la chose existât.

Minuit était passé par là, si bien que le sol était recouvert de confettis. La plupart des fêtards qui avaient célébré ici les douze coups de minuit étaient partis.

Nous fîmes claquer nos talons pour ôter la neige et nous emparâmes d'une table pour huit en face du bar sans attendre que les assiettes soient débarrassées.

Je m'installai à côté de Bitsy. Carter se glissa sur la chaise à ma droite, obligeant Harry à se trouver une place en face de moi. Jack prit une bouteille de vin laissée par les clients précédents et glissa un œil au fond pour voir s'il restait quelque chose.

— Nous voulons du vin, dit-il.

— Oui, nous voulons du vin, reprit Carter en attirant le regard d'un serveur. Maestro ! Trois bouteilles de chianti !

Le serveur, doté des gros sourcils et des immenses paluches de Bela Lugosi, ouvrit les bouteilles sans un sourire.

— Pas particulièrement jovial, l'animal, observa Carter.

C'était difficile à dire. Comme beaucoup d'Italiens de New York en 1940, sa jovialité naturelle était peut-être assombrie par les allégeances regrettables de la mère patrie.

Carter se proposa pour passer commande, puis fit une tentative louable pour lancer la conversation en demandant aux autres ce qu'ils avaient fait de mieux en 1940. Cela me fit quelque peu regretter Dicky. Personne mieux que Dicky Vanderwhile ne pouvait amener une tablée à dire des bêtises.

Tandis que quelqu'un s'étendait sur un voyage à Cuba (« la nouvelle Côte d'Azur »), Carter se pencha vers moi et me chuchota à l'oreille :

— Et toi, qu'est-ce que tu as fait de pire en 1940 ?

Un morceau de pain vola par-dessus la table et l'atteignit à la tête.

— Hé ! dit Carter en levant les yeux.

La seule chose permettant de deviner que ça venait d'Harry, c'était son air parfaitement tranquille et son sourire en coin. J'eus bien envie de lui adresser un clin d'œil mais choisis de lui renvoyer le bout de pain. Il prit une mine interloquée. J'allais l'imiter lorsqu'un serveur me tendit un bout de papier plié. C'était un message non signé rédigé hâtivement.

FAUT-IL OUBLIER LES AMIS ?

Comme j'avais l'air perplexe, le serveur désigna le bar. Je vis, assis sur l'un des tabourets, un soldat beau et à forte carrure. Il était si soigné de sa personne que j'eus du mal à le reconnaître. Pourtant, aussi sûr que deux et deux font quatre, c'était l'inébranlable Henry Grey.

Faut-il oublier les amis, ne pas s'en souvenir[1] ?

Parfois, on a vraiment l'impression que c'est ce à quoi la vie nous destine. Après tout, elle n'est au fond qu'une centrifugeuse qui, tous les trois ou quatre ans, tourne sur elle-même en projetant les corps les plus proches dans des directions opposées. Et quand elle cesse de tourner, elle nous ensevelit sous une montagne de préoccupations nouvelles en nous donnant à peine le temps de reprendre notre souffle. Quand bien même nous voudrions revenir sur nos pas et ranimer les vieilles amitiés, comment en trouverions-nous le temps ?

---

1. Premiers vers de *Ce n'est qu'un au revoir*, traduction du texte original de Robert Burns. L'adaptation est plus connue : *Faut-il nous quitter sans espoir, sans espoir de retour ?*

L'année 1938 avait été celle où quatre personnes pleines de couleurs et de caractère avaient exercé une emprise bienvenue sur ma vie. Nous étions maintenant le 31 décembre 1940, et je ne les avais pas vues depuis plus d'un an.

Dicky avait été déraciné de force en janvier 1939.

Dans le sillage de la saison new-yorkaise des bals de débutantes, Mr Vanderwhile avait fini par en avoir assez de la nonchalance de son fils. Si bien que sous les auspices d'une économie renaissante, il l'avait expédié au Texas pour y travailler dans les puits de pétrole d'un vieil ami. Mr Vanderwhile était convaincu que cela « transformerait » Dicky ; et c'est ce qui se produisit. Mais pas comme Mr Vanderwhile l'entendait. Il se trouve que son ami avait une fille au caractère de cochon qui fit de Dicky son partenaire de danse pendant les vacances de Pâques. Lorsqu'elle retourna à l'université, Dicky voulut extraire une promesse d'amour. Il se fit rabrouer. La demoiselle s'était bien amusée avec Dicky, mais s'imaginait à long terme avec quelqu'un de plus pratique, de plus réaliste, de plus ambitieux – en gros, quelqu'un qui ressemblerait davantage à son papa. Très vite, Dicky se retrouva à faire des heures supplémentaires et à poser sa candidature à Harvard.

Il devait passer son diplôme en 1941, six mois à peine avant Pearl Harbor. De là, il s'enrôlerait, se battrait courageusement dans le Pacifique, rentrerait épouser sa Texane, aurait trois enfants, se ferait embaucher au Département d'État, bref, démolirait tout ce que tout le monde avait dit de lui jusque-là.

Eve Ross, elle, disparut tout bonnement de la circulation.

La première fois que j'eus des nouvelles après son départ pour Los Angeles, ce fut grâce à une coupure de presse que Fran me donna en mars 1939. Il s'agissait d'une photo découpée dans un magazine de mode où on voyait une Olivia de Havilland déchaînée forçant un cordon de photographes devant le Tropicana sur Sunset Boulevard. Elle était au bras d'une jeune femme très bien faite avec une robe sans manches et une cicatrice sur la joue. La photo s'intitulait *Autant en emporte le vent* et la légende indiquait que la jeune femme à la cicatrice était la « confidente » de Miss Havilland.

Les nouvelles suivantes me parvinrent le 1er avril, par le biais d'un appel longue distance à deux heures du matin. L'homme au bout du fil se présenta comme inspecteur au Los Angeles Police Department. Il était désolé de me déranger, il savait qu'il était tard mais n'avait pas le choix. Une jeune femme avait été découverte évanouie sur la pelouse du Beverly Hills Hotel et on avait trouvé mon numéro de téléphone dans sa poche.

Je fus abasourdie.

C'est alors que j'entendis la voix d'Eve.

— Alors, elle a mordu à l'hameçon ?

— Et comment ! dit l'inspecteur en révélant son accent anglais. Elle a tout avalé.

— Passe-moi ça !

— Attends !

Ils se disputèrent le combiné.

— Poisson d'avril ! cria l'homme.

Puis on lui arracha le téléphone.

— On t'a bien eue, ma vieille, hein ?

— Ça, tu peux le dire.

Eve hurla de rire.

Ça faisait du bien de l'entendre. Pendant une demi-heure, ce fut un aller-retour incessant de nouvelles récentes et de souvenirs du bon vieux temps à New York. Mais comme je lui demandais si elle pensait venir sur la côte Est bientôt, elle me répondit qu'en ce qui la concernait les montagnes Rocheuses ne seraient jamais suffisamment élevées.

Wallace, on s'en souvient, fut enlevé au monde des vivants.

Mais par la grâce de l'un des petits tours que la vie nous joue, ce fut Wallace qui exerça la plus grande influence sur ma vie quotidienne. En effet, au printemps 1939, je reçus une deuxième visite du toujours transpirant Niles Copperthwaite. Cette fois-ci, il m'apportait une nouvelle extraordinaire : les dividendes d'un fonds transgénération devaient me revenir jusqu'à la fin de mes jours. Ce qui représentait un revenu annuel de huit cents dollars. Peut-être pas le grand luxe, même en 1939, mais assez pour me permettre d'y réfléchir à deux fois avant d'accepter les avances d'un homme ; ce qui, quand on y pense, pour une jeune femme approchant de la trentaine à Manhattan, était un vrai luxe.

Et Tinker Grey ?

J'ignorais où se trouvait Tinker. Mais dans un sens, je savais ce qu'il était devenu. Après avoir largué les amarres, Tinker avait enfin trouvé son chemin vers des territoires de liberté. Que ce soit dans les neiges du Yukon ou sur les mers de Polynésie, Tinker était là où rien ne bouchait l'horizon, où les criquets commandaient le silence, où le présent primait tout, et où les *Règles de bienséance et de bonnes manières* étaient parfaitement inutiles.

Faut-il oublier les amis, ne pas s'en souvenir ? Si la réponse est oui, c'est à nos risques et périls. Je rejoignis le bar.

— C'est Katey, c'est ça ?

— Salut, Hank. Tu as bonne mine.

C'était vrai. Plus qu'on aurait pu raisonnablement s'y attendre. Les duretés de la vie militaire avaient étoffé son visage et son corps. Et les bandes sur son impeccable uniforme kaki annonçaient qu'il était sergent.

Je fis mine de lever mon chapeau pour le féliciter.

— Ne te donne pas cette peine, dit-il en souriant. Elles ne dureront pas.

Je n'en étais pas si sûre. Il donnait l'impression que l'armée n'avait pas encore vu ce dont il était capable.

Il donna un coup de menton en direction de notre table.

— Je vois que tu t'es trouvé un nouveau cercle d'amis.

— J'en ai plusieurs.

— Je n'en doute pas. Je te dois un verre, je crois. Allez, c'est ma tournée.

Il commanda une bière pour lui et un martini pour moi, comme s'il avait toujours su que c'était ma boisson préférée. Nous trinquâmes et nous souhaitâmes une bonne année 1941.

— Tu as vu mon frère ces derniers temps ?

— Non, avouai-je. Ça fait deux ans que je ne l'ai pas vu.

— OK. Remarque, c'est assez logique.

— Et toi, tu as de ses nouvelles ?

— De temps en temps. Quand j'ai une permission, il m'arrive de venir à New York et on se retrouve.

Je ne m'attendais pas à celle-là.

Je pris une gorgée de gin.

Il m'observa avec un sourire narquois.

— Tu es surprise, dit-il.

— Je ne savais pas qu'il était à New York.

— Où tu voulais qu'il soit ?

— Je ne sais pas. Je m'étais dit qu'après avoir tout lâché, il avait quitté New York.

— Non. Il est resté. Il a trouvé du boulot sur les quais de Hell's Kitchen pendant quelque temps. Puis il a traîné dans les faubourgs et on s'est perdus de vue. Le printemps dernier, je l'ai rencontré par hasard dans la rue, à Red Hook.

— Il vivait où ?

— Je ne sais pas trop. Dans l'un de ces taudis près des chantiers navals sans doute.

Un silence se fit.

— Il allait comment ? demandai-je.

— Bof, un peu dépenaillé, un peu maigre.

— Ce n'est pas ça que je te demande.

— Oh, fit Hank en souriant. Tu veux dire, comment il allait à l'intérieur ?

Il n'hésita pas.

— Il était heureux.

Les neiges du Yukon… les mers de Polynésie… les pistes des Mohicans… C'était sur ce genre de terrains que j'avais imaginé Tinker depuis deux ans. Alors qu'il n'avait pas quitté New York.

Pourquoi m'étais-je persuadée que Tinker était si loin ? J'aimerais dire que c'était parce que les paysages indomptés de Jack London, de Robert Louis Stevenson et de James Fenimore Cooper s'accordaient avec sa sensibilité romantique depuis qu'il était petit. Mais dès qu'Hank m'apprit qu'il était à New York, je sus que je l'avais imaginé très loin parce qu'il m'était plus facile d'accepter son désir de partir s'il s'agissait de voyager seul dans des espaces sauvages.

Aussi appris-je la nouvelle avec des sentiments mitigés. En m'imaginant Tinker parmi les foules new-yorkaises, démuni de tout sauf d'énergie, je fus emplie de regrets et de jalousie, mais aussi d'un soupçon de fierté, et d'une petite lueur d'espoir.

Car n'était-ce pas une question de jours avant que nos chemins ne se croisent ? Malgré tout le foin qu'on en faisait, l'île de Manhattan ne mesurait-elle pas à peine dix-sept kilomètres de long et deux ou trois de large ?

Les jours qui suivirent, je restai aux aguets, cherchant sa silhouette au coin des rues et dans les cafétérias. Je m'imaginais rentrant à la maison et le voyant émerger encore une fois d'un pas de porte sur le trottoir d'en face.

Mais à mesure que les semaines se transformaient en mois, et les mois en années, ce sentiment d'attente s'estompa et, lentement mais sûrement, je cessai de m'attendre à l'apercevoir dans la foule. Traversée par les courants de mes propres ambitions et projets, ma vie quotidienne posa les bases d'un oubli indulgent – c'est-à-dire, jusqu'à ce que je finisse quand même par le retrouver, au Museum of Modern Art en 1966.

Val et moi rentrâmes en taxi à notre appartement de 5th Avenue. La cuisinière nous avait laissé un petit dîner dans le four. Nous le réchauffâmes, ouvrîmes une bouteille de bordeaux et mangeâmes debout dans la cuisine.

Je suppose que pour la plupart des gens, le spectacle d'un mari et de sa femme mangeant des plats réchauffés debout dans leur cuisine à 21 heures manque de romantisme ; mais pour Val et moi qui dînions si souvent dans des endroits chics, manger seuls debout dans notre cuisine était le moment le plus agréable de la semaine.

Tandis que Val rinçait les verres, je descendis le couloir menant à la chambre. Les murs étaient couverts de photos du sol au plafond. D'ordinaire, je passais sans même les regarder. Mais ce soir-là, je me surpris à les examiner l'une après l'autre.

Contrairement aux photos chez Wallace, celles-ci ne couvraient pas quatre générations. Elles dataient toutes des vingt dernières années. La plus ancienne était une de Val et moi visiblement un peu mal à l'aise lors d'une soirée très chic en 1947. Une connaissance commune venait de nous présenter, mais Val l'avait interrompue en expliquant que nous nous étions déjà rencontrés, à Long Island en 1938 – et qu'il m'avait ramenée à Manhattan sur l'air de « Autumn in New York ».

Au milieu des photos d'amis, de vacances à Paris, à Venise et à Londres, se trouvaient quelques clichés à teneur professionnelle. Il y avait par exemple la photo de la couverture du *Gotham* de février 1955, le premier numéro dont j'étais rédactrice en chef, ou encore une de Val en train de serrer la main d'un président. Mais ma préférée, c'était celle où on nous voyait tous les deux à notre mariage, serrant dans nos bras le vieux Mr Hollingsworth, dont la femme était déjà partie et qui n'allait pas tarder à la suivre.

Après avoir servi ce qui restait du vin, Val me trouva dans le couloir en train de passer en revue les photos.

— Quelque chose me dit que tu ne vas pas te mettre au lit tout de suite, dit-il en me tendant mon verre. Tu veux que je te tienne compagnie ?

— Non. Vas-y, toi. Je te rejoins.

Il me fit un clin d'œil et un sourire et donna un petit coup sur une photo prise sur la plage de Southampton peu après que je m'étais fait couper les cheveux trop court. Puis il m'embrassa et entra dans la chambre. Je gagnai le salon et de là la terrasse. L'air était frais et les lumières de la ville chatoyaient.

Les petits avions ne volaient plus autour de l'Empire State Building, mais ça n'en demeurait pas moins une vue qui déclinait pour ainsi dire la conjugaison du verbe espérer : *j'ai espéré, j'espère, j'espérerai.*

J'allumai une cigarette et jetai l'allumette par-dessus mon épaule pour me porter chance, en me disant : *C'est bien vrai que New York te fait faire des folies.*

Il y a quelque chose d'éculé à concevoir la vie comme un long voyage au cours duquel nous pouvons modifier notre itinéraire à tout moment. En tournant légèrement le volant, dit-on, nous influençons le cours des événements et unissons notre destin à celui de nouveaux compagnons, à de nouvelles circonstances, à de nouvelles découvertes. Or, pour la plupart d'entre nous, la vie ne ressemble pas du tout à ça. Nous vivons quelques brèves périodes où une poignée d'options individuelles nous sont offertes. Dois-je prendre ce boulot-ci, ou celui-là ? À Chicago ou à New York ? Rejoindre ce groupe d'amis-ci, ou celui-là, et avec qui rentrer à la maison à la fin de la nuit ? Faut-il prendre le temps de faire des enfants maintenant ? Plus tard ? Jamais ?

Dans ce sens, la vie n'est pas tant un voyage qu'une partie de bridge lune-de-miel. Quand nous avons une vingtaine d'années et qu'il y a devant nous tellement de temps pour des centaines d'indécisions, des centaines de visions et de révisions, nous tirons une carte et devons décider dans l'instant si nous voulons la garder et refuser la suivante, ou bien refuser la première et garder la seconde. Et avant même que nous puissions nous en rendre compte, toutes les cartes ont été tirées et les décisions que nous venons de prendre façonneront notre existence pour les décennies à venir.

Peut-être cela sonne-t-il plus triste que je ne le souhaitais.

La vie ne vous offre pas toujours le choix. Elle peut facilement définir votre trajet dès le début et vous contrôler grâce à toutes sortes de mécanismes subtils ou brutaux. Disposer ne serait-ce que d'une année où l'on vous propose des options qui peuvent modifier votre situation, votre personnalité, votre trajectoire – c'est uniquement par la grâce de Dieu. Et cela se paye, forcément.

J'aime Val. J'aime mon travail, mon New York. Je ne doute pas un seul instant que ce sont les bons choix pour moi. Pourtant, je sais que les bons choix sont par définition les moyens par lesquels la vie cristallise la perte.

En décembre 1938, seule dans cette petite pièce de Gansevoort Street à côté de la valise vide de Tinker et de son poêle à charbon froid, alors que j'avais déjà uni mon destin à celui de Mason Tate et à l'Upper East Side, je lus sa promesse de commencer chaque journée en prononçant mon nom.

J'ai sans doute pendant quelque temps fait de même – commencé la journée en prononçant son nom à lui. Et, exactement comme il l'avait imaginé, cela m'a aidée à conserver une certaine direction, une sorte de cap infaillible au milieu des tempêtes.

Mais comme tant d'autres choses, cette habitude s'est retrouvée écartée par la vie – devenant tout d'abord intermittente, puis rare, avant d'être avalée par le temps.

Regardant Central Park depuis mon balcon quelque trente ans plus tard, je ne me suis pas reproché d'avoir laissé cette habitude disparaître. Je savais trop bien la nature des distractions et tentations que la vie nous offre – comment la réalisation au coup par coup de nos espoirs et de nos ambitions exige notre attention tout entière, transformant l'aérien en tangible, les convictions en compromis.

Non. Je n'ai pas été trop sévère avec moi-même pour ces années passées sans prononcer le nom de Tinker. Mais le lendemain matin, à mon réveil, il était sur mes lèvres. Comme souvent le matin à présent.

APPENDICE

Les Règles de bienséance et de bonnes manières dans le monde et dans la conversation

par le jeune George Washington

1. Tout ce que l'on fait dans le monde doit être accompagné de Signes de Respect envers les personnes Présentes.
2. Dans le monde, ne place pas tes Mains sur des Parties de ton Corps qui ne sont pas d'ordinaire découvertes.
3. Ne Montre Rien à ton ami qui puisse l'effrayer.
4. Devant le monde, ne Chantonne pas sourdement et ne bats pas la caisse avec tes Doigts ou tes Pieds.
5. Si Tu Tousses, Éternues, Soupires ou Bâilles, fais-le non pas Bruyamment mais Discrètement ; et ne Parle pas en Bâillant, mais place ton Mouchoir ou ta Main devant ton visage en te tournant de côté.
6. Ne somnole pas lorsque quelqu'un parle, ne t'assieds pas devant des personnes qui restent Debout, ne Parle pas lorsqu'il faudrait te taire, ne poursuis pas ton chemin quand on est arrêté.

7. N'ôte pas tes Vêtements en présence d'Autrui, ni ne sors de ta Chambre à moitié Habillé.
8. Autour d'une table de Jeu ou près du Feu, il est de Bon ton de faire Place au dernier Arrivé, et de ne pas Parler plus Fort que d'Ordinaire.
9. Ne Crache pas dans le Feu ni ne te Baisse devant lui ni ne Place tes Mains au-dessus des Flammes pour les réchauffer ni ne pose tes pieds sur le Feu, surtout s'il y a de la viande devant.
10. Lorsque tu t'Assois, place tes Pieds joints bien à Plat, sans les poser l'un sur l'autre ou les croiser.
11. Ne t'Agite pas en compagnie, ni ne te Ronge les Ongles.
12. Ne secoue pas la Tête, les Pieds ou les jambes ni ne roule des Yeux ni ne lève un sourcil plus haut que l'autre ni ne tords la bouche, et ne mouille pas le visage d'un autre par tes Postillons en t'approchant trop près de lui en Parlant.
13. Ne tue pas de Vermine, telles puces, tiques, &c lorsque tu te trouves en compagnie. Si tu Vois de la Saleté ou un Crachat, place Habilement ton pied dessus ; et si la chose se trouve sur les Vêtements de tes Compagnons, Ôte-la discrètement ; et si elle se trouve sur tes propres Vêtements, Remercie celui qui te l'ôte.
14. Ne tourne pas le Dos aux gens, surtout dans la conversation ; ne fais pas Bouger la Table ou le Bureau sur lequel une autre personne lit ou écrit ; ne t'appuie sur personne.
15. Garde tes Ongles propres et courts, et tes Mains et tes Dents propres également, sans toutefois y Témoigner une Attention excessive.
16. Ne Gonfle pas les Joues ; ne laisse pas Pendre ta langue ni ne te frotte les Mains, caresse la barbe, avance les lèvres, les mords, les serres trop ou pas assez.

17. Ne sois pas Flatteur et ne Badine pas avec ceux qui ne sont pas disposés à Plaisanter.

18. Ne lis ni Lettres, ni Livres ni Journaux quelconques en compagnie ; lorsque tu es obligé de le faire, demandes-en la permission ; ne t'approche pas des Livres qu'on lit ou de ce qu'on écrit de Manière à en prendre connaissance à moins qu'on ne te l'ait Demandé ; ne donne ton Opinion sur ce dont on s'Occupe que si on te la demande, et ne Regarde pas de trop Près quand quelqu'un écrit une Lettre.

19. Que ton maintien soit agréable mais un peu Grave pour les affaires sérieuses.

20. Les Gestes du Corps doivent s'Accorder au discours que tu tiens.

21. Ne reproche à quiconque les Infirmités de la Nature, ni ne prends plaisir à les rappeler à ceux qui en sont affligés.

22. Ne te réjouis pas du Malheur d'autrui, fût-ce ton ennemi.

23. Lorsque tu vois un Crime puni, tu peux te réjouir intérieurement ; mais toujours témoigne de la Pitié pour le Criminel Châtié.

24. Ne ris pas trop fort ni trop longtemps lors d'un Spectacle Public.

25. Compliments Superflus et Cérémonies affectées doivent être évités, mais non négligés lorsqu'ils sont mérités.

26. En te Découvrant devant des Personnes de Renom, telles que Nobles, Juges, Hommes d'Église, &c, fais la Révérence, t'inclinant plus ou moins selon les Exigences de la Politesse et la Qualité de la Personne ; dans la compagnie de tes égaux, ne t'attends pas toujours à ce qu'ils te saluent en premier, mais Découvre-toi dès lors qu'il n'est nul besoin

d'Affectation, et dans ta manière de Saluer en paroles observe les Usages les plus habituels.

27. Il est Malpoli d'enjoindre à qui est plus Éminent que toi de se Couvrir, tout autant que de ne pas le faire devant Celui auquel cela est dû ; de même, Celui qui montre trop de Hâte à se couvrir ne fait pas bien, même s'il doit se Couvrir la première, ou du moins la seconde fois qu'on le lui Demande ; or ce qui vient d'être dit de la manière de Saluer devrait également être observé pour prendre place, et s'Asseoir en compagnie sans observer les règles est inconvenant.

28. Si quiconque vient s'Entretenir avec toi quand tu es Assis, lève-toi quand bien même il serait ton Inférieur, et lorsque tu invites les autres à s'Asseoir, fais-le pour chacun selon son Rang.

29. Lorsque tu rencontres quelqu'un d'un Rang Supérieur au tien, Arrête-toi, et écarte-toi, surtout si vous vous trouvez devant une Porte ou dans tout endroit Étroit, pour laisser passer cette personne.

30. En Promenade, la Place la plus élevée dans la plupart des Pays semble être à main droite ; place-toi donc à la gauche de celui que tu désires Honorer ; mais si trois personnes marchent ensemble la Place du milieu est la plus Honorable, le mur étant généralement laissé au plus Digne si deux personnes marchent ensemble.

31. Si quelqu'un qui Surpasse de loin les autres, que ce soit par l'âge, l'État ou le Mérite, et pourtant désire, dans son propre Logis ou ailleurs, donner sa Place à un inférieur, celui-ci ne doit pas accepter, ni l'autre Partie user de trop de Persuasion ou faire son offre plus d'une ou deux fois.

32. À Celui qui est ton égal ou t'est légèrement Inférieur, tu te dois de réserver la meilleure Place

dans ta Maison, et celui auquel elle est Offerte doit tout d'abord la refuser, puis l'accepter, sans pour autant oublier de Reconnaître qu'il en est Indigne.

33. Ceux qui occupent une Charge officielle ou sont revêtus de quelque Dignité ont partout Préséance, mais tant qu'ils sont jeunes, ils doivent du Respect aux personnes qui les égalent en Naissance ou autrement, celles-ci ne fussent-elles pas Investies de fonctions publiques.

34. Il est Bienséant de laisser parler avant toi les personnes avec lesquelles tu t'entretiens, surtout si elles sont au-dessus de toi, auquel cas tu ne dois jamais Commencer.

35. Quand tu parles Affaires, sois bref et clair.

36. Les Artisans et autres personnes de moindre Qualité doivent non pas user de cérémonies envers ceux qui ont un Rang élevé mais les Respecter et les Honorer comme il convient, et les personnes de rang élevé doivent les traiter avec Affabilité et courtoisie, sans Arrogance.

37. Lorsque tu t'adresses à des personnes de Qualité, ne te penche pas sur elles, ne les Dévisage pas et n'approche pas ton Visage du leur ; éloigne-toi d'elles d'au moins un pas.

38. Dans tes visites aux Malades, n'étale pas de Connaissances en Médecine si tu n'en as pas réellement.

39. Soit que tu parles, soit que tu écrives, donne à Chacun le titre qui lui est dû selon son Rang et les Usages du pays.

40. Ne tiens pas tête à tes Supérieurs dans une Discussion, mais soumets avec Modestie ton Jugement à celui des autres.

41. N'entreprends pas d'enseigner à ton Égal l'Art que lui-même professe ; cela sent l'Arrogance.

42. Que tes Manières soient adaptées à la Dignité de la personne avec laquelle tu converses, car il est Absurde d'agir de la même façon avec un Clown et un Prince.

43. N'exprime pas la Joie devant un Malade ou une personne qui Souffre car cette passion contraire Aggravera ses souffrances.

44. Quand un homme fait tout ce qu'il Peut sans réussir, ne l'en Blâme pas.

45. Lorsque tu as des Conseils ou des Reproches à adresser à quelqu'un, demande-toi s'il faut les faire en Public ou en privé, tout de suite ou plus tard, et en quels termes ; dans les Reproches ne laisse percer aucun signe de Colère, mais exprime-toi avec Douceur et Bienveillance.

46. Reçois les Remontrances avec Reconnaissance en quelque lieu, en quelque temps qu'on te les donne ; mais ensuite si tu n'es pas Coupable choisis un lieu et un endroit convenable pour le faire savoir à celui qui t'a Admonesté.

47. Ne tourne en Ridicule aucune chose importante, ne lance pas de mots Cruels, et si tu dis une parole Spirituelle ou une Plaisanterie abstiens-toi d'en rire toi-même.

48. Lorsque tu Admonestes une autre personne, sois toi-même Irréprochable, car l'Exemple est plus Éloquent que les préceptes.

49. N'emploie contre personne un Langage sévère ; ne profère pas de Malédictions ou d'Insultes.

50. N'accorde pas trop vite foi aux Bruits qui courent contre la Réputation de quelqu'un.

51. Ne porte pas de Vêtements tachés, déchirés ou poussiéreux ; Veille à ce qu'ils soient Brossés au

moins tous les jours et à ce que ta Mise soit toujours propre.

52. Dans ta Tenue montre-toi Modeste et efforce-toi d'accommoder la Nature plutôt que de susciter l'Admiration ; habille-toi comme ceux de tes Égaux qui sont Polis et convenables, eu égard au lieu et au moment.

53. Ne cours pas dans la Rue, ne Marche pas trop lentement, n'ouvre pas la Bouche et ne Balance pas les bras ; ne soulève pas la terre avec tes Pieds, ne marche pas sur la Pointe des pieds ou à la manière d'un Danseur.

54. Ne fais pas le Paon, regardant autour de toi pour voir si tu es bien Paré, si tes Chaussures te vont bien, si tes Bas sont bien tirés et tes habits Flatteurs.

55. Ne mange pas dans la rue ou à l'intérieur quand ce n'est pas le moment.

56. Recherche la Compagnie des Hommes de qualité si tu tiens à ta propre Réputation, car mieux vaut être Seul que se trouver en mauvaise Compagnie.

57. Lorsque tu parcours les Pièces d'une maison, et seulement si la Personne qui t'accompagne t'est supérieure, laisse-la se placer à main droite dès le départ et ne t'arrête que lorsqu'elle le fait ; ne sois pas le premier à Tourner, et lorsque tu tournes, veille à garder le Visage vers elle ; s'il s'agit d'un Homme de grande Qualité, ne reste pas au même niveau que lui, mais Marche légèrement Derrière lui, de telle sorte qu'il puisse Facilement te parler.

58. Que ta Conversation soit exempte de toute Médisance ou jalousie, car c'est là le Signe d'un caractère

Aimable et honorable, et dans tout ce qui excite la Passion, laisse la Raison gouverner.

59. N'exprime jamais Rien qui soit Inconvenant et n'agis jamais contre les Règles de la Morale devant tes inférieurs.

60. Ne fais pas preuve d'Indiscrétion en pressant ton Ami de te livrer un secret.

61. Ne prononce pas de Paroles vulgaires ou frivoles en compagnie d'Hommes graves et érudits ; n'évoque pas de Questions ou de sujets délicats devant des Ignorants ; n'emplis pas ton Discours de choses Difficiles à croire quand tu te trouves avec tes Supérieurs ou tes égaux.

62. N'aborde pas des sujets Tristes lors de Réjouissances ou à Table ; n'évoque pas de choses pénibles telles la Mort ou des Blessures, et si d'autres les mentionnent, change si tu le peux le Cours de la Conversation ; ne raconte tes Rêves qu'à ton Ami le plus proche.

63. Un homme ne doit pas se Vanter de ses Réussites, ou de la Finesse de son Esprit, encore moins de ses Vertus et autres Qualités.

64. Ne lance pas de Plaisanterie lorsque personne n'est d'humeur à se divertir ; ne ris pas tout fort, ou sans raison ; ne te Moque pas des malheurs d'un Homme, quand bien même cela te semblerait Justifié.

65. Ne lance pas de Paroles injurieuses, que ce soit par Plaisanterie ou non ; ne te gausse de Personne, même si on t'en donne l'occasion.

66. Ne sois pas trop Empressé, mais Amical et Courtois ; sois le premier à saluer, à écouter et à répondre, et ne reste pas Pensif quand l'heure est à la Conversation.

67. Ne médis de Personne et loue sans Excès.

68. Ne va pas là où tu n'es pas sûr d'être le Bienvenu ; ne donne pas d'avis sans qu'on te le demande, et quand on te Consulte, réponds Brièvement.

69. Lorsque deux personnes se Disputent, ne prends pas Parti immodérément et ne te montre pas Obstiné dans tes Raisonnements ; pour les choses Indifférentes, range-toi à l'avis de la majorité.

70. Ne relève pas les Imperfections des autres ; cela appartient aux Parents, aux Maîtres et aux Personnes Supérieures.

71. Ne laisse pas ton Regard s'attarder sur les Imperfections ou les Marques des autres et ne demande pas d'où Elles viennent ; quand tu souhaites parler de quelque chose en Secret à ton ami, ne le fais pas en Public.

72. Ne t'exprime pas dans une Langue inconnue en compagnie ; utilise ton propre Idiome ou celui des Personnes de Qualité, non celui des gens vulgaires ; les Sujets Éminents se traitent avec Sérieux.

73. Réfléchis avant de parler ; évite de mal prononcer, ne parle pas trop Hâtivement, mais de façon Ordonnée et Distincte.

74. Lorsqu'une autre Personne parle, montre-toi Attentif et ne Dérange pas le public ; quand il Hésite, ne l'aide pas s'il n'en exprime le Désir ; ne l'interromps pas, et réponds à son Discours Uniquement lorsqu'il est terminé.

75. Ne demande pas au milieu d'un Discours de quoi il se traite ; mais si tu perçois que ton arrivée provoque le Silence, invite Courtoisement l'Orateur à poursuivre ; si une personne de qualité entre pendant que tu parles, montre-toi Courtois en répétant ce qui a été dit précédemment.

76. Quand tu parles, ne Pointe pas le Doigt vers celui qui fait l'Objet de ton Discours ; ne t'Approche pas non plus trop Près de Celui auquel tu t'adresses, surtout de son Visage.
77. Traite d'affaires en Temps Convenable, et ne Chuchote pas en compagnie.
78. N'établis pas de Comparaisons et si une Personne présente est louée pour un acte Vertueux, ne Vante pas quelqu'un d'autre pour la même Raison.
79. Garde-toi de répandre des Nouvelles quand tu n'es pas certain de leur Authenticité ; lorsque tu Parles de Choses dont tu as entendu parler, ne nomme pas la Personne qui te les a Rapportées ; n'Ébruite jamais un Secret.
80. Ne passe pas trop de Temps à Parler ou à Lire, sauf si tu Découvres que cela sied aux Autres.
81. Ne te Montre pas Curieux des affaires d'Autrui et ne t'approche pas de ceux qui s'entretiennent en Privé.
82. N'entreprends pas ce que tu ne peux Exécuter ; Efforce-toi de Tenir tes Promesses.
83. Lorsque tu racontes un Fait, que ce soit sans Passion, avec Mesure, si Inférieure que soit la Personne à qui tu le rapportes.
84. Lorsque tes Supérieurs s'adressent à quelqu'un, ne Tends pas l'Oreille, ne parle pas et ne Ris pas.
85. Lorsque tu te trouves en Présence de Personnes d'une Qualité supérieure, ne Parle que si on te pose une Question ; alors mets-toi Debout, Découvre-toi et Réponds en Quelques mots.
86. Dans les Discussions, que ton Désir de faire triompher ton Point de vue ne prive pas les Autres de la Possibilité d'Exprimer leur Opinion ; soumets-toi au Jugement de la Majorité présente,

surtout si l'Objet de la Discussion est déféré à son Arbitrage.

87. Que ton Maintien siée à une Personne Grave et Posée qui prête Attention à ce qui se dit ; ne contredis pas à chaque Instant ce que les Autres Disent.

88. Ne prolonge pas tes Discours, Abstiens-toi de nombreuses Digressions et ne Répète pas les mêmes choses.

89. Ne médis pas des Absents, car c'est une Injustice.

90. Devant un plat de Viande, ne te Gratte pas, ne Crache pas, ne Tousse pas, ne te Mouche pas, sauf si la Nécessité s'en fait sentir.

91. Ne Manifeste pas trop de Plaisir à Table ; mange sans Avidité, coupe ton Pain avec un Couteau, ne te Penche pas sur la Table et ne Critique pas ce qu'il y a dans ton Assiette.

92. N'utilise pas de Couteau Graisseux pour prendre du Sel ou couper du Pain.

93. À Table, les Bonnes Manières exigent que tu offres de la Viande à l'Invité ; n'entreprends pas de Servir les Autres quand le Maître de maison ne le Souhaite pas.

94. Si tu Trempes ton Pain dans la Sauce, fais en sorte que ce ne soit pas plus que ce que tu peux Mettre dans ta Bouche ; ne Souffle pas sur ta Soupe ; attends qu'elle Refroidisse.

95. Ne porte pas la Viande à ta Bouche quand tu tiens ton Couteau ; ne recrache pas les Noyaux des Fruits dans le Plat et ne jette rien par terre.

96. Il est Inconvenant de se pencher sur son plat de Viande ; garde les Doigts propres, et lorsqu'ils sont Sales, essuie-les sur un coin de ta Serviette.

97. Ne mets pas un autre Morceau dans ta Bouche avant que le Précédent ne soit avalé ; ne prends pas des Morceaux trop grands pour ta Mâchoire.

98. Ne bois pas et ne parle pas la Bouche pleine ; ne regarde pas autour de toi quand tu Bois.
99. Ne bois pas de Manière trop Distraite ou trop Hâtive ; avant et après, essuie tes Lèvres ; ne fais pas trop de Bruit en Respirant, car c'est Discourtois.
100. Ne te nettoie pas les Dents avec la Nappe, ta Serviette, ta Fourchette ou ton Couteau ; mais si d'autres le désirent, permets-leur de le faire avec un cure-dents.
101. Ne te rince pas la Bouche en présence d'autrui.
102. Il est Malpoli d'encourager trop souvent la Compagnie à manger ; nul besoin non plus de porter un Toast aux autres chaque fois que tu Bois.
103. En Compagnie de tes Supérieurs, ne Mange pas plus lentement qu'Eux, et ne Pose pas le Bras ou la Main sur la table.
104. Il appartient au Membre le plus Éminent de la Compagnie de déplier sa Serviette et de Couper la viande le premier ; mais il doit alors Commencer Rapidement et s'exécuter avec Dextérité pour laisser du temps au convive le plus lent.
105. Ne t'emporte pas à Table quoi qu'il arrive, et si tu as de Bonnes Raisons d'être en Colère, ne le montre pas et Garde une Mine heureuse, surtout en présence d'Inconnus ; en effet, la Bonne Humeur fait d'un plat de Viande un vrai Festin.
106. Ne t'installe pas en Tête de Table sauf si c'est la Position qui te revient de Droit ou si le Maître de Maison le veut ainsi ; ne Proteste pas, afin de ne pas Importuner la Société.
107. Si d'autres parlent à Table, prête Attention à leurs Propos et ne parle pas quand tu as de la Viande dans la Bouche.

108. Lorsque tu parles de Dieu ou de Ses attributs, que ce soit avec Sérieux et Révérence ; honore tes Parents et Obéis-leur, fussent-ils pauvres.

109. Que tes Divertissements soient Virils et exempts de Péché.

110. Efforce-toi de Conserver dans ta Poitrine cette petite Étincelle de Feu céleste qu'on nomme Conscience.